9/14

bésame primero

bésame primero

Lottie Moggach

Título original: *Kiss Me First*
© 2013, Lottie Moggach
© De la traducción: Martin Simonson, 2013

© D.R. de esta edición:
Santillana Ediciones Generales, SA de CV
Av. Río Mixcoac 274, col. Acacias
CP 03240, teléfono 54 20 75 30
www.sumadeletras.com/mx

Diseño de cubierta: Multi-bits/Getty Images

ISBN: 978-607-11-3144-7
Primera edición: febrero de 2014

Impreso en México

BÉSAME PRIMERO

Era un viernes por la noche y habían pasado unas nueve semanas desde que iniciamos el proyecto. La voz de Tess sonaba normal, pero se notaba que había llorado y su cara ovalada estaba pálida. Los primeros minutos de la conversación estuvo con la cabeza apoyada en la pared de detrás de su cama y los ojos fijos en el techo. Luego cambió de postura y miró directamente a la cámara. Yo no había visto antes esa expresión en sus ojos, vacíos y aterrados al mismo tiempo. Mi madre a veces había mostrado el mismo aspecto, cerca del final.

—Tengo miedo —dijo.

—¿De qué? —pregunté estúpidamente.

—Es que tengo mucho miedo —insistió, y se echó a llorar. Antes nunca había llorado delante de mí; de hecho, me había dicho que raras veces lloraba. Era una de las cosas que teníamos en común.

Después inspiró por la nariz, se secó los ojos con el revés de la mano y, con la voz más clara, dijo:

—¿Me entiendes?

—Claro que sí —contesté, aunque la verdad es que no entendía del todo.

Miró directamente a la cámara un momento y dijo:

—¿Me dejas verte?

Al principio pensé que quería saber si podíamos quedar. Empecé a recordarle que habíamos acordado no hacerlo, pero me interrumpió:

—Conecta tu cámara.

Después de un momento, le dije:

—Será mejor que no.

—Quiero verte —dijo Tess—. Tú puedes verme a mí.

Estaba mirando directamente a la cámara, con las lágrimas casi secas. Sonrió levemente y sentí que me ablandaba por dentro. Era difícil resistirse y estuve a punto de decir: «Vale, de acuerdo», pero me mantuve firme.

—No creo que sea una buena idea.

Me observó unos instantes. Luego se encogió de hombros y miró de nuevo al techo.

Voy a ser sincera: no quería que Tess me viera por si no me encontraba a la altura de sus expectativas. Ya sé que no parece muy racional, porque ¿cómo iba a saber yo qué expectativas tenía ella? Y, además, ¿qué importaba eso? Sin embargo, había estudiado sus rasgos tan de cerca que conocía todos sus matices y no soportaba la idea de encender la cámara y ver la decepción reflejada en su rostro, aunque solo fuera de forma pasajera y no durase más que un momento.

Después, con la mirada todavía fija en el techo, dijo:

—No puedo hacerlo.

—Claro que puedes —repliqué.

Permaneció en silencio más de un minuto. Después, con un tono sumiso nada común en ella, dijo:

—¿Te importa si lo dejamos por hoy?

Terminó la llamada antes de que yo tuviera tiempo de contestar.

Reconozco que, desde entonces, he vuelto a escuchar esa misma conversación varias veces en mi cabeza.

Lo único que puedo asegurar es que dije lo que me pareció lo correcto en aquel momento. Ella estaba alterada y yo traté de consolarla. Era totalmente natural que Tess estuviera asustada. Cuando, al día siguiente, volvimos a hablar ya había vuelto a lo que a esas alturas se podía considerar su estado «normal»: tranquila, educada y distante. No volvimos a mencionar ese incidente.

Un par de días más tarde, miró a la cámara y dio unos golpecitos con los dedos en la lente, como era su costumbre.

—¿Tienes todo lo que necesitas?

Yo suponía que íbamos a seguir en contacto hasta el último momento. Pero también sabía que tenía que terminar.

Así que le contesté:

—Sí, creo que sí.

Asintió con la cabeza, como para sí misma, y desvió la mirada. En ese instante supe que la estaba viendo por última vez. Repentinamente sentí una intensa subida de adrenalina y algo parecido a la tristeza.

—No sé cómo agradecértelo —dijo después de una pausa bastante larga. Y luego añadió—: Adiós.

Miró a la cámara e hizo un gesto que parecía de despedida.

—Adiós —dije—. Gracias.

—¿Por qué me das las gracias?

—No lo sé.

Tess estaba observando algo, podía ser su pierna o la cama. Miré su nariz larga y chata, la curvatura de sus pómulos, las pequeñas líneas que se dibujaban alrededor de su boca.

Luego alzó la mirada, se acercó a la cámara y la apagó. Eso fue todo. Nuestra última conversación.

Miércoles, 17 de agosto de 2011

Aquí no hay Internet, ni siquiera acceso telefónico. No había contado con no poder conectarme. Lógicamente, me había informado antes de venir, pero la comuna no tiene página web y en otros sitios la única información práctica que encontré fue la de cómo llegar. En los foros solo había comentarios poco útiles, del estilo de «Me encanta, hay mucha paz y es muy bonito». Sabía que la gente va a las comunas para «volver a la naturaleza», pero tenía entendido que además son sitios donde se vive y se trabaja de manera permanente o casi permanente, por lo que daba por hecho que habría alguna manera de conectarse. Después de todo, España es un país desarrollado.

Comprendo que Tess tenía que acudir a un lugar remoto, pero un sitio en medio de la montaña sin un solo repetidor de telefonía móvil... simplemente es innecesario. De todos los lugares que hay en el mundo, ¿por qué eligió pasar los últimos días de su vida justo aquí?

Sin embargo, reconozco que el entorno no es desagradable. He montado la tienda de campaña en un claro con amplias vistas sobre el valle. Las montañas que nos rodean son enormes y, según la distancia, tienen diferentes matices de verde, azul o gris. A sus pies corre un pequeño río plateado. Las cumbres más lejanas están cubiertas de nieve, una imagen que resulta incoherente con todo este calor. Ahora, que está atardeciendo, el cada vez más oscuro cielo adquiere un misterioso tono azul nebuloso.

Aquí hay una mujer que viste como una elfa, con un top que le deja la barriga al aire y unas sandalias con cordones atados hasta las rodillas. Otra tiene el pelo teñido de rojo claro y dos trenzas que sobresalen a los lados como si fueran cuernos. Muchos de los hombres llevan el pelo largo y barba, y algunos visten túnicas como si fueran sacerdotes.

Sin embargo, la mayoría se parecen a esos mendigos que piden dinero junto a los cajeros automáticos de Kentish Town Road, solo que estos de aquí están extremadamente morenos. Yo pensaba que no desentonaría demasiado en este lugar, de hecho mi madre solía decirme que tenía el pelo como los hippies: con la raya en medio y tan largo que casi me llega a la cintura. En cambio tengo la sensación de venir de otro planeta.

Nadie parece estar haciendo nada de particular. Por lo que he podido ver, no hacen más que encender hogueras y preparar té en cazuelas sucias, tocar los bongós o diseñar objetos inclasificables empleando plumas y cuerdas. Muy poco de lo que veo parece tener relación con lo «comunal», aparte de un deseo colectivo de vivir de manera sórdida a cambio de nada. Hay algunas tiendas de campaña como la mía, pero al parecer la mayoría duerme en furgonetas cutres pintadas con colores chillones o en refugios construidos entre los árboles con láminas de plástico y colchas. Todo el mundo fuma y parece que es obligatorio tener perro, aunque nadie recoge los excrementos; he tenido que usar la mitad de mis existencias de toallitas húmedas para limpiar las ruedas de mi maleta.

En cuanto a las instalaciones para los humanos, sabía que iban a ser rudimentarias, pero me quedé de piedra cuando me llevaron a un lugar detrás de unos árboles señalizado con un cartel en el que ponía: «Cagadero». No es más que un hoyo en el suelo, sin asiento y sin papel, y cuando miras hacia abajo puedes ver la mierda que los demás han dejado dentro. Me había prometido a mí misma que, después de lo de mi madre, no iba a tener más trato con los excrementos de otras personas, por lo que he decidido hacer mi propio agujero detrás de unos arbustos cercanos.

Naturalmente, es un derecho que cada uno haga lo que le plazca con su vida, siempre y cuando no dañe a los demás. Pero ¿de esta manera?

Cuando estaba en Londres, casi tenía la seguridad de que ella había venido aquí. Todo parecía encajar. Sin embargo, ahora comienzan a entrarme dudas.

En cualquier caso, me he dicho a mí misma que iba a pasar aquí una semana investigando, y eso es lo que pienso hacer. Mañana comenzaré a enseñar su foto por ahí. He pensado decir que se trata de una amiga de la que he perdido la pista, pero que sé que vino a este lugar el verano pasado y creo que sigue por la zona. En realidad no es mentira. Simplemente, no mencionaré que he venido a buscar pruebas de su muerte.

Ya son casi las nueve y media, pero sigue haciendo un calor bochornoso. Naturalmente, ya había averiguado qué temperatura iba a hacer, pero no estaba del todo preparada para la sensación de vivir a treinta y dos grados. Tengo que secarme los dedos con un trapo cada cierto tiempo para que no entre humedad en el teclado.

Hizo todavía más calor en agosto del año pasado, que es cuando debió de estar Tess por aquí. Treinta y cinco grados: lo busqué. Sin embargo, a ella le gustaba el calor. Se parecía a esta gente, con sus omoplatos afilados. Puede ser que llevara un pequeño top, igual que la mujer elfa, porque tenía ropa de ese estilo.

He abierto la puerta de mi tienda y veo una erupción de estrellas y la luna, que es casi tan luminosa como la pantalla de mi portátil. El lugar ya está tranquilo, a excepción del susurro de los insectos y de algo que creo que es —espero que lo sea— un generador eléctrico cerca de aquí. Mañana indagaré. Tengo una batería de repuesto para mi laptop, pero aun así necesitaré electricidad.

El caso es que lo que voy a hacer durante mi estancia aquí es lo siguiente: redactaré por escrito todo lo que ha pasado.

Fue Tess la que me dio la idea. Una de las primeras cosas que me envió fue una autobiografía que había escrito para un psiquiatra. El texto me aportó bastante información útil, aunque, como todo lo que hacía Tess, estaba lleno de digresiones e incoherencias; los hechos quedaban ocultos tras unas emociones retrospectivas. Esto no va a ser así. Lo único que quiero hacer es exponer la verdad. Ya he contado bastantes cosas a la policía, pero no tienen todos los detalles. Me parece importante que haya un relato definitivo.

Algunas cosas no se las he contado a nadie, como por ejemplo lo de Connor. La verdad es que tampoco he tenido a nadie a quien contárselo. Supongo que a la policía no le habría interesado mucho. Aparte de eso, aunque hubiera tenido a alguien a quien contárselo, no creo que hubiera podido hacerlo. Cada vez que pensaba en él, en Connor —lo cual sucedía con bastante frecuencia, incluso en medio de todo el problema con la policía, incluso cuando pensaba que podía ir a la cárcel—, era como si fuera alérgica a ese tema. Me sentía muy mal en un primer momento y después mi cabeza rechazaba esa idea, como si estuviera intentando protegerme de las fuertes emociones vinculadas a ella.

Todavía no sé muy bien qué hacer con todo esto. Nada, probablemente. Desde luego, no lo voy a colgar en la web. Sé que eso es lo que se supone que nosotros, «los jóvenes», deberíamos hacer, pero nunca me ha gustado. Eso de colgar información que nadie te ha pedido presuponiendo que alguien se va a interesar por tu vida me parece absurdo y ofensivo. Claro que en la página de Red Pill colgábamos nuestras opiniones, pero eso era diferente. Ahí manteníamos una discusión racional sobre temas filosóficos y no soltábamos la primera bobada que se nos ocurría. Es verdad que algunas personas usaban la web como un confesionario y escribían largos textos contando su «viaje» o su terrible infancia, aprovechando para sacar fuera su angustia. Pero yo nunca actué así. Nunca puse nada personal. De hecho, aparte de Adrian, no creo que nadie supiera qué edad tenía, ni siquiera que soy una chica.

Así que lo primero que quiero decir es que no es verdad que Adrian «acechaba» a «personas vulnerables» o «socialmente aisladas». Diana, la psicóloga de la policía, también hurgaba sin parar en esto y sacaba todo tipo de conclusiones del hecho de que mi madre hubiera fallecido, dejándome sola. Sin embargo, en primer lugar, cuando yo encontré el foro mi madre ya llevaba muerta casi tres meses y, en segundo lugar, tampoco es que nunca hubiera tocado un ordenador cuando ella vivía. Es verdad que mi actividad en Internet se intensificó después de su muerte, pero eso parece más bien una consecuencia lógica de disponer de tanto tiempo libre.

Es posible que, si mi madre hubiera estado viva, todo hubiese salido de otra manera, porque no me habría dejado ir a ver a Adrian en Hampstead Heath aquel día. Pero también es cierto que habría podido mentirla. Podría haberle dicho que tenía que ir al oculista a hacerme una prueba o poner cualquier otra excusa que justificara pasar unas horas fuera de casa. No solía mentir a mi madre, pero algo que he aprendido de esta experiencia es que a veces resulta necesario ocultar la verdad por el bien de todos.

De modo que es imposible demostrar que no habría entablado relaciones con Adrian ni con Tess en el caso de que mi madre hubiera estado viva. Por eso, estas conjeturas no tienen sentido.

En cuanto a lo de «socialmente aislada», es verdad que después de su muerte, cuando fui a vivir a Rotherhithe, no vi a mucha gente. Mi madre y yo llevábamos toda la vida viviendo en la misma casa en Kentish Town y el nuevo apartamento estaba lejos de toda la gente que conocía. Ni siquiera sabía que Rotherhithe existía antes de irme a vivir allí. Cuando Diana se enteró de eso, le dio mucha importancia y me preguntó por qué me había ido a vivir tan lejos por voluntad propia. Pero no fue así; acabé allí de manera accidental.

Cuando le dijeron a mi madre que le quedaba un año de vida, llegamos a la conclusión de que teníamos que vender la casa y comprarme un departamento donde pudiera vivir después de su muerte. Las razones fueron económicas. La casa tenía una hipoteca y quedaba mucho por pagar. Además teníamos deudas de las tarjetas de crédito y, aunque yo cuidaba de ella y una enfermera venía todos los días para administrarle las medicinas, pensábamos que tendríamos que contratar a otra persona de forma privada para los últimos meses. El desarrollo de su EM suponía que en breve necesitaría ayuda para levantarse de la cama, acostarse e ir al baño, y yo no podría hacerlo sola. Además, tarde o temprano yo tendría que buscar un trabajo. Como no tenía formación universitaria, decidimos que haría un curso de probadora de software a distancia. Mi madre tenía una amiga cuyo hijo, Damian, acababa de abrir una empresa de pruebas de software. Acordaron que yo trabajaría para él desde casa como freelance en cuanto terminase el curso. Necesitaba estudiar tres horas al día para obtener el certificado, así que esa fue otra razón para contratar ayuda adicional.

Mi madre y yo nos preguntamos cuánto dinero tendríamos para comprarme el departamento. La respuesta fue que casi nada. Kentish Town era demasiado caro, así que ampliamos la zona de búsqueda al extrarradio. Sin embargo, las únicas casas que nos podíamos permitir quedaban descartadas: antiguos pisos de protección oficial en la última planta de torres amenazadoras o, una de ellas, en medio de la Circunvalación Norte, la sucia carretera de seis carriles por la que mi madre y yo íbamos en autobús para llegar al centro comercial. A menudo le decía al agente inmobiliario que ya había visto suficiente antes incluso de visitar los pisos.

De vuelta en casa, contaba a mi madre lo que había visto en las visitas, haciendo que se estremeciera con las descripciones de alfombras sucias en el piso de la entrada o de coches sin ruedas apoyados sobre ladrillos delante del portal. Penny, la mujer que habíamos contratado para acompañar a mi madre, siempre escuchaba furtivamente nuestras conversaciones y un día levantó los ojos de los anuncios inmobiliarios de un ejemplar de su *Daily Express*.

—Aquí pone que la zona de Rotherhithe tiene una buena relación calidad-precio —comentó enfatizando las últimas palabras, como si no las hubiera oído nunca—. Por el tema de los Juegos Olímpicos.

No le hice caso. Era una mujer tonta que siempre aireaba sus triviales opiniones, perdía el tiempo en el almuerzo y había aprendido rápidamente a pasar inadvertida. Pero no dejó de entrometerse, venga a darle con el tema de Rotherhithe. Después de un tiempo, mi madre y yo decidimos que iría a ver un piso en esa zona, que quedaba dentro de los límites de nuestro presupuesto, para que se callase de una vez.

El piso estaba situado en la primera planta, encima de un restaurante indio en Albion Street, justo detrás del túnel de Rotherhithe. Había un cartel enorme encima del restaurante que afirmaba (sin justificación) que era «el mejor restaurante de curry en Rotherhithe». Albion Street era pequeña, pero tenía vida; en la concurrida acera, adolescentes en bici se abrían paso entre la gente que iba de compras y se oía una música guapachosa que venía de una peluquería. Las ventanas del pub de la esquina estaban cubiertas por banderas del Reino Unido, así que no se podía ver qué pasaba dentro. Delante del pub había hombres tomando pintas y fumando, aunque solo eran las tres de la tarde. Cuando encontré el portal de la casa, vi que estaba reluciente de grasa y en el peldaño de la entrada se veían los restos de una caja de comida rápida y un pequeño montón de huesos de un pollo asado a medio comer.

Todo resultaba muy poco prometedor, pero, ya que me había desplazado tan lejos —había tardado más de una hora en llegar en metro desde Kentish Town—, pensé que por lo menos le echaría un vistazo.

Era evidente que el piso estaba vacío desde hacía algún tiempo; costó abrir la puerta de la calle debido a la correspondencia que se había acumulado dentro. Al entrar, noté un fuerte olor a cebolla.

—Esto es solo un par de horas por las mañanas —dijo el agente de la inmobiliaria—. Cuando comienzan a preparar el curry.

Me enseñó primero una habitación individual y después me llevó a la cocina. En el anuncio se mencionaba una terraza «informal», que resultó ser solo un trozo de asfalto al otro lado de la ventana con vistas al patio interior del restaurante. Parecía que el patio hacía las veces de vertedero, ya que estaba lleno de bidones de aceite de cocina y botes enormes de Nescafé. Un arbusto solitario había crecido en una grieta del hormigón. Cuando el agente de la inmobiliaria regresó al estrecho pasillo, rayó la pared con las llaves del coche, dejando dos surcos en la pintura.

Finalmente, fuimos al salón. Estaba oscuro, a pesar de que fuera el día era soleado. Me di cuenta de que la oscuridad se debía a que el cartel del restaurante tapaba la mitad inferior de la ventana, impidiendo el paso de la luz.

Estuvimos allí un momento, en medio de la penumbra, y luego dije que quería irme. El agente no pareció sorprendido. Una vez fuera, mientras cerraba la puerta con llave, dijo:

—Bueno, por lo menos no tendrías que ir muy lejos a comprar curry.

No contesté. Sin embargo, cuando estaba volviendo en el metro pensé que el comentario en realidad había sido bastante divertido, así que cuando llegué a casa se lo repetí a mi madre.

Naturalmente, mi intención era que se riera. O, por lo menos, sacarle una sonrisa; por aquel entonces ya llevaba la máscara de oxígeno puesta todo el tiempo y le costaba respirar. Pero, en vez de eso, dijo con su tono de voz a lo Darth Vader:

—Eso está bien.

—¿El qué? —pregunté.

—Que me parece práctico —contestó—. Para cuando no quieras preparar la comida. Nunca se te ha dado muy bien cocinar.

Esa no era la reacción que me esperaba. Se suponía que era una broma, ya que no toleraba la comida picante. Ese era el asunto. Cuando tenía once años, había comido pollo al curry en casa de mi amiga Rashida y me había puesto totalmente roja y había vomitado. Mi madre había tenido que ir a buscarme.

Admito, no sin vergüenza, que me enfadé. Recuerdo que la miré, con su máscara en la cara y los tubos metidos por la nariz, y se me pasó por la cabeza la absurda idea de que esos tubos, en lugar de ayudarla a vivir, en realidad le estaban chupando las neuronas del cerebro, vaciándola por dentro.

—¡Odio el curry! —exclamé y luego grité más alto—: ¡Lo sabes de sobra! Me puse malísima en casa de Rashida, ¿no te acuerdas?

Normalmente no decía palabrotas, y menos ante mi madre, lo cual da una idea de lo alterada que estaba. Recuerdo que Penny, que estaba apalancada en el sofá, alzó la vista del sudoku y que la cara de mi madre pareció que se hundía hacia dentro.

Me fui a la cocina enfadada. Ahora sé —ya lo sabía entonces— que fue una reacción irracional, pero no estaba pensando de forma lógica. Analizándolo ahora con perspectiva, creo que aquellos olvidos de mi madre solo anticipaban cómo sería la vida cuando ella ya no estuviera, porque no quedaría nadie que conociera esos pequeños detalles sobre mí.

Me quedé en la cocina un par de minutos para tranquilizarme. A esas alturas ya había dejado de ser una cocina; era más bien una especie de almacén donde guardábamos los utensilios médicos y las pastillas de mi madre. Recuerdo que me quedé mirando fijamente las cajas de pañuelos de papel que estaban amontonadas encima de la mesa. Era la misma mesa que mi madre dejaba preparada para el desayuno todas las noches antes de irse a la cama, donde yo le había enseñado a jugar al ajedrez, donde me había trenzado el pelo antes de la entrevista de trabajo en Caffè Nero. Entonces tuve algo parecido a una revelación. No entraré en detalles, puesto que, como ya he dicho, mi intención es que esto sea un relato basado en hechos y no en sentimientos personales. Baste decir que me di cuenta de que cada hora que pasaba viendo pisos era una hora menos en compañía de mi madre. Además, en realidad no importaba mucho cómo iba a ser mi nuevo piso. Por aquel entonces aún no había oído hablar del principio de mediocridad, que dice que ningún lugar es más privilegiado que otro, pero creo que apliqué ese principio.

Regresé al salón. Mi madre estaba con la cabeza caída a un lado y tenía los ojos cerrados. Llevaba un pijama de raso rojo que facilitaba los movimientos corporales y la parte frontal de la chaqueta estaba oscura por las manchas de baba. Penny estaba intentando limpiarle la mejilla sin éxito, así que me puse yo a limpiarla. Le acaricié el pelo y le pedí perdón; después le cogí las manos, que eran como un par de pájaros muertos, y le dije que en realidad el piso era maravilloso, perfecto, que teníamos que comprarlo.

Así fue como acabé viviendo en Rotherhithe.

En el funeral, unos amigos de mi madre y unos parientes lejanos de York que no conocía me dijeron que irían a verme a mi nuevo piso y que les llamara si necesitaba algo. Pero no les animé y tampoco insistieron demasiado. Supongo que no querían entrometerse y que se imaginaron que mis amigas cuidarían de mí.

Rashida era la única persona con la que quería hablar de lo que había pasado, porque conocía a mi madre. Nos habíamos hecho amigas en secundaria, cuando íbamos a octavo. Como su padre no le dejaba usar el ordenador más que a determinadas horas, solía venir a mi casa después de clase para jugar con el mío. Mi madre nos traía galletas Boasters cubiertas de nata montada y le contaba a Rashida que de joven quería ir a la India, pero como se había quedado embarazada de mí no había podido. Le decía que esperaba que yo pudiera hacer ese viaje en su lugar. Por aquel entonces, antes de que se pusiera enferma, me impacientaba porque repetía las cosas una y otra vez y decía tonterías.

—Pero ¡es que yo no quiero ir a la India! —le decía.

Entonces Rashida soltaba una risita y me susurraba:

—Yo tampoco.

Aunque llevaba varios años sin hablar con Rashida, le seguía la pista en Facebook y sabía que se había ido a vivir a Rottingdean con su novio, un asesor administrativo. Le envié un mensaje contándole que mi madre había fallecido. Me contestó diciendo que lo sentía y que si alguna vez iba a Rottingdean tenía que hacerles una visita a ella y a Stuart. Me di cuenta de que había colgado una nueva foto en la que mostraba su anillo de compromiso y que se había pintado las uñas igual que las chicas del instituto, con una estúpida raya blanca en la parte superior; eso me decepcionó.

No se lo conté a nadie más, pero anuncié mi cambio de dirección en Facebook. Una chica llamada Lucy, con la que había trabajado en Caffè Nero, me envió un mensaje de respuesta diciendo que estaba llevando una tienda de bocadillos cerca de allí, en Canary Wharf, y que teníamos que quedar. Pero Lucy siempre había sido una chica bastante extraña. En los descansos, solía bajar a la tienda de cosmética que estaba en la misma calle para robar muestras de maquillaje. Una vez me preguntó si quería que robase algo para mí y se ofendió cuando le dije que no, y eso que podía ver claramente que yo no llevaba maquillaje.

Tenía setenta y tres amigos más en Facebook, sobre todo chicas del instituto; pero no eran amigas en el sentido estricto de la palabra. En realidad toda nuestra promoción nos habíamos hecho «amigos». Era como en Navidad, que todo el mundo enviaba tarjetas de felicitación, tanto a amigos como a los que no lo eran, para que a su vez les felicitaran; de esta manera engrosaban su cosecha de tarjetas y luego podían competir en el comedor por ver quién tenía más. Algunas de estas compañeras de clase incluso nos atacaban todo el rato a Rashida y a mí, pero eso cambió al final de secundaria, en el décimo año, porque comenzaron a interesarse por los chicos y a fijarse más en las chicas que rivalizaban con ellas.

Cada cierto tiempo alguien colgaba una invitación para una fiesta a la que invitaba a todo el mundo. Fui a una de ellas, organizada por Tash Emmerson. Eso fue en 2009; mi madre me lo sugirió cuando se dio cuenta de que llevaba siete meses sin salir. La fiesta tuvo lugar en un bar de Holborn que parecía una cueva y la música estaba terriblemente alta; recuerdo que había una canción en particular que sonaba una y otra vez, *Tonight's going to be a good night* («hoy va a ser una buena noche»), lo cual resultaba irónico. Un vaso de jugo de naranja costaba tres libras y media. Todo el mundo charlaba sobre sus experiencias en la uni —un tema en el que yo no podía aportar nada— y, si no, se sacaban fotos. Me sentía tan vacía por dentro estando cerca de ellos que tuve que retirarme a una esquina y apoyarme en la pared.

Lo raro era que todo el mundo quería sacarse fotos conmigo, aunque, como ya he dicho, en realidad no éramos amigos. Recuerdo que Louise Wintergaarden y Beth Scoone se acercaron al mismo tiempo, cada una desde un lado, y me rodearon con los brazos como si fuéramos íntimas amigas. Después de sacar la foto, dejaron caer los brazos y se largaron sin decir palabra. Pasó lo mismo con Lucy Neill, Tash y Ellie Kudrow. Después, cuando colgaron las fotos en Facebook, ni siquiera se molestaron en etiquetarlas con mi nombre. Le enseñé una de las fotos a mi madre y me dijo que pensaba que esas chicas eran muy vulgares, con el pelo desteñido y la cara naranja, y que yo me parecía a Cenicienta, atrapada entre las dos hermanastras malvadas. No le conté que alguien había puesto bajo la foto este comentario: «¿Qué? ¿Las de siempre al lado de un orco?». Aunque a mí no me importaba, sabía que mi madre se lo tomaría a mal.

Después de aquello no fui a más fiestas, pero leí los comentarios. Normalmente no comprendía de qué iban. Eran chismorreos sobre gente que yo no conocía o referencias a programas de televisión, famosos y vídeos de YouTube que no me sonaban. A veces pinchaba en los enlaces que tanto les excitaban, pero siempre eran algo estúpido, como una foto de un gatito metido en una copa de vino o un adolescente de Moscú cantando con voz desafinada en su habitación. Y siempre fotos de ellas mismas, esmeradamente vestidas, mordiéndose las mejillas por dentro y poniendo una pierna delante de la otra como si fueran caballos. Era como si hubieran dado un curso al que no me habían invitado —y al que tampoco quería asistir— en el que habían aprendido que tenían que llevar el pelo liso, que sus uñas debían tener esa raya blanca en la punta y que había que llevar el reloj en la parte interior de la muñeca y el bolso de mano colgando del pliegue del codo, con el antebrazo apuntando hacia arriba como si estuviera roto.

Pasaba lo mismo con sus actualizaciones en Facebook. A veces dejaban mensajes elípticos que no tenían sentido más que para ellas mismas, cosas como «es mejor no saber» o «en fin, esto ya lo ha jodido todo», sin dejar claro a qué se referían. Sus vidas estaban llenas de dramas banales. Recuerdo que Raquel Jacobs escribió en una ocasión que —¡¡¡por Dios!!!— se le había caído su tarjeta de transporte Oyster en el váter. Quiero decir, ¿quién necesita o quiere conocer estas cosas? Parecía increíblemente estúpido y absurdo, pero todo el mundo contestaba a esos mensajes como si fueran interesantes, importantes y divertidos. Usaban expresiones inventadas, como *uuuuups,* o palabras mal escritas, como *wapa,* o abreviaban otras sin necesidad y al final de cualquier mensaje ponían «XXX».

No es que yo quisiera ser así. Simplemente no comprendía cómo todo el mundo parecía dominarlo tan bien, sabía qué lenguaje usar y contestaba inmediatamente a todo de manera «correcta». Incluso la gente que en clase era realmente estúpida, como Eva Greenland, parecía capaz de hacerlo.

Muy de vez en cuando, alguien formulaba una pregunta clara, como qué ventajas tenía una memoria externa del ordenador frente a una interna. Yo solía responder a esas preguntas y a veces me contestaban a mí. Esther Moody, por ejemplo, cuando la aconsejé sobre cómo cambiar su configuración de Google desde Autofill puso: «Gracias t debo 1 XXX». Sin embargo, la gran mayoría de sus mensajes eran bobadas que no guardaban ninguna relación con mi vida.

Supongo que lo que quiero decir es que, si estaba «aislada», era por voluntad propia. Si de verdad hubiera querido, habría podido quedar con Lucy, la de Caffè Nero, o podía haberme apuntado a alguna de esas fiestas que anunciaban en Facebook. Pero no tenía ninguna gana de hacerlo.

Me gustaba estar sola. Antes de que mi madre se pusiera enferma, todo había sido perfecto. Me pasaba las noches y los fines de semana leyendo o delante del ordenador en el piso de arriba, mientras que mi madre estaba abajo limpiando, viendo la tele o haciendo sus miniaturas. Me llamaba de vez en cuando para que bajara a comer o para hacerme mimos. Era lo mejor de ambos mundos.

Heredé los muebles de mi antigua casa, que habíamos guardado en un almacén. Antes de morir, mi madre quedó con Penny en que su hijo fuera a recogerlos con la furgoneta y los llevara a mi piso. Pero Penny y yo al final acabamos mal. Tuvimos una discusión tonta por su revista de sudokus, porque descubrió que yo había resuelto algunos. Le expliqué que solo había hecho los más avanzados, porque sabía que ella no iba a ser capaz de completarlos sola; pero, aun así, se ofendió.

Cuando mi madre murió, Penny no paró de hablar de lo raro que era que el día anterior no hubiera mostrado señales de su inminente muerte: «No tenía los pies fríos y se tomó un sobre entero de sopa de la marca Cup-a-Soup».

Total, que el resultado de todo esto fue que su hijo nunca se puso en contacto conmigo para resolver el tema de los muebles. No me importó, porque me di cuenta de que no los quería. Una vez tomé el metro hasta el almacén y eché un vistazo a todo: la mesa de centro con el cristal ahumado, la cómoda blanca todavía con las gomas elásticas que habíamos puesto en los tiradores para que mi madre pudiera abrir los cajones, el tresillo de piel negra, el gong, la alargada lámina enmarcada de nuestro árbol genealógico por la que mi madre había pagado 900 libras que demostraba que un pariente lejano se había casado con la tía de Ana Bolena... Recuerdo sobre todo la vitrina esquinera, que mi madre usaba para colocar sus miniaturas. Siempre había estado allí, desde que yo podía recordar, y siempre me había encantado mirar todo lo que tenía dentro. Pero en ese momento, en aquel almacén, no era más que un mueble barato con estantes y las miniaturas se encontraban en una de las cajas cerradas con cinta de embalar que estaban apiladas al lado. Pensé que, aunque llevase la vitrina y la caja a mi nueva casa, limpiase todo y colocara las miniaturas exactamente de la misma manera en que mi madre las tenía, no sería lo mismo. Decidí dejar todo allí y seguir pagando las 119,99 libras al mes que costaba almacenarlos.

Entonces compré todo nuevo en los grandes almacenes Tesco Extra de Rotherhithe. No necesitaba mucho:

un colchón hinchable y sábanas, una pequeña mesa, un puf y una tostadora. Apilé mis libros junto a la pared, ordenados por colores, y guardaba la ropa en bolsas de basura. La ropa sucia la metía en otra bolsa y cuando esta se llenaba la llevaba a la lavandería. De todas formas, estaba trabajando en casa, así que no necesitaba arreglarme mucho.

Aprobé el curso de probadora de software con facilidad y comencé a trabajar para Damian —el hijo de la amiga de mi madre— nada más entrar a vivir en el piso. No era muy difícil. Cada cierto tiempo me enviaba un enlace a alguna web en versión beta para que la probara. La analizaba con un programa que verificaba la calidad y comprobaba si tenía errores, defectos o puntos débiles y después enviaba un informe. Me pagaban por cada encargo; la mayoría de ellos me llevaban menos de un día, pero los más complejos podían requerir dos. Después de terminar el trabajo, me quedaba conectada jugando a algo o, más adelante, escribiendo comentarios en Red Pill. Había colocado una mesa junto a la ventana y no tardé en darme cuenta de que el cartel del restaurante que tapaba la mitad inferior del cristal suponía una gran ventaja, porque así la luz no producía reflejos en la pantalla de mi portátil.

Más adelante, la policía insistió una y otra vez en preguntarme los motivos exactos por los que me había inscrito en Red Pill. Les contesté que no me acordaba, que había picado un enlace al azar, pero sabía perfectamente cómo había llegado al foro. Simplemente no se lo quería contar.

Como estaba diciendo, cuando entré a vivir en el piso comencé a dedicar cada vez más tiempo a los juegos de ordenador, hasta unas ocho horas al día. Destacaba un juego en particular: World of Warcraft. Supongo que me lo tomaba como un trabajo de jornada completa y que los encargos de pruebas de software eran una actividad complementaria. Me gustaba lo rápido que transcurría el tiempo cuando estaba jugando: pasaba tardes enteras sin esfuerzo alguno, era como comerse una dona de dos bocados. No tardé en alcanzar el nivel sesenta y fui invitada a unirme a un buen club, un grupo que se reunía dos o tres veces por semana para realizar asaltos y saqueos. En varias ocasiones me nombraron líder. En una reunión de planificación, mientras estábamos hablando de estrategias, un jugador inició un debate acerca de cómo las decisiones que se toman en el juego reflejan tu filosofía en la vida real. Por ejemplo, si después de una incursión repartías el botín de oro que habías conseguido individualmente con los otros miembros del grupo o te lo quedabas todo. No me había planteado el juego desde ese punto de vista y me pareció interesante. Ese jugador me sugirió que echara un vistazo a una página web: *redpill-uk.info.* «Es un foro de filosofía muy bueno —escribió—. Te vas a quedar alucinada». Me envió por e-mail un enlace a un podcast del foro de la persona que lo llevaba: Adrian Dervish.

Acabé escuchando casi cien podcasts de Adrian, pero todavía recuerdo el primero con claridad. Tomé apuntes —anoto todas las cosas importantes que suceden—, pero no necesito consultarlos para recordarlo ahora. El título era *¿Es un portátil esto que tengo delante de mí?* Empezaba con estas palabras de Adrian: «Muy buenas, la primera pregunta de hoy es: ¿cuánto podemos llegar a saber en realidad?». Luego hizo un repaso relámpago de la epistemología clásica, empezando por Sócrates y terminando con *Matrix,* que era una de mis películas favoritas. Planteaba una afirmación: «Estoy seguro al cien por cien de que ahora mismo estoy hablando a un micrófono». Y enseguida añadía: «Pero ¡espera un momento! ¿Qué significa, en realidad, "al cien por cien"?». La mejor manera de describirlo es que era como pasarse interminablemente la papa caliente: al desmenuzar cada idea, descubrías que había otra escondida dentro. Recuerdo que, conforme avanzaba el podcast, comenzaba a partirse de risa con cada «Pero ¡espera un momento!», como si fuera lo más divertido que había hecho en su vida.

Había algo seductor en el tono de voz de Adrian. Era norteamericano y su acento sonaba cálido e íntimo. Soltaba esas ideas que expandían tus horizontes, pero de una manera simpática, usando expresiones raras como «colega» o «caray». Afirmaba: «De verdad os digo que esto sí que os va a sacar la vena más filosófica». O bien: «Si esto os ha parecido interesante, pues ahora sí que vais a alucinar». Después de unos minutos, paré el podcast, me senté en el suelo y me acerqué mi laptop a la cara para que el ruido de la calle no interfiriera antes de volver a escucharlo desde el principio.

Después de aquel primer podcast, me preparé una tostada con queso y luego volví al ordenador y escuché

34

otros cuatro, de principio a fin. Mientras lo hacía, exploré la web. Su lema era «Elige la verdad». El nombre de Red Pill era otra referencia a *Matrix:* los personajes de la película que no saben que se encuentran en un mundo virtual reciben la invitación de tomarse una pastilla azul para permanecer en la ignorancia o una roja para encontrarse cara a cara con la realidad, por alarmante que esta pueda ser.

Estuve navegando por los foros. En uno de ellos, los miembros estaban debatiendo el podcast del laptop. Recuerdo que me impresionó la capacidad que tenían para articular sus opiniones y argumentar de manera convincente. Leía una afirmación y me parecía totalmente razonable, pero luego llegaba alguien contradiciéndolo con otro argumento tan convincente como el primero. Por ejemplo, recuerdo que un miembro —creo que era Rand-fan— puso que solo un cretino afirmaría con seguridad que cualquier cosa en el mundo material existe de verdad. «Conocemos nuestras percepciones y eso es lo único que podemos conocer». Como respuesta, Juliusthecat dijo: «Pero ¿cómo puedes saber que eso es así? O más bien, ¿cómo sabes que sabes que eso es así?». Discutían sobre estas ideas tan grandes y abstractas como si fueran temas de conversación cotidianos, con un tono tan informal como el que empleaban mi madre y Penny para comentar qué supermercado tenía las mejores ofertas esa semana.

Aparte de los foros dedicados a filosofía «pura», había otros que versaban sobre temas más específicos y actuales; por ejemplo, si invitar a alguien a cenar era lo mismo que contratar los servicios de una prostituta o las implicaciones éticas de descargar música. También había un sitio donde la gente podía dejar comentarios sobre dilemas de su vida personal en el que se les contestaba de manera racional. Por ejemplo, un miembro dijo que se había hecho amigo de una compañera de su trabajo que le parecía que compartía sus gustos y opiniones, pero luego había descubierto que esta amiga creía en los ángeles y ya no sabía cómo hablar con ella.

En la página web había un comentario introductorio de Adrian en el que se presentaba como el fundador de la web y afirmaba que, aunque le interesaba toda la filosofía, ante todo era libertario. Me da vergüenza admitir que no sabía qué significaba esa palabra. Ni siquiera la había oído antes. Adrian explicaba que los libertarios creían que todos eran dueños de sus propios cuerpos y los productos de su trabajo, y que estaban en contra del empleo de la fuerza. Esencialmente, que todos deberíamos tener libertad para hacer lo que queramos, siempre y cuando no hagamos daño a nadie. No parecía haber motivos para no estar de acuerdo.

Algunos miembros estaban obsesionados con los aspectos políticos y económicos del anarquismo y tenían muchos planes para derrocar a los gobiernos y realizar acciones de protesta contra los impuestos, pero tendían a mantenerse en sus propios foros, así que resultaba fácil evitarlos. La gente solía adherirse a uno o dos temas, los que más les interesaban; yo me di cuenta de que pasaba más tiempo en el foro que trataba de ética, pero también había foros de religión, artes, lógica, matemáticas, etcétera.

Esta página web era un antídoto contra el resto de Internet; en realidad, contra el resto del mundo. Solo se toleraban las ideas racionales y se le llamaba la atención inmediatamente a cualquiera que se desmarcase de esta pauta. No se usaban las palabras a la ligera —«literalmente» significaba «literalmente»— y, a diferencia de otros foros, se esperaba que te expresaras con una puntuación y una ortografía correctas.

Esto no quiere decir que fuera una comunidad hostil. Solo se expulsaba a un miembro si se mostraba radicalmente opuesto a algún principio básico del foro —si no era ateo, por ejemplo— o como última medida para deshacerse de quienes no hacían más que buscar bronca continuamente, como JoeyK.

Se veía venir cuando alguien iba a ser expulsado. El miembro en cuestión solía mostrarse excesivamente gallito en el foro, retando a Adrian solo por placer, creyéndose muy listo. Adrian le contestaba pacientemente, argumentando de manera racional, pero si seguía causando problemas, buscando el protagonismo a toda costa y fastidiando a todo el mundo, no le quedaba otra opción que pedirle que se marchara. Era como decía él, si esa gente se mostraba contraria a sus opiniones de una manera tan enfática, tendría que haber un sitio mejor para ellos. Había muchos más foros dedicados a la filosofía por ahí.

Después de pasar unas semanas escuchando los podcasts y recalando en los foros, me lancé a participar. Elegí un nombre de usuario, Sombragris, y dediqué un tiempo a decidir cuál de mis citas favoritas debería usar como firma. Al final opté por una de Douglas Adams que siempre me hacía reír: «No creas nada de lo que leas en Internet. Excepto esto. Bueno, ni esto, supongo».

Dejé mi primer comentario en una discusión sobre altruismo. Iba sobre si una acción puede ser realmente altruista o si el motivo último de todas nuestras acciones es el beneficio propio. Los demás estaban en líneas generales de acuerdo en que nada de lo que hacemos carece de interés propio, pero yo tenía otra opinión al respecto. Manifesté la idea de que cuando tenemos una relación estrecha con alguien la distinción entre lo que es mejor para mí y lo que es mejor para el otro se vuelve artificial. Lo que es mejor para mí a menudo implica sacrificar algún interés propio para ayudar al otro. En cuestión de segundos, alguien contestó mostrándose de acuerdo conmigo en un plano general, pero señaló algún matiz que yo no había tenido en cuenta. Poco después se unió más gente y se convirtió en un debate en toda regla. Hobbesian2009 escribió: «¡Buen comienzo, Sombragris!». La mayoría de los recién iniciados en el foro se limitaban a dejar algún tímido mensaje de presentación antes de lanzarse abiertamente a discutir un tema. Yo había causado cierto impacto.

Dos semanas más tarde, decidí iniciar mi propio hilo. Estuve un tiempo pensando en qué tema elegir; tenía que llamar la atención, pero no debía ser tan escandaloso ni provocador como para parecer un trol, que es como se denomina en los foros a quienes solo quieren molestar. Opté por un tema que llevaba algún tiempo rondándome la cabeza: si estaba bien que una persona no hiciera nada en su vida, salvo cuando le apeteciera hacer algo —por ejemplo, jugar a World of Warcraft—, siempre y cuando fuera capaz de valerse por sí misma y no causara daño a nadie.

Nada más iniciar el hilo, pasé un par de minutos nerviosa pensando que nadie iba a responder, pero enseguida llegó el primer comentario. En total, el hilo tuvo siete comentarios, lo cual era un resultado bastante bueno, al parecer. La mayoría de los miembros sénior eran reacios a relacionarse con los recién iniciados; preferían esperar hasta que estos demostraran su compromiso con el foro antes de involucrarse en sus asuntos. Para mi sorpresa, el propio Adrian se unió al hilo y opinó que quienes fueran lo suficientemente afortunados como para ser económicamente independientes deberían usar parte de sus privilegios para ayudar a los que habían tenido un peor comienzo en la vida.

No voy a decir que me pareciera fácil debatir en Red Pill desde el primer momento, pero sí que me salía de manera bastante natural. Lo que más me gustaba era que, una vez que tenías las herramientas, podías aplicarlas casi a cualquier tema, incluso a aquellos en los que carecías de experiencia. Por ejemplo, fui una de las participantes más activas en una discusión sobre si era más ético adoptar niños que dar a luz a tus propios hijos. Durante las siguientes semanas participé en varios debates y comencé a pasar la mayor parte de las noches en el foro. Llegué a conocer a los miembros sénior. La página tenía casi cuatro mil usuarios registrados por todo el mundo, pero solo había alrededor de cincuenta personas que participaban en los debates con regularidad, así que no tardaron en convertirse en conocidos.

Era una «peña» bastante cerrada, pero podías entrar en el grupo si mostrabas inteligencia y racionalidad. Poco a poco fueron aceptándome. Para mí fue un momento importante cuando, para responder a un recién iniciado que había formulado una pregunta sobre un asunto de ética, No-un-Borrego escribió: «Sombragris, ¡te necesitamos!», porque se me consideraba una autoridad en esta materia particular.

También comencé a leer. Adrian había elaborado una lista de libros —«el canon», como lo llamaba él— que consideraba lectura obligada para cualquiera que quisiera sacar el máximo provecho del foro, entre ellos los *Diálogos* de Platón, Hume, Descartes y Kant. Compré algunos en Amazon. Ya era una ávida lectora, pero en realidad solo leía novelas de fantasía y ciencia ficción. Al principio me parecieron libros un poco densos, pero perseveré y me impuse a mí misma una hora de lectura todas las noches, en la que tomaba apuntes.

Había recibido varios MP (mensajes privados) del mismo Adrian. El primero fue un mensaje de bienvenida cuando me uní al foro. Después de tres meses me envió otro en el que me felicitaba por haber sobrevivido al periodo de iniciación —al parecer, la mayoría de los participantes lo dejaba antes de acabar—. Luego, después de casi seis meses haciendo comentarios con regularidad, recibí un MP de él pidiéndome que solicitase la categoría de pensadora de élite.

El foro funcionaba de la siguiente manera: cuando hacías el decimoquinto comentario, dejabas de ser RI, que quiere decir recién iniciado, y te convertías en miembro capacitado. La mayoría de la gente permanecía en ese estado, pero a un pequeño número se le invitaba a hacer un test para convertirse en pensadores de élite. Eso quería decir que Adrian te consideraba capaz de un raciocinio más avanzado y, si pasabas la prueba, podías acceder a un foro especial en el que el debate estaba en un nivel más alto.

Era una suscripción que costaba veinte libras mensuales.

En el MP, Adrian decía que le había impresionado especialmente mi participación en un debate sobre la diferencia entre la vergüenza y la culpabilidad. «Te aseguro que me has dejado impresionado, Sombragris. Está claro que tienes un coco privilegiado». Aquel fue un momento excitante, lo confieso.

Naturalmente, acepté la invitación. Adrian me envió un enlace al test, que tenía dos partes. La primera parte consistía en responder a una serie de dilemas éticos del tipo que estaba acostumbrada a tratar en el foro —si, por ejemplo, mataría a una persona para salvar a cinco—. La segunda parte de la prueba era más como un test de personalidad, una lista de afirmaciones a las que había que responder simplemente sí o no. «Es difícil conseguir que te alteres por algo». «Estás siempre dispuesta a ayudar a la gente sin esperar nada a cambio». «Te resulta muy fácil comprender el principio general que se encuentra detrás de los fenómenos particulares».

Un par de horas después de rellenar el test, Adrian me envió un e-mail diciéndome que había aprobado y que estaba admitida en el grupo de los pensadores de élite. Desde ese momento, pasé la mayor parte de mi tiempo en el foro de los PE. Había alrededor de quince miembros que participaban muy activamente dejando varios comentarios al día, y yo era uno de ellos.

Luego llegó el día de aquel mensaje.

Llegó a última hora de la tarde, cuando estaba realizando un informe de pruebas de software que entregaba fuera de plazo. Desde que había entrado en Red Pill, descuidaba mi trabajo un poco. La semana anterior, Damian me había enviado un e-mail en tono muy serio en el que me decía que, aunque comprendía mi dolor tras la muerte de mi madre, tendría que dejar el trabajo como no entregara los informes a tiempo.

Así que estaba tratando de terminar ese informe, pero a pesar de ello no pude resistir la tentación de abrir el MP de Adrian. Desde el momento en que lo abrí, me quedó muy claro que era un mensaje diferente de los habituales. En la web se me conocía por mi nombre de usuaria, Sombragris, pero esta vez Adrian usó mi nombre real. Tenía que haberlo sacado de mi tarjeta de crédito.

El mensaje decía lo siguiente:

«Leila, he seguido tu progreso en la web con gran interés. ¿Te apetece quedar CaC?».

Quedar cara a cara. Propuso un lugar cerca de Hampstead Heath para vernos y una hora al día siguiente por la mañana.

Recuerdo que mis dedos se quedaron tiesos sobre el teclado. Mi primera reacción fue pensar que había hecho algo malo, pero no tardé en desestimarlo usando la lógica. Adrian era un hombre importante; ¿por qué iba a tomarse la molestia de quedar conmigo para decirme que me iba a expulsar si lo podía hacer a través de la web? Además, que yo supiera no había hecho nada que le pudiera desagradar. Al contrario, me felicitaba con regularidad por mis comentarios e incluso el día anterior había dicho en el foro que yo tenía «una mente de primera clase».

Las únicas opciones que quedaban eran, hasta cierto punto, más exigentes. O bien estaba pensando en ofrecerme un puesto como moderadora del foro y por eso me iba a entrevistar, o bien quería otra cosa de mí. La cuestión era qué quería.

Esto es suficiente por esta noche. Son las 4.40 de la madrugada y empiezan a picarme los ojos. La lona de la tienda se está poniendo de un color más claro y, tras el maravilloso frescor de la noche, ya noto cómo está subiendo la temperatura.

Jueves, 18 de agosto de 2011

E sta mañana, después de unas pocas horas de sueño, me desperté bruscamente con la sensación de que me estaba asando dentro de la tienda. Alguien había drenado todo el agua de mi cuerpo y mi piel estaba cubierta de una película grasienta. Abrí la cremallera de la puerta de la tienda y saqué la cabeza, pero el aire rancio no ofrecía mucho alivio, así que arrastré mi esterilla hinchable hasta la sombra de un árbol cercano e intenté quedarme dormida otra vez.

Sin embargo, me sentía rara estando tan expuesta y no encontré paz. Después de una hora decidí levantarme para iniciar mis pesquisas.

Primero fui a hacer mis necesidades. Cuando volvía del matorral, se me acercó gesticulando una mujer vieja y pequeña con el pelo canoso y muy corto. Tenía un fuerte acento extranjero y me costó un poco darme cuenta de que estaba enfadada conmigo porque no usaba la misma letrina que todos los demás.

—Si vas a estar aquí, tienes que seguir las normas —dijo en tono severo.

Pensé que lo mejor era no contestar. Entonces le pregunté si había estado en la comuna el verano anterior.

—Sí que estuve —contestó arrugando la frente—. Llevo catorce años viniendo. Yo ayudé a crear este maravilloso lugar y esa es la razón por la que...

—¿Reconoces a esta mujer? —le pregunté mientras le mostraba la foto de Tess.

Apenas miró la foto.

—No me acuerdo —espetó antes de darse media vuelta y alejarse con pasos rápidos.

Decidí acordarme de volver a preguntarle cuando se hubiera tranquilizado. Comencé la ronda en la punta norte del campamento. Me acercaba a todos los campistas adultos enseñándoles la foto de Tess y les preguntaba si se acordaban de ella del verano anterior. Las respuestas fueron decepcionantes. Un hombre con cinco aros en el labio dijo que le sonaba de «algún sitio», pero no fue capaz de dar más detalles. Otro estaba seguro de que Tess era una chica española llamada Lulú que llevaba siete años trabajando en un bar de Ibiza.

Lo que me llamó la atención fue la falta de curiosidad. Ni siquiera tuve que usar la historia inventada que me había preparado. Nadie quiso saber por qué preguntaba por ella. Era como si las personas desaparecidas fueran un fenómeno perfectamente normal en este mundillo. La gente mostraba mucho más interés en saber cómo había llegado hasta la comuna desde el aeropuerto. Cuando expliqué que había cogido un taxi, un hombre me preguntó cuánto me había costado y cuando se lo dije sus ojos se abrieron de par en par, agitó las manos y sopló ruidosamente.

—¡Ciento cuarenta euros! —Se lo repitió a la mujer que estaba trenzándose el pelo a su lado—: ¡Ciento cuarenta euros!

Ese es otro tema en este sitio. Yo me había preparado mentalmente para aguantar los «discursos hippies» y callarme durante las conversaciones sobre «espiritualidad», «signos zodiacales», «masajes» y esas cosas, pero las conversaciones que había oído en la comuna no eran para nada de ese tipo. Parecía que solo hablaban de cuánto costaba todo, o de dónde habían venido o adónde iban después.

Supongo que esta falta de interés por los demás tiene sentido en lo que se refiere a Tess. Ella sabía que podía venir aquí y nadie se interesaría por su vida ni le haría preguntas incómodas.

Mientras volvía a la tienda, escuché otra vez el maravilloso zumbido del generador que había oído la noche anterior y, guiada por el sonido, llegué a una furgoneta que estaba un poco apartada de las otras. La puerta estaba abierta. Dentro, una mujer estaba dando de mamar a un bebé y un niño pequeño atacaba un melón con un cuchillo. Había un ventilador que susurraba cerca del bebé. La mujer tenía los pechos al aire, así que desvié la mirada y le pregunté sobre las características técnicas de su generador. Eso pareció sorprenderla y dijo que no lo sabía, así que salí a echar un vistazo. Solo era de 1200 watios, por lo que calculé que, si enchufaba mi laptop con el ventilador, este sufriría una ligera reducción de potencia. Pensé que no se notaría tanto de noche, cuando la temperatura era más fresca y estaban dormidos, y que entonces tal vez podría usarlo para cargar mi ordenador.

Se lo expliqué a la mujer y le pregunté si podía enchufar mi adaptador.

—Con tal de que no nos asemos, no veo por qué no —dijo.

—¿Estuviste aquí el verano pasado? —pregunté, pensando en Tess.

—No, es nuestra primera vez —contestó soltando una risita—. Y supongo que la tuya también. Por cierto, me llamo Annie.

Comparada con el resto de la gente, Annie parece bastante normal. Es una mujer grande y sonrosada y, aunque su pelo rubio está desordenado, no lo lleva ni enmarañado ni rapado. Su ropa casi parece presentable, aunque los agujeros para los brazos de su chaleco son tan amplios que dejan ver el lateral de su brasier.

Pensé que tenía que mover mi tienda inmediatamente para ponerla más cerca del generador. No la desmonté, solo quité las clavijas que la fijaban al suelo y arrastré la tienda entera —con mis cosas dentro— unos cien metros, hasta un lugar junto a la furgoneta de Annie. Ella y los niños ya estaban fuera, a la sombra de una lona improvisada.

—Oh, ¿así que vas a montar tu tienda justo aquí? —preguntó Annie.

No sé por qué lo preguntaba; parecía la cosa más obvia del mundo, ya que iba a conectar mi ordenador a su generador. Asentí con la cabeza y comencé a meter las clavijas para fijar la tienda al suelo. Annie y el niño miraban.

—¿Quieres que Milo te ayude? —me propuso—. Le encanta montar tiendas.

Antes de darme tiempo a contestar, el pequeño niño vino corriendo y empezó a clavar las clavijas en el suelo usando las dos manos mientras murmuraba para sí. Tiene el mismo color de pelo que Annie y cuando se puso de rodillas me di cuenta de que llevaba las plantas de los pies negras.

Después de haber empezado el día tan temprano y con tantas actividades por la mañana, me apetecía echarme un rato. Dentro de la tienda hacía un calor horrible, así que le pregunté a Annie si podía colocar mi esterilla bajo la sombra de la lona y tumbarme allí.

—No eres muy tímida, ¿verdad? —comentó, pero hizo un gesto con la mano que interpreté como un sí.

Acerqué mi esterilla y me tumbé con los brazos cruzados sobre el pecho y los ojos cerrados. No me sentía tan incómoda ahora que solo estaban cerca Annie y Milo, y en poco tiempo me dejé arrastrar por un tipo de sueño extraño, semiconsciente. Los sonidos alrededor de mí —el canto de los pájaros, los ladridos de los perros, el ruido de los bongós e incluso las voces de Annie y Milo, que estaban a tan solo unos pasos de distancia— quedaron ahogados por el calor y se fusionaron en una especie de banda sonora de música ambiental que acompañaba mis pensamientos.

Normalmente no suelo recordar mis sueños y, desde luego, no les doy importancia. Pero este era más como una serie de imágenes inconexas. Algunas de las escenas tenían un origen obvio: el vuelo a España del día anterior, el primer vuelo de toda mi vida —el avión tenía el mismo color naranja que una bolsa de Doritos—; la infernal escena de la multitud en la terminal de salidas de Luton, que al verla casi me doy media vuelta y me vuelvo a Rotherhithe. Pero también había escenas de otros lugares que no tenían una explicación tan evidente: yo atravesando los grandes almacenes del Marks and Spencer de Camden High Street y mi madre caminando delante —era fácil reconocerla por la cazadora beis—; el cuerpo de Tess girando en el aire alrededor de un árbol en lo profundo del bosque.

El llanto de un niño penetró en el sueño y cuando me desperté vi que Annie estaba amamantando al bebé y que Milo daba vueltas al contenido de una cazuela que estaba sobre el fuego de un pequeño infiernillo. Annie me dijo que eran las seis de la tarde y me preguntó si quería cenar algo. Yo he traído pan y galletas para alimentarme durante una semana, así que no me resulta indispensable nada más, pero acepté su oferta.

—No es más que chili vegetariano —dijo—. Nada del otro mundo —añadió con razón.

Nos sentamos sobre unos troncos de madera lijados y barnizados que hacían las veces de sillas rudimentarias.

Annie explicó que los había fabricado ella para vendérselos a los turistas en los mercadillos. Comenté que, si los turistas volvían a casa en avión, llevar esos taburetes podría suponer un problema, debido a que el equipaje superaría el máximo permitido; el día anterior me había enterado en el aeropuerto de que había un límite de peso.

—Bueno, supongo que entonces tendrán que quedarse en España —replicó Annie.

No parecía demasiado preocupada ante la perspectiva de perder una parte importante de su clientela potencial.

Milo se zampó su comida y comenzó a jugar con un juguete de madera atado a una cuerda: lo lanzaba al aire y a continuación intentaba cogerlo; así que tuve que enfrentarme sola al reto de darle conversación a Annie. Afortunadamente, ella fue la que más habló. Sin que yo se lo preguntara, me contó que era de Connecticut (Estados Unidos) y que cuando cumplió los cuarenta había decidido regalarse a sí misma un viaje a España.

Me sorprendió enterarme de que tenía cuarenta años, solo uno más de los que tendría Tess ahora. Annie parece mucho mayor. Cuando sonríe se ven por lo menos diez arrugas alrededor de cada ojo, mientras que Tess solo tenía cuatro, y en la piel de su pecho hay una serie de líneas circulares, como los anillos en el tronco de un árbol.

Me preguntó para qué usaba la computadora y le dije que estaba escribiendo un guion de cine. Entonces Milo comenzó a decir tonterías y fingí que le escuchaba, lo cual fue un alivio, porque no quería contar mucho más.

Así que este ha sido mi día. Ahora ha oscurecido fuera, todo se ha quedado tranquilo y estoy en la tienda. Aquí continúa el relato oficial.

Adrian preguntó si podíamos quedar en South End Green, en Hampstead, un sitio que, por pura coincidencia, yo conocía bien. En esa pequeña plaza se encuentra el Royal Free Hospital, que era uno de los centros donde habían atendido a mi madre. Había pasado horas contemplando esa plaza desde diferentes ventanas de lo alto del edificio mientras mi madre se sometía a diferentes pruebas o sentada en un Starbucks cercano, lleno de gente pálida que no estaba tomando nada, que hacía las veces de sala de espera.

Llegué trece minutos antes de la hora acordada y me senté en un banco, aliviada por poder dar un descanso a mis pies. Llevaba unos zapatos de mi madre con tacones altos que eran demasiado pequeños para mí. Era un día caluroso y los otros bancos estaban ocupados por una mezcla de vagabundos y pacientes del hospital que estaban tomando el aire, aunque los autobuses que circulaban alrededor de la plaza hacían que eso fuera casi imposible. Algunos de los pacientes estaban solos, otros iban acompañados de asistentes o enfermeros. Recuerdo a un hombre que tenía la piel amarilla como la mantequilla y arrastraba una sonda, y también había una anciana a la que paseaban en una silla de ruedas de un lado a otro, cuya cabeza botaba como si tuviera el cuello roto.

En el otro extremo de mi banco, un vagabundo estaba tomando tragos de una lata. Mientras estaba allí sentada sudando, vino otro hombre y se sentó a mi lado. Era bastante joven, pero tenía la cara gris con ojeras. Encendió un cigarrillo y se lo fumó rápidamente, con la mirada perdida. Luego se puso en pie, dejó caer la colilla al suelo y se marchó, olvidando la cajetilla en el reposabrazos del banco. Estiré el brazo, cogí la cajetilla y le dije:

—¡Ha olvidado esto!

No se dio la vuelta, así que me puse en pie y fui tras él con la cajetilla en la mano, suponiendo que no me había oído. Cuando lo alcancé, se dio la vuelta y me miró de una forma extraña.

—Está vacía —dijo.

Echó a andar de nuevo.

Tiré la cajetilla de cigarrillos en una papelera y volví a sentarme en el banco. Después oí una voz familiar detrás de mí.

—Eres una buena persona, Leila.

Me di la vuelta y allí estaba, mirándome con una sonrisa.

Ya sabía cómo era Adrian por los vídeos que había colgado en la web. Incluso reconocí la camisa que llevaba; era una de mis favoritas, una de pana del mismo tono azul que sus ojos; en el cuello asomaba una franja blanca de la camiseta. Recuerdo que pensé que parecía fuera de lugar en aquella plazoleta de la muerte; tenía un aspecto demasiado saludable y sano, con las mejillas regordetas y sonrosadas.

Al verlo, me puse en pie automáticamente. Continuó hablando:

—He visto lo que acabas de hacer con los cigarrillos de ese tipo.

La palabra «cigarrillos» sonó extraña cuando la pronunció con su cálido acento norteamericano.

—La mayoría de la gente no lo habría hecho, ¿sabes?

—¿No? —pregunté.

—No —contestó él y dio la vuelta al banco hasta llegar a mi lado.

Me miró a los ojos y alargó la mano. La estreché y dijo:

—Encantado de conocerte, Leila.

El vagabundo que estaba a nuestro lado soltó un aullido y arrojó la lata al suelo sin ningún motivo aparente. Adrian levantó las cejas y dijo:

—¿Vamos a otro sitio más saludable? ¿Te importa caminar un poco? —Después añadió—: ¡Qué zapatos más bonitos! No te harán daño en los pies, ¿verdad?

Adrian me llevó zigzagueando a través de los autobuses de la calzada hasta la acera de enfrente. Caminamos en silencio un par de minutos por delante de una serie de tiendas, hasta que llegamos al extremo de una vasta extensión verde.

—Ah, Hampstead Heath —dijo Adrian—. El pulmón de Londres.

Continuamos por la hierba, donde había perros sentados y oficinistas con un bocadillo en las manos y las caras vueltas al sol. Adrian me preguntó si venía desde lejos y, a modo de respuesta, le pregunté si él vivía por esa zona.

—¡Ja! Ojalá fuera así. ¿Conoces Brixton?

No lo conocía, pero suponía que estaría bastante lejos y me pregunté por qué habría querido que quedáramos en un lugar que estaba tan lejos de nuestras respectivas casas. Abrí la boca para averiguarlo, pero se adelantó preguntándome qué opinaba sobre las Olimpiadas de Londres de 2012.

—¿Estás a favor o en contra?

Lo cierto es que no había pensado mucho en ese tema y no tenía una opinión formada al respecto, así que me sentí aliviada cuando, al momento, siguió hablando.

—Eso si el mundo todavía sigue existiendo para entonces, claro. ¿Qué opinas de esos fatalistas del 2012 que están convencidos de que va a ser el fin de la humanidad?

En este tema me sentía más segura. Los entusiastas de ese tipo de visiones fatalistas del futuro abundaban en los chats y conocía sus absurdos argumentos. También imaginaba lo que Adrian pensaría sobre ellos —después de todo, sus creencias no se podían calificar de racionales—, así que me la jugué y le contesté en términos que no daban lugar a equívocos:

—Pienso que están locos.

Adrian soltó una sonora carcajada.

—Desde luego que lo están. De hecho —continuó, bajando la voz—, siempre he querido inventarme mi propia teoría conspirativa solo para demostrar que esos idiotas son capaces de tragarse cualquier cosa. Ahora mismo podría inventarme una: por ejemplo, que Obama provocó la crisis financiera. Dame una mañana para poner en marcha una página web, montar un vídeo y manipular Wikipedia, y a las cinco de la tarde ya tendría mil seguidores incondicionales engatusados.

No sabía nada ni de Obama ni de la crisis financiera, así que estaba contenta de que una sonrisa pareciera bastar como respuesta. Entonces Adrian cambió discretamente de tema y me preguntó si de pequeña había preferido hacer deporte o más bien había sido una lectora ávida, como había sido su caso —«a juzgar por el desarrollo de tu mente, supongo que lo segundo»—. Desde ese momento, la conversación fue fluida; cada respuesta que le daba abría paso a otro tema, a menudo solo superficialmente relacionado con el anterior.

De esta manera, en menos de quince minutos ya habíamos conversado sobre muchas cosas y Adrian sabía más de mí que cualquier otra persona en el mundo. Aparte de mi madre, claro, pero con ella era diferente; nuestras conversaciones podían durar semanas o meses, y la mayoría trataban sobre asuntos de carácter práctico y cotidiano. En cambio con Adrian todo era nuevo. Expresaba ideas y opiniones que ni siquiera sabía que tenía hasta ese momento. Conforme saltábamos de un tema a otro, tuve la misma sensación que cuando jugaba con mis compañeros de clase de primaria a intentar pisar cada baldosa del suelo del parque el menor tiempo posible.

A pesar de su frenético ritmo, la conversación no parecía forzada ni artificial; no creía que Adrian estuviera preguntándome porque sí, sino que tenía la sensación de que estaba verdaderamente interesado en conocer mis respuestas. No había tiempo para reflexionar ni para pensar en si lo que le estaba diciendo era lo «correcto», pero, a juzgar por sus respuestas positivas, parecía que sí, porque expresaba su conformidad y luego me contaba alguna anécdota personal relacionada con el tema o alguna idea suya. Más que estresarme el incesante intercambio de opiniones, la experiencia me pareció vivificante.

Más tarde, cuando llevábamos unos veinte minutos paseando, mientras caminábamos a la sombra de una arboleda, dijo algo que me sorprendió bastante y que alteró momentáneamente la fluidez de nuestra conversación. Estábamos hablando de vegetarianismo —resultaba que él también lo practicaba— y me dijo que había un buen restaurante vegetariano cerca, en Hampstead.

—¿No has estado? —preguntó—. Ah, pues tienes que ir. Solía llevar a mi mujer, Sandra; era nuestro restaurante favorito. Sobre todo porque siempre intentaban que se sintiera cómoda con la silla de ruedas.

No se me había ocurrido que estuviera casado y menos que su mujer tuviera una discapacidad. Antes de que me diera tiempo a decir nada, añadió:

—EMRR.

Enseguida continuó hablando y comentó lo encantador que era un perro que estaba saltando cerca antes de preguntarme si me gustaban los animales. Y así llevó la conversación hacia otro tema, dejando atrás a su mujer postrada en una silla de ruedas.

Solo más tarde, cuando tuve tiempo de repasar y procesar todo lo que habíamos hablado, me di cuenta de lo que implicaba esa información. Adrian había tenido una mujer, de la que hablaba en pasado, que padecía esclerosis múltiple.

Esta segunda coincidencia hizo que nuestro encuentro pareciera aún más extraordinario, algo más que teníamos en común. Me llamó la atención que hubiera usado el acrónimo para referirse a la esclerosis múltiple remitente recidivante sin explicar lo que era, como si tuviera la seguridad de que yo sabría qué significaba, aunque no le había mencionado que mi madre había padecido esa enfermedad ni durante la conversación ni en la web.

Más o menos fue en aquel momento cuando me di cuenta de que los zapatos me estaban haciendo bastante daño en los talones y tuve que andar más despacio. Adrian notó mi malestar inmediatamente.

—Vaya, pobrecita —dijo—. Cómo sufrís las mujeres por la belleza. ¿Nos sentamos?

Hizo un gesto señalando un banco cercano que estaba frente a un estanque. Nos sentamos, él medio inclinado hacia mí, con un brazo apoyado en el respaldo del banco. Esbozó una amplia sonrisa.

Los periódicos estaban obsesionados con que el aspecto físico de Adrian fuera tan «normal». Un periodista lo describió como «el típico ayudante del gerente de una tienda de electrónica Dixons», lo cual parece absurdo, porque ¿cómo se supone que tiene que ser un ayudante del gerente de un Dixons? No era muy alto —mediría uno setenta— y era de constitución fuerte, pero no estaba gordo. Es verdad que sus rasgos faciales no eran especialmente bellos —las mejillas redondas y sonrosadas, la nariz bastante grande, pequeños ojos azules hundidos— y el rasgo más llamativo en él era su pelo negro y repeinado.

En la vida real, el pelo tenía una textura un poco extraña y mullida, lo que no era evidente en la pantalla.

Al mismo tiempo, había algo en él —la confianza que tenía en sí mismo y la atención que me prestaba— que lo convertía en una persona sugerente y atractiva. Yo ya me había acostumbrado a eso con los vídeos, en los que miraba fijamente a la cámara como si estuviera hablando con un viejo amigo, pero también pasaba lo mismo en la vida real.

—Bien, Leila —dijo—, sin lugar a dudas te estarás preguntando por qué quería quedar contigo. Voy a ser muy claro desde el principio. Tal y como te dije en mi mensaje, he estado siguiendo tu actividad en el foro y la verdad es que me has impresionado mucho. Ahora dime a qué te dedicas.

Cuando le conté lo de mi trabajo de probadora de software, sonrió y se inclinó hacia mí con un gesto de complicidad.

—Esto no se lo digas a nadie, pero, a pesar de moderar un foro, soy un desastre con los ordenadores. Resulta irónico, ¿no te parece? —dijo riéndose—. Deberías darme clases. ¿Das clases a tus padres?

Le expliqué que mi madre estaba muerta y que no había conocido a mi padre, porque mi madre y él se habían separado cuando ella estaba embarazada.

—¿Y hermanos?

—Soy hija única.

Sonrió.

—Bueno, espero que encuentres en la gente del foro una especie de sustituto de tu familia.

—¡Sí, exactamente, exactamente! —exclamé.

Recuerdo que pensé que esas palabras no habían sonado como si las hubiese dicho yo, sino alguien más dicharachero, como una chica de la tele.

—¿Sabes, Leila? Todos los días hay alguien, tú u otro miembro del foro, que dice algo sabio y maravilloso que me alucina. Literalmente me deja sin respiración del placer que me produce. —Bajó la voz—: Voy a confesarte algo. Normalmente pienso que soy un tipo optimista, pero muy de vez en cuando el estado del mundo me deprime un poco. Me refiero a la banalidad y la forma tan superficial de razonar que parecen ser la norma general. ¿Sabes lo que quiero decir? ¿Alguna vez te sientes así?

Asentí entusiasmada con la cabeza.

—Sí, desde luego que sí.

—Pero en esas ocasiones —continuó diciendo— lo único que tengo que hacer es entrar en el foro y descubro que hay personas como tú, inteligentes y apasionadas, que buscan la verdad y se preocupan de lo que realmente importa, y entonces sé que todo irá bien.

Me sonrió. Recuerdo que el sol le daba en la cara, lo que le confería un aspecto radiante. Creo que hasta ese momento realmente no me había dado cuenta de lo que estaba ocurriendo. Ese hombre brillante, a quien todo el mundo en Red Pill intentaba impresionar, tenía, en ese preciso instante, toda su atención puesta en mí. Podía ver los poros de sus mejillas y percibir el olor a menta de su aliento. Cuando bajé la mirada y vi sus pies, pude ver una franja de los calcetines que sobresalía de sus mocasines.

Estaba cerca, tenía acceso completo. Randfan, por poner un ejemplo, habría sido capaz de matar por estar en mi lugar; la semana anterior había anunciado en el foro que se había tatuado alrededor de la pantorrilla una de las frases favoritas de Adrian: «No es la meta en sí lo que importa, sino lo que encuentras en el camino».

Había varias personas a nuestro alrededor, pero me pareció que su presencia se desvanecía y que estábamos completamente solos, él y yo. También había desaparecido la ansiedad que había sentido antes de la entrevista —recuerdo que en aquel momento pensé que lo que quería era que yo ejerciera de moderadora en el foro—. En ese instante fui completamente feliz. La mejor manera de describirlo es que era como estar en un espacio perfectamente ajustado a mi persona.

—Bien, Leila —dijo acomodándose en el banco—, ¿qué te parece el foro? Sé sincera, por favor. Valoro tu opinión, de verdad.

Había previsto esta pregunta y le dije que, en mi opinión, Red Pill era un oasis de cordura, un foro para debates intelectuales, etcétera. Como antes, me pareció que mis palabras fascinaban a Adrian.

—¿De verdad? —preguntó—. Vaya, cómo me alegro.

Después me contó un poco cómo había empezado el foro, aunque yo ya conocía casi todo: que lo había iniciado en Estados Unidos, que «anarquismo» significa algo ligeramente diferente al otro lado del charco, que los norteamericanos estaban más interesados por los aspectos económicos mientras que a nosotros, en el Reino Unido, nos motivaba más la vertiente filosófica.

Se aproximó a mí ligeramente.

—Nunca se lo confesaría a nadie, pero personalmente me intriga más el aspecto moral de la vida. Con eso no quiero decir que la economía no sea importante, naturalmente. Sin embargo la cuestión de cómo vivir la vida de la mejor manera posible es lo que de verdad me interesa.

—¡A mí también! —exclamé.

—Por ejemplo, el debate sobre el derecho a morir de la semana pasada —explicó Adrian—. Escribiste con mucha pasión. ¿Se podría decir que tienes un interés especial por ese asunto?

—Sí —dije. Ese era un tema que dominaba—. Pienso que poder decidir el día y el lugar de tu muerte es la máxima expresión de ser dueño de uno mismo. Me parece evidente que cualquiera que afirme que cree en la libertad individual no puede oponerse a la idea del suicidio. La libertad de elegir cómo y cuándo morir es un derecho fundamental.

—¿Y hay algún tipo de condición para que sea moralmente legítimo? —preguntó Adrian—. ¿Un candidato debe padecer una enfermedad terminal para que podamos aprobar sus acciones?

Negué con la cabeza.

—La vida es un asunto de calidad, no de cantidad, y cada individuo debe tener potestad para juzgar si merece o no la pena vivir la suya.

Mientras hablábamos, una niña que acababa de aprender a andar venía por el camino con pasos vacilantes.

Llevaba un sombrero para protegerse del sol y estaba encantada balbuceando algo. Se dio la vuelta para mirar a su padre, que estaba detrás a cierta distancia. Cuando la niña se encontraba a pocos metros de nosotros, tropezó y se cayó, aterrizando con la cara por delante. Tras un momento, levantó la cabeza, con la grava pegada a la cara, y soltó un aullido espantoso.

Adrian se sobresaltó visiblemente al oír el llanto.

—¿Damos un paseo?

Se puso en pie sin esperar respuesta y se marchó sorteando a la niña que estaba llorando. Lo seguí y caminamos en silencio durante un rato por un camino que discurría entre dos estanques. Uno de ellos estaba lleno de bañistas; se oían risas y gritos flotando en el aire por encima del agua marrón. Adrian los miró con una sonrisa. Parecía que había recobrado su jovialidad después de la interrupción.

—Dime, señorita Leila, ¿conoces el argumento de la ayuda necesaria? —preguntó.

«Ahora ya hemos vuelto a la entrevista propiamente dicha», pensé. Desafortunadamente, no tenía ni idea de lo que era eso. Pensé que podía usar la lógica para adivinarlo si me daba un minuto, pero a Adrian no pareció importarle que no contestara y continuó hablando.

—Dice que no solo no tenemos derecho a impedir que aquellos que quieran terminar con su vida lo hagan, sino que incluso tenemos la obligación de ayudarlos a hacerlo si nos lo piden.

—¿Como la eutanasia? —pregunté.

—Bueno, más o menos —contestó Adrian—. Pero es un concepto que engloba más que eso. Y puede no tener que ver directamente con el acto del suicidio en sí. Déjame que te lo explique de otra manera. Imagínate que surge una situación en la que alguien a quien consideras mentalmente sano te pide ayuda para terminar con su vida de una manera u otra. Entonces, según el argumento de la ayuda necesaria, tu deber es ayudarlo.

—Vale —dije—. Lo comprendo.

Todavía estaba preocupada por no haber sabido inmediatamente lo que era el argumento de la ayuda necesaria.

—De hecho —prosiguió Adrian—, es como llevar a sus últimas consecuencias la idea comúnmente aceptada de la eutanasia. Algunas personas están físicamente capacitadas para llevarla a cabo por su cuenta, pero el daño que causarían a su familia y sus amigos les impide hacerlo.

Hizo una pausa para recobrar el aliento.

—Vale, entonces te voy a presentar un caso hipotético. Una mujer sufre una enfermedad que no es precisamente terminal, pero que está destrozando su calidad de vida y que, en definitiva, es incurable. Tras reflexionar profundamente, llega a la conclusión de que quiere quitarse la vida. Sin embargo sabe que provocaría un daño terrible a sus amigos y a su familia, porque se lo tomarían fatal, y por esa razón no lo lleva a cabo. Aun así, se encuentra desesperada, realmente desesperada, porque realmente necesita suicidarse y lleva años con esa convicción. Acude a ti y te explica que ha pensado en una manera de hacerlo sin perturbar a su familia ni a sus amigos, pero no puede conseguirlo sin tu ayuda. ¿Qué harías? ¿La ayudarías?

Asentí con la cabeza.

—Por supuesto. Según los preceptos del argumento de la ayuda necesaria, ese sería mi deber.

Adrian esbozó una sonrisa centelleante.

—Eres una joven extraordinaria. Apuesto a que la gente que está a tu alrededor no ha sabido apreciarlo tanto como debería.

Sentí cómo me ruborizaba. Habíamos llegado a la altura de un pequeño prado con una fuerte pendiente que terminaba en un estanque. Había animados grupos de gente por aquí y por allá; sus cabezas y sus morenas extremidades apenas eran visibles sobre la alta hierba dorada, pero solo los veía a medias, como si formaran parte de un cuadro. Mi conversación con Adrian era lo único que parecía real.

—No todo el mundo es capaz de asimilar teorías avanzadas como el argumento de la ayuda necesaria —comentó Adrian—. Incluso va más allá de la capacidad de comprensión de algunos miembros de Red Pill. Dicen lo que se espera de ellos, pero en realidad solo llegan hasta cierto punto; no son capaces de enfrentarse a todas las implicaciones y la realidad. Siguen aferrados a ilusiones y convenciones sociales. No consiguen liberarse de su propia resistencia; no son del todo libres. Solo una persona muy especial, única, es capaz de conseguirlo, Leila. —Hizo una pausa—. ¿Tú eres libre?

Ya habíamos llegado a la orilla del estanque, donde terminaba el prado. Un hombre tiró un *frisbee* al agua y un perro labrador negro y rechoncho se lanzó tras él dándose un panzazo.

—No lo sé —contesté finalmente—. Quiero decir que no creo que haya llegado todavía a ese punto. Sé que me quedan muchas cosas por aprender, pero realmente quiero aprender. Quiero ser libre.

Adrian sonrió y me puso una mano sobre el hombro. Hizo un gesto para que reanudáramos el paseo y fue entonces cuando me contó lo de Tess.

En realidad no mencionó su nombre. Solo dijo que una mujer había acudido a él y le había contado que estaba desesperada por quitarse la vida, pero que no quería que su familia y sus amigos se enterasen. Lo que se le había ocurrido era contratar a alguien para que fingiera en Internet que era ella, de modo que nadie se enterara de que ya no estaba viva.

Naturalmente, no acepté de inmediato. Adrian insistió en que me tomase una semana —«por lo menos»— para sopesar la propuesta.

—Es un reto tremendo, Leila. Tremendo —remarcó aquel día en Hampstead Heath, alzando los brazos para enfatizar sus palabras—. Te va a llevar mucho tiempo. Te exigirá un montón de preparación y fuerza mental. Vas a tener que comprometerte durante por lo menos seis meses. Y puesto que, desgraciadamente, no todo el mundo comparte nuestras tolerantes convicciones, no vas a poder contar a nadie lo que estás haciendo.

Asentí con la cabeza, profundamente sumergida en mis pensamientos.

—Naturalmente, habrá algún tipo de compensación económica —aclaró Adrian—. Podemos hablar de los detalles cuando tomes la decisión. Me temo que no serán cantidades considerables, porque esa mujer no es rica, pero quiere pagarte el tiempo que dediques. —Hizo una pausa—. Si accedieras a hacerlo, ¿cuánto pedirías por ese trabajo?

La pregunta era totalmente inesperada, por lo que no me había parado a pensar en el tema. Sin embargo, cuando entré a vivir en el piso había calculado todos mis gastos de agua, luz y comida, y había llegado a la conclusión de que necesitaría unas ochenta y ocho libras semanales para vivir. Por lo que me estaba diciendo Adrian, trabajar para Tess exigiría una dedicación completa, así que iba a tener que dejar el trabajo de Testers 4 U. Con lo cual, ese sería mi único ingreso.

—¿Ochenta y ocho libras semanales? —propuse.

Adrian levantó una ceja y asintió con la cabeza.

—Evidentemente, eso suena muy razonable. Estoy seguro de que lo aceptará.

Cuando nos despedimos en el metro, puso las dos manos en mis hombros y me miró fijamente a los ojos un momento sin decir nada. Luego sonrió y se despidió:

—Adiós, Leila.

El metro de vuelta a Rotherhithe estaba lleno a reventar. Tuve que viajar con el cuerpo pegado al hombro desnudo y sudado de un hombre y un grupo de turistas chillándome al oído. En condiciones normales, me habría bajado en la siguiente parada para esperar otro metro. Pero en aquel momento, aquel día, no me importó. No me afectaba. Era como si Adrian me hubiera dado una capa de protección en nuestro encuentro.

Durante los tres días siguientes estuve pensando en su propuesta, examinándola desde todos los ángulos posibles. Hice una lista de ventajas y desventajas, como cuando había tenido que tomar decisiones relativas a mi madre. Pero esta situación parecía diferente, era como si estuviera avanzando en el proceso de tomar la decisión, nada más. En realidad, cuando me subí al metro tras el encuentro en Hampstead Heath, ya sabía que iba a aceptar.

—No conozco a ninguna otra persona que tenga la capacidad mental y la compasión necesarias para ayudarla —había afirmado Adrian y me prometió que estaría a mi lado para asistirme cuando me hiciera falta—. No estarás sola. Estaré protegiéndote todo el rato. Tu bienestar es mi deber principal.

Hablamos de que, debido al riesgo de juicios por parte de personas menos tolerantes, deberíamos evitar toda referencia al proyecto en Red Pill, incluso en los mensajes privados. Adrian dijo que, en el caso de que quisiera ocuparme del proyecto, le avisara poniendo bajo mi firma en Red Pill una cita de Sócrates. Si decidía no hacerlo, pondría una de Platón. Sería una clave secreta entre los dos.

—Y desde ese momento, una vez que el proyecto empiece, nos comunicaremos por otras vías —había añadido—. Supongo que tienes una cuenta en Facebook.

Quería encontrar a toda costa una cita apropiada de Sócrates. Tras reflexionarlo durante un tiempo, elegí esta:

«No solo son ociosos los que no hacen nada, también lo son aquellos que podrían dedicarse a cosas más provechosas».

A pesar de estar convencida, mis manos temblaban cuando piqué en el botón de «Enviar».

En nuestra primera sesión, Diana, la psicóloga de la policía, me dijo:

—¿Nunca pensaste que ese proyecto era imposible? Incluso considerando los asuntos más prácticos: ¿cómo ibas a deshacerte del cuerpo?

Le dije que yo no me iba a ocupar de ese tipo de detalles y que mi trabajo solo empezaría una vez realizado el acto. Esto era verdad, pero una de las primeras preguntas que había formulado aquel día en Hampstead Heath fue precisamente cómo íbamos a conseguir que el cuerpo de la mujer no fuera encontrado e identificado. Adrian explicó que había maneras de suicidarse que aseguraban que podían pasar meses o incluso años antes de que el cuerpo fuera descubierto y que, cuando eso sucediera, nadie iba a pensar que ese cuerpo pudiera ser de la mujer en cuestión, ya que nadie habría informado de su desaparición.

—Hay más de cinco mil casos al año de hallazgos de cadáveres no identificados solo en este país —dijo—. Este simplemente sería uno más.

Naturalmente, le hice más preguntas a Adrian aquel día en Hampstead Heath, un montón más. Reconoció que el proyecto parecía audaz e irrealizable.

—Pero ahí es donde está la belleza —aseguró—. ¿Recuerdas la navaja de Ockham? Aunque la gente piense que pasa algo raro, no se imaginará que se ha quitado la vida y otra persona le está suplantando la identidad, ¿no crees? Buscarán otra explicación más evidente.

Esencialmente, la idea era la siguiente. La mujer, Tess, informaría a su familia y a sus amigos de que se iba a vivir al extranjero para empezar una nueva vida en algún lugar lejano e inaccesible. Me entregaría toda la información que necesitara para suplantarla de manera convincente en Internet, desde sus claves hasta su información biográfica. Luego, el día de su «marcha», iría a algún lugar y se ocuparía de sí misma de una manera discreta, entregándome las riendas de su vida. A partir de ese momento, yo asumiría su identidad contestando e-mails, administrando su página de Facebook, etcétera, por lo que sus seres queridos no sabrían que ya no estaría entre los vivos. De esta manera, la ayudaría a cumplir con su deseo: quitarse la vida sin causar dolor a sus amigos ni a su familia; abandonar este mundo sin que nadie se diera cuenta.

—Me imagino que tu primera preocupación es saber si está en su sano juicio —aventuró Adrian—. Bueno, conozco a Tess desde hace un tiempo y puedo asegurarte que sabe perfectamente lo que está haciendo. ¿Es un personaje excéntrico? Sí. ¿Está loca? En absoluto.

Tras oír esa afirmación, comencé a pensar en los pormenores prácticos. Me parecía que, siempre y cuando tuviera la información relevante a mi disposición, la tarea de imitarla sería relativamente sencilla: contestar a algún que otro e-mail y hacer un par de actualizaciones en Facebook cada semana. Adrian me explicó que esa mujer era bastante mayor, que tenía unos treinta y tantos años; supuse que eso significaba que no usaría el típico lenguaje de los SMS.

Entonces mis principales preocupaciones comenzaron a girar en torno a las premisas y la finalización de la operación. Para empezar, ¿esa nueva «vida en el extranjero» sería coherente con la personalidad de Tess? Y, lo más importante, ¿cuánto tiempo duraría el proyecto? A fin de cuentas, no iba a estar suplantando la identidad de esa persona indefinidamente.

Adrian me tranquilizó con respecto a ambas cuestiones. Dijo que Tess era perfecta para el proyecto, tanto por su situación personal como por su carácter. Y mi cometido solo duraría un año o así; durante ese tiempo, iría distanciando a Tess de la gente con la que mantenía alguna relación, reduciendo sus señales de vida hasta que apenas se notara su ausencia.

—Piensa en ello como si estuvieras girando un regulador de intensidad para ir apagando su vida —concluyó Adrian.

Sin embargo, por aquel entonces no sabía que la fase intermedia —los e-mails y las actualizaciones— iba a ser la que causaría problemas. Ni que nunca llegaría al final.

Desde el momento en que me decidí, tenía muchas ganas de empezar. Estuve sentada delante de mi ordenador esperando a que Tess se comunicara conmigo dos días y medio, que se me hicieron muy largos.

No sabía cómo se iba a poner en contacto conmigo. Lo más probable era a través de Facebook o con un e-mail, pero, como le había dado mi número de celular a Adrian, también existía la posibilidad de que me llamara. Abrí las ventanas necesarias en el portátil, coloqué mi teléfono con la batería cargada al lado e intenté hacer otras cosas. Despaché un informe de pruebas de software y estuve navegando por la red sin rumbo fijo, siguiendo enlaces al azar, pero el tráfico virtual que circulaba por delante de mis ojos me pareció tan lejano y aburrido como el ruido de los coches que entraban en el túnel de Rotherhithe al otro lado de la ventana.

A pesar de mis intentos de actuar con normalidad, la espera me puso increíblemente nerviosa y debo admitir que al final del segundo día ya empecé a pensar de una forma ligeramente irracional. La idea de que pudiera ser una trampa comenzó a toma forma en mi cabeza y pensé que la policía podía llamar a la puerta en cualquier momento.

Ahora sé —como también lo sabía entonces— que mi capacidad de raciocinio había quedado afectada negativamente por el estado prolongado de tensión al que estaba sometida. A pesar de ello, desde que esa idea entró en mi cabeza, incluso dejé de navegar al azar y permanecía sentada junto a la mesa sin concentrarme en nada, solo escuchando los ruidos que venían de la calle. Cada vez que unas luces azules iluminaban la ventana —lo cual ocurre con frecuencia en Rotherhithe— se me retorcían las entrañas. En una ocasión, un grupo de niños comenzaron a jugar al fútbol dando pelotazos a la pared del restaurante y cada balonazo me hacía saltar como si fuera el primero que oía.

A la mañana siguiente solo había conseguido dormir a ratos unas pocas horas y me encontraba aún más alterada y crispada. Pensé que no lo iba a soportar más y comencé a redactar un e-mail a Adrian en el que presentaba mi dimisión del proyecto, cuando miré la parte inferior de la pantalla y allí estaba: un [1] en mi bandeja de entrada.

Me recuperé inmediatamente. El e-mail venía de una dirección que se llamaba *hueleelcafequerida@gmail.com*. En aquel momento supuse que Tess había abierto una nueva cuenta anónima específicamente para el proyecto, pero más tarde me enteré de que llevaba años usando esa dirección. La frase no tenía ningún significado especial; no era más que una cita sacada de una película que estaba sonando de fondo cuando daba de alta su cuenta de Gmail el año 2005.

Era solo un ejemplo del tipo de cosas que debía tener en cuenta cuando trabajaba con Tess. Uno normalmente piensa que la gente actúa por razones concretas, que hay motivos que dan sentido a sus acciones, pero con Tess lo normal era lo contrario. No facilitaba la tarea.

El e-mail carecía de asunto y la ventana de texto también estaba vacía. Había cuatro documentos adjuntos: tres de texto y un jpeg.

Primero abrí la fotografía.

Lógicamente, ya me había hecho una idea de cómo era Tess a partir de la información que Adrian me había proporcionado. No es que me hubiera contado gran cosa: tenía treinta y ocho años, vivía en Bethnal Green, en el este de Londres, y en ese momento trabajaba en una galería de arte. Teniendo en cuenta lo que quería hacer, me había esperado una mujer de mediana edad con la mirada vacía y la cara retorcida por la desesperación.

En cambio, la mujer de la foto no era para nada así. Para empezar, parecía joven. O, mejor dicho, no pensé en su edad cuando la vi, porque era muy atractiva. No era bella como la princesa Buttercup, pero supongo que era sexi.

En la foto, en la que aparecía casi de cuerpo entero, estaba de pie en una cocina. No había nadie más en la imagen, pero aun así parecía que estaba en una fiesta: la encimera en la que se apoyaba estaba llena de botellas, había trozos de lima repartidos por todas partes y una bolsa de plástico azul vacía que mantenía la forma de lo que previamente había contenido.

Tess llevaba algo parecido a una enorme camiseta blanca, lo único que la llevaba sola, a modo de vestido, con un cinturón dorado. Se le había deslizado ligeramente a la altura del hombro y se le veía el pequeño relieve de la clavícula, como si fuera un botón, tal y como suele pasar con las chicas de las revistas. Estaba muy morena; de hecho, me enteré más tarde de que era medio chilena e incluso en invierno tenía la piel del mismo color que el té muy fuerte. Sus piernas desnudas eran finas y carecían de musculatura, como si no las ejercitara casi. Mi madre habría dicho que tenía piernas de colegiala, aunque lo cierto es que yo nunca las tuve así, ni siquiera cuando iba al colegio.

Su pelo era espeso, casi negro, y lo llevaba cortado a la altura del hombro con flequillo. Los ojos eran de color marrón oscuro y llamaban la atención porque estaban muy separados. Tess miraba a la cámara, pero tenía la cabeza ligeramente ladeada, de modo que se podía ver una alargada nariz chata y la marcada línea de la mandíbula. Estaba sonriendo, pero no era la sonrisa que se pone normalmente para posar en una foto, más bien parecía que había hecho algo malo y que nadie se había enterado salvo ella y el fotógrafo.

¿Realmente fue eso lo que pensé en aquel momento? ¿O lo estoy diciendo porque más tarde me enteré de que acababa de hacer algo malo? El motivo de la fiesta era que su amiga Tina comenzaba a vivir en una nueva casa, en agosto de 2007, y la fotografía había sido sacada un momento después de regresar del baño, donde había esnifado cocaína con Danny, el hombre que estaba detrás de la cámara.

También puede ser que no me pareciera sexi la primera vez que la vi; es posible que lo diga porque ahora sé que otras personas lo pensaban.

Estoy esforzándome por ser objetiva y rigurosa en mi análisis de la cadena de acontecimientos y cómo los percibí, para no enturbiarlos con lo que supe más tarde, pero es difícil. Tal vez lo más apropiado sea afirmar que, en aquel momento, mi primera impresión fue que Tess no parecía una persona que quisiera morir.

Tras examinar la foto, descargué los documentos. Todavía los tengo guardados en mi ordenador. El nombre del primer archivo era *Leer primero* y se trataba de una carta. Literalmente, decía así:

Hola, Leila:

Hay q joderse. De verdad que no puedo xpresar con palabras qué es lo q siento con eso d q hayas aceptado ayudarme. Es como si hubieras aceptado salvarme la vida. Sé q suena raro en estas circunstancias, pero es verdad. Estoy segura d q te daré las gracias un millón de veces a lo largo de todo esto, así q empezaré ya: ¡Gracias!

Supongo q lo primero es averiguar cómo vamos a hacer esto. Todo esto es nuevo para mí —evidentemente—, pero he pensado q quizá lo mejor q pueda hacer sea enviarte un montón d info para empezar, todo lo q se me ocurra en este momento, y luego me preguntas para rellenar los huecos d todo lo q sin lugar a dudas olvidaré. ¿Te parece?

¿Tienes alguna idea d cuánto tiempo t va a llevar? Evidentemente, estarás preparada, pero, para q lo sepas, tengo un montón d ganas d hacerlo cuanto antes. No sé lo q t habrá contado Adrian, pero llevo taaanto tiempo esperando esto... Quiero decir: ¿puedes arrancar ya?

Otra cosa. Adrian y yo pensamos q será mejor q no quedemos en persona y q hagamos todos los preparativos por e-mail. Podría ser más limpio y fácil si no estás emocionalmente involucrada.

Así q aquí me tienes, pensando por qué estás haciendo todo esto por mí. Bueno, sé por qué, Adrian dice q eres una persona especial. Espero q no t suponga mucho lío. Solo por avisarte: estoy loca d remate. Perdón.

Vale. Entonces, lo primero q hago es enviarte una especie d autobiografía q un loquero me hizo escribir una vez. Tiene varios años, así q simplemente imagínate q ahora todo ha ido a peor, pero t dará una idea general de cómo soy. Luego seguimos desde ahí.

No me puedo creer que por fin esto esté pasando. No he estado tan contenta desde hace años. ¡¡¡Gracias!!!

XXXX

Tess

P. D. Es tan raro... Ayer estuve con mi madre. Estaba encabronada, como siempre, y pensé: «¿Por qué me esfuerzo tanto por no hacerte daño? ¿Por qué no me voy al otro barrio como una persona normal en vez de montar esta peli tan elaborada?». Pero es que no podía. Supongo que en realidad no la odio tanto.

El siguiente documento era su currículum. Figuraban su nombre completo, la fecha de nacimiento y una lista de trabajos muy diferentes, sin ninguna conexión aparente entre ellos: desde representante de un grupo musical llamado La Dolorosa Mary hasta su ocupación en ese momento, un trabajo de media jornada como vigilante en una galería de arte situada en el sur de Londres. (Busqué en Google y su tarea básicamente parecía consistir en estar sentada en una silla). No había tenido nada parecido a una carrera profesional coherente, por expresarlo de una manera suave.

Finalmente, abrí la «autobiografía» que había redactado para su psiquiatra. A este documento le he pasado el corrector ortográfico, porque el texto es bastante largo y el «singular» estilo de Tess puede resultar cansino.

Vale, pues empezamos con mi infancia. Ahí no hay nada especial que mencionar. Fue normal. Fui una niña feliz, con una gran casa en el campo y unos padres aceptables. Recuerdo que mi madre era un poco estirada, no quería que la abrazáramos si iba bien vestida ni que tocáramos las antigüedades por si las mandábamos, pero hizo lo que se espera de una madre. Ella todavía no era tan negativa por aquel entonces. Ya sé que esto va en contra de todo lo que creéis, pero no pienso que la primera etapa de la infancia tenga tanta importancia.

La adolescencia, ahí sí que es la época en la que te formas, cuando te das cuenta de que tus padres no son los dueños del mundo y empiezas a ver las cosas como son realmente. Y los demás comienzan a verte como eres, no solo como una extensión de tus padres. También puede ser que yo tuviera un gen defectuoso latente que no se activó hasta la adolescencia. No lo sé. Todo lo que puedo decir es que la idea que tenía de mí misma era la de una muchacha bastante normal y feliz. Si había alguien que diera guerra, ese era mi hermano William. Me sacaba tres años y todo el rato le hacía la vida imposible a un niño llamado Sean, que vivía en nuestra calle: le obligaba a comer pulgones y ese tipo de cosas. Se metía en peleas, robaba dinero del bolso de mi madre para gastárselo en las máquinas tragamonedas en Three Tuns. En cambio, míralo ahora: el auténtico rey del universo, con sus batidas de caza mayor y una mujercita ejemplar.

Así que todo iba normal. No sé muy bien qué pasó ni cuándo fue, pero a la edad de quince años no era más que una sombra de mí misma. Sé que esto suena a cliché, pero no se me ocurre otra forma de describirlo. La primera vez que lo sentí de verdad fue el día del cumpleaños de mi amiga Simone. Se celebraba en un pub donde nos iban a servir alcohol y había un chico al que yo le gustaba; era uno de los tíos "cool" de clase. Sin embargo, en lugar de ir, me quedé en mi habitación con la puerta cerrada con llave, tumbada en la cama. Les dije a mis padres que tenía gripe, pero en realidad se trataba de una profunda sensación de desesperanza. Es difícil explicarlo. Era como si no hubiera sido consciente de que llevaba toda la vida con una cuerda alrededor del cuello y de repente se había abierto una trampilla bajo mis pies y estaba colgando.

Luego, unos días más tarde, se me levantó el ánimo de repente. Fue como si me hubieran clavado una inyección de adrenalina en el corazón. No solo me encontraba mejor, sino que me sentía maravillosamente bien. El mundo era mío y podía hacer lo que quisiera con él. Pensé en aquel chico —ahora no recuerdo cómo se llamaba— y decidí coger la bicicleta e ir a verle a su casa, sin avisar por teléfono ni nada. Su madre me abrió la puerta y dijo que estaban cenando, pero insistí en que fuera a buscarlo. Lo llamó y el chico vino con una expresión de perplejidad en la cara. No le dije nada, solo le di un beso sin más; allí mismo, delante de su madre. Yo era irresistible y le caía bien a todo el mundo; todos querían estar cerca de mí. Pero de pronto sentía cómo se iba abriendo la trampilla bajo mis pies otra vez y me tenía que arrastrar hasta mi casa para encerrarme en mi habitación y hundirme en el agujero.

Así fue mi vida durante unos años, aquello iba y venía. Sabía que es normal que los adolescentes cambien de humor con facilidad, así que supuse que eso era lo que me pasaba y mis padres también pensaban lo mismo, o eso creo. Pero mi hermano no pasó por todo eso. Daba portazos, refunfuñaba y se comportaba como un hijo de puta, aunque siempre era posible sobornarle dándole algo o dejándole ver *El equipo A* en la tele.

Cuando tenía alrededor de diecisiete años comencé a darme cuenta de que me pasaba algo, que aquello no era normal. Me empecé a buscar problemas pasando toda la noche fuera de casa o tirándome a cualquiera que me lo pidiera. Una vez le hice una mamada al padre de mi amiga Kelly cuando iba a pasar la noche en su casa. Estaba lavándome los dientes cuando él pasó por delante del baño; se paró a mirarme y yo le cogí de la mano y lo metí dentro. En otra ocasión, mis amigas y yo estábamos en el pub de Edgware y a las once tenían que volver a casa —se suponía que teníamos que estudiar para los exámenes de acceso a la universidad—. Llamé a mi padre inventándome la excusa de que me iba a quedar en casa de una de ellas, pero en lugar de eso me metí en un taxi y fui al Soho. Allí pregunté en la calle a alguien cuál era el mejor lugar para ir de fiesta. Acabé en un club underground tomando todo lo que me pusieron y hablando con un grupo de viejos locos que llevaban sombreros fedora y fulares. Uno de ellos comenzó a acariciarme las tetas y fuimos a un rincón del club que estaba oscuro, aunque no del todo, a ver si me entiendes. Allí cogimos de pie. Me quedé en la calle hasta que el metro volvió a abrir, a las seis de la mañana. Luego fui derecha al instituto y estuve durmiendo dos horas en un banco, hasta que tocó la campana.

El instituto me importaba una mierda. Reprobé casi todas las asignaturas en los exámenes de acceso a la universidad, pero aprobé Arte y me ofrecieron hacer un curso preparatorio en Camberwell, lo cual, como te puedes imaginar, era el sitio perfecto —y también el peor— para mí. En la academia de arte no solo se toleraba a los locos, sino que se fomentaba la locura. El primer día me rapé la cabeza en medio de la cafetería y todo el mundo se quedó con mi nombre inmediatamente. Organicé la fiesta del topless, en la que, sí, lo has adivinado, todo el mundo tenía que hacer topless. Dios, fui muy idiota. Canté en un grupo malísimo y luego hice de representante de otro grupo aún peor: La Atea Mary. A los chicos les encantaba. Era siempre la última en irme a casa. Durante los periodos de euforia —sabía cuándo llegaban, porque las mejillas me picaban y se hinchaban— me involucraba en cuerpo y alma en mi trabajo. Era tremendamente productiva, pasaba noches enteras en el estudio sin dormir, a veces pintaba decenas de cuadros en una noche, escuchaba completas las cuatro óperas del ciclo *El anillo de los nibelungos* a todo volumen y fumaba tanto que por la mañana, cuando entraba la mujer de la limpieza, apenas era capaz de graznar un «hola».

En cambio, cuando la oscuridad se abatía sobre mí, era como si la cabeza se me llenara de hormigón. Todo lo que podía hacer era dormir y cuando no estaba dormida me quedaba en la cama pensando en cosas terribles, elaborando extravagantes fantasías sobre mi muerte y la de la gente que me había ofendido de alguna manera u otra.

A veces se producía una mezcla entre los dos estados y me encontraba eufórica e irritable al mismo tiempo. Telefoneaba a alguien y me ponía a gritar y más tarde, cuando empezó a funcionar Internet, escribía largos e-mails a los amigos que, desde mi punto de vista, me habían fallado por algún motivo o a tiendas que se habían quedado sin unas tacitas de té que yo había visto en una revista y quería conseguir a toda costa.

Lo único que aliviaba ligeramente esa tensión era un baño caliente, así que me quedaba medio día metida en la bañera. Gastaba toda el agua caliente de la casa que compartía con otras personas y cuando se terminaba el agua caliente iba a la cocina y calentaba más en calentadores de agua y ollas.

Mis compañeros de piso se cansaron rápidamente de mí. Primero discutimos y al final me echaron de casa. Así que me fui a vivir con mi novio de entonces, Jonny. En menos de una semana tuvimos una bronca monumental sobre algo que ni recuerdo y tiré todas sus cosas por la ventana y escribí pendejo en su coche con laca de uñas. Ya sé que soy un jodido cliché. Al día siguiente ni me acordaba; Jonny tuvo que recordármelo.

A veces necesitaba paz de una forma tan desesperada que me subía a un tren e iba a algún sitio cutre y deprimente de la costa. Me metía en algún *bed and breakfast* de esos que tienen gatos de porcelana en la entrada y un forro adornando la taza del baño. Solo buscaba volver a ser yo misma. Me quedaba despierta toda la noche bajo unas húmedas sábanas de nailon y me levantaba de madrugada para largarme, porque no tenía dinero para pagar la habitación.

Joder, me entran ganas de suicidarme cuando escribo todo esto. Ja, ja, ja, es broma. Bueno, no exactamente.

Pensaba en el suicidio constantemente. Pensaba que era la solución, literalmente. En mi habitación me imaginaba que tenía una calculadora especial en la que introducía todos los detalles de mi vida, después pulsaba el botón de sumar y salía la palabra «suicidio» en la pantallita, en letras rojas de leds. Lo intenté una vez cuando estaba en la academia; guardé todas las pastillas que pude conseguir y luego me encerré en el aseo del personal en un hospital y me las tomé; pensé que nadie se escandalizaría al ver un cadáver en aquel sitio y que sería fácil ocuparse del cuerpo. Lo que no se me ocurrió fue que, si me encontraban, tenían todo el equipo necesario para vaciarme el estómago, que fue lo que pasó. La lógica nunca ha sido mi punto fuerte.

Entonces vinieron mis padres a recogerme y me llevaron a casa. Estaban totalmente confusos y alterados viendo la criatura que habían engendrado. Bueno, mi padre estaba confuso, pero tan bobo y simpático como siempre, mientras que a mi madre le dio un ataque. Actuó como si estuviera disgustada. Apenas fue capaz de tocarme, todo lo que dijo fue que necesitaba un corte de pelo. Comenzó a hablar de un puñetero proveedor nuevo de lapislázuli que había encontrado en Tailandia o de cualquier otra cosa que no tuviera nada que ver con lo que yo acababa de hacer. No es que estuviera alterada por lo que había pasado y no fuera capaz de asimilarlo, sino que estaba cabreada. Fue entonces cuando me di cuenta de que era una persona negativa. Lo supe en aquel mismo instante, y todo mi pasado volvió a la superficie. Si me portaba bien, me arreglaba, la trataba bien y estaba de acuerdo con ella, entonces todo iba perfecto, porque encajaba en su imagen de cómo tenía que ser. Pero entonces, que estaba mal, era como una mercancía con taras y estuvo venga a decir que no era su culpa, que aquello no venía de parte de su familia, su perfecta y aristocrática familia chilena. Recuerdo que una vez me dijo que estaba echando a perder mi juventud estando jodida y que cuando ella tenía mi edad ya se había casado dos veces y había tenido dos hijos. Le contesté que mi principal objetivo en la vida no era casarme y quedarme embarazada a los diecisiete años para después abandonar a mi pobre marido cuando viera que no tenía el éxito que yo esperaba e irme a Londres a encontrar a un tipo rico, majo y bobo que pudiera hacerse cargo de mí y de mi bebé y pasarme el resto de la vida dominándolo, gastándome su dinero y pululando por ahí como si fuera una especie de versión barata de Frida Kahlo. Con su bigote pero sin su talento. Como puedes imaginarte, no se lo tomó muy bien.

Acudía a una terapia, que fue una jodida pérdida de tiempo —sin querer ofender— y tomé diferentes combinaciones de medicamentos. Las pastillas me dejaron como una zombi, me convirtieron en una persona insensible sin emociones, ni tristeza, ni alegría, ni nada. Cuando tomo pastillas no soy persona, sino una especie de tronco. Al principio, eso de tener una vida normal —poder ir al pub, ver la tele y ser capaz de dormir ocho horas seguidas, como todo el mundo— fue una novedad. Pero echaba en falta los momentos eufóricos. Eran divertidos, ¿sabes? Y formaban una parte importante de mí. Sin eso, me sentía como una empobrecida aristócrata que viviera en una mansión enorme en la que la mayoría de las habitaciones estuvieran cerradas y los muebles cubiertos de sábanas protectoras mientras permanece confinada en un frío salón. Subsistía, pero no vivía.

Luego, la medicación dejó de ser tan eficaz y comencé a tener recaídas. Entonces probaron con otras combinaciones de fármacos y así me pasé varios meses, años, probando diferentes medicamentos, sufriendo sus efectos secundarios adversos o simplemente perdiéndome los buenos momentos y volviendo a recaer, metiéndome en problemas, teniendo noches maravillosas y depresiones demoledoras. Encontraba trabajo y lo perdía, empezaba a salir con un chico y lo dejaba hecho polvo, me mudaba de casa solo para tener que largarme otra vez. Todo era jodidamente repetitivo.

Entonces me di cuenta de algo: daba igual lo que me dijeran, las pastillas que tomara o las terapias a las que fuera, porque lo único que lograban era enmascarar el problema. Lo que tenía en la cabeza, fuera lo que fuera, estaría siempre. La terapia es una mierda y las etiquetas también son una mierda. El otro día dijiste algo de que había que «vencer» el trastorno bipolar, como si fuera un dragón al que hay que matar o algo parecido, pero no es así como me siento. Es algo que forma parte de mí, está incrustado en mi carácter y tendré que vivir con ello hasta que me muera. No hay escapatoria. Es lo que hay. Una vez leí una cita de una mujer que decía: «No hay ninguna esperanza de que me cure de ser yo». Exactamente así es como me siento.

Cada día, cuando me despierto, tengo que tomar la decisión de si puedo o no vivir con esto. El asunto es que ahora conozco el guion. Sé lo que me está pasando. Cuando tomo los medicamentos puedo tener la sensación de que estoy equilibrada, pero es como si no estuviera del todo viva. Subsisto, nada más. Toda mi energía y mi creatividad se esfuman. Sin embargo, cuando entro en una fase eufórica estoy demasiado viva. Pero según voy haciéndome mayor, las fases eufóricas van remitiendo y las depresivas se vuelven más frecuentes.

No se puede decir que tenga una carrera profesional, aunque sea una chica bien, con tanto dinero como se han gastado en mi educación, con todas las posibilidades. Lo he echado todo a perder, como diría mi madre.

Si no tomo las pastillas, me vuelvo loca y hago daño a la gente y me quiero morir. Pero, si las tomo, me faltan el entusiasmo y los sentimientos profundos, veo los días pasar igual que la mayoría, gastando dinero, tomando alimentos y cagándolos después. Las pastillas hacen que no reflexione adecuadamente sobre las cosas; asimilo las opiniones de los periódicos, opto por la vía más fácil. El otro día, en el pub, mis amigos estaban discutiendo sobre si se debería dar una propina en un restaurante en el que el servicio ha sido pésimo y yo no tuve fuerzas para tomar partido por una opción ni por la contraria. He trabajado muchas veces de camarera, así que es un tema que debería suscitarme alguna opinión. Pero me faltan las ganas y la energía para involucrarme. Estoy viviendo una vida trivial, solo por vivirla. ¿Y qué sentido tiene eso?

Cuando miro al futuro no veo más que mierda de este tipo, solo que yo seré más mayor. Cuando me miro en el espejo veo que comienzan a aparecer arrugas en mi cara —ya sabes, esas que tienen las mujeres mayores, las mismas que habría tenido mi madre si no se hubiera operado tantas veces— y ahí es donde veo mi futuro, desplegado delante de mí. Probablemente no me queden muchos años antes de que mi cara comience a deteriorarse y me convierta en una mujer de mediana edad. Muchos hombres ya ni se fijan en mí. Imagino mi cara como el tema de una película que muestra el paso del tiempo, esas líneas volviéndose más profundas, la boca cayendo hasta convertirse en una mueca, las encías retirándose y las canas proliferando.

Luego, finalmente, me convertiré en polvo. No, cómo podía olvidarlo, antes llega la senilidad. Toda esa vida, todas las experiencias y los recuerdos convertidos en puré, y al final terminaré bajándome los pantalones en la calle delante del quiosco, igual que mi padre. Mi propio cuerpo me va a enterrar viva y no quiero eso.

El otro día me preguntaste sobre tener niños. No los voy a tener, no me fío de mi sentido de la responsabilidad. Si no soy capaz de cuidar de mí misma, ¿cómo voy a tener hijos?

¿Sabes qué? He tenido una vida divertida. A pesar de todas las noches para olvidar que he pasado en clubes apestosos del Soho, a pesar de los errores que he cometido, por lo menos he vivido, que es más de lo que puede decir mucha gente. Pero ahora sé lo que es y ya no me interesa. No lo veo como algo especialmente triste. Simplemente no veo qué sentido tiene repetir las mismas cosas una y otra vez, volviéndome cada vez más invisible, acostándome y despertándome, siempre dudando de mis propios instintos, sintiéndome o medio viva o fuera de control. Simplemente, ya no quiero continuar.

Ahí terminaba. Después de un momento, abrí un documento nuevo en mi ordenador. Me había percatado de una incoherencia en su relato. En el currículum decía que había sido representante de un grupo llamado La Dolorosa Mary, pero en su autobiografía ponía que ese grupo se llamaba La Atea Mary. Escribí una nota para acordarme de averiguar cuál de los dos era el nombre correcto. Luego contesté al e-mail para confirmar que había recibido los documentos y decirle que podíamos continuar.

Viernes, 19 de agosto de 2011

Han pasado dos cosas esta tarde. Un hombre y una mujer que parecen relativamente cuerdos han dicho que puede ser que hayan visto a Tess. La otra es que he podido conectarme a Internet.

Hoy ha empezado mejor el día. Para no tener que despertarme con la misma desagradable sensación que ayer, había dejado la puerta de la tienda abierta y me había tumbado boca arriba con la cabeza fuera de la tienda y el antifaz alrededor del cuello. Cuando la luz del sol me ha despertado, me he arrastrado fuera de la tienda y he vuelto a colocar la esterilla bajo la sombra de un árbol. Después me he puesto el antifaz y me he vuelto a dormir inmediatamente. Ha sido una interrupción mínima y no me he despertado otra vez hasta las dos de la tarde, bastante descansada.

Después de comer tres galletas y limpiarme por encima con las toallitas húmedas, he cogido la foto de Tess y he hecho una ronda por el campamento. Una pareja de recién llegados estaban montando su tienda cerca del claro que está en el centro. No era evidente a primera vista quién era el hombre y quién la mujer; ambos tenían el pelo largo, lacio y oscuro, y estaban esmirriados; además, la chica tenía muy poca delantera. El hombre tenía unos círculos negros, del mismo tamaño que una moneda de un euro, metidos en los lóbulos de las orejas.

Les pregunté si habían estado aquí el verano anterior. Contestaron que sí, así que les enseñé la foto. Estuvieron hablando entre sí en una lengua extranjera y al final el hombre dijo que sí que se acordaban de una mujer inglesa que estaba sola y que tenía un aspecto parecido, pero llevaba el pelo más largo y estaban bastante seguros de que su nombre no era Tess. Tenía un nombre más largo que empezaba por «S».

Naturalmente, ya había contado con que Tess podría haber usado un nombre diferente aquí. Les pregunté si se acordaban de más detalles de su ropa o de algo que les hubiera dicho. Respondieron que no, pero que, si recordaban algo nuevo, me lo contarían. De todas maneras, no quiero emocionarme demasiado. Necesito más pruebas.

Luego regresé a mi esterilla bajo el árbol y acababa de quedarme dormida cuando sentí algo que me sacudía la mano levemente. Era Milo. Dijo:

—Annie dice que si quieres venir con nosotros.

Annie había deslizado la puerta trasera de la furgoneta para cerrarla y estaba sentada tras el volante. Me explicó que se iba a la ciudad más cercana para ir al banco y que había pensado que me podría interesar acompañarla y comprar algo de comida.

—Una mujer no puede vivir solo de galletas —afirmó.

—¿Habrá algún cibercafé por allí? —pregunté.

—Seguramente habrá —dijo—. Es el típico sitio turístico cutre en la costa.

Me senté delante junto a Milo; el bebé iba en el asiento trasero. Ya había viajado en una furgoneta antes, cuando llevamos los muebles de mi madre al almacén, pero esto era diferente. Para empezar, la furgoneta era antigua. Dentro hacía calor y el ambiente era rancio, como una mezcla de plástico, leche y calcetines viejos cociéndose en un horno. El suelo se encontraba lleno de libros, publicidad y cedés, y las ventanillas estaban cubiertas de pegatinas cutres de vivos colores. Había un objeto peludo y extraño que colgaba del espejo retrovisor; cuando Milo vio que lo estaba mirando, me dijo que era la pata de su mascota, un conejo.

—Fue una muerte natural —explicó Annie, que al parecer estaba realizando un inmenso esfuerzo para mover el volante. La furgoneta emitía unos ruidos alarmantes que surgían de sus entrañas, en cierta manera parecidos a los que hacía mi madre cuando se aclaraba la garganta por la mañana.

Cuando iniciamos el laborioso descenso por el camino pedregoso, Annie comentó:

—Bueno, ¿qué pasa con esa amiga tuya que andas buscando?

Ya le había contado la historia a Annie el día anterior, cuando le había enseñado la foto de Tess, pero, aun así, comencé a recitar otra vez el cuento de que estaba buscando a una vieja amiga y que creía que todavía estaba por aquella zona. Me interrumpió:

—No, ya sé que la estás buscando. Pero ¿por qué? —Me miró de reojo con una ligera sonrisa pícara—. ¿Estás enamorada de ella?

Como no contesté, insistió:

—No pasa nada si lo estás, ya sabes.

Pensé que lo mejor era no darle importancia a su pregunta respondiendo, así que no dije nada y me puse a mirar por la ventanilla. Funcionó, porque cambió de tema y comenzó a contarme cosas sobre ella. No me interesaba mucho, pero cuando me di cuenta de que no hacía falta que participara en la conversación me relajé un poco; incluso resultaba tranquilizante ver pasar el paisaje al otro lado de la ventanilla con el sonido de su voz cantarina de fondo.

Su acento norteamericano me recordaba a Adrian y cuando cerraba los ojos me encontraba de nuevo escuchando sus podcasts, aunque, claro, lo que estaba diciendo Annie no era ni de lejos tan interesante. Estaba hablando de su vida en Connecticut, donde tenía un pequeño negocio dedicado a la venta de muebles de madera artesanales y compartía casa con otra madre soltera. Habló también del padre de Milo. Le había «mandado por un tubo» cuando Milo tenía dos años, pero veía a su hijo esporádicamente.

—¿A que te estás preguntando quién es el padre del pequeño? —preguntó señalando con un gesto al bebé, que estaba atado en uno de los asientos traseros.

Lo cierto es que no me lo había preguntado. Explicó que quería tener otro bebé, pero sin tener que aguantar a un hombre, así que «se cogió» a un desconocido en un «momento oportuno». Admitió que a veces se preguntaba si los niños iban a sufrir por no tener una figura paterna en sus vidas.

—No creo que los padres sean muy importantes —comenté.

—¿De verdad? —dijo.

Le conté que nunca había conocido a mi padre porque había desaparecido cuando mi madre todavía estaba embarazada y que eso no me había causado ningún tipo de daño. Annie emitió un ruidito parecido a un «hum» y luego preguntó:

—¿Y a tu madre no le importaba vivir sin pareja?

—En absoluto —afirmé—. Nos teníamos la una a la otra. Continuamente me decía que no necesitaba a nadie, siempre y cuando me tuviera a mí.

Annie me preguntó sobre mi padre y le conté lo que sabía: que antes trabajaba en Irlanda vendiendo coches, que su sueño era tener su propio caballo de carreras y que tenía unas manos elegantes, igual que las mías.

Conforme avanzábamos por la carretera, me di cuenta de que el paisaje se iba transformando. Ya habíamos salido de la zona montañosa y estábamos en un llano donde los árboles habían sido sustituidos por grandes carpas de poca altura hechas de plástico blanco barato y conectadas entre sí, de tal forma que parecían una única estructura casi infinita. Pregunté a Annie qué eran y me explicó que se trataba de invernaderos donde se cultivaban lechugas para venderlas en los supermercados.

—Es de aquí de donde salen tus jitomates —aclaró.

Podría haberle dicho que yo no comía jitomates, pero no lo hice.

Cuando Annie paró la furgoneta para que Milo hiciera pis, inspeccioné los invernaderos más de cerca. El plástico era opaco, pero se podían ver unas sombras moviéndose al otro lado. En algunos puntos el plástico estaba roto y se había desprendido de la estructura, por lo que se podía mirar dentro. Vi filas interminables de hojas y las siluetas de unos hombres negros con la espalda encorvada entre las plantas. Debía de hacer un calor insoportable allí dentro. Lo que más me llamó la atención fue el silencio. Los sitios en los que se trabajaba físicamente que había conocido casi siempre eran bastante ruidosos, pero allí no se oía el ruido de voces ni de música, solo el suave susurro de los aspersores de riego. Annie me había contado que había sequía en esa zona —el río que pasaba cerca de la comuna estaba prácticamente seco—, así que me pareció extraño que estos invernaderos estuvieran usando tanta agua. Me parecía casi inmoral.

Cuando volvimos a la furgoneta, Annie explicó que los trabajadores eran africanos, en su mayoría inmigrantes sin papeles. Dijo que la costa de esta parte de España era una de las zonas de Europa que estaban más cerca de África y que los inmigrantes se metían en pateras y cruzaban el estrecho clandestinamente por la noche, en busca de una vida mejor. Algunos apostaban por seguir más allá de las fronteras del país, pero la mayoría se quedaba aquí, trabajando en los invernaderos, porque no tenían documentación.

Después de una hora y quince minutos llegamos a la ciudad. Annie dejó la furgoneta medio cruzada en la cuneta. Quedamos en ese mismo sitio una hora más tarde y luego Annie se marchó al banco con los niños. Eché a andar por una calle que parecía que iba al centro. Era una población amplia y polvorienta, con edificios bajos; me extrañaba que todo estuviera tan tranquilo y desierto. Encontré una señal con unas olas dibujadas, lo cual interpreté como que por allí se iba al mar, y continué en esa dirección. Conforme me acercaba a la playa, los edificios se volvían más altos, lo cual parecía ilógico. Era como tener a un montón de gente alta en la primera fila, de forma que tapaban la vista a la población que estaba detrás.

Las calles tenían más vida cerca de la orilla del mar y estaban llenas de turistas. No podía haber más diferencia con la gente de la comuna. Llevaban ropa normal, pantalones cortos y camisetas, y estaban muy blancos, muy sonrosados o exageradamente morenos, pero no de una manera que les hiciera parecer más atractivos. Había gente sentada alrededor de mesas en las terrazas de los bares tomando cerveza, aunque no eran más que las cuatro y media de la tarde. Había tiendas donde se vendían artículos de playa de plástico de las que salía música pop por los altavoces. Una, por raro que parezca, estaba llena de tostadoras y microondas. Todos los carteles en las tiendas y los restaurantes estaban en inglés y en los soportes para la prensa también había periódicos ingleses.

No sé si fue porque me aliviaba salir de la comuna, pero todo me pareció bastante agradable. Soplaba la brisa del mar, que arrastraba una mezcla de olores reconfortantes —a papas fritas y crema solar— y la gente me resultaba familiar, como en un Tesco Extra, solo que parecía más feliz y más relajada.

Después de deambular unos minutos, encontré un cibercafé. Pagué dos euros y me conecté. En el ordenador que estaba junto al mío, una mujer enormemente gorda con un problema respiratorio estaba viendo imágenes de máquinas cortacésped en eBay. Primero me metí en Facebook, pero al introducir mis datos me di cuenta de que se me había olvidado la clave; en mi cabeza, había sido sustituida por la de Tess. Me costó tres intentos acordarme de que era la segunda serie de televisión que más le gustaba a mi madre: «inspectormorse».

Cuando conseguí entrar, las actualizaciones que había en mi página tenían tan poco sentido como si estuvieran escritas en ruso. Hasta me resultaba difícil recordar las caras y los nombres de mis «amigos»; a pesar de que los veía en clase todos los días, lo cierto es que no los conocía y en ese momento me resultaban totalmente extraños. Tash, Emma y Karen eran solo nombres al azar pegados a fotos de chicas tontas a las que les gustaba aquello y colgaban enlaces para lo otro, y se emocionaban por esto o lo de más allá.

Salí de Facebook y eché un vistazo a mi e-mail. Catorce mensajes, todos eran correo basura.

Después me quedé sentada mirando fijamente la barra de herramientas de Google en la pantalla. Llevaba varios días deseando conectarme, pero ahora que lo había conseguido no se me ocurría nada que pudiera hacer. No podía empezar una sesión de World of Warcraft; aunque hubiera recordado el usuario y la clave después de tanto tiempo, solo me quedaban cuarenta y ocho minutos antes de volver a la furgoneta con Annie, lo cual apenas era tiempo suficiente para que mi avatar pudiera ponerse la armadura. Tenía una imagen fantasiosa de él en mi cabeza, pensaba que se mostraría protestón y reacio a colaborar, dolido por todos los meses que había pasado de él, que se negaría a meter los brazos en la cota de malla y dejaría que la espada se le cayera de las manos cuando se la colocara.

Cerré la conexión cuando todavía faltaban diecisiete minutos del tiempo que había pagado. Junto al cibercafé había un pequeño supermercado y entré en él. Dentro hacía mucho frío y noté cómo se me ponía la piel de gallina en los brazos. Me recordaba un poco a Londis, solo que la mitad de la tienda estaba llena de alcohol. Me preocupaba que los productos tuvieran la etiqueta en español o que fuera comida extranjera extraña, pero la mayoría de ellos eran ingleses, productos que reconocía, como ketchup Heinz o papas fritas de la marca Walkers. Compré tres bolsas de papas fritas de tamaño familiar y dos cajas de galletas Hobnobs.

Después de hacer la compra, todavía me quedaba casi media hora antes de encontrarme con Annie, así que tomé la decisión improvisada de comer un gofre en una cafetería, atraída por las fotografías de comida que colgaban en la entrada. La camarera hablaba inglés. En la mesa que estaba al lado de la mía había un señor mayor en una silla de ruedas. Una mujer de la misma edad le estaba dando de comer algo que parecía un bocadillo con una salchicha dentro. La escena hizo que me preguntara si mi madre y yo deberíamos habernos esforzado más por ir de vacaciones los últimos años. Habíamos hablado del tema, pero habíamos llegado a la conclusión de que iba a ser demasiado complicado viajar con todo el equipo y tener que moverla de la silla. Sin embargo, al ver la pareja que tenía al lado pensé que habría sido posible. No habríamos podido ir a un país caluroso como España, porque la enfermedad de mi madre le había originado intolerancia al calor, pero podríamos haber intentado ir a Cornualles. Una serie de televisión que le gustaba había sido rodada en un pueblo de esa región y siempre había querido ir a verlo.

A las cinco y media de la tarde volví a la furgoneta de Annie y regresamos a la comuna. Cuando llegamos al aparcamiento del campamento se oía música que llegaba de una furgoneta que no había visto antes; eran unos recién llegados. Le pedí a Annie que me dejara salir y fui a hablar con ellos. La puerta estaba abierta y había un grupo de chicos jóvenes descansando dentro, una masa de piernas morenas y peludas. Eran extranjeros —italianos, creo—. Aunque tenían el típico aspecto que suelo asociar a las

comunas —pelo enmarañado, el torso desnudo y collares
de cuentas de madera—, todavía no aparentaban ese aspecto mohoso que los demás tienen aquí. Les conté la historia de Tess y les enseñé la foto. Se juntaron alrededor y
echaron un vistazo. Uno de ellos dijo:

—Ah, sí, Luigi se acuerda de ella. ¿Verdad, Luigi?
—Entonces le dio una pequeña patada de refilón al amigo
que estaba sentado a su lado en el sofá.

Todos se echaron a reír y uno de ellos dijo algo en
italiano, moviendo las manos en lo que supuse que sería
un gesto obsceno. Tuve que insistir, poniéndome bastante
seria, para asegurarme de que no, no conocían a Tess; simplemente me estaban gastando una broma.

Vi que estaban tomando una botella de vino, por lo
que los informé, cuando ya me dispuse a partir, de que
estaba prohibido tomar alcohol en la comuna.

Pasé el resto de la tarde bajo el árbol, luego cené un
poco y me limpié con las toallitas húmedas. Ahora son las
9.46 de la noche y he vuelto a la tienda de campaña. Fuera,
los insectos se han impuesto al ruido de los bongós, que
ya ha cesado.

Cuando me embarqué en el proyecto Tess, no tardé
mucho en darme cuenta de que, si queríamos finalizar el
trabajo, iba a tener que hacerme cargo yo sola. Los siguientes días, Tess me fue reenviando una serie de intercambios
de e-mails que para mí no tenían mucho sentido, además de
fotografías y anotaciones de su diario, sin añadir ningún
tipo de información que explicara el contexto. Era como
alguien que estuviera preparando la maleta para irse de

vacaciones, pero no hacía más que meter la mano en el armario, sacar lo primero que tocaran sus dedos y echarlo dentro de la maleta. No seguía ningún orden.

Solo un ejemplo: poco después de empezar me envió una foto en la que aparecía junto a otra mujer; el documento se llamaba *Debbie y yo*. Sin embargo, la foto carecía de contexto —de cuándo era, quién era Debbie, cómo se habían conocido— y, sin eso, la foto resultaba prácticamente inútil. En las ocasiones en las que sí me explicaba algo, a menudo no tenía sentido. Por ejemplo, cuando se lo pregunté, Tess reveló que ella y la tal Debbie habían sido amigas durante un tiempo, hasta que un día que estaban paseando Debbie no se había parado a acariciar a un gato que vieron en la calle. A Tess eso le pareció razón suficiente para terminar una amistad que, por lo demás, había sido buena. Como ya he dicho antes, la presunción natural de uno es que la gente actúa motivada por razones, que hay una reflexión y un sentido que explican sus actos; pero, la mayoría de las veces, eso no era así con Tess.

Aparte de todo eso, la información que me pasaba estaba plagada de incoherencias. El asunto de si era La Dolorosa Mary o La Atea Mary solo fue el principio (al final era Atea). Parecía que guardaba un recuerdo borroso de los detalles, como si no tuvieran importancia. Decía: «Bueno, en algún momento del verano; Jim no sé qué». En parte, se debía a su extravagante personalidad; en parte, sospechaba yo, a su enfermedad. Había investigado un poco el tema del trastorno bipolar y un síntoma común es que te falla la memoria. Empeoraba con los medicamentos; en el caso de Tess, litio. Ponía: «Se esfuma toda la energía y la capacidad de raciocinio queda erosionada». Decidí contener mi irritación y tomar el mando de la situación.

Escribí en una hoja de Excel lo que necesitaría de ella y en qué orden. Lo primero en la lista era la información práctica más fundamental: nombre completo, dirección, número de teléfono y fecha de nacimiento de ella y de los miembros de su familia, además de los datos bancarios y otras cosas por el estilo.

Aparentemente, una petición relativamente sencilla. Pues incluso esto le parecía difícil. Por ejemplo, decía que no comprendía por qué necesitaba yo su número de la seguridad social —«No creo que mi hermano vaya a preguntar por él, ¿verdad?»— y luego, cuando insistí, me dijo que no se lo sabía y que tampoco sabía dónde encontrar esa información. Para facilitarle las cosas, le dije que llamara a la delegación de la seguridad social. Como pasó un día y todavía no había llamado, telefoneé yo, haciéndome pasar por ella, y me dieron esa información.

También le pedí las contraseñas de sus cuentas de correo electrónico —tenía dos, la de *hueleelcafequerida* de Gmail, que era su cuenta principal, y una dirección antigua de Hotmail— y de su cuenta de Facebook. Gracias a Dios no estaba en Twitter: tras unas semanas de entusiasmo en julio de 2010, había perdido el interés. Naturalmente, iba a necesitar esas contraseñas cuando arrancara en serio con el proyecto, pero de momento mi plan consistía en repasar su correspondencia en busca de información.

El primer paso fue Facebook, para hacerme una idea general de su vida. Todo parecía indicar que era una página totalmente normal. En su foto de perfil estaba en un museo de arte —después me enteré de que era el Louvre, en París— imitando la postura de la estatua que tenía al lado, con una mano en la frente en una pose dramática, como si fuera a desmayarse. Tenía trescientos sesenta y siete amigos, que, a juzgar por sus perfiles, parecían bastante típicos de su generación. Estaba apuntada a una larga lista de grupos, cuya diversa naturaleza temática —solidaridad con los monjes tibetanos, salvar una antigua sala de conciertos en East London, una campaña para pedir a Pizza Express que volviera a su receta original con salsa de tomate, apoyo a extraños grupos de música, libros, restaurantes y eventos, al igual que una miríada de «causas» infantiles, tales como *¡Haz que Aisling deje de llevar esa parka amarilla!* o *Me gusta cómo pronuncia Huw Edwards la palabra «Liverpool»*— me hizo sospechar que no reflexionaba demasiado sobre lo que decidía apoyar.

Estaba etiquetada en ciento cuarenta fotos, lo cual era mucho menos que la mayoría de la gente de mi edad, pero para la suya parecía un número normal. Tess y sus amigos tampoco posaban tanto para la cámara, ni mucho menos. La mayoría de las fotos mostraban momentos «espontáneos» en fiestas, haciendo picnics o en pubs. Incluso en las escenas en las que posaban, parecían sonreír a la cámara de manera natural o ponían caras feas, en vez de ladear la cabeza y morderse las mejillas por dentro, como hacían las chicas de mi clase. La otra gran diferencia eran los niños;

los álbumes de los amigos de Tess estaban llenos de interminables series de fotos, prácticamente idénticas entre sí, de ellos mismos, de sus parejas y de sus amigos en compañía de niños pequeños. Varios de ellos incluso usaban una imagen de bebé como fotos para su perfil.

En cuanto a Tess, no sentía una debilidad especial por los niños —«muerdetobillos» y «pequeños monstruitos» eran dos de los términos que usaba para referirse a ellos durante nuestras conversaciones—, pero tampoco se escapaba del aparentemente obligatorio trato con ellos: conté veintiocho fotos de ella con bebés de amigos en los brazos. El niño que salía con más frecuencia, desde que era bebé hasta los cinco años de edad, era el ahijado de Tess, Mowgli, que era hijo de una de sus mejores amigas, Justine.

Tess tenía algunas fotos que no eran de gente, como primeros planos de hierba en una puesta de sol, un par de manos o gotas de agua en el lavabo; pruebas de su «carácter artístico». Más interesantes eran las fotos granuladas de tiempos pasados, pertenecientes a la era predigital, que tenía que haber escaneado antes de colgarlas. Una de ellas mostraba a Tess como una mujer joven, más o menos de mi edad —«veintipocos años, probablemente» fue lo único que supo decir cuando la presioné para que me diera una fecha—. La escena era alegre: Tess y dos amigas risueñas en una sala de estar, preparándose para salir. Me costó unos momentos identificar a Tess; las tres se parecían mucho entre sí: pelo rizado, barrigas planas, zapatillas de deporte, un pequeño top parecido a un sujetador deportivo y leggings ajustados de colores vivos o pantalones cortos.

Supuse que estaban preparándose para alguna actividad deportiva de equipo, pero cuando más tarde le pregunté sobre el tema dijo riéndose: «¡Esa sí que es buena!», y explicó que en realidad se iban a una *rave*.

Me contó esto en una conversación por Skype. Tess estaba de buen humor aquella noche y la mención de esa *rave* pareció evocar en ella buenos recuerdos. Empezó a hacer unos movimientos raros con las manos formando cuadrados en el aire mientras repetía:

—Caja grande, caja pequeña, caja grande, caja pequeña.

Perdió por lo menos dos minutos con esa actividad y cuando le pedí que explicara su extraño comportamiento dijo:

—Bah, es igual.

Otra de aquellas fotos viejas era más fácil de ubicar, a pesar de los limitados conocimientos que yo tenía por aquel entonces. Era un primer plano de la cara de Tess con el pelo muy corto, no más de un centímetro. Tuvo que sacársela poco después de raparse el pelo en la academia de arte, el incidente que había mencionado en su esbozo autobiográfico. Incluso así era guapa; las marcadas líneas de su rostro y sus ojos oscuros separados eran capaces de contrarrestar el extraño corte de pelo, y sonreía a la cámara con una expresión que mostraba confianza en sí misma. Solo viendo las fotos —cualquiera de las fotos de su página de Facebook—, era imposible inferir que era una persona infeliz.

Después de aquel primer vistazo a Facebook, intenté proceder de manera sistemática. Primero le pedí una lista de nombres de sus parientes y amigos más cercanos. Luego preparé otra hoja de Excel y confeccioné un esquema de su familia: su madre Marion, su padre Jonathan, su medio hermano William. Este era fruto del primer matrimonio de Marion con otro inglés —Marion era chilena—, a quien dejó cuando William era pequeño para casarse con Jonathan, que le sacaba catorce años. Tess nació al año siguiente. William —al que nunca llamaban Will— estaba casado con una mujer que se llamaba Isobel y tenía dos hijos: Poppy, de seis años, y Luke, de cinco.

En columnas tituladas *edad, trabajo, vida personal, rasgos de personalidad*, etcétera, apunté lo que sabía de cada uno de ellos a partir de la información que me había proporcionado Tess. Luego efectué una búsqueda de cada uno de ellos en las cuentas de correo electrónico de Tess y saqué sus mensajes y las respuestas de Tess. Las conclusiones que sacaba las añadía a nuevas columnas con encabezamientos como *información adicional, frecuencia de correspondencia, estilo* y datos similares. Tess había tenido su cuenta de Gmail activada durante los últimos seis años y la de Hotmail diez, así que había mucho que repasar. Luego pasé a analizar los mensajes de sus tres mejores amigos: Simon, Justine y Shona.

Le pedí a Tess que me enviara por lo menos una fotografía —a poder ser dos— de cada uno de ellos. Naturalmente, la mayoría de las personas relevantes estaban en Facebook, donde había fotografías para dar y tomar, pero algunos no; entre ellos, sus padres. Aparte de eso, pensé que la mayoría de las fotos colgadas en Facebook habrían sido cuidadosamente escogidas para mostrar el mejor lado de las personas retratadas, mientras que aquellas que estaban sacadas de manera fortuita era más probable que fueran auténticas y revelaran algún aspecto de su carácter. Además de guardarlas en mi computadora, imprimí una foto de cada una de las personas importantes y las pegué en la pared enfrente de mi mesa de trabajo, señalando el nombre y los detalles más importantes de cada cual. El espacio encima de mi escritorio comenzaba a parecerse a esos tablones en los que cuelgan las pruebas de la investigación de un asesinato en las series policiacas de la televisión.

Tess me envió una foto de grupo de su familia. Estaba sacada en una casa en el sur de Francia en la que William e Isobel solían pasar sus vacaciones. Se habían reunido para celebrar el setenta cumpleaños de Jonathan; incluso Tess era capaz de recordarlo. La familia había ido a pasar el fin de semana allí junto con el mejor amigo de Jonathan: un hombre al que Tess llamaba tío Frank, aunque no era su tío carnal.

—Era un pez gordo de la policía, pero lo tuvo que dejar porque se había dejado engrasar.

Así fue como lo describió. Con el tiempo, terminé comprendiendo que se trataba de un exjefe de la policía que se había visto obligado a retirarse prematuramente al verse cuestionada su integridad.

En la foto salían todos —excepto Tess, que estaba tras la cámara— sentados alrededor de una mesa en el jardín, después de una comida. Marion, su madre, se encontraba en medio del grupo. Se parecía bastante a Tess, con el mismo pelo oscuro y la piel morena, pero, incluso estando sentada, se apreciaba que era más baja —medía uno sesenta y uno frente al uno setenta de Tess— y estaba más flaca. Tess me contó que era anoréxica. Llevaba una camisa blanca con el cuello levantado y un collar con unos enormes pedruscos verdes, debajo del cual se le veían los huesos del pecho, que sobresalían como una parrilla. Tess me contó que Marion consideraba que las joyas eran su principal «emblema personal» —aunque no sé muy bien qué significa eso— y que, como sus amigos la piropeaban frecuentemente por ellas, había iniciado un pequeño negocio importando piedras de Chile y vendiéndolas por Internet. Llevaba el pelo recogido en un moño alto, como un panecillo encima de la cabeza, y tenía los labios de color rojo intenso. Todo el mundo levantaba su copa hacia la cámara, pero, mientras las otras estaban medio vacías, la de Marion permanecía llena y su sonrisa parecía tensa y forzada.

A su lado estaba Jonathan. Esto fue poco antes de que le diagnosticaran la demencia. Tess me contó que en aquel viaje Jonathan no se acordaba de dónde estaba el baño, a pesar de que había estado muchas veces en esa casa, y le costó mucho recordar la palabra «queso», pero todos supusieron que no era más que la típica señal de la cuesta abajo de los años. Tenía el pelo tan blanco como Gandalf, corto y bien peinado, y mostraba una amplia sonrisa, con las mejillas sonrosadas y brillantes. Me recordaba un poco a Richard Briers, de quien mi madre siempre decía que le hubiera gustado estar casada con él.

Al lado de su madre estaba William, que era moreno como Marion y Tess, pero con la cara más ordinaria, fofa y nada cincelada. Llevaba unas gafas finas sin montura y, como Marion, exhibía una sonrisa controlada. Junto a él estaba su mujer, Isobel, con una melena rubia que le llegaba hasta los hombros. La cara era tan normal y poco característica que podría haber sido generada por un programa informático. Luke, que también era rubio, estaba sentado en su regazo y su hermana Poppy, con el pelo ligeramente más oscuro, estaba en la silla de al lado. Ambos eran muy ricos e iban muy aseados, como los niños que salen en la televisión. Las fotos de Isobel en Facebook mostraban a la familia inmersa en numerosas actividades; en una de ellas estaban en un barco y en otra caminaban por la nieve con su gran perro de pelo claro. Los dos niños llevaban un overol de esquiar rojo idéntico.

Tess no se llevaba bien con Isobel. Describió a su cuñada como una «pendejo WASP» —me enteré después de que es el acrónimo de *white anglo-saxon protestant* («protestante anglosajón blanco») y puede usarse de manera despectiva— que se había puesto un límite de dos copas de vino a la semana y obligaba a los niños a llevar casco cuando iban a jugar al parque de la urbanización de Holland Park, que era donde vivían. Desde que se había casado con William, Isobel había dejado de trabajar y se dedicaba a gestionar el alquiler de sus inmuebles. Cuando Tess le pidió que le dejara la casa de Francia para celebrar su treinta y cinco cumpleaños, Isobel montó todo un numerito y le dijo que le podía hacer un precio especial por ser de la familia, lo que al final solo suponía un diez por ciento de rebaja sobre el precio habitual. Isobel aseguraba que envidiaba la «vida salvaje» de Tess. «Ojalá tuviera el tiempo y la energía suficientes», decía.

Tess estaba especialmente molesta con William e Isobel porque, hacía poco, habían empezado a coleccionar arte contemporáneo y preferían lo que Tess describía como «chorradas y mierdas conceptuales», que era lo opuesto al estilo de los cuadros que pintaba Tess, lo cual, en su opinión, era una ofensa. Isobel aparentaba interesarse por la opinión de Tess sobre los artistas del momento:

—¿Qué pintor de los actuales merece la pena, Tess?

Tess le podía contestar lo mismo «Durero» que «Otto Dix», quienes, al parecer, son artistas de otra época, que no era lo que Isobel le estaba preguntando.

Tess me informó de que sus relaciones con William también eran tensas y un repaso de la correspondencia entre los dos lo confirmó. Cuando le escribía, Tess pasaba de despedirse con sus habituales besos, mientras que él terminaba sus mensajes con «Saludos cordiales». En una de las conversaciones, Tess se quejó de su madre y él defendió a Marion argumentando que siempre había hecho todo lo posible por sus hijos. Tess contestó con una agria diatriba y le acusó de que siempre había sido el favorito de Marion, el niño mimado, y que por eso era imposible que lo comprendiera, y el hecho de que Marion se las diera de bohemia y poco convencional, y que, al mismo tiempo, disfrutara viendo el éxito de William en el distrito financiero revelaba que solo era una pose. William no había contestado a ese e-mail o, si lo había hecho, Tess lo había borrado. Ella afirmó que no se acordaba.

Tess solo veía a su hermano y a su cuñada en eventos familiares y no había constancia de ninguna relación más «informal» entre ellos en Internet, así que yo no les veía como una amenaza importante para mi futuro trabajo. Pero Marion sí que me preocupaba. Por muy mal que se llevara con Tess, parecía altamente improbable, por no decir imposible, que no fuera a querer hablar con Tess por teléfono en alguna ocasión. Digo esto porque en las pocas ocasiones que yo había salido sola cuando mi madre vivía, ella me había llamado varias veces cada hora.

Cuando mencioné esta preocupación en mi encuentro con Adrian, él me aseguró que Marion prefería comunicarse por e-mail más que por teléfono, porque era bastante sorda. Tess tampoco daba importancia a mis preocupaciones.

«Nada, que se pondrá muy contenta de que ya no ande por ahí molestando —escribió—. De todas maneras, casi no hablamos».

Esto me pareció extraño, pero al repasar la correspondencia entre Tess y Marion pude comprobar que, ciertamente, era una relación extraña y difícil. Los e-mails aparecían en chorreos esporádicos, y en su mayoría eran breves y relataban hechos: lo que estaba haciendo cada una de las dos o cómo estaba Jonathan. Pero la descripción que Tess hacía de su vida a menudo distaba mucho de la realidad. A su madre le decía con frecuencia que todo le iba bien y que se encontraba en lo que ella llamaba «un buen lugar»; sin embargo, en otro e-mail enviado a un amigo, describía una situación muy diferente y le contaba que se había pasado toda la tarde llorando en la bañera hasta que el agua se había enfriado y había comenzado a tener calambres en las piernas o que había ido sola a un bar para emborracharse y luego no se acordaba de nada más hasta el momento en que se despertaba en un sofá en el piso de un hombre al que nunca había visto antes.

Cada seis meses, más o menos, intercambiaban una larga serie de mensajes acalorados y amargos en los que Tess criticaba duramente a Marion echándole en cara lo mala madre que era («he interiorizado tu locura, haces que sienta que no tengo derecho a existir»), que no era más que una mujer de bandera y, más recientemente, la acusaba de que estaba resentida con Jonathan porque padecía alzhéimer y tenía que cuidar de él. También había referencias que no comprendía: «tonos rencorosos» en cenas, celebraciones navideñas destrozadas y cosas parecidas. «Cuando viniste a mi casa a buscarme aquella vez después de salir del hospital, yo no quería que lo hicieras porque sabía que lo usarías contra mí el resto de tu vida como una prueba de lo buena madre que eres», escribió Tess.

Jonathan me preocupaba menos. Solo había treinta y dos e-mails entre Tess y su padre, repartidos a lo largo de siete años, todos cariñosos pero formales, tratando sobre todo temas de dinero: él le había prestado dinero a lo largo de los años y, por lo que yo podía ver, ella no se lo había devuelto. Tess me explicó que no se solían comunicar por e-mail muy a menudo antes del alzhéimer y que ya no podía hacerlo. «No te preocupes —escribió—. Dentro de unos meses ni recordará que tiene una hija».

Hice una serie de tablas en las que señalé distintos acontecimientos en la vida de Tess. Una era para los acontecimientos más importantes, en los que incluía los que sus padres conocerían: cambios de trabajo, mudanzas, la muerte de su abuelo, la boda de su hermano y el nacimiento de sus sobrinos. Otra tabla era para los sucesos que su familia probablemente no conocía: encuentros esporádicos con hombres, discusiones con amigos, consumo de drogas y ese tipo de cosas. Cada acontecimiento tenía una columna en la que ponía el nombre de todas las personas que lo conocían, que yo supiera, qué era lo que sabían exactamente y cuál era su opinión al respecto, hasta donde yo podía llegar.

Había que tener en consideración tanta información que me di cuenta de que no bastaba solo con recogerla y guardarla en mi computadora. Lo mejor hubiera sido tener una pantalla complementaria para trabajar, pero no tenía dinero para comprarla, así que terminé haciendo una tabla a mano en un folio grande, con flechas que relacionaban diferentes asuntos, y la clavé con tachuelas en la pared, junto a las fotografías.

Como os podéis imaginar, todo esto me llevó mucho tiempo. La vida de Tess había sido caótica y, además, no tardé en darme cuenta de que ella contaba distintas versiones de los acontecimientos a diferentes personas. Si a eso añadimos el hecho de que sus referencias a nombres y localidades ya de por sí eran imprecisas, os podéis imaginar lo difícil que resultaba.

Había muchas cosas que no tenían sentido o que no cuadraban. Algunas de ellas eran asuntos de una importancia fundamental. El mismo mes, por ejemplo, dijo a una persona que vivía en Shoreditch y a otra distinta que vivía en Bethnal Green, aunque no había constancia de ninguna mudanza. Algunos detalles menores se podían resolver con una búsqueda en Google —Farrow and Ball, el Groucho Club, la casa en la que había vivido Virginia Woolf—, pero en otros casos era imposible saber a qué se refería. Por ejemplo, en un e-mail describió a una mujer diciendo que tenía «el pelo del Teatro Nacional»; en otro, dijo a su amigo Simon lo mucho que le gustaba ver «cómo se quitan los chicos el suéter».

En ocasiones, los sucesos en sí estaban claros, pero yo no comprendía su reacción ante esos hechos. Eso me ocurrió con un intercambio de e-mails del 17 de agosto de 2005 entre Tess y una amiga que se llamaba Zanthi. Estaban discutiendo porque, al parecer, Zanthi se había alojado en casa de Tess un fin de semana y había tirado unas flores secas que Tess había guardado «por su belleza». Parecía que Tess pensaba que el hecho de que Zanthi no lo entendiera demostraba falta de comprensión de su personalidad y de lo que llamaba «la poesía de la vida». Tess afirmaba que Zanthi ya no podía ser su amiga. El comportamiento en sí resultaba extraño, pero luego, dos semanas más tarde, las dos estaban otra vez escribiéndose como si nunca hubiera pasado nada.

Cuando le preguntaba a Tess sobre estas cosas, normalmente no se acordaba de los detalles; de hecho, ni siquiera recordaba que se hubieran producido esos hechos. «Ya te lo dije —me escribió—: mi cerebro está hecho una mierda». En una ocasión se extendió un poco más: «Te diré cómo es. ¿Conoces esas manos mecánicas que hay en las salas de juego, esas que manipulas para intentar agarrar un osito de peluche de mierda? Así soy yo, trato inútilmente de atrapar algún recuerdo o una idea. Si no consigo agarrarlo, no es más que basura barata».

Aparte de esto, había muchos periodos en blanco que había que rellenar con datos; las temporadas en las que no se comunicaba con nadie, cuando —ahora lo sé— estaba tan deprimida que no era capaz siquiera de reunir las fuerzas suficientes para quitarse el pelo de la cara y menos para escribir un e-mail.

Además de todo esto, tomaba apuntes de los e-mails recibidos por Tess que no eran personales. Había facturas de entradas de teatro y de cine, y de compras en Amazon; las guardé todas en una carpeta dedicada a sus gustos. Compraba mucho por Internet, y lo que compraba era o increíblemente caro —un solo par de bragas le costaron doscientas treinta libras— o muy barato —como una «bandeja de época» que compró por veinte peniques en eBay—. Había días que gastaba enormes cantidades de dinero, miles de libras, en cosas que no debería necesitar para nada o que compraba en cantidades extrañas. Recuerdo que una factura era de veinte paños de cocina blancos, cada uno al precio de doce libras.

En cada uno de estos casos, yo registraba la fecha y los detalles de la transacción en una tabla separada. ¿Cómo podía permitirse una crema hidratante de ciento veinte libras cuando trabajaba como modelo de artistas y ganaba sesenta libras a la semana? Luego comprobaría en sus extractos de cuentas sacados de Internet si había pedido un préstamo o si se había pasado del crédito de su tarjeta.

Mi primer repaso de su bandeja de entrada me dejó con una larga lista de preguntas para Tess, pero rellenar los largos periodos vacíos de su biografía fue mi prioridad. Normalmente, sus respuestas eran poco satisfactorias. Le preguntaba algo muy sencillo, como, por ejemplo, qué programas de televisión solía ver cuando tenía trece años, y ella tardaba días en contestar o se enfadaba y me decía que no se acordaba, cuando no mencionaba un programa que había sido emitido por primera vez cuando ella tenía quince años.

Me esforcé por ser profesional en nuestra correspondencia, pero a veces hacía falta ejercer cierto nivel de presión. Le recordaba la seriedad del asunto y lo que necesitaba para llevar a cabo ese trabajo. A modo de respuesta, ella escribía: «Por Dios, déjame en paz. ¡No tengo ni puta idea!». Si estaba de un humor más triste y reflexivo, podía pedir disculpas varias veces, repitiendo que era una persona terrible y que no se merecía mi ayuda.

Después de algunas semanas, me sentía bastante frustrada. Todavía seguía con mi trabajo de probadora de software, pero comenzaba a dejar de lado los informes y, en lugar de redactarlos, simplemente me quedaba esperando la llegada de los e-mails de Tess. Ella insistía una y otra vez en que tenía muchas ganas de terminar con todo y repetía lo desesperada que estaba por «marcharse» —ese era el término que usábamos—. Sin embargo, resultaba cada vez más evidente que, con el ritmo de trabajo que llevábamos, si seguía tardando días en contestar a un e-mail y aun así ni siquiera respondía a mis preguntas adecuadamente, tardaríamos meses antes de estar mínimamente preparadas.

Entonces tuve una idea. Habíamos acordado que no quedaríamos en persona, pero no parecía haber ninguna razón que nos impidiera hablar. Eso agilizaría las cosas considerablemente y, si usábamos el Skype, no nos supondría ningún gasto. Pensé en consultar antes con Adrian, pero decidí que el asunto no era tan importante como para molestarle. Sin embargo, recordaba que, en nuestro encuentro en Hampstead Heath, Adrian había subrayado la importancia de «minimizar la involucración emocional» en las relaciones entre Tess y yo, por lo que pensé que sería mejor no activar las cámaras cuando habláramos.

Envié un mensaje a Tess para proponérselo y le pareció bien. Quedamos en hablar a una hora determinada, un día a las once de la noche.

Redacté una lista de las preguntas que se me habían ocurrido hasta esa fecha:

1. En un e-mail con fecha de 27-12-2008, William escribió: «Gracias por fastidiarme la comida». ¿Qué hiciste para fastidiarla? ¿Y por qué te lo agradece?

2. ¿Llegaste a quedar con «Pete, el Proveedor» el día de San Valentín de 2006 en la plaza de Saint Wenceslas, tal y como prometiste en un e-mail enviado el 2-10-2005?

3. ¿El mote de Tetas Dulces lo usaba todo el mundo o solo Steven Gateman?

4. ¿Cuál es el pronóstico del alzhéimer de tu padre?

5. En un e-mail sobre una cita con un hombre llamado Jamie en mayo de 2009 dices: «Él estaba intelectualmente por debajo de mí». Sin embargo, en las pruebas de acceso a la universidad solo conseguiste un sobresaliente en Arte. ¿Qué notas obtuvo él?

6. No hay e-mails ni rastro de ti entre febrero y abril de 2008. ¿Dónde estuviste y qué hiciste durante ese periodo?

7. En varias ocasiones afirmas que *You're Nobody till Someone Loves You* de Dinah Washington, *Natural Woman* de Aretha Franklin y *I Want You Back* de The Jackson Five son tu «canción favorita siempre». ¿Cuál de ellas lo es?

8. En un e-mail a Shona sobre una cena a la que habías acudido la noche anterior, escribes que odiabas a la anfitriona porque afirmó que le gustaba «cocinar para relajarse». A mí eso no me parece una afirmación ofensiva. ¿Puedes explicarlo?

9. En un e-mail a tu madre con fecha de 3-6-2007 le dices que era una madre terrible cuando tú eras pequeña. Sin embargo, en la «autobiografía» que redactaste para tu psiquiatra afirmas que tuviste una infancia relativamente normal y feliz. ¿Cómo fue en realidad?

10. Una vez, en febrero de 2005, registraste tus datos en la web de *adultfriendfinder.com.* ¿Qué tipo de uso hiciste de esa web y con qué frecuencia?

11. El 16-5-2008, escribiste a Mira Stollbach que estabas que «no podías esperar» hasta que llegara el día de su boda aquel verano, pero en un e-mail a Justine, el 2 de junio del mismo año, afirmaste que odiabas «las putas bodas». ¿Puedes explicarlo?

12. En aquel mismo intercambio de mensajes con Justine, respondiendo a sus preguntas sobre si debería quedarse con el hombre con el que salía aun cuando no le parecía satisfactorio en varios aspectos, le aconsejas que no debe «sentar la cabeza». Justine responde: «Para ti es fácil decirlo». ¿Por qué dice eso?

13. Las diferentes formas de despedirte en tus e-mails no son coherentes, incluso en distintos correos con una misma persona. A veces terminas con «un beso», a veces con dos, a veces con muchos y a veces con ninguno. ¿Cuál es la norma que aplicas a tus saludos? ¿Cambian en función del nivel afectivo hacia la persona en cuestión en el momento de escribir?

14. En un e-mail a *jo@samaritans.org* el 17-9-2010, escribiste que no creías que fueras a aguantar toda la noche. ¿Intentaste suicidarte aquella noche?

Extrañamente, me sentía nerviosa antes de hablar con Tess la primera vez. Tenéis que comprender que para entonces ya llevaba tres semanas totalmente inmersa en su vida, leyendo sus e-mails, examinando fotografías en las que aparecían ella y sus amigas, intentando catalogar su pasado. Si lo miro con perspectiva, incluso en aquella primera fase probablemente supiera más sobre ella que ninguna otra persona viva, porque relataba detalles muy diferentes de sí misma a distintas personas. Sin embargo, como todo había transcurrido por vía electrónica, era casi como si no fuera una persona real.

Pensé que lo mejor sería grabar nuestra conversación y transcribirla después, en vez de intentar tomar apuntes mientras Tess estuviera hablando. De esa manera, podía prestarle toda mi atención; nunca se me ha dado bien realizar dos tareas al mismo tiempo. En una ocasión leí que era ilegal grabar a alguien sin su consentimiento, pero decidí no informar a Tess de que estaría grabando nuestra conversación para evitar que eso la obsesionara y ralentizara todo aún más.

Eran las once de la noche de un martes. Tenía mi lista de preguntas delante. El teléfono de Tess sonó ocho veces antes de que contestara y el tono con que dijo «¿Sí?» sonó cauteloso. Cuando me presenté, ella reaccionó sorprendida, a pesar de que habíamos quedado en que iba a llamar a esa hora. Luego soltó una risa y dijo:

—Ah, joder, perdona. Pensaba que eras Sylvie.

No había oído hablar de Sylvie antes, así que ya desde el primer momento, antes incluso de empezar, tuve que alterar el plan de la lista y preguntarle sobre ese nuevo personaje. Mientras hablábamos, estuve navegando por la página de los amigos de Tess en Facebook y encontré a Sylvie: tenía una cara larga y triste y un pelo espeso de color rojo oscuro que, cuando lo dejaba caer sobre un hombro, parecía la cola de un zorro.

Pensaba que no tenía una idea preconcebida de cómo iba a ser la voz de Tess. Pero supongo que no era así, porque recuerdo que me quedé sorprendida cuando la oí. Su voz era profunda, clara y articulaba bien, para nada parecía angustiada.

Después de que me contara algo sobre Sylvie —era profesora y odiaba su trabajo, se había casado con un hombre italiano que le sacaba veinte años y estaba pensando en tener una aventura con alguien de su trabajo—, me embarqué en la lista de preguntas. Me complació descubrir que mi propuesta de comunicarnos por Skype era acertada. Resultó mucho más eficiente que el e-mail. Cuando Tess comenzaba a perder el hilo, podía redirigirla al tema que estábamos tratando.

Aquella primera sesión duró veinte minutos; luego Tess se cansó y perdió la concentración. Quedamos en llamarnos por Skype otra vez a la misma hora la noche siguiente y en esta ocasión se desenvolvió con más soltura. De hecho, con demasiada soltura: se expresaba espontáneamente, casi sin formular las ideas en su cabeza antes de soltarlas. Le pregunté sobre un trabajo en Threads, una tienda de ropa vintage en Bethnal Green que llevó durante cuatro meses, y pasó a una larga descripción de un festival al que había ido en el que todo el mundo llevaba ropa añeja y se podía bajar por un tobogán, lo cual la llevó a contarme que su madre había guardado un montón de ropa de diseño para ella de cuando era joven, pero que se había quedado muy decepcionada cuando descubrió que a Tess no le quedaba bien:

—Has heredado los hombros de tu padre.

La tercera vez que hablamos estaba alterada. Había ido a la función de tarde de una obra de teatro y una mujer que estaba sentada en la primera fila la había tratado mal. No fue capaz de dejar de hablar de ello. Despotricaba. Cuando estaba de ese humor, este tipo de asuntos insignificantes la molestaban sobremanera. Incluso cuando yo pensaba que había conseguido desviar su atención, volvía al mismo tema una y otra vez. Cualquier comportamiento que le pudiera parecer insensible o maleducado le provocaba esta reacción —aunque, irónicamente, ella misma podía ser muy insensible y maleducada—. Por ejemplo, odiaba que la gente la adelantara en el andén de una parada del metro con el fin de conseguir mejor posición para cuando se abrieran las puertas.

—Odio el ruido del golpeteo de sus tacones cuando andan buscando el mejor sitio —decía.

Cuando estaba esperando a que un semáforo se pusiera verde, le resultaba ofensivo que otra persona llegara después y pulsara el botón. ¿Acaso pensaba que ella no lo había pulsado antes? ¿Creía que era tonta?

Mientras transcribía una de las grabaciones, estaba escuchando una de estas digresiones cansinas cuando la oí mencionar un detalle que no conocía: Jonathan había vivido en Singapur. Se me ocurrió entonces que en realidad esas digresiones, aunque no sirvieran para contestar a mis preguntas directamente y mi tendencia natural fuera eliminar todo lo que decía salvo los hechos, podían ser bastante útiles. No solo por los detalles que pudieran salir de manera accidental, también porque revelaban aspectos de su personalidad.

En otras palabras, me di cuenta de que las digresiones podían ser tan importantes como los hechos constatables que estaba apuntando. Si yo quería «ser» Tess, necesitaba tomar nota de todas las facetas de su personalidad.

En nuestra siguiente sesión, el humor de Tess había cambiado otra vez. En esta ocasión se mostró reflexiva y, por primera vez, me hizo preguntas sobre mí. Me preguntó cuántos años tenía, dónde vivía y por qué estaba haciendo eso por ella. Yo no estaba muy cómoda hablando sobre mí, ya que era consciente de que cada minuto dedicado a mí significaba menos tiempo para sus respuestas. Pero contesté y le expliqué que lo estaba haciendo porque creía que cada uno era dueño de su cuerpo y defendía su derecho a decidir cuándo y cómo quería morir. Me preguntó qué opinaba de Adrian y le contesté que era un gran hombre y que Red Pill me había abierto los ojos con nuevas maneras de ver el mundo. A eso Tess contestó algo que me sorprendió.

—Sí —dijo—. Algún día tengo que meterme y echar un vistazo.

Veréis, yo había dado por hecho que ella conocía a Adrian por el foro. Analizándolo fríamente, sé que no habría durado más de dos minutos en Red Pill, por su forma de pensar tan imprecisa e irracional, pero no se me había ocurrido que podría haberlo conocido en otro sitio, en un contexto diferente.

—Entonces, ¿de qué conoces a Adrian, si no es a través del foro? —pregunté.

Su respuesta fue típicamente confusa:

—Ah, no me acuerdo exactamente. En alguna fiesta o algo así.

No podía imaginarme a Adrian asistiendo al tipo de fiestas a las que iba Tess y la presioné para tratar de sacar más detalles, pero afirmó que no se acordaba.

Luego, puesto que había salido el tema del foro y nuestra conversación había tomado un cariz más personal, le pregunté algo que no estaba en la lista, pero que había estado rondándome la cabeza desde que habíamos iniciado el proyecto. Tess repetía a menudo que los periodos oscuros y los eufóricos formaban parte de ella, que estaba tocada y que, por citar su expresión favorita, no habría nunca «ninguna esperanza de que me cure de ser yo». Me hizo preguntarme cómo podía saber que esos estados emocionales extremos formaban parte de su «verdadera» personalidad. También podían ser algo que alteraba su «auténtico yo», como si estuviera poseída por alguna fuerza exterior.

Cuando se lo pregunté, me contestó que estaba segura de que era su «auténtico yo». Le hice saber que era imposible estar segura, que lo único que podía hacer era adoptar una postura al respecto. Entonces su tono de voz se volvió más duro:

—Pensaba que estabas aquí para ayudarme, no para convencerme de dejarlo.

Así que tuve que explicarle que, ciertamente, estaba allí para ayudarla y no para tratar de convencerla de abandonar sus planes. Simplemente me interesaba debatir ese asunto. Estaba claro que Tess no había dedicado tiempo a la filosofía antes, así que le dije que eso de examinar las cosas desde todos los ángulos posibles era lo que me gustaba hacer.

Al oír eso se relajó otra vez y después dijo algo que me dejó perpleja. Dijo que su «marido» también pensaba que era algo que la poseía y que llamaba a ese lado de su personalidad «la bestia».

Por un momento me quedé sin palabras y luego le pedí que me confirmase que acababa de decir que estaba casada. Pareció sorprendida.

—Ah, ¿no lo había mencionado? —dijo, como si fuera un asunto de escasa importancia.

Resulta que había estado casada brevemente, «a los veintipocos años». Insistí en que me diera una fecha exacta y le costó un rato acordarse de que había ocurrido cuando tenía veinticuatro años. Fue con un australiano llamado Lee, a quien conoció en la cola de un banco en Delhi y se casaron cinco semanas más tarde. Menos de un año después, se separaron y Lee volvió a Australia. «Algún tiempo después» se confirmó el divorcio. Tess aseguró que había sido «un momento de locura» y, al parecer, pensaba que casi no merecía la pena comentarlo. Añadió que en ese momento ya no hablaban para nada y que resultaba muy improbable que se fuera a poner en contacto con ella.

—Ya te lo he dicho —concluyó—, he hecho un montón de cosas estúpidas.

Lo raro del asunto era que, aunque había estado casada con Lee, ni siquiera lo incluía entre los que ella llamaba sus «grandes amores». El número uno era para un hombre llamado Tivo, un DJ con quien estuvo saliendo un año cuando ella tenía veintisiete. Una imagen mostraba a un hombre moreno, relativamente bajo, con un sombrero trilby sobre la cabeza; Tess estaba sentada en su regazo y lo cierto es que parecía feliz, porque lo miraba arrobada.

—Simplemente caí rendida a sus pies —explicó—. Nos ocurrió a los dos.

Le pedí que se extendiera un poco más.

—Oh, ya sabes —dijo.

—No, no lo sé.

—Bueno, cuando estábamos juntos todo tenía sentido. Él comprendía todo lo que le decía, incluso lo que ni yo misma comprendía completamente. Podía contarle cualquier cosa y él lo aceptaba. Pero también sabía cuándo había que mandarme callar para que dejara de decir pendejadas.

Terminó cuando Tess se acostó con otro —«el error más grande de mi vida»— y él se enteró.

La persona con la que había salido más tiempo era Matt, con quien había estado desde los diecinueve años hasta los veintitrés. Era «un buen chico», comentó Tess, pero lo dijo como si fuera algo malo. Marion creía que tenía que haberse casado con él —en ese momento era un hostelero de mucho éxito, tal y como solía recordarle a Tess— y que había echado a perder sus oportunidades.

Aparte de Tivo, Tess no tenía una opinión muy elevada de los hombres. Pensaba que eran débiles y simples, y solía dejarlos por transgresiones que a mí me parecían inofensivas. Cuando le pregunté por Charlie, con quien había salido seis meses en 2004, lo único que dijo fue que, en un viaje a Roma, había pedido que le envolvieran la maleta con plástico en el aeropuerto. Esto, según parecía, había sido razón suficiente para descartarlo.

El matrimonio de Tess no fue la única sorpresa. También me enteré de que había tenido una carrera televisiva muy breve como copresentadora de un «programa de debate» que se había emitido por la noche en Channel 4 en 1997. Se llamaba *Gassing* y en él se entrevistaba a gente que Tess calificaba de «buscafamas con la cabeza jodida». No hicieron más que una prueba y el programa no cuajó.

No solo la mayoría de sus experiencias me resultaban incomprensibles, sino que también sus actitudes. Lloriqueaba frecuentemente por envejecer, temiendo que perdería su belleza y «se volvería invisible». Cuando le expliqué que era irracional y absurdo temer algo inevitable que le sucedía a todo el mundo, soltó una risa seca y dijo:

—Tú espera y verás.

En otras ocasiones podía comprender su actitud, pero no las motivaciones subyacentes. Igual que a mí, no le gustaba viajar en metro, pero, mientras que mi aversión se debía a las aglomeraciones, los empujones y los comentarios ofensivos, la razón que ella me dio me pareció desconcertante: «empatizaba» demasiado con los otros pasajeros.

—Observo a esa gente y me imagino escenas enteras de su vida. Como, por ejemplo, un hombre que lleva un overol, evidentemente un obrero. Me lo imagino en el pub tomándose la quinta pinta del día, diciendo: «Vale, solo es una chamba, ¿no?». Si hay una chica pelirroja, me la imagino en la cena de Navidad con los compañeros de trabajo y una de las ratas de oficina le dice: «Y bien, Lucy, ahora a todo el mundo nos gustaría saber si eres pelirroja del todo».

Una vez contó que había visto a un hombre viejo con una gorra que sacó un paquete de galletas de la bolsa de la compra, lo miró un rato y lo volvió a meter en la bolsa. Dijo que le entraron ganas de llorar solo con verlo.

—Ese hombre simplemente tenía ganas de llegar a casa y tomarse un té. Un placer tan simple como ese. Creo que soy demasiado sensible para este mundo. ¿Sabes a qué me refiero?

No lo sabía, pero de vez en cuando sí que podía comprender tanto su actitud como las motivaciones que tenía. Por ejemplo, un día me dijo que la noche anterior había ido a cenar a casa de una vecina y había estado sentada al lado de una mujer aburrida.

—Dedicó literalmente media hora a enumerar todos los países que había visitado; incluso, date cuenta de hasta dónde fue capaz de llegar, los aeropuertos en los que había hecho trasbordos, como si también contaran.

Le dije que Tash Emmerson había hecho lo mismo en el instituto y que a mí también me había molestado. Incluso había colgado una lista de los lugares que había visitado en su página de Facebook.

—¡No me jodas! —exclamó Tess—. Bórrala de tus amigos inmediatamente. ¿Por qué eres amiga de toda esa gente?

Le expliqué que Tash no me caía bien y que nunca la veía, pero que toda la gente de clase había invitado a todo el mundo en Facebook, porque querían tener el mayor número posible de amigos.

—Vale, igual les encanta a esas pendejas —dijo—, pero tú estás por encima de eso, ¿no? Simplemente, pasa de todas ellas.

Le aclaré que si borraba a toda la gente que en realidad no eran amigos míos, solo me quedaría Rashida. Decidí no mencionar que ya no la veía a ella tampoco.

—¿Y qué? —preguntó—. ¿A quién le importa? Dales puerta. Pasa.

Aprecié lo que estaba diciendo; a fin de cuentas, yo era una librepensadora. Pero me imaginé mi perfil: «Amigos 1».

—No puedo —dije.

—Dios, me alegro de que no existiera Internet cuando yo era más joven —replicó Tess.

En las raras ocasiones en que Tess me prestaba atención a mí en vez de hablar de sí misma, yo era muy consciente de que estábamos perdiendo el tiempo y, después de unos minutos, me esforzaba por mantener la profesionalidad y dirigir de nuevo la conversación hacia ella. Pero debo reconocer que disfrutaba con su atención cuando le daba por interesarse por mí; su manera de hablar me transmitía la sensación de que realmente le interesaba, que de verdad le preocupaba.

Una noche decidió darme un consejo.

—No tengo ninguna hija, tú eres lo más cercano a eso que he tenido —dijo—. Llevo toda la mañana pensando en esto.

Comencé a protestar, pero ella continuó.

—En primer lugar —dijo—, no eres tan inútil como te piensas.

—¡No pienso que soy inútil! —exclamé.

Me mandó callar y continuó con su discurso.

—Espera hasta que un hombre haya estado divorciado un año antes de acercarte a él siquiera. No pasa nada porque odies a tu familia. Pasarás el resto de tu vida tratando de recuperar la sensación de tu primera raya de coca. Merece la pena gastar dinero en cortarte el pelo.

Le dije que nada de eso formaba parte de mis aspiraciones ni podía imaginarme que fuera de otra forma nunca y añadí que apreciaba sus consejos, pero que sería más provechoso que dedicara sus energías a recordar dónde había estado entre febrero y mayo de 2008.

Se rio.

—Ah, eres muy joven, todavía hay tiempo. Espera y verás.

Luego suspiró y cambió de humor, como tendía a hacer.

—Pero para entonces ya serás vieja. La vida pasa en un periquete. Es terriblemente corta, ¿sabes?

Contesté sin pensarlo:

—Sí, especialmente en tu caso.

Se produjo un largo silencio y tuve la impresión de haber metido la pata. Miré fijamente el cuadradito negro del Skype en la pantalla hasta que se me ocurrió algo:

—Siempre parece que es jueves.

Lo dije porque quería que Tess supiera que no estaba sola, que la comprendía, pero también porque era verdad. Los días parecían pasar sin oponer resistencia: siempre parecía que eran las tres de la tarde y luego siempre parecía que era jueves otra vez y otra semana, otro mes habían desaparecido para siempre.

En otras ocasiones, como ya he dicho, nuestras conversaciones eran inservibles desde el principio. Si Tess estaba de mal humor, apenas conseguía sacarle nada de información. Daba respuestas breves y bruscas, contestaba «No lo sé» a todo y en general actuaba como una niña. Lloriqueaba.

—¡Oh, cuándo terminará todo esto! Solo quiero que termine de una vez. ¡Dijiste que habríamos terminado a estas alturas!

Yo tenía que recordarle que no había dicho nada parecido, porque no habíamos fijado ninguna fecha para acabar por aquel entonces. A veces tenía que hablarle con un tono de voz bastante serio.

También podía ser rencorosa. Recuerdo una noche en la que trataba de sacarle un detalle —creo que era saber si su amiga Katy Wilkins era la misma persona que la «Katie Catatónica» que había mencionado en otro e-mail— y decidió tomarla conmigo. Preguntó:

—¿No tienes nada mejor que hacer con tu vida que esto? Ahora en serio, ¿a qué te dedicas?

No dejó de jorobarme hasta que de repente paró y soltó un gran suspiro, como si estuviera aburrida.

—Da lo mismo. Supongo que me interesa que seas un aburrimiento —dijo.

No me enorgullece reconocer que mi profesionalidad quedó tocada durante un momento.

—Bueno, puede que lo deje entonces —contesté—. Tienes razón, tengo mejores cosas que hacer.

Y con esas palabras terminé la llamada. Estaba temblando y tan enfadada que cuando intentó llamarme otra vez pasé de contestar. Dejé que lo intentara otras cuatro veces.

Cuando finalmente contesté, comenzó a disculparse y luego dijo:

—Espera.

Al momento había activado su cámara. Allí estaba, de repente, en la pequeña pantalla del Skype, mirándome directamente a los ojos. Creo que incluso llegué a soltar una exclamación de lo sorprendida que me quedé de tenerla presente de esa manera. Era casi como ver un fantasma, aunque no creo en los fantasmas. Llevaba una camiseta blanca que contrastaba con su piel y tenía el flequillo recogido con un pasador, dejándole la cara al descubierto. Parecía muy joven. Su cara estaba cerca de la cámara y fruncía el ceño, porque se veía claramente una pequeña línea entre sus cejas.

—Cariño —dijo—, perdóname, por favor.

Se disculpó por haber «soltado su rabia»; había tenido un mal día. Luego añadió:

—Te necesito. Lo sabes. De verdad que te necesito.

Levantó la mano y tocó la cámara levemente, como si estuviera dándome su bendición.

Desde aquel momento, sin que lo hubiéramos hablado, siempre activaba su cámara cuando nos conectábamos. Yo mantenía la mía apagada. Había visto muchas fotos suyas, claro, pero era muy diferente observarla como una persona de carne y hueso. Normalmente, se le veía la cara

desde abajo; comprobé que su postura habitual era estar
medio tumbada en la cama con el portátil sobre las rodillas.
En la pared que estaba detrás de ella se veía la esquina de
un póster que mostraba algo que parecía una araña gigan-
te. Le pedí a Tess que moviera la cámara para enseñarme
el póster completo; lo hizo y me dijo que era una obra de
una artista que se llamaba Louise Bourgeois. Tomé nota
de aquello y, en nuestra siguiente sesión, le pedí que pasara la cámara por toda la habitación para que pudiera ver
con más detalle cómo la había decorado.

Su cuarto estaba totalmente abarrotado de cacharros,
de mierdas más bien, cuyo aspecto me parecía deprimente:
plumas polvorientas de pavo real, pilas de revistas y en el
suelo había ropa tirada por todas partes que me recordaba
a los hatillos que la gente deja en la calle por la noche delante de la tienda de la Asociación de Protección de Gatos
en Kentish Town. Encima de una cómoda había botes
tumbados sin tapa y alrededor de su ventana una tira con
luces para un árbol de Navidad. También había algunos
objetos extraños y le pregunté sobre su origen: una enorme concha blanca, del tamaño de una almohada, que había
comprado en una tienda de antigüedades en Islington; un
sol pintado de madera que cubría media pared, que según
Tess había fabricado ella misma para una obra de teatro.
Sobre su mesilla de noche había un pequeño Buda dorado
e incluso pude ver a través de la cámara que estaba cubierto de una capa de ceniza de incienso.

Ver sus posesiones de esta manera me hizo preguntarme qué iba a hacer Tess con todos esos cacharros cuan-

LOTTIE MOGGACH

do se marchara. Sabía que semejante pregunta se acercaba peligrosamente al terreno prohibido —aunque no
había un acuerdo explícito, Tess había mostrado claramente que no quería tocar el tema de los detalles concre-
tos de su suicidio—, así que se lo dije de una manera
bastante discreta:

—¿Tienes algún plan para todos esos objetos?

Pareció confusa un momento. Después comprendió.

—No, la verdad —respondió—. Todavía no. No he
pensado en ese tema.

Le dije que yo estaba usando un almacén relativamente barato, por si quería que le pasara el número de
teléfono. Asintió vagamente con la cabeza, así que se lo
envié por e-mail después.

La cámara fue útil, porque podía interpretar mejor
de qué humor estaba cuando veía la expresión de su cara.
Aunque, la verdad sea dicha, cuando estaba *depre* casi
siempre resultaba evidente por el tono de voz. Se volvía
espesa y oscura, como si estuviera sedada. Pero había pequeños detalles visuales que daban pistas. Por ejemplo, vi
que era zurda y que, aparte de la pequeña arruga entre sus
cejas, tenía otras dos: una en cada lado de la boca, tan finas
como pestañas caídas. Una noche me fijé en un pequeño
punto rojo encima del labio. Le pregunté por él y me dijo
que era un herpes. Si no lo hubiera visto, quizá no me
habría enterado de que tenía un herpes en el labio, así que
escribí una nota para recordarlo. Tess era capaz de hacer
que hasta un herpes labial resultara atractivo, como un
lunar.

También solía fumar cuando hablaba conmigo. Suponía que eran cigarrillos, pero un día le vi desmenuzar algo y mezclarlo con el tabaco, y me di cuenta de que era cannabis. Le pedí que me lo confirmara y se rio.

—¿Te resulta chocante, Mary Whitehouse?

Después de averiguar el significado de esa referencia —según explicó Tess, Mary Whitehouse era «una vieja carca con una boca como el culo de un gato, famosa por quejarse de todo»—, le dije que no estaba para nada en contra y que tenía todo el derecho del mundo a hacer lo que quisiera con su cuerpo. Con el propósito de dejar clara mi postura, añadí:

—Si afectase a otra persona (si, por ejemplo, hubiera un niño pequeño en la misma habitación), no podría aprobar tus acciones. Pero, ya que estás sola, eres libre de seguir.

—Te lo agradezco —dijo Tess—. Es muy amable por tu parte.

La conversación parecía divertirla y sonrió al lamer el papel de liar.

—¿Cuánto cuesta? —le pregunté.

—No lo sé —contestó—. Una chica nunca tiene que comprar su propia droga, ¿verdad?

—Bueno, puede que tú no lo hagas —repliqué—, pero estoy segura de que algunas chicas sí tienen que comprarla. Muy posiblemente, te pasan droga gratis porque les gustas y quieren gustarte a ti, pero no todas las chicas son tan sexis como tú. Has hecho lo mismo antes: cuando usas la expresión «una chica», en realidad lo que quieres decir es «una chica como yo».

Llevaba tiempo queriendo soltarle eso y me resultó gratificante ver cómo le cambiaba la cara ligeramente al oírlo. Dio una calada profunda y dijo:

—Es posible que tengas razón.

Aquello pareció picarle la curiosidad y comenzó una de sus sesiones de acoso y derribo preguntándome por mi infancia, mis padres, etcétera. Le conté lo de la EM de mi madre y eso la animó.

—Igual que mi padre. Dios, ¡qué mierda!, ¿verdad? ¿Qué hiciste para aguantarlo?

Le dije que me imaginaba que el alzhéimer era peor que la EM por una razón: mi madre mantuvo la cabeza despejada y siguió siendo ella misma hasta el final, mientras que su padre, Jonathan, había perdido su identidad. Cuando pensaba en Jonathan, veía la imagen de una lata de Quality Street, esos bombones que solíamos comprar en Navidad, pero en el interior no había más que los envoltorios sin nada dentro. Pero eso no se lo conté a Tess; comprendía que tenía que ser duro ver cómo se esfumaban los recuerdos de su padre, hasta tal punto que había olvidado incluso que tenía una hija, y no poder hacer nada al respecto.

Tess asintió con la cabeza.

—Sí —confirmó—. Básicamente se podría decir que ya murió hace años.

Luego, después de apagar su cigarrillo en un pequeño cenicero hecho con una concha, que estaba junto a la cama, concluyó:

—Estoy contenta de no tener que envejecer.

Poco a poco, las tablas comenzaban a llenarse de datos. Ahora el ritmo de trabajo me resultaba satisfactorio. Por la noche teníamos nuestras conversaciones y al día siguiente transcribía las grabaciones, catalogando los datos y tomando nota de cualquier detalle útil pero extraño que hubiera podido salir, como las palabras poco comunes que usaba Tess o aspectos que había revelado de su personalidad sin darse cuenta.

Cuantos más datos recogía, más me tranquilizaba, pero todavía había una cosa que me preocupaba: las llamadas por teléfono. A pesar de que Adrian y Tess me habían asegurado lo contrario, parecía probable que hubiera momentos en el futuro en los que una llamada de Tess fuera deseable, aunque no estrictamente necesaria: días señalados, por ejemplo, o en el caso de que hubiera un accidente.

Un día, mientras escuchaba nuestras grabaciones, se me ocurrió algo. No parecía haber ninguna razón para no grabar algunos mensajes genéricos que luego podría transmitir por teléfono al contestador automático de alguien en determinado momento en el que yo supiera que no podría contestar.

Esa noche le comenté la idea a Tess y se mostró de acuerdo.

—¡No hay tiempo que perder! —la apremié.

Nos llevó un rato y tuve que pedirle, una y otra vez, que repitiera, porque el tono no era el adecuado; pero al final conseguimos varias grabaciones de diferentes mensajes. Uno era para felicitar un cumpleaños, otro para la

Navidad y luego había algunos más generales, variaciones de «Hola, soy yo, siento no dar contigo». Para sus amigos, el tono de Tess era coloquial —«¿Qué pasa, chata?»— mientras que los mensajes dirigidos a su familia eran más formales. Conseguí que Tess me hiciera una lista de cuándo era probable que sus parientes y amigos más cercanos no contestaran al teléfono; su madre, por ejemplo, iba a un grupo de lectura todos los miércoles por la tarde —lo que Marion llamaba «tiempo para mí»— y los amigos que tenían hijos iban a buscarles al colegio a media tarde.

También pensé que tendríamos que sacar fotos de Tess para que yo pudiera superponerlas sobre escenas de lugares que fuera a visitar y luego subirlas a Facebook. Una noche le dije que me enseñara la ropa que tenía en el armario. Ella colocó el laptop a un lado de la cama, sacó las prendas de una en una y las extendió ante sí. Después de decidir las prendas adecuadas para las diferentes estaciones del año y condiciones climáticas, se las fue poniendo delante de la cámara y, como no se molestó en taparse, pude ver cómo se quitaba toda la ropa, menos las bragas.

Mientras se cambiaba examiné su cuerpo. Era muy diferente del mío. Su falta de grasa implicaba que podía ver partes de su esqueleto que nunca había visto en mí misma: las jorobillas de su espina dorsal y la caja torácica cuando doblaba el cuerpo, los huesos de su cadera cuando levantaba los brazos para ponerse un top. Era como si no hubiera más que una sábana fina sobre su cuerpo, mientras que el mío estaba cubierto por un edredón.

Una vez vestida, le di instrucciones sobre cómo utilizar el temporizador automático de su cámara para sacarse fotos a sí misma con ropa diferente, una pared clara de su habitación de fondo y en varias posturas. Después me envió las fotos por e-mail para que las revisase.

Tess parecía disfrutar con la sesión fotográfica. Revisó su ropa con cara de felicidad, enseñaba prendas a la cámara para preguntar mi opinión y chilló de alegría al encontrar fortuitamente una chaqueta favorita que creía perdida. No me interesa la ropa y la mitad del tiempo no sabía a qué se refería —«Ossie vintage, mi viejo top de Dries»—, pero también disfruté bastante. Daba gusto verla feliz. Recuerdo que pensé en aquella foto de Facebook en la que estaba con sus amigas preparándose para salir, cuando tenía mi edad, y me pregunté si lo que estaba viendo era una Tess parecida a aquella otra. «Diversión de chicas». En ese momento me sentí cercana a Tess y fue una sensación agradable.

Sin embargo, poco tiempo después pasó algo que nos devolvió repentinamente a nuestra relación profesional y me hizo pensar que no la conocía para nada. Una mañana, como siempre, me metí en su página de Facebook y vi que había enviado invitaciones a todos los amigos de su lista para una fiesta. Tenía que haberlo hecho en algún momento después de nuestra sesión de Skype de la noche anterior.

«La fiesta de despedida de Tess», ponía en la invitación. «Ven a tomar una copa o cinco antes de que me marche a otras latitudes». La fecha era el viernes siguiente, y el lugar, un pub de Bethnal Green. De momento habían aceptado la invitación dieciocho personas y su muro ya estaba lleno de mensajes de amigos intrigados: «¿Cómo que te marchas?». «¿Adónde?». «¿Cuándo?». «¿Qué me cuentas?». «¿Por qué no me habías dicho nada?».

Envié inmediatamente un e-mail a Tess para preguntarle por qué no me había consultado antes de dar un paso tan importante, pero no me contestó en todo el día y tuve que esperar hasta la sesión de Skype de aquella noche para oír su explicación.

—Ah, eso —dijo con un tono relajado que me exasperó—. Pensé que tenía que organizar un pequeño acto de despedida.

—¿Y por qué no me dijiste nada?

Se encogió de hombros y miró hacia otro lado.

—Fue algo que se me ocurrió de improviso. De todas maneras, ya te has enterado, ¿no?

—Pero ¡todavía no puedes organizar una fiesta de despedida! No hemos hablado de adónde vas a ir ni cuándo, ni...

Me di cuenta de que estaba hablando cada vez más alto e hice una pausa para relajarme.

—¿Qué es lo que vas a contar a todo el mundo?

—Bueno, ya pensaré algo —contestó en tono algo irritado mientras se volvía hacia mí—. Diré que me voy a ir al extranjero. Deja de preocuparte tanto.

—Lo que quieres decir es que seré yo quien pensará algo —contesté casi con un murmullo, pero Tess echó un vistazo breve a la cámara con los ojos entornados y supe que me había oído.

—Ah, y he dicho a todos que me voy dentro de un mes —añadió sonriendo adorablemente.

Como os podéis imaginar, me dejó bastante tocada. Hasta ese momento no habíamos hablado de fechas de cara a su marcha y yo estimaba que seguiría con el proceso de reunir información durante por lo menos dos meses más. No había visto pruebas ni en su e-mail ni en Facebook que respaldaran esta nueva afirmación de Tess y se me ocurrió que podía haber soltado esa fecha al azar, solo para agobiarme. Sea como fuere, después de decirlo no hubo manera de que cambiara; insistió en cerrar todo en el plazo de cuatro semanas.

—En tal caso —dije—, tenemos que empezar a planificar tu futuro.

—¿A qué te refieres?

—Tu nueva vida —le aclaré, haciendo lo imposible por mantener la compostura—. Dónde quieres vivir, qué quieres hacer, todo. Tenemos que preparar todos los detalles.

—Me da lo mismo —dijo suspirando impacientemente—. Yo no estaré aquí, ¿verdad?

Eso era verdad, claro, y en ese momento probablemente yo ya sabía lo suficiente de ella como para tomar una decisión coherente de adónde podría ir, a qué se dedicaría y todo eso. Pero su forma de actuar irreflexiva me irritaba y dolía.

—Lo que quiero decir es que para eso estás tú, ¿no? —añadió, echando sal en la herida.

Terminé la conversación de una manera bastante brusca, pero no tardé en recomponerme. Debía actuar de manera profesional; mi función era realizar un trabajo. Me puse manos a la obra tratando de ser racional y pensé posibles destinos para Tess. Tuve que estar un buen rato investigando en Internet antes de dar con la respuesta.

Evidentemente, el principal criterio debía ser que tenía que estar lejos. En mi primera reunión con Adrian, él había mencionado Australia como un destino posible, pero no terminaba de convencerme. Aparte del nuevo y fundamental dato de que Lee, el exmarido de Tess, era australiano, sabía que las principales ciudades australianas eran un destino habitual para muchos viajeros. Aunque Tess no viviera en una de estas ciudades, si alguno de sus parientes o amigos se tomara la molestia de volar veinticuatro horas hasta Sídney, por ejemplo, lo más probable era que quisiera realizar un pequeño esfuerzo añadido para ir a verla.

Aparte de eso, si quería que pareciera auténtico, Tess debía de tener algún motivo para acabar en ese lugar. Era, según me había dicho, «muy sensible al entorno» y tenía que estar «rodeada de belleza», por lo que no sería coherente con su personalidad ir a cualquier sitio. Tenía que haber algo que le resultase claramente atractivo.

Así que, en resumen, tenía que ser un lugar adonde fuera difícil llegar y con el suficiente «atractivo» como para incitar a Tess a quedarse a vivir, pero al mismo tiempo no podía ser el típico sitio del que cualquiera pudiera decir: «¡Oh, siempre he querido ir! Esta es mi oportunidad».

Al margen de esto, en el caso de Tess tendría sentido que se trasladara a un sitio totalmente diferente de donde vivía en ese momento, Bethnal Green. Además me di cuenta de que también tendría sentido para ella trasladarse a algún sitio que fuera «espiritual».

La «espiritualidad» era una faceta de Tess con la que me costaba empatizar. Las modas místicas le llamaban poderosamente la atención. Se obsesionaba con la homeopatía y las propiedades mágicas de los minerales, y me hablaba con auténtico interés de la ventosaterapia y las líneas ley. Para ser sincera, todo eso me resultaba ofensivo y lo cuestioné un par de veces delante de ella —«¿Dónde están las pruebas?»—, pero ella insistió obstinadamente en que hacía que se sintiera mejor.

Así que, teniendo todo esto en cuenta, encontré algunas páginas web dedicadas a temas *new age* y chismeé un poco en un par de foros. Tomé apuntes de los temas sobre los que se conversaba y, cuando alguien mencionaba un sitio, lo buscaba. Así fue como oí hablar de Sointula.

Sointula se encuentra en una isla en la costa canadiense, cerca de Vancouver. Era una antigua colonia de hippies que fue fundada como una «utopía socialista» en los años setenta. Se había convertido en un lugar algo más normal, una colonia para pescadores, aunque todavía conservaba algo de aquel espíritu, por lo que podría ser un destino para gente con «inclinaciones espirituales». A juzgar por las fotos, tenía bastante buena pinta, con playas vacías y edificios sencillos de una sola planta. Había suficiente población como para generar empleo y era lo bastante tranquilo como para ser un refugio convincente para una persona «dañada» como Tess.

Sobre todo, era un lugar de difícil acceso. Había que volar hasta Vancouver, coger otro avión para llegar a Port

Hardy, luego media hora en taxi hasta otro puerto y después un ferry. No había manera de que sus padres pudieran hacer ese viaje en el estado en que se encontraba Jonathan. Esperaba que la distancia resultara disuasoria incluso para sus amigos más viajeros; hasta para Sharmi, que había estado en Papúa Nueva Guinea. Además, Tess dejaría muy claro que no quería que nadie la fuera a ver, porque deseaba empezar de cero.

Cuando decidí que debía ser Sointula, dediqué un día a hacer un esbozo de las características generales de la vida de Tess en la isla. Busqué inmobiliarias y encontré un apartamento para ella. Era un sitio pequeño y agradable, en la planta baja de una casa forrada con tablas de madera que tenía un jardín compartido. Las fotografías mostraban unas habitaciones amplias y luminosas, con ventanas que llegaban desde el suelo hasta el techo, cortinas a cuadros y suelos de madera pintados de blanco. El piso estaba amueblado de manera muy sencilla, con lo mínimo y nada más —un pequeño sofá, una mesa redonda para cuatro— pero a pesar de ello conseguía transmitir una sensación de comodidad.

Por un breve momento, mientras estaba viendo las fotografías del piso, tuve ganas de irme a vivir allí. Recuerdo que era un viernes por la noche. Llegaba un ruido extremadamente alto de Albion Street, que estaba al otro lado de la ventana; el olor a cebolla se impregnaba en el piso, y se oía un ruido de cristales rompiéndose y risas embriagadas en el pub.

En la página web de la agencia inmobiliaria ponía que el piso de Sointula estaba en la planta baja de la misma casa en la que vivía la casera. Me imaginé que era una viuda que se llamaba señora Peterson y que tenía el mismo aspecto que mi madre.

Después de encontrar el piso de Tess —era más bien un apartamento—, comencé a buscarle trabajo. Tal y como os he contado, ella tenía un pasado profesional de lo más variopinto y resultaría totalmente plausible que tuviera un empleo de poca categoría, por ejemplo, como camarera en uno de los dos restaurantes de la isla. Pero esa idea no me satisfacía. Esta iba a ser su «nueva vida» y quería algo mejor para ella. Aparte de eso, pensé que en el caso de que hubiera alguna emergencia y alguien quisiera ponerse en contacto con ella, no sería muy difícil averiguar los nombres de los pocos restaurantes de la isla y llamarles directamente para hablar con ella.

Así que me puse a pensar en otras opciones. Sointula tenía una tienda de ropa llamada Moira's y una pequeña biblioteca. Estuve pensando en la posibilidad de la biblioteca, pero luego, mientras andaba repasando los ficheros de Tess en busca de inspiración, me acordé de su breve paso por la academia de arte y se me ocurrió una idea. Tess podría ser la profesora particular de arte de una niña de alguna de las familias de la isla.

Reconozco que el planteamiento me pareció bastante satisfactorio. Significaba que Tess podía tener su celular apagado durante mucho tiempo y de esta manera no estaría localizable. El papel del celular en la nueva vida de Tess me había preocupado bastante, no solo porque evidentemente teníamos la voz diferente, sino también porque sabía que el tono del teléfono sonaba distinto en el extranjero y cualquiera que llamase a Tess se daría cuenta de que todavía se encontraba en el Reino Unido. Una solución satisfactoria a esto era encontrar una buena razón para tenerlo apagado.

Con los asuntos de la vivienda y el trabajo solucionados, compuse un paquete de información para Tess con fotos de la isla y detalles sobre el piso, como si fuera a vendérselo. Me contestó por e-mail con sorprendente rapidez y el tono del mensaje cambió una vez más desde la irritabilidad hasta el agradecimiento. Dijo que le encantaba la idea de Sointula, que el piso le parecía maravilloso y que la idea de las clases particulares era una genialidad.

«¡Es tan genial que casi me estoy planteando ir! —me ponía—. Cariño, eres un sol».

Tengo que reconocer que me gustaba cuando me trataba bien.

Sábado, 20 de agosto de 2011

Hoy parecía que era el día de masajes en la comuna. Cuando hice mi ronda, una buena parte de los residentes estaban tumbados boca abajo como cadáveres, con otras personas encima, literalmente sentadas sobre sus culos, apretando sus carnes morenas con silenciosa concentración. Nunca antes había visto una sesión de masajes propiamente dicha —a veces yo le daba uno a mi madre, pero solo en las manos o los pies— y me resultó bastante violento. También era incómodo, ya que debía acercarme mucho a los contorsionados rostros de aquellos que estaban siendo sometidos al golpeteo, para ver si les reconocía o no.

Al final pude comprobar que todos eran gente «vieja» a quienes ya había enseñado la foto de Tess y no encontré ningún recién llegado hasta por la tarde, cuando aparecieron tres jóvenes franceses en una ruidosa furgoneta de color naranja. Cuando me acerqué a ellos me dijeron que no habían estado aquí el verano pasado y que esta era la primera vez que visitaban la comuna, pero les enseñé la foto de todas maneras.

—*Non*, lo siento —dijeron.

Uno de ellos, mirando a los otros, añadió:

—*Mais, très belle*.

Lo comprendí gracias a las clases de Francés de secundaria. Ese hombre estaba terriblemente afectado por el acné, con pequeños volcanes rojos que cubrían todo el espacio disponible de su cara y se arrastraban por el cuello hasta encontrarse con el pelo de su desnudo pecho. Me imaginaba que el acné se extendía por todo su cuerpo como una lenta corriente de lava y que lo único que quedaba incólume era las plantas de sus pies. Era difícil no inmutarse y me pregunté si le importaría el hecho de que nadie fuera a decirle nunca que él era *très belle*.

Al verlo, me acordé de que no me había mirado en un espejo desde mi llegada, así que cuando regresé a la cueva le pedí uno a Annie. Fue un poco chocante verme la cara: a pesar de que pasaba la mayoría de las horas de sol bajo el árbol, mi piel estaba rosa como la mousse de fresa Angel Delight. Debía de ser por la excursión a la ciudad de ayer.

Annie, que me estaba mirando, insistió en untarme las mejillas y la nariz con algo que llamaba aloe vera, que, según afirma, tiene «propiedades curativas», aunque sin Internet no puedo comprobar si es cierto o no.

—¡Qué tontita! —dijo—. Con una piel como la tuya, deberías llevar un factor de protección 50. ¿Tu madre nunca te dijo que tenías que echarte crema solar?

La informé de que no había necesidad de esas cosas en Kentish Town y menos cuando apenas salía de casa.

Me doy cuenta ahora de que no he mencionado el papel de Adrian en la fase de preparación del proyecto. Eso se debe a que apenas participaba; estaba mucho menos involucrado de lo que me había esperado. Al principio creía que iba a enviarle informes sobre el progreso de mi recogida de información, el estado de ánimo de Tess y todo eso, así que estuve tomando muchos apuntes de todo, pero pasaron los días y las semanas y nunca me pidió nada.

Después de quince días, todavía no sabía nada de Adrian y empecé a pensar que tal vez estaba esperando que me pusiera en contacto con él, que se trataba de una especie de prueba para ver si tomaba la iniciativa. Así que preparé un informe de mis progresos y estaba lista para enviárselo cuando me di cuenta de que no sabía adónde mandarlo. Aquel día en Hampstead Heath me había dicho que no deberíamos hacer referencias al caso en Red Pill, ni siquiera en mensajes personales. Había explicado que unos cuantos miembros eran hábiles hackers y tan grande era la devoción que sentían por el foro que incluso podrían tomar la iniciativa de infiltrarse en su correo electrónico para aprender más sobre su manera de pensar. Sin embargo, no me había pasado ninguna dirección alternativa de e-mail ni un número de teléfono.

Recordé lo que me había dicho cuando nos vimos en Hampstead Heath —«¿Supongo que estás en Facebook?»—, lo cual daba a entender que él también estaba, pero busqué su nombre y no dio ningún resultado. Por lo tanto, no tuve otra opción que enviarle un MP, cuidadosamente formulado, a través de Red Pill.

Adrian:
Me estaba preguntando si hay alguna información que necesitas de mí, a propósito del proyecto que tenemos entre manos.

Leila

Su respuesta llegó siete horas y media más tarde: «Confío plenamente en ti, estoy seguro de que tienes todo bajo control. Mejor no usar la vía de MP».

Como ya he dicho, me sorprendió que no estuviera más «encima» del proyecto, pero también me satisfacía que confiara en que fuera a llevarlo a buen puerto sin su supervisión. Algo sí que cambió después de que me pusiera en contacto con él: a partir de aquel momento, cada miércoles me enviaba un MP que, aunque no mencionaba el proyecto, contenía una cita inspiradora aislada, sin más comentarios, como si quisiera mostrarme que estaba presente, apoyándome desde lejos: «Las grandes personas son como águilas y construyen sus nidos en cimas solitarias» o «Todas las personas viven la vida, pocas la conocen».

Naturalmente, también lo «vi» todos los días, en los foros de Red Pill. Tal y como habíamos quedado, me mantuve activa en la web, entrando todos los días y dejando comentarios en cualquier debate que fuera para los más iniciados. Sin embargo, como estaba absorta en el proyecto, no tenía el corazón puesto en esos debates y me sentía alejada de lo que estaba sucediendo en el foro con todas aquellas discusiones sobre nociones abstractas.

Me resultaba extraño ver la cara pública de Adrian y al mismo tiempo compartir este secreto con él, sabiendo cosas que los demás no conocían. Por ejemplo, durante el debate acerca de un podcast que Adrian había subido sobre la rivalidad entre hermanos, se refirió a su «hermana». Sin embargo, yo sabía que era hijo único, como yo, porque me lo había dicho aquel día en Hampstead Heath. Comprendí que usaba esa referencia a su «hermana» para apoyar su argumentación, pero los otros participantes debieron de pensar que de verdad tenía una hermana. Reconozco que la idea de que solo yo, entre todos los miembros, tenía acceso a más información me resultaba excitante, pero también me ponía nerviosa. Sin embargo, sentía que no era el momento para dejarme llevar por las emociones. Tenía que mantener la cabeza fría y pensar de manera racional, en beneficio del proyecto.

También había una razón más prosaica para no involucrarme más en la web: en aquellas últimas semanas de la preparación, el tiempo era cada vez más escaso. El trabajo con Tess me llenaba todas las horas del día, pero como no empezaría a recibir mis ochenta y ocho libras semanales hasta que no se marchara, también tenía que seguir con el trabajo de probar software para Damian.

El mes siguiente apenas salí del piso. Pasaba dieciocho horas al día delante del ordenador, a veces hasta veinte, a la sombra del cartel del restaurante. Y debo reconocer que, conforme se acercaba el 14 de abril, me sentía cada vez más alterada, de una manera que no es normal en mí. Me había dado cuenta de que nunca iba a conocer completamente todas las facetas de la vida de Tess; era como tratar de llenar un agujero y luego darse cuenta de que no tenía fondo.

A veces, durante aquellos últimos días, tuve la impresión de que daba lo mismo. A efectos prácticos, no iba a necesitar tanta información para hacer de Tess, porque normalmente la gente solo se interesa por sí misma y no presta mucha atención a los otros, ni siquiera a sus amigos más íntimos. Pero otras veces tenía la sensación de que no estaba para nada preparada y que me iban a pillar enseguida. Alternaba entre estos dos extremos, como un regulador de volumen que gira primero hasta lo más bajo y después sube hasta un nivel ensordecedor.

Poco a poco se fue completando la cronología de la vida de Tess, pero mi nueva obsesión residía en averiguar sus opiniones acerca de diferentes asuntos. En algunos casos estaban escondidas en la información que me pasaba. Por ejemplo, cuando me dijo que su amiga Susan acababa de dejar un trabajo en el sector de la publicidad para volver a la universidad, quedaba claro por su comentario —«Buena chica»— que apoyaba la decisión. Pero en muchos otros temas no había aclarado su postura de ninguna manera y yo había prestado tanta atención a procesar los datos que se me había pasado preguntársela.

Empecé a configurar otra larga lista de preguntas. Nuestras sesiones de Skype se alargaban. ¿A quién había votado en las últimas elecciones? ¿Cuál era su flor preferida? ¿Tomaba el té con azúcar? A diferencia de lo que había sucedido antes, a Tess ya no le impacientaban mis preguntas. Estaba de un humor extraño aquellas últimas semanas, formal pero a la vez distante y preocupada.

Aparte de aquella noche en la que lloró.

—Tengo mucho miedo —reconoció.

Ahora recuerdo más de aquella conversación. Me acuerdo de que le hice un resumen de lo que Sócrates decía sobre la muerte. «La muerte es o bien un letargo eterno sin sueños en el que no percibes nada o bien el momento en el que el alma se traslada a otro lugar». Le expliqué que por eso no había nada que temer.

Como no dejaba de llorar, cité a Marco Aurelio: «Saber si es el momento de abandonar este mundo o no es una de las funciones más nobles de la razón».

Era como si no me hubiera oído.

—Es que... es el vacío... ¿Me entiendes?

Sollozó, se secó los ojos y repitió de nuevo, con voz más clara: «¿Me entiendes?».

Quería que encendiera la cámara y tuve que recordarle que Adrian me había aconsejado no hacerlo.

—Que se joda Adrian —replicó.

—No creo que sea una buena idea.

Y luego dijo, con esa voz débil, apenas reconocible:

—No puedo hacerlo.

—Claro que puedes —aseveré.

¿Qué otra cosa podía decir?

La policía me preguntó:

—¿Alguna vez expresó dudas sobre su decisión? ¿Se mostró dubitativa en alguna ocasión?

Negué con la cabeza.

Todo lo que puedo decir es que ella estaba alterada y yo trataba de consolarla, de la misma manera en que mi madre me consolaba a mí cuando le decía que no iba a ser capaz de seguir viviendo sin ella.

—Claro que podrás —afirmó—. Eres una chica brillante y fuerte. Lo harás muy bien.

No veía en aquello una actitud contradictoria con su deseo de llevar a cabo el acto. El miedo parecía formar parte de ello. Y el suicidio tampoco era una idea que se le hubiera metido en la cabeza de repente. Tess me afirmó repetidas veces que llevaba años deseando hacerlo. Si durante alguna de nuestras conversaciones me hubiera dicho claramente que no quería, entonces, es evidente, habría apoyado esa decisión por completo. Por supuesto que lo habría hecho.

Aquella conversación puso de manifiesto que, por mucho que yo supiera de ella, había algo que no quería contarme. Ya he comentado que nunca dijimos explícitamente que fuéramos a eludir el tema del suicidio —me refiero a los aspectos prácticos—, pero había un acuerdo tácito de que era algo de lo que no hablaríamos. Supongo que era el único aspecto privado que le quedaba.

Al mismo tiempo, yo era consciente de que en aquellas últimas semanas, mientras yo ultimaba los detalles de mi plan, ella, secretamente, estaba haciendo lo mismo.

Cuando ya solo faltaban dos días para llegar al 14, estábamos hablando por teléfono y le pedí que revisara la manera de escribir los nombres de algunos amigos de la universidad. Cuando terminó de hacerlo, se quedó callada. Luego me miró y dio unos golpecitos a la cámara.

—¿Tienes todo lo que necesitas?

Su tono de voz era tan impersonal como el de un empleado en la ventanilla de un banco.

Recuerdo que eché un vistazo a la tabla —a esas alturas tenía más de dos metros de largo— que había puesto en la pared encima de mi mesa. Había pegado nuevos folios con diurex y todo estaba lleno de anotaciones. Lógicamente, también tenía una gran cantidad de información en mi computadora, pero esa tabla visual me proporcionaba ayuda para la memoria y palabras clave. Sabía que eso podía continuar indefinidamente, que podía añadir un folio tras otro hasta que la tabla de la vida de Tess llenara todos los recovecos de mi piso, continuara desparramándose por las escaleras y siguiera por Albion y a través del túnel de Rotherhithe y más allá, pero había que poner el punto final en algún sitio.

Así que le dije:

—Sí, creo que sí.

Por extraño que parezca, la tristeza que sentí en aquel momento fue incluso más intensa que la que había sentido por mi madre al final; supongo que era porque el sufrimiento de Tess no era visible, parecía mucho más joven y sana. Parecía imposible que no fuera a seguir en este mundo, que alguien con quien había tenido una relación tan cercana fuera a desaparecer.

Sin embargo, eso no se lo podía confesar. Así que no dije nada. Entonces, de repente, estábamos hablando por última vez. Su última mirada a la cámara, aquel saludo dándome las gracias; yo dándoselas estúpidamente a ella; luego mirándola fijamente, absorbiendo todos los detalles de su rostro, la nariz, los pómulos, la boca, hasta que ella levantó la vista, alargó el brazo y apagó la cámara.

El día que se marchó, el 14 de abril, fue un día «normal». No podía arrancar con el trabajo todavía, porque «Tess» pasaría todo el día viajando a Canadá, así que tuve que esperar hasta el día siguiente antes de enviar los primeros e-mails y colgar los textos que anunciaran que había llegado bien a Sointula. Tampoco podía empezar por la mañana; debido a la diferencia horaria, no podía empezar a trabajar de Tess hasta las cinco de la tarde en Reino Unido, que eran las nueve de la mañana en Sointula.

Aunque, claro, no fue un día normal. Aquella mañana me fue imposible hacer nada, aparte de estar tumbada en el sofá con los ojos abiertos pero sin ver. Era como si me hubieran desactivado. Ni siquiera tenía hambre. Solo podía pensar en lo que estaría haciendo Tess; sin embargo, no tenía ni idea de cómo lo estaba haciendo. Mi cabeza daba vueltas, pero sin engranajes que movieran el mecanismo. En cambio, reproducía una serie de diapositivas de escenas imaginarias. Tess a cuatro patas gateando hacia el interior de una pequeña cueva, en alguna cadena montañosa remota, con un bote de pastillas y una botella de vodka metidos en los bolsillos. Después del último trago, se acurrucaba con los ojos cerrados mientras los rayos del sol penetraban en la cueva iluminando su cara. Tess, que salía a la azotea del edificio más alto de Londres, con el viento revolviéndole el pelo mientras miraba por última vez la silenciosa ciudad antes de dar un salto grácil con la cabeza por delante, como una nadadora. Tess, de noche, forzando las puertas de un zoo y metiendo la mano lentamente en un terrario lleno de escorpiones letales. Cuando le picaban, apenas sufría un pequeño sobresalto antes de desplomarse en el suelo.

Naturalmente, sabía que el escenario de la cueva era el único que podía tener alguna semejanza con la realidad, aunque solo remotamente, ya que era imprescindible que con el método utilizado no se pudiera encontrar su cuerpo. También sabía, además de sobra, que la muerte no era un asunto romántico. Sin embargo, sí que lo eran las imágenes que mi mente había decidido reproducir.

Me quedé así varias horas, tumbada en el sofá, presa de aquel estado discapacitado, y luego, de repente, sin previo aviso, se me retorcieron las tripas y tuve un ataque de diarrea tan agudo que me dejó jadeando sobre la taza del baño.

A media mañana sonó el timbre de la puerta, lo cual era un acontecimiento chocante incluso en días normales, y estaba tan tensa que se me escapó una pequeña exclamación. Era el cartero, que venía con una carta certificada para mí. En el interior, doblados dentro de una hoja de periódico, había cuatro billetes de veinte libras, uno de cinco y tres monedas de una libra pegadas con diurex en un trozo de cartón; en total, ochenta y ocho libras en efectivo. Debajo de las monedas, alguien había dibujado la boca, los dos ojos y la nariz de una cara sonriente. No parecía un acto propio de Adrian, así que supuse que este primer pago venía directamente de Tess. Ninguno de los pagos siguientes llevaba una sonrisa.

La recepción del dinero me reafirmó un poco en mi propósito —el proyecto Tess ya era mi trabajo oficial—, así que fui a mi mesa y envié un e-mail a Damian: «Te escribo para notificarte mi dimisión con efecto inmediato». Luego traté de distraerme jugando a World of Warcraft, pero por primera vez no fui capaz de meterme en el juego. Me parecía absurdo mandar un manojo de píxeles de aquí para allá. Así que, en lugar de eso, decidí meterme en las cuentas del correo electrónico y de Facebook de Tess. Esta todavía no podía enviar mensajes, pero seguían llegando e-mails a su cuenta y no había ninguna razón que me impidiera leerlos y preparar las respuestas, de modo que estuvieran listas para enviarlas al día siguiente.

Entré en su cuenta de Facebook. A estas alturas, las claves de Tess eran como las mías propias; de hecho, las que me costaba recordar eran las mías. Habíamos redactado las palabras de la última actualización de su estado juntas y la había introducido la noche anterior: «¡Por fin me voy! Me espera una nueva vida. Os quiero a todos». Había veintitrés mensajes debajo, todos eran variaciones de «¡Suerte!» y «¡Te echaremos de menos!».

Aquel día recibió cinco e-mails nuevos, aparte de correo basura; cuatro le deseaban suerte en sus viajes y otro era de una mujer llamada Marnie, que evidentemente no sabía que se marchaba, ya que la invitaba a la fiesta de un cuarenta cumpleaños ese mismo mes en Clapham. «Código de vestimenta: maduras vistiéndose de jovencitas».

No miré mis mensajes en Red Pill hasta más tarde y encontré uno de Adrian. Consistía únicamente en una cita de Aristóteles: «La excelencia moral es fruto de la costumbre. Nos volvemos justos por realizar acciones justas, comedidos por realizar acciones comedidas, valientes por realizar acciones valientes».

Tal y como os he dicho, ahora ya tengo más claro lo que pasó aquel día, debido al rastreo que la policía hizo de su pasaporte. Viajó a Portsmouth y allí se embarcó en el ferry con destino a Bilbao. Llegó a España al día siguiente a la hora de comer y su pasaporte quedó registrado en el puerto. A partir de ahí, nadie sabe adónde fue ni qué hizo. Desapareció.

He visto el barco en el que viajó, el *Pride of Bilbao*. Hay algunos vídeos en YouTube, subidos por gente que ha hecho esa travesía, y los he visto todos. Tiene una pinta horrible. Los camarotes son tan fríos como la sala de espera de un hospital. Los pasajeros son o muy mayores y están tomando té en silencio junto a las mesas de la cafetería o bien son muy jóvenes y ruidosos, grupos de chicos o de chicas idiotas con cervezas en vasos de plástico echándoselos los unos a los otros. Hay unas cuantas filas de máquinas tragamonedas y una tienda de regalos donde se venden peluches baratos y cajas de caramelos de chocolate Minstrels. No es para nada un sitio del estilo de Tess.

La explicación más evidente para una elección tan sorprendente del medio de transporte es que tuviera la intención de tirarse por la borda en mitad de la noche, pero que, a la hora de la verdad, no se hubiera atrevido. Pensé en ella, sola en la oscuridad de la cubierta, apoyada en la barandilla mirando hacia abajo, incapaz de ver el mar, pero escuchando el siseo oscuro de la masa de agua, lista para recibirla.

Pero, si había tenido la intención de suicidarse en aquel momento, ¿por qué no lo hizo?

A menudo he pensado en Tess en aquel ferry, tumbada en un minúsculo camarote de plástico, con la cabeza sobre una almohada plana, escuchando los chillidos de los gamberros borrachos que estarían en el pasillo, al otro lado de la puerta. En uno de los vídeos se ven delfines nadando junto al barco. Espero que al menos viera algunos.

Como ya he dicho, cuando llegó a España desapareció sin dejar rastro.

Pero volvamos al día de su marcha. Según fue pasando el tiempo, ya no aguantaba ver cómo se sucedían las horas mientras un montón de ideas improductivas daban vueltas en mi cabeza y, a media tarde, hice algo que no había hecho antes: me tomé unas pastillas para dormir de mi madre y me quedé frita.

Me desperté, aturdida, a la hora de comer del día 15 y, por fin, llegaron las cinco de la tarde y podía comenzar. Me metí en la cuenta de correo de Tess y envié los mensajes ya redactados a su madre y a sus amigos Simon y Justine. El cuerpo de texto de cada mensaje era el mismo: había llegado; el viaje había sido interminable; había atisbado una foca desde el transbordador; la isla era muy bella, y había alquilado una habitación en la casa de huéspedes, que se encontraba a una manzana del mar. En los e-mails a Simon y Justine, añadí que, cuando el barco atracó, había un hombre tocando el ukelele en el muelle, «como si un comité de bienvenida hubiera esperado mi llegada», y que la casa de huéspedes era un poco disparatada pero de una forma encantadora, con cortinas rosas de algodón y animalitos hechos de hormigón en el jardín.

A continuación actualicé su estado en Facebook. Esto me causaba más aprensión, ya que, a diferencia de los e-mails, era «en vivo». La actualización decía: «¡Por fin he llegado! Echa polvo, pero feliz. ¡He visto mi primera foca!». Escribí la palabra «hecha» mal, sin la hache, tal y como pensaba que la escribiría Tess.

Casi al instante, la gente comenzó a responder con excitados mensajes de ánimo. Había decidido que no respondería inmediatamente, porque después de meterme en Facebook para actualizar su estado me había —Tess, en realidad— vuelto a meter en la cama para neutralizar los efectos del *jet lag*.

Puede sonar extraño, pero la vida de Tess en Sointula me pareció real desde el principio. No porque tuviera mucha imaginación, más bien era porque había investigado tanto sobre ella y la isla que cada detalle cobraba vida. Recuerdo que, después de cerrar la sesión de Facebook aquel primer día, me tumbé en el suelo y cerré los ojos. Los ruidos de Albion se desvanecieron y yo era Tess, tumbada en la cama de la casa de huéspedes, aturdida por el sueño, sufriendo los efectos del *jet lag,* a miles de kilómetros de distancia de cualquier cara conocida. No había echado las cortinas del todo, por lo que el último sol de la tarde iluminaba una parte de la habitación, calentando las motas de polvo que flotaban en el aire. Se oían los chillidos de las gaviotas desde el mar y algún que otro coche pasaba lentamente por la calle, delante de la casa.

Sabía exactamente cómo transcurriría el resto de su día. Se despertaría tras un sueño ligero, se pondría sus pantalones cortos de denim —aunque en realidad no hacía tan buen tiempo como para llevarlos— y caminaría hasta la calle principal de la isla, a unas pocas manzanas de distancia. Entraría en la tienda de ultramarinos y observaría las filas de extraños alimentos canadienses pensando que, en poco tiempo, las desconocidas marcas de pan y sopa se volverían familiares y dejarían de llamarle la atención. Me la imaginé caminando por las calles y mirando por las ventanas de las casas de madera; viendo las palabras «Se alquila» pintadas sobre un trozo de madera recuperada del mar colgado delante de una de ellas y preguntándose si esa sería su nueva casa.

Lógicamente, yo ya sabía qué apartamento iba a alquilar —porque lo había planificado e investigado— y no se trataba de esa casa. Pero era como si la Tess que vivía en mi cabeza no lo supiera todavía. Me lo estaba imaginando como si Tess todavía estuviera viva y todo ocurriera de verdad; como si fuera un personaje que realmente se estaba embarcando en esta aventura, este «viaje a lo desconocido». Como si no supiera que yo era la que llevaba las riendas de su destino.

Aquellas primeras semanas de la nueva vida de Tess en Sointula fueron las más ajetreadas en cuanto al volumen de correspondencia, pero también las más fáciles. Todos los e-mails que enviaba y recibía se parecían: impresiones sobre la isla, expresiones de excitación plagadas de signos de exclamación porque había visto un albatros y —para aquellos que todavía no se habían enterado— explicaciones sinceras de los motivos por los que se embarcaba en esta nueva vida, además de aclarar que el nombre «Sointula» significaba «lugar de armonía» en finés. Había dedicado tanto tiempo a preparar cada detalle de su nuevo plan de vida que no tenía necesidad de crear nada nuevo. La tarea consistía, simplemente, en ir racionando la información poco a poco, como rellenar un examen cuyas respuestas conocía perfectamente de antemano.

Naturalmente, había algunos mensajes que no encajaban con lo que había planeado. Por ejemplo, a los diez días, Tess recibió un e-mail de una mujer llamada Jennifer, que no estaba en Facebook y que al parecer no sabía que Tess se había ido a Sointula. Decía que la había visto el día anterior en la Alhambra, que es un lugar turístico de Granada, en España. «Iba a acercarme a saludarte, pero a Ned le dio uno de sus ataques —ponía— y, cuando terminé con él, ya te habías ido. P. D. ¡Me encanta tu nuevo pelo!». Pensé en la posibilidad de contestarle que se había equivocado, pero no tenía información sobre esa Jennifer y no estaba claro si Ned era su marido o su hijo, así que no lo hice.

Durante aquellas primeras semanas en Sointula, Tess descansaba y exploraba la isla. Descubrió algunas cosas

que la sorprendieron agradablemente, como la sauna pública y la tienda de una cooperativa en la que trabajaban
voluntarios dos horas cada semana a cambio de alimentos
a precio reducido. La isla tenía un solo cajero automático
y un bar que gestionaba un anciano. Este se presentó a Tess
cuando ella pasó por delante del local —no iba a beber
nada de alcohol, porque pretendía ser abstemia en su nueva vida—. «Pintoresco» era una palabra que usaba frecuentemente. Se compró una bicicleta de segunda mano por
treinta dólares. Un día, mientras desayunaba crepes de
trigo sarraceno, la casera le contó que habían visto una
orca cerca de la costa el día antes de su llegada a la isla. Le
encantaban la paz y el ritmo lento de la vida en la isla.
«Tengo la sensación de que puedo respirar por primera vez
en años», escribió. No tenía ninguna duda de que la decisión de venir aquí había sido acertada.

Al cuarto día cambié su foto de perfil y subí otra en la
que aparecía de pie en la playa de Sointula. Monté la foto
recortando la silueta de Tess en pantalones cortos de una de
las fotos que se había sacado en su habitación y superpo-
niéndola a una imagen de Sointula que encontré en Flickr.

Después de seis días, Tess encontró su apartamento
y entró a vivir en él una semana más tarde. Redacté una
descripción florida de su nueva casa: era pequeña pero dulce, y se podía ver un atisbo del mar desde la ventana de la
cocina. Incluso el pequeño retrete le pareció «pintoresco».

Hubo algo que me resultó difícil aquella primera semana. El quinto día dejé uno de los mensajes ya grabados
en el contestador de la madre de Tess. Ella me había ase-

164

gurado que Marion nunca faltaba a las sesiones del grupo de lectura los miércoles por la noche y que no habría nadie que pudiera contestar al teléfono fijo, pero por si acaso llamé activando la opción de número oculto. Todo transcurrió según el plan previsto. Marion no contestó, saltó el buzón de voz e inicié la reproducción del mensaje grabado en el momento exacto. Pero cuando sonó la voz de Tess —«Hola, soy yo. Solo quería decirte que estoy bien»— produjo un efecto inesperado en mí y los pensamientos que había reprimido desde el día de su marcha volvieron a aflorar. Ella estaba muerta en alguna parte del mundo. ¿Cómo lo había hecho? ¿Dónde estaba su cuerpo? ¿Alguien la había encontrado? Las imágenes que inundaron mi mente ya no eran románticas: el calor del sol había abandonado la cueva hacía mucho y el cuerpo acurrucado de Tess estaba frío y tieso. Pensé, de manera irracional, que debía de sentirse muy sola en la muerte.

Sin embargo, procuré no recrearme en semejantes reflexiones, porque aquellas primeras semanas fueron ajetreadas. Me sumergí en la tarea de construir la vida de Tess. Imaginaba lo que llevaba puesto cada día, lo que comía y lo próximo que compraría para su nuevo apartamento. Era como tener un avatar, pero mucho mejor.

Sin embargo, también había reglas o, mejor dicho, una regla principal. Fuera la que fuese la actividad de Tess, tenía que ser algo que la auténtica Tess habría hecho. Tenía que mantenerme fiel a su carácter, incluso en lo referente a los detalles más pequeños a los que nadie de su entorno prestaría atención.

Por ejemplo, por medio de mi investigación descubrí que había una pequeña tienda de antigüedades en Sointula, en una perpendicular a la calle principal. La propietaria era una mujer que exponía sus artículos en la sala de estar de su casa y solo atendía con cita previa. Habría podido obviar su existencia en los e-mails —personalmente, no tenía ningún interés por las antigüedades— y ninguno de los amigos y familiares de Tess se habría enterado. Sin embargo, sabía que era muy probable que Tess acabara descubriendo esa tienda. Le gustaba caminar y, ya que la isla era tan pequeña, lo más seguro era que hubiera bajado por esa calle, hubiera visto el cartel en la ventana de la casa de esa mujer y hubiera llamado al número de teléfono allí escrito para concertar una cita y ver qué artículos tenía. Así que eso fue lo que hizo. Describí a Justine en un largo e-mail lo que había encontrado en la tienda. La adquisición que más le gustó fue una jabonera de peltre en forma de venera. Yo lo había visto anunciado en la página web de la tienda y pensé que pegaba totalmente en el retrete de su casa.

Del mismo modo, me di cuenta de que necesitaba saber todo lo que estaría haciendo Tess y la ropa que llevaría, no solo lo más básico para actualizar Facebook o mandar en un e-mail. Me pareció importante conocer todos los detalles de su día a día, incluso aquellos que no fuera a utilizar.

Siempre he sido así. Cuando pensábamos que iba a ir a la universidad, mi madre me dijo que debía llevar un traje para la entrevista, así que fuimos a comprar uno a Evans, en Brent Cross. El saco que encontramos tenía el forro de color rosa claro, pero solo en el cuello y en los puños, de modo que cuando la llevabas puesta no se notaba que no estaba completamente forrada. Sin embargo, si te la quitabas se veía el nailon sin forro del interior. Eso no me gustaba nada y le pregunté a mi madre si podíamos comprar una que estaba completamente forrada, a pesar de que costaba veinte libras más. Ella explicó que daba lo mismo, ya que no me iba a quitar la americana en toda la entrevista; pero a mí no me daba igual, porque *sabría* que no estaba completamente forrada por dentro. Fue una de las pocas ocasiones que pueda recordar en las que no estuve para nada de acuerdo con ella.

Teniendo en cuenta la diferencia horaria con respecto a Sointula, solo podía «ser» Tess por la tarde y por la noche, así que me adapté rápidamente a una rutina de trabajo desde las cinco de la tarde hasta las ocho de la mañana. Dormía durante el día y me despertaba de nuevo a las tres de la tarde para preparar el trabajo de ese día. Una vez me contaron que los actores de teatro necesitan estar solos en el camerino media hora antes de subirse al escenario para «meterse en la piel» de su personaje. Pero eso es solo para una función de dos horas y tienen un guion con todo lo que van a decir. En mi caso, cuando daban las nueve de la mañana en Sointula yo ya estaba subida en el escenario asumiendo el papel de Tess, y ahí me quedaba las siguientes dieciséis horas. Tenía que improvisar cada día y la historia podía tomar cualquier rumbo.

Lógicamente, no estaba enviando y recibiendo mensajes cada minuto del día, pero, incluso cuando no estaba conectada, seguía trabajando. Tenía que planificar mis respuestas, comprobar detalles, investigar anécdotas que quería usar más adelante. También tenía que preparar los siguientes pasos que iba a dar, y eso requería mucho trabajo mental. Encontré una web que daba consejos a escritores de ficción. Recomendaba crear una «historia de trasfondo» para los personajes, de modo que cobrasen vida. Decidí aplicar esto con cada nuevo personaje que entraba en la vida de Tess. Me pareció difícil, hasta que un día me di cuenta de que podía tomar prestados detalles de las vidas de personas que yo conocía. De manera que Jack, el hombre mayor con el que Tess estuvo charlando en la puerta de la sauna, había perdido a su mujer después de treinta y siete años de matrimonio por culpa de un cáncer de ovarios, se tomaba un gran vaso de Bailey's Irish Cream todos los días a las cinco de la tarde y mantenía en secreto su adicción por el juego en Internet —igual que el señor Kingly, el jefe de mi madre en Bluston's—. La madre de Natalie —la alumna de Tess— estaba pensada tomando como modelo a nuestra vecina Ashley, que vivía dos portales más abajo en Leverton. Criaba conejillos de Indias y podíamos oír sus chillidos desde nuestro jardín.

También tenía que practicar para escribir como ella. Nuestros estilos eran muy diferentes —por ejemplo, ella raras veces escribía frases completas— y tenía que revisar incluso las palabras más simples y cotidianas para decidir si sonaban auténticas o no. Incluso debía concentrarme cuando escribía las actualizaciones de estado o los e-mails más breves y sencillos. Tess tendía a dirigirse a sus interlocutores de manera enfática, con signos de exclamación y a veces mayúsculas —¡¡NINA!!— y a menudo con motes, como Bollito, Pauly o Big J. Como si no bastara con su ortografía y su gramática erráticas, también usaba un argot desconocido para mí: «eso está de menta», «¿te encularon anoche?». A veces no conseguía dar con el significado de una frase determinada ni después de una amplia búsqueda en Google y tenía que tratar de sacarlo por el contexto. Aún no sé si llamar a alguien «peluche» es un cumplido o todo lo contrario.

A lo largo de la fase previa a su marcha, estuve practicando escribir con el estilo de Tess, bajo su supervisión. Ya que tenía acceso a sus cuentas de Facebook y correo electrónico, y los consultaba con más regularidad que ella a lo largo del día, a menudo era la primera en ver los nuevos mensajes que habían llegado o lo que cualquiera escribía en su muro. Así que organizamos un sistema mediante el cual yo redactaba la respuesta como si fuera Tess y la guardaba en su carpeta de borradores. Luego, cuando entraba en su cuenta, veía si mis esfuerzos habían tenido resultado y lo comentábamos en la conversación de Skype por la noche, como si ella fuera mi profesora.

—No uses «qué pasa» para saludar a Misha Jennings —me dijo—. Solo le digo eso a Daniel Woolly, es algo entre nosotros dos. Con Misha normalmente uso «tía» al principio, pero me despido con «la di da». Es una referencia a la película *Annie Hall*.

O también:

—Aunque escribiese a Alex que la fiesta de Steve fue a.l.u.c.i.n.a.n.t.e., eso no quiere decir que tengas que poner puntos después de cada letra en todos los adjetivos que uso. Solo lo hago de vez en cuando para divertirme, no es una costumbre.

Había muchas pequeñas cosas que tenía que aprender, entre códigos, chistes privados y costumbres, y aunque apuntaba todo en mis documentos, todavía no tenía la suficiente confianza como para escribir como ella sin buscar otras referencias y comprobar varias veces la correspondencia previa. Además, todavía quedaban varios misterios que no habían sido esclarecidos: en el 2008, por ejemplo, hizo varias referencias a alguien llamado el Zetty, pero, por mucho que lo intenté, no fui capaz de descubrir a quién se refería ni por qué añadía el artículo delante de un nombre de persona.

Luego estaba el tema de las fotos. Tenía que encontrar fondos apropiados en Flickr que pudieran pasar por ser de Sointula, pero sin que estuvieran demasiado definidos, que pertenecieran a la estación del año adecuada y que mostrasen las condiciones meteorológicas de ese momento en la isla, y además que encajaran con las poses de Tess.

Por todo ello, en aquel primer mes solo dejé el piso para comprar comida. Tesco Extra estaba abierto las veinticuatro horas del día, así que una vez por semana hacía una pausa en el trabajo y salía en medio de la noche, a las cuatro de la madrugada. Solo estábamos los reponedores de mercancías con los cascos puestos, un solitario cajero demasiado agotado como para ponerse a cotorrear y yo. De esta manera, mi contacto con el mundo «real» quedó minimizado hasta tal punto que podía ignorar su existencia totalmente.

Dejé de lado mi propia vida tal y como había sido. Seguía metiéndome en Facebook y en mi cuenta de correo electrónico todos los días, lo primero por costumbre y lo segundo para ver si Adrian me había enviado algún mensaje. Aparte de las citas semanales que me enviaba a través de Red Pill, no había tenido noticias de él desde la marcha de Tess —incluso desde un tiempo antes de eso—. Su dirección de Red Pill era la única que tenía de él, mi única forma de ponerme en contacto, pero me había dejado claro que no debíamos hablar del tema por ese canal, por miedo a los hackers chismosos. Sabía que él podría encontrar mi correo electrónico consultando los datos con los que me había registrado en el sistema de la web, así que supuse que nos comunicaríamos por esa vía.

Hasta el momento no había necesitado su ayuda y sospechaba que me estaba dejando en paz para demostrar que confiaba en mí. Sin embargo, pensé que estaría bien que hubiera una vía de comunicación abierta para el momento en que lo necesitara, si es que ese momento llegaba; después de todo, aquel día en Hampstead Heath Adrian había afirmado que, si me encargaba del trabajo, él estaría a mi lado hasta el final, que lo tendría siempre presente para darme consejos y apoyo.

No había nada hasta que una noche, dieciséis días después del inicio del proyecto, miré mi e-mail, donde solo esperaba encontrar los típicos correos basura, y vi un mensaje que me notificaba que tenía una nueva solicitud de amigos en Facebook.

Esto no era un evento muy común. Habían transcurrido varios meses desde que había recibido la última, y en esa ocasión se debió a un error: era de un hombre que me llamaba «nena» y que me decía que la noche anterior yo tenía «un aspecto estupendo».

Esta nueva solicitud también era de una persona que no conocía, llamada Ava Root. Era un nombre peculiar que seguramente habría recordado si me lo hubiera encontrado antes, por lo que estaba a punto de eliminarlo cuando vi que había un mensaje asociado a la solicitud: «¿Qué pasa? ¿Cómo lo llevas?».

Era una pregunta neutral, pero había algo de ese «¿qué pasa?» que me sonaba y solo tardé un momento en darme cuenta de que era una frase que Adrian usaba al principio de cada uno de sus podcasts. Era, esencialmente, su latiguillo, y la pronunciaba de manera diferente cada vez: a veces con énfasis, como si fuera el presentador de un concurso televisivo, mientras que en otras ocasiones lo hacía de manera rápida y en voz baja, sin apenas articular las sílabas.

No había pensado en la posibilidad de que pudiera contactar conmigo a través de Facebook, pero eso se debía solo a que no había encontrado a ningún Adrian Dervish cuando lo había buscado. No se me había ocurrido que podría haberse registrado bajo una identidad falsa para comunicarse conmigo, aunque entonces me percaté de que tenía sentido: a fin de cuentas, no había razones para pensar que un hacker pudiera interesarse por los mensajes entre mi vieja amiga Ava y yo.

Mis intuiciones fueron confirmadas cuando acepté la solicitud de amistad y eché un vistazo al perfil de Ava Root. No había nada allí, solo una página vacía, aparte de su nombre, y yo era su única amiga. Ahora me daba cuenta de que incluso la elección del nombre de «Ava Root» señalaba que Adrian estaba detrás: ese nombre tenía la misma cantidad de letras y sonaba parecido al de su heroína, Ayn Rand.

Me alegré y me sentí aliviada de que por fin se pusiera en contacto conmigo, aunque, como ya he dicho, tenía la sensación de que estaba manejando la situación adecuadamente por mi cuenta y no tenía ninguna pregunta ni asunto concreto que comentar. Contesté a su mensaje con un breve resumen del progreso del proyecto hasta la fecha, pero sin referencias explícitas, por si acaso. Si alguien, por casualidad, se topaba con el mensaje, no tendría ni idea de sobre qué trataba. «La susodicha llegó a su destino sin interferencias; se está habituando bien a su nuevo entorno, explorando la isla. Madre: siete correos hasta la fecha y una solicitud de llamada telefónica, aplazada por la susodicha» y datos de este tipo. Al final, añadí: «Solo para confirmar, ¿a partir de ahora nos comunicaremos por esta vía en lugar de con MP?».

Un día después llegó la respuesta: «Buen trabajo. Sí, usa esta vía».

Luego, la semana siguiente, llegó una intromisión menos bienvenida desde el mundo exterior. Una tarde, mientras estaba durmiendo en el sofá, me despertó bruscamente el timbre de la puerta. No había explicación para una visita: era jueves y ya había recibido mi dinero de esa semana. Abrí la puerta y encontré a un hombre indio que llevaba una camisa manchada, quien me explicó que venía del restaurante de abajo.

—Tenemos un problema con el agua —dijo.

No sabía de qué me estaba hablando, así que, apremiada por aquel hombre, me puse el albornoz encima del pijama y lo acompañé hasta el restaurante. Era la primera vez que entraba. Como solo eran las tres de la tarde y todavía no habían abierto el restaurante, no había clientes y las mesas estaban vacías, a excepción de los manteles de papel. Había luces de Navidad pegadas a la pared con cinta y un olor rancio a levadura en el aire.

Él hizo un gesto señalando la zona del bar, donde otro camarero estaba secando la barra con bolas de papel de cocina. Dijo que había una fuga que venía de mi piso y, efectivamente, se veía una gran mancha húmeda en un punto del techo que aproximadamente estaba debajo de mi cuarto de baño. Me explicó que el agua había mojado los cables y el equipo electrónico de la barra, de modo que no podían usar ni el teléfono ni el lector de tarjetas, sin los cuales no podía funcionar su negocio. Estaba claro que esperaban que hiciera algo para remediarlo.

Os ahorraré los detalles de lo que pasó, pero, en resumen, uno de los camareros llamó a un fontanero, quien descubrió que las tuberías perdían agua debajo de mi baño. Tendría que abrir el suelo para arreglarlas. Además, el camarero me dijo que tendría que pagar por los daños causados en el restaurante. En total, me costaría unas seiscientas libras.

—Te lo pagará el seguro —explicó el fontanero, un hombre excesivamente jocoso con la cabeza rapada y llena de bultos.

El problema era que yo no tenía seguro. No pensé en contratar uno cuando compré el piso. Y tampoco tenía ahorros. El dinero que ganaba por mi trabajo con Tess cubría mis gastos más básicos y nada más; no se me había ocurrido que podría necesitar más para cualquier imprevisto. Busqué maneras de obtener dinero de manera rápida en Google y me salieron una serie de enlaces a empresas financieras que ofrecían préstamos personales. Llamé al primer número y un hombre aceptó prestarme seiscientas libras a cambio de unos intereses absurdamente altos.

Estaba claro que para poder pagar el préstamo iba a necesitar ingresos adicionales. Envié un e-mail a Damian preguntándole si podía recuperar mi empleo y recibí una respuesta seca diciendo que no había trabajo para mí y que, además, mi manera de dimitir le había parecido ruda y poco profesional. Así que me puse a buscar en Internet otro trabajo de probadora de software que pudiera hacer desde casa. Pero los pocos trabajos disponibles requerían acudir a una oficina; además, parecían exigir un título universitario que yo no tenía, además de cartas de recomendación, y dudaba mucho que Damian fuera a redactarme una. Supongo que no había sabido apreciar que, aunque el trabajo para Testers 4 U fuera aburrido, era muy raro que te dejaran trabajar desde casa y elegir tu propio horario.

Otro trabajo «normal» quedaba descartado. Para empezar, no tenía tiempo. Mi trabajo con Tess me ocupaba casi toda la noche y tenía que dormir durante el día. Y aunque el tiempo no hubiera sido un problema, mis experiencias previas me habían demostrado que no era apta para trabajar con otras personas. Primero, el verano después de terminar el bachillerato, intenté trabajar como voluntaria en una tienda benéfica de la Asociación de Protección de Gatos, en Kentish Town Road. Uno de los voluntarios era un hombre obeso que fumaba y el olor que desprendía al volver a la tienda después de fumarse un cigarrillo, la mezcla de nicotina y ropa vieja y sucia, era tan repulsivo que solo duré una mañana.

Luego estaba la semana en Caffè Nero. Me dieron una redecilla para el pelo y me enviaron a la sección de pastelería. Un cliente pedía el café a mi compañero en la caja, un chico que se llamaba Ashim, quien preguntaba si quería algún pastelito; si decía que sí, yo tenía que recoger el dulce en cuestión con unas pinzas y colocarlo en una bolsa o sobre un plato, dependiendo de que fuera para llevar o para tomar allí. Fuera de la vista de los clientes, había una lámina pegada con diurex que mostraba fotos de todos los productos.

Después de una hora, ya estaba a punto de decirle a la encargada que no estaba dispuesta a seguir trabajando en semejante puesto. Ella se me adelantó echándome la bronca por comer los trozos que se desprendían de los cruasanes, a pesar de que eran un desecho que no se podía vender, tal y como le señalé. Me envió al puesto de lavaplatos, que era mejor, porque así podía dar la espalda a los clientes, pero la encargada no tardó en encontrarme errores también allí. Para aliviar el tedio, había decidido canturrear, tratando de mantener la misma nota durante el tiempo que me llevaba fregar cada objeto, y eso, al parecer, molestaba a los clientes. Sin embargo, estaba decidida a

seguir canturreando y bajé el volumen de mi voz gradualmente, hasta que dejó de venir a quejarse.

Durante los descansos de quince minutos me quedaba en una habitación al fondo sentada sobre una caja que
contenía pañuelos de papel, escuchando el pum-pum-pum
de la música de los cascos de Ashim mientras él enviaba
SMS a sus amigos y viendo a Lucy, la mesera, sacarse de
las mangas de la chamarra las pruebas de maquillaje que
acababa de robar en la droguería.

Cuando lo dejé, no fue con un dramático arrebato de
ira; no tiré mi redecilla de pelo al suelo para después salir
corriendo. Un día, a la hora de comer, salí a comprar papas
fritas y simplemente no volví. Era un viernes y me debían
el sueldo de aquella semana, pero no se lo reclamé. Mi
madre comprendió por qué lo había dejado. Creo que le
gustaba tenerme otra vez en casa a su lado.

Una vez, Tess puso un ejemplo en una cafetería para
explicar cómo sus diferentes estados de ánimo afectaban a
su comportamiento.

—Cuando estoy en forma, es como estar en un Starbucks regateando con el chico del mostrador, intentando
que me rebaje cincuenta peniques de mi café exprés doble
—explicó—. Solo para divertirme, para demostrar lo encantadora que soy. Pero cuando estoy de bajón me siento
como si no mereciera siquiera que me den el cambio.

En todo caso, volviendo al hilo de mi argumentación,
yo no estaba hecha para un trabajo «normal». Fue entonces cuando empecé a pensar en alquilar una habitación a
alguien.

Supongo que no hace falta que os diga que la idea de tener a otra persona viviendo en el piso no me parecía muy atractiva. No era el hecho de que tendría que dejar mi habitación y trabajar y dormir en el salón; eso no me importaba. Pero no me gustaba la idea de tener que conversar a la ligera y atender las necesidades de un extraño. Yo me encontraba a gusto en el piso tal y como estaba, pero era consciente de que mi forma de vivir podía no gustarle a todo el mundo y que el inquilino podría desear tener muebles, cortinas y más de dos cucharillas. También significaría obrar con muchísimo más cuidado en mi trabajo con Tess. Como ya he mencionado, hasta ese momento había tenido mis notas abiertamente expuestas en la pared encima de la mesa. Necesitaría poner una cerradura en la puerta para cuando no estuviera en casa y tal vez tendría que pegar mi gran póster de *El Señor de los Anillos* sobre las notas para mayor seguridad cuando estuviera en casa.

Sin embargo, un inquilino parecía la opción más lógica; de hecho, la única opción. Pensé que lo mejor sería poner en el anuncio que se trataba de una habitación con un alquiler bajo, el mínimo que necesitaba para poder pagar el préstamo, y dejar muy claro que, a cambio, el inquilino debía aceptar ciertas reglas.

Puse un anuncio en la sección «Habitación en alquiler» de la web *Gum-tree.com:*

Pequeña habitación en un apartamento compartido en Rotherhithe. Es fundamental que seas una persona tranquila y que pases mucho tiempo fuera. Cuando estés en casa, «mantendremos las distancias». Los aficionados al curry serán bien atendidos. Sesenta libras a la semana.

Menos de diez minutos después de publicar el anuncio, ya había recibido siete respuestas. Al final del día, había más de cien. No era consciente de que podía haber tanta demanda de alojamiento barato en Londres. Compuse una lista de finalistas al azar, uno por cada diez e-mails que recibía, y les invitaba a ir a ver el piso. Las visitas serían a partir de las tres de la tarde, para que el olor a cebolla del restaurante estuviera en su punto álgido y no tener que sufrir discusiones sobre ese tema más adelante, cuando descubrieran esa característica. De hecho, algunos de ellos se despidieron en cuestión de minutos. A otros, la cama individual era lo que no les terminaba de convencer.

Sin embargo, la mayoría no eran tan escrupulosos e incluso trataban de ver el lado positivo del piso.

—¡Muy minimalista! —exclamó un hombre de mediana edad y se embarcó en un larga explicación, que no le pedí, de cómo él también se encontraba en una fase de transición en su vida. Preguntó si me importaba que su hija de cuatro años viniera a verlo cada dos fines de semana. Le informé de que sí me importaba. Una chica de Polonia trató de establecer una conversación preguntándome sobre mis gustos musicales y otros temas, hasta que me di cuenta de que me estaba entrevistando para averiguar si íbamos a llevarnos bien o no. Le tuve que dejar claro que no necesitaba una amiga; solo necesitaba a alguien que pagara el alquiler y que se mantuviera alejado la mayor parte del tiempo.

A menudo me veía obligada a interrumpir las visitas yo misma, cuando era evidente que aquello no iba a funcionar. Un candidato —un hombre mayor que estaba calvo salvo por una banda de pelo alrededor de la cabeza, como los anillos de Saturno, y apestaba a humanidad— me informó de que le iban «las chicas grandes». Otro, un chico joven africano, llevaba una Biblia en el bolsillo de la chaqueta de pana, lo cual significaba que había que excluirlo, a pesar de que, por lo demás, cumplía con los requisitos; apenas hablaba y se limitaba a asentir y a sonreír.

La mayoría de los candidatos eran extranjeros, estudiantes de África o de Europa del Este. No sabía si era mejor tener a un extranjero, porque su inglés sería más limitado, o peor, porque todos, sin excepción, estaban aprendiendo inglés durante su estancia y podían pretender practicar conmigo. Después de analizarlo, llegué a la conclusión de que un extranjero sería mejor, porque también sería una ventaja para mí que no estuvieran familiarizados con las costumbres y las tradiciones inglesas, ya que así era más probable que aceptaran las mías.

De modo que resulta bastante irónico que fuera Jonty quien terminó quedándose, porque no solo es inglés —bueno, galés—, sino que también es una de las personas más locuaces que he conocido en mi vida. Pero eso no lo sabía cuando lo acepté como inquilino. Aquel primer día me causó una falsa impresión. Durante la visita estuvo inusitadamente callado; más tarde me confesó que tenía tal resaca que temía vomitar si abría la boca. Su aspecto era llamativo, pero no desagradable: era bajo y fuerte, con unos hombros desproporcionadamente anchos bajo un abrigo y un pelo rubio en punta. Dijo que tenía veinticinco años, pero por su cara parecía mucho más joven.

Asintió con la cabeza cuando le pregunté si iba a pasar mucho tiempo fuera del piso y volvió a asentir cuando le expliqué que mi trabajo requería mucha concentración y que tenía que trabajar toda la noche y dormir todo el día, así que, si lo que buscaba era una «compañera», estaba en el lugar equivocado. Negó con la cabeza cuando le pregunté si tenía muchas pertenencias. Parecía que el piso le gustaba de verdad, lo cual resultaba extraño. No le importó que la cama fuera individual —«de todas maneras, nunca consigo ligar» fue una de las pocas cosas que dijo— y la ausencia de cortinas y otros muebles no pareció sorprenderle. Así que inmediatamente pensé que podría valer. Estaba ya cansada de ver a tanta gente, ese proceso me estaba quitando un tiempo que debería haber dedicado a Tess, y no me quedaba dinero.

El día que entró Jonty, con una bolsa de deporte como único equipaje —la falta de posesiones fue la única promesa que cumplió—, ya era mucho más hablador, muy a mi pesar. Llamó a mi puerta y apenas esperó antes de entrar, como si una conversación en mi habitación hubiera formado parte de un horario acordado. Gracias a Dios, había sido lo suficientemente precavida como para cubrir los apuntes de Tess con un póster. Jonty se sentó en el sofá, que ya era mi cama, y empezó a contarme todo sobre él. Era natural de Cardiff, donde había tenido un trabajo bien remunerado como comercial de American Express, pero había decidido venir a Londres para convertirse en actor. Me contó una larga anécdota sobre su «revelación», que había tenido lugar mientras estaba convenciendo a una mujer de que obtuviera otra tarjeta de crédito. De repente se dio cuenta de que debía hacer algo más provechoso con su vida: «Seguir mis sueños, todas esas bobadas». Se había matriculado en una academia dramática en King's Cross y se había puesto un plazo de un año para triunfar; sus ahorros no daban para más.

Parecía que Jonty no era capaz de hacer nada sin informarme previamente. Su primera noche en el piso llamó a mi puerta para contarme que iba a «explorar el barrio». Le dije, sin abrir la puerta, que no le llevaría mucho tiempo, ya que no había nada que ver en Rotherhithe. Lo oí entrar unas horas más tarde y, cuando salí de mi habitación para ir al baño, se abrió la puerta de su dormitorio y comenzó a cotorrear sobre su experiencia.

—¡No me habías dicho que estábamos tan cerca del río! —exclamó (yo no lo sabía).

Continuó charlando sobre un pub «increíble» en la siguiente calle que se llamaba el Queen Bee, que estaba, y cito literalmente, «lleno de un montón de ancianos chiflados de la vieja guardia». Uno de ellos le había invitado a tomar un huevo en escabeche que estaba en un bote al lado de la barra. Sabía que seguiría alargando aquella agotadora conversación si le decía que yo no había «explorado» nada más allá de Tesco Extra.

El caso es que Jonty es así. Cualquier respuesta que le des, incluso un simple «¿de verdad?», es como echar leña al fuego. Así que, cuando regresaba de sus aventuras por Londres con todas esas historias —que había encontrado una tienda con animales disecados en Islington, que había nadado en una piscina al aire libre en el parque de Brock-well—, yo asentía con la cabeza, pero no contestaba.

Jonty afirmaba que no conocía a nadie en Londres, pero parecía hacer nuevos amigos muy rápidamente. Una noche, solo unas semanas después de su llegada, sus nuevos compañeros de la academia dramática lo metieron en un contenedor y lo tiraron rodando por la colina de Primrose. Aparentemente, eso era un gesto afectuoso.

Por suerte, su deseo de «disfrutar a tope de Londres» significaba que pasaba la mayoría de las noches fuera, pero, aun así, yo debía tomar precauciones, porque nunca sabía cuándo iba a regresar. Escondí la cronología de Tess bajo tres grandes pósteres de *El Señor de los Anillos* y coloqué una cerradura en mi puerta. También quité la alfombra del pasillo para poder oírlo cuando se acercaba caminando sobre el suelo de madera. Regresaba en plena noche, cuando yo estaba despierta trabajando en el proyecto Tess. Me quedaba de piedra cuando oía sus pasos y dejaba de teclear. Oía cómo se paraba delante de mi puerta un momento antes de regresar a su habitación.

Con todo, los aspectos prácticos de la convivencia fueron un reto. Por fortuna, mi horario de trabajo con Tess implicaba que podía usar la cocina por la noche, cuando él dormía, pero alguna que otra vez todavía estaba despierto y, cuando oía mis movimientos en la cocina, se acercaba vestido con los pantalones del chándal para «charlar».

A veces encargaba comida en el restaurante de abajo y los camareros se la subían a casa; la primera vez que sonó el timbre estuve a punto de caerme de la silla. Rápidamente empezó a conocer a todos los camareros y le oía charlar con ellos en la calle delante de la casa mientras fumaban. Él les contaba cómo le habían ido sus audiciones y luego les preguntaba cosas sobre ellos, como si fueran amigos suyos.

Incluso cuando estaba fuera, se dejaba notar su presencia. Le gustaba preparar platos elaborados usando extraños ingredientes de supermercados étnicos; a menudo me encontraba restos del último plato que había preparado en la puerta de alguno de los armarios de la cocina o un bote con una salsa de olor muy fuerte tapado a medias. En el lavabo del baño se endurecían las gotas de su espuma de afeitar, con restos de pelos.

Yo antes no había tenido apenas relación con hombres y, de repente, aparecieron dos. Porque no fue mucho tiempo después de que Jonty se viniera a vivir a casa cuando recibí el primer e-mail de Connor.

Ocurrió seis semanas y media después de que Tess se marchara. En Sointula todo iba sobre ruedas. Tess había entrado a vivir en su piso y había empezado con su nuevo trabajo, dando clases de arte a Natalie, de cuya educación se ocupaban sus padres en casa. Acudía a clases de yoga tres veces por semana y, con gran sorpresa, se había aficionado a pescar. También había hecho algunos nuevos amigos y aquel día, el mismo que llegó el e-mail de Connor, había decidido que iba a pasar el día en tierra firme con su nueva amiga Leonora, una mujer mayor que regentaba una pintoresca cafetería en la isla.

La actualización de su estado en Facebook aquel día era enigmática: «Quería una piña y me dieron un par de pies». A Tess le agradaba ese tipo de actualizaciones misteriosas, así que yo procuraba poner una cada cierto tiempo, aunque a mí no me gustaban, en parte porque no me parecían correctas desde un principio, pero también porque siempre suscitaban respuestas curiosas de sus amigas, a las que Tess debía contestar después.

Lo que ocurrió fue que la noche anterior Tess había ido a tomar el té a casa de Leonora. Tess había admirado una cubeta para hielo con forma de piña que estaba en el salón y le había preguntado a Leonora dónde la había comprado. Leonora le contestó que la había encontrado en una tienda de la costa que vendía muebles y utensilios de menaje baratos y «curiosos». A Tess, cuyo piso todavía carecía de muebles, le apetecía mucho echar un vistazo a esa tienda y decidieron viajar a la costa al día siguiente.

Tomaron el transbordador de las nueve y veinte de la mañana y llegaron a las diez y media. Cogieron el autobús hasta Main Street, donde estaba situada la tienda. No les quedaban cubetas con forma de piña, pero Tess vio un par de sujetalibros que le gustaron: unos pies de hombre hechos de piedra. «Sé que pueden parecer vulgares —escribió en un e-mail a Justine más tarde, el mismo día—, pero, si te soy sincera, son bastante geniales. Los ves y piensas: ¿dónde habrán estado esos pies?». Además compró un pie de cama de seda roja de dos metros por uno.

También había una butaca de color azul claro que le gustaba; sin embargo, no estaba segura de que fuera a caber en su piso, por lo que pidió al dependiente que se la reservase para que pudiera volver a casa y medir el espacio donde tenía pensado colocarla. Llamaría ese mismo día más tarde para confirmar si la quería o no. Luego, ella y Leonora echaron un vistazo a algunas de las otras tiendas de la calle. Tess estuvo pensando en comprarse un suéter a rayas con los colores del arco iris, pero se reprimió. «Este lugar es tan jodidamente rústico —le dijo a Justine— que tengo que esforzarme para no convertirme en una vieja hippy con pelos en la cara y alpargatas».

Almorzaron en una cafetería llamada Rosewood, donde Tess pidió una ensalada de quinoa. Le estaba costando, pero seguía con su veganismo; descubrió que la tranquilizaba y mejoraba su digestión, y estaba dispuesta a jurar que el blanco de sus ojos se había aclarado. Además le parecía «éticamente correcto». Cuando Tess mencionó en un e-mail a Justine que se había vuelto vegana, esta le señaló la contradicción entre la postura anticarne y su recién descubierto interés por la pesca. «¿Y desde cuándo soy una persona coherente?», contestó Tess. Yo estaba bastante orgullosa de aquella respuesta.

De todas maneras, en la cafetería Rosewood las dos mujeres hablaron del nuevo novio de Leonora, un hombre de la zona llamado Roger que organizaba excursiones para avistar ballenas y era amable y atractivo, pero con posibles «compromisos» con otras. Tess le contó a Leonora lo de su breve matrimonio con el australiano. A Tess le gustaba

Leonora, aunque era bastante sincera y probablemente no fuera el tipo de persona de la que hubiera sido amiga en Londres. «Esto es lo que pasa en este sitio. Te amplía los horizontes, hace que veas las cosas de una manera diferente de lo normal».

Después de almorzar, las dos mujeres tomaron el transbordador de las dos y media de la tarde y volvieron a Sointula, donde Tess se pasó el resto de la tarde leyendo una novela rusa titulada *Ana Karenina,* que siempre había querido leer y que le pareció muy emotiva. A las ocho menos veinte de la tarde vio una película en blanco y negro que se llamaba *Luna nueva,* en el canal CBC Canada, y se tomó un poco de arroz integral con tofu y revuelto con col antes de irse a la cama a las diez y media de la noche.

Pero cuando llegó el e-mail de Connor, nada de esto había sucedido todavía. Era la una menos dos minutos del mediodía, hora de Sointula, y Tess no estaba conectada; estaba almorzando en el Rosewood Cafe. Yo estaba sentada delante del ordenador preparando el relato de su excursión para enviárselo a Justine cuando volviera a casa. Miré su bandeja de entrada, tal y como hacía varias veces cada hora, y descubrí uno de alguien que no conocía: Connor Devine. Como asunto solo había puesto una palabra: «Entonces...».

El e-mail continuaba: «¿Te acuerdas de tu teoría sobre Benny? He llegado a la conclusión de que tenías razón. Está claro que se estaba cogiendo a las dos».

Y eso era todo. Ni firmas ni saludos, ni nada. Una línea al final del mensaje informaba de que el e-mail había sido enviado desde un BlackBerry.

Como os podéis imaginar, me quedé estupefacta. Tanto el remitente como el tema que mencionaba eran desconocidos para mí, y aun así el e-mail estaba redactado en un tono informal y directo, como si Tess y él estuvieran en medio de una conversación. Busqué su nombre en las dos cuentas de e-mail de Tess y no había constancia de ningún Connor Devine, ni tampoco en los apuntes que había tomado durante nuestras sesiones de Skype. Sabía que no era uno de sus amigos de Facebook, pero miré para ver si era amigo de alguna amiga suya. El nombre era sorprendentemente común —había treinta y ocho solo en Londres—, pero ninguno tenía conexiones con nadie que Tess conociera. Busqué el nombre de «Benny» entre mis documentos sobre Tess, sin encontrar nada. Hice una búsqueda en Google, pero, como ya he mencionado, había mucha gente que se llamaba Connor Devine y no podía encontrar ninguna conexión evidente entre Tess y alguien con ese nombre.

No era la primera vez que Tess había recibido un e-mail de un remitente desconocido para mí. Unas semanas antes había llegado un mensaje en Facebook de una mujer llamada Chandra Stanley, pero se trataba de un saludo estándar, del tipo «Hola, ¿cómo estás? Uau, ¿qué tal por Canadá?», y pude contestar con algo similar. Esto, sin embargo, era difícil. El tono del remitente era «jocoso» y el contenido era una referencia clara a una broma privada entre los dos.

Decidí ignorar el e-mail, pensando que tenía que haber sido enviado por error. Pero luego, al día siguiente por la tarde, Connor Devine volvió a escribir: «¿Te apetece un poco de tuétano en el Saint John? ¿Sin perejil?».

El perejil era una de las cosas que Tess detestaba, así que parecía probable que el remitente la conociera y que el primer e-mail no hubiera sido un error. El nombre de «Saint John» también me sonaba. Ocho años antes, Tess había tenido una breve relación con un chef llamado Toby que había trabajado en un restaurante Saint John, en el este de Londres. Era un lugar que parecía asqueroso, y que servía partes de animales que no deberían ser comidas. Tess me dijo una noche que Toby pesaba ciento cincuenta kilos y se había acostado con él porque nunca lo había hecho con un hombre gordo y quería ver cómo era. Al parecer, agarrar sus carnes «era como trepar por una pared» y su piel despedía un olor dulce parecido a la levadura, como el de las galletas digestivas. A ella le gustaba porque era «patéticamente agradecido», pero la novedad dejó de serlo poco después.

Me picó la curiosidad y repasé mis apuntes sobre aquella época de su vida, cuando vivía con la Katie Catatónica y llevaba la tienda de ropa de segunda mano en Spitalfields. Había tenido relaciones con varios hombres, pero nunca había mencionado a ningún Connor. Tampoco encontré ninguna pista que le relacionase con el restaurante.

También averigüé que el restaurante había abierto en 1994 y en una reseña en un periódico del mismo año se mencionaba un plato con tuétano, así que en realidad no ayudaba a definir mejor el plano temporal: Connor y Tess podían haber comido allí en cualquier momento a lo largo de los últimos diecisiete años.

El mensaje sí revelaba algo, naturalmente: era casi seguro que Connor Devine no sabía que Tess estaba en Canadá. Decidí contestarle. «Suena fantástico, pero no se merece un viaje de ida y vuelta de más de diez mil kilómetros».

Contestó con un único: «?».

Le envié un breve e-mail explicando que me había ido —que Tess se había ido— a vivir a Canadá, manteniendo el mismo tono jocoso e informal que él había establecido. Tenía ya varias versiones preparadas de este e-mail «introductorio» que solía usar en función del destinatario. Oscilaban desde el informal «¡Me apetecía un cambio y me encanta!» para amigos no muy íntimos hasta un relato más profundo y personal, mencionando su depresión, para aquellos en los que confiaba y que ya conocían un poco su situación. Para cubrirme las espaldas, decidí usar la primera versión con Connor, porque desconocía lo que sabía de los problemas de Tess.

Y menos mal, porque quedó claro por su respuesta que no tenía ni idea de la depresión de Tess o, al menos, no de su gravedad. En la respuesta expresó su sorpresa y se puso otra vez a bombardearla con preguntas y alusiones a lo que yo suponía que eran asuntos privados entre los dos, enviando cada una en un e-mail diferente, de manera que el buzón de entrada de Tess estaba siempre a rebosar. «¿Cómo vas a sobrevivir sin un buen whisky sour?», «¿Dónde vas a comprar tus medias con liga?», «No acabo de verte haciendo tu propia boina tejida»...

Luego, en el quinto de una serie de e-mails de una sola línea, llegó la mayor pista que había conseguido hasta ese momento. «¿Y Joan qué? —escribió—. ¿Te la has llevado en el equipaje de mano?».

Joan era una gata que Tess había tenido entre los años 2000 y 2003; le había puesto ese nombre por una actriz llamada Joan Crawford. Desapareció de repente, un incidente que provocó un silencio de dos semanas. Así que, a partir de esta referencia, pude deducir que Connor llevaba por lo menos nueve años sin hablar con Tess.

Un par de e-mails más tarde, me proporcionó una segunda información útil, que me ayudó a delimitar el plano temporal aún más. Cuando mencioné que solo se podía llegar a Sointula en ferry, escribió: «Ah, ya sé lo que te gustan los ferrys... ¿o tienen que estar relacionados con alguna catástrofe importante?».

Esto, pensé, seguramente era una referencia a un incidente de 2001, el día de los atentados del 11 de septiembre en Nueva York. Tess había viajado con una amiga, Juliet, a una isla griega llamada Patras y estaban en un ferry que había partido de Italia cuando otro pasajero les contó la noticia de los aviones. Era una travesía de doce horas y aquella noche Tess se acostó con un extraño que conoció a bordo, un chico de dieciocho años de clase alta llamado Rollo, que tenía el pelo rubio y rizado, «igual que un angelito de Botticelli», y una reserva de plaza en Oxford. Lo hicieron en la cubierta, con los otros pasajeros durmiendo a su alrededor.

Por eso Connor tuvo que haber conocido a Tess después de 2001, pero había dejado de comunicarse con ella antes de 2003, que fue cuando desapareció la gata. Sin embargo, seguía sin saber nada de él ni qué tipo de relación habían tenido. Tampoco sabía por qué se había puesto en contacto con ella otra vez después de todo ese tiempo. Desde el principio, el tono de sus e-mails mostraba un grado de intimidad que no casaba con la relación que había mantenido con Tess los últimos años —que era, como digo, inexistente—. Escribía como si nunca hubieran perdido el contacto y estuvieran en medio de una conversación fascinante. Sus mensajes daban una impresión de, ¿cómo decirlo?, de complicidad. Y era bastante directo con Tess, de una forma diferente a la mayoría de la gente. Creo que muchos de sus amigos le tenían un poco de miedo o, al menos, le daban cuerda cuando empezaba a soltar cosas absurdas o locas.

Y era extremadamente curioso, preguntando cosas que me obligaron a repasar los detalles más misteriosos de Tess. «¿Todavía piensas que Aha es un grupo muy infravalorado?». «¿Al final Shauna terminó trabajando en aquella casa de huéspedes de Sri Lanka?».

O, si no, me enviaba un chiste pidiéndome que lo terminara o un videoclip tonto de YouTube. Era, con mucho, el corresponsal más frecuente que tenía Tess, y me di cuenta de que pasaba gran parte de mi tiempo pensando en qué escribirle.

Al principio, usaba la táctica de ignorar sus preguntas y aprovechar para hacer yo algunas, intentando reunir más información. Al principio sus respuestas eran superficiales y me proporcionaban poca información: parecía incapaz de dar una respuesta clara. Por ejemplo, le pregunté qué estaba haciendo ahora y me contestó: «Todavía me pagan demasiado, todavía ando luchando contra los bellacos», lo cual no me ayudaba mucho. Después de un par de correos chistosos, decidí arriesgarme y pedirle que contestara claramente a mis preguntas.

«*Key*, tío —una de las costumbres de Tess en sus e-mails era suprimir la «o» de la palabra *okey*—, vamos, suéltalo. Hace un siglo que no sé nada de ti. Cuéntame qué es de tu vida».

Exigir respuestas de manera tan explícita es posible que no fuera la manera normal de Tess de tratar con él, pero estimé que podría salirme con la mía, ya que había pasado tanto tiempo desde la última vez que habían hablado.

La estrategia funcionó. El siguiente e-mail de Connor era mucho más largo y, aunque no estaba del todo libre de frivolidades, me proporcionó unos cuantos datos. Trabajaba como abogado en un bufete importante con sede en el barrio de Temple, estaba especializado en el sector inmobiliario y vivía en Kensal Rise. Había estado casado, pero se había separado de su mujer, Chrissie, el año anterior. Tenían dos hijos, con la custodia compartida; una niña de cinco años llamada Maya y un niño de dos que se llamaba Ben. No dijo cuánto tiempo llevaba casado, pero no podía ser mucho más de siete años, incluso si había conocido a Chrissie justo después de que Tess y él perdieran el contacto.

Fue un e-mail breve e informativo, pero más tarde, a las once y media de la noche, hora de Londres, envió otro con el asunto «Continúa»:

Me preguntas por qué he vuelto a ponerme en contacto contigo. Te lo diré. Ya sabes que cuando estuve contigo fue el periodo más feliz de mi vida. Tú ríete; sé que no fue mucho tiempo. Pero, sinceramente, me acuerdo de aquellos meses como si fueran una especie de vacaciones en otra vida, la vida que me había imaginado que iba a tener cuando era adolescente. Llena de brío, retos y riesgos, la sensación de que todo era posible. No estabas atada a nada. Hablábamos de asuntos de gran envergadura, temas importantes, sobre cómo vivir la vida de la mejor manera posible. Fuiste una inspiración para mí. Me animaste a tomarme la fotografía en serio, a no venderme a nadie, a vivir con coraje.

No estoy intentando que tengas cargo de conciencia, solo quiero ser sincero. Haces que quiera ser sincero. Me destrozaste por completo cuando terminaste. Me sentía peor que destripado. Fingí que no era para tanto, que sabía que no eras la chica adecuada para mí y que estaba de acuerdo con los bobos argumentos racionales que usaste: «No estamos sacando del otro la mejor versión posible de nosotros mismos» o lo que fuera. Pero sí que sacaste de mí mi mejor «yo». Creo de verdad que sabía ya por aquel entonces que tú eras mi oportunidad de tener la vida que quería, que la había cagado (sigo sin saber cómo exactamente) y que el resto de mi vida iba a ser una concesión.

Chrissie fue un error. La conocí algo así como un mes después de que me dejaras, en una cena organizada por mi colega Dennis con el fin de animarme, porque seguía destrozado por lo tuyo. Esos amigos míos eran buena gente, pero bastante aburridos, ya sabes. Abogados. Y Chrissie era también como ellos: dulce, guapa, de trato fácil y absolutamente conforme con el statu quo. No tenía ambiciones que fueran más allá de lo ordinario. No sé si fue porque estaba simplemente agotado y necesitaba un poco de seguridad o porque pensaba, de alguna manera absurda, que así me vengaba de ti (aunque te habría importado una mierda). Pensé: «Vale, lo haré. Puedo ser esto. Sentaré cabeza, me dejaré llevar. Puede que tengan razón y que yo esté equivocado, que una vida estable y tranquila sea la clave para la felicidad. Los matrimonios de conveniencia tienen los niveles más altos de felicidad», etcétera, etcétera.

Es increíble lo fácil que es caer en estas cosas, de verdad. Cuando llegas a los treinta y tantos años, especialmente si eres tío, en el momento en que dejas de luchar, es como si te llevaran por el camino hacia el matrimonio, los niños y el coche familiar. Empecé a salir con Chrissie y de repente estábamos ahí, paseando por South Bank, llevando botellas de Wolf Blass a cenas con amigos, yendo de minivacaciones por doscientas libras la noche en cabañas de pescadores en Whitstable, siendo llevado aparte en fiestas por sus amigas, que me decían que más me valía que fuera en serio con ella, porque no se puede andar mareando a mujeres a los treinta, ya sabes..., y lo gran madre que sería, siendo una persona tan propicia..., quedando con sus padres estirados en Gloucester, ella confesando su trastorno alimenticio de la adolescencia, bla, bla, bla. Y luego ya había pasado un año y eso quería decir que ya había llegado el momento de irnos a vivir juntos. Así que eso fue lo que hicimos. Luego llegaron las visitas a Habitat y las recopilaciones. Los almuerzos en grupo en pubs de alta cocina, las opiniones previsibles copiadas de *The Guardian,* el agitador de sabores Jamie Oliver.

Simplemente me dejé llevar por todo eso, tomando el camino de la menor resistencia. Sé que no respetas este tipo de comportamientos y que va en contra de todas tus convicciones. Así que me estoy arriesgando mucho al contarte esto, porque lo último que quiero es que me desprecies.

Debo reconocer que no fui infeliz todo el tiempo. Había periodos en los que estaba contento, cuando pensaba que la vida tal vez fuera de eso. Especialmente cuando aparecieron Maya y Ben. Son maravillosos, de verdad, te encantarían. Me esforcé mucho por ellos, pero Chrissie y yo no hacíamos más que separarnos progresivamente y al final resultaba insoportable. Cuando regresaba de trabajar, no era ella la persona con la que quería hablar. No quería hablarle de mis pequeños pensamientos, las cosas que veía en la calle que me hacían sonreír o sentir tristeza. Simplemente sabía que no lo comprendería, ella no «se dedicaba» a las cosas complicadas o oscuras, no cuestionaba. El mundo para ella era blanco y negro y no le interesaba la escala de grises. Al final me di cuenta de que lo único que importa es encontrar a alguien con quien puedas conectar de verdad, alguien que te comprenda. Si no, ¿qué sentido tiene la vida?

Así que la dejé. No fue fácil tomar esa decisión. El asunto me angustiaba durante meses y meses. Fui a un psicólogo. Hablé con mis amigos. Todos trataron de convencerme de que no lo hiciera. Pero tuve que hacerlo para mantener la cordura.

No diría que tú fuiste la razón por la que lo hice. Después de todo, llevaba años sin hablar contigo. Pero sí que pensé mucho en ti, en lo que representabas, y creo que eso fue lo que me dio fuerzas para dar ese paso. Tú fuiste —eres— la única persona que conozco con el coraje suficiente como para no vivir una vida gobernada por las convenciones.

P. D. Comprendo que no sabrás cómo contestar a esto, así que, por favor, no lo hagas. No espero nada de ti; solo quería contártelo.

Al día siguiente, había vuelto otra vez a sus e-mails alegres y superficiales de una sola línea, como si no hubiera pasado nada. Sin embargo, aquella tarde me pidió que le enviase una fotografía. Le dije que había una en mi página de Facebook y le pedí que me mandara una solicitud de amistad; para mi sorpresa, contestó diciendo que no «hacía» Facebook. «Es una mierda. Prefiero los e-mails de toda la vida».

Le envié debidamente una foto de Tess apoyada en la barandilla del puerto de Sointula; era mi experimento más exitoso con Photoshop.

«Hay que joderse —contestó—, estás incluso más buena que hace nueve años. ¿Cómo lo consigues?».

Pero, claro, si él no me enviaba una solicitud de amistad en Facebook, yo no podía ver cómo era, y a esas alturas me picaba la curiosidad por saberlo. Aun así, lo busqué, por si con no «hacer» Facebook se refería a que no le gustaba, no que no lo usaba para nada. Como ya he dicho, había decenas de Connor Devine de Londres en Facebook y lógicamente no sabía quién de ellos era; para empezar, ni siquiera sabía si era uno de ellos. Además, varios carecían de fotografía o la fotografía del perfil no permitía ver la cara de la persona, solo su silueta o la parte posterior de su cabeza, así que también era posible que fuera uno de estos.

Evidentemente, no podía arriesgarme a preguntarle qué perfil era el suyo, por si era uno de los que tenían foto; tampoco podía arriesgarme a enviar una solicitud de amistad a todos los Connor Devine probables, por si varios de ellos aceptaban. Esa información aparecería en mi perfil y resultaría sospechoso.

Le contesté preguntándole si podía enviarme una fotografía él también —«vamos, ahora ya me has visto tú; si no, no es justo»— y en menos de media hora recibí un e-mail con una imagen adjunta.

La imagen mostraba la cara de un hombre en primer plano; parecía que estaba en un parque. Llevaba gafas de sol pero también tenía un pañuelo alrededor del cuello atado con una lazada, así que deduje que podía ser otoño o primavera, cuando hacía sol pero el aire todavía estaba frío. Tenía el pelo corto, con un pequeño flequillo que sobresalía, como aquel personaje de cómic —no recuerdo su nombre y sin acceso a Google no puedo averiguarlo—, y sus orejas también sobresalían. Tenía las cejas espesas y una incipiente barba que le cubría todo el rostro. Estaba sonriendo a la cámara, pero yo no podía ver sus ojos detrás de las gafas. Si era de la edad de Tess, tendría cerca de cuarenta años.

Se me hace bastante difícil escribir sobre Connor de forma objetiva, sin dejar que me afecten la emoción ni una percepción retrospectiva, pero es lo que estoy intentando. Por aquel entonces, lo que recuerdo que pensé al leer el e-mail con su confesión fue que resultaba sorprendente que una relación pudiera significar tanto para una persona y tan poco para otra. Ahí estaba Connor asegurando que el tiempo que había pasado con Tess era el periodo más excitante de su vida; en cambio Tess nunca lo había mencionado, aunque le había pedido una y otra vez que me relatara todas sus relaciones personales, por muy breves e insignificantes que hubieran sido. No creo que fuera por ningún motivo en particular; a fin de cuentas, me había contado cantidad de cosas terribles que había hecho y no parecía importarle la opinión que yo pudiera tener de ella. Tenía que haberlo olvidado por completo.

Una noche dijo algo por Skype a propósito de esto.

—Es muy extraño, ¿no te parece? Puedes acostarte con una persona una vez y no olvidarla nunca, y sin embargo sales con alguien durante algo así como seis meses y no deja el menor rastro. En el momento en que termina, ya te has olvidado. ¿No te parece extraño?

—Hum —contesté.

Evidentemente, Tess y yo éramos dos personas muy diferentes. Pero tenía la sensación de que si yo hubiera hecho cualquiera de las cosas que Connor dijo que él y Tess habían hecho juntos —bailar en un bar español en el Soho, colarse en la ceremonia de entrega de unos premios en un hotel exclusivo fingiendo ser instaladores de la compañía de gas, ir a París solo para comer— o si alguien me hubiera dicho que yo era la persona más extraordinaria que había conocido jamás, me habría acordado de esa persona.

Ha pasado otra cosa en la comuna hoy. No iba a mencionarlo, pero confieso que todavía me encuentro bastante alterada y tal vez me ayude a relajarme ponerlo por escrito.

Me desperté esta mañana con la habitual película de grasa cubriéndome la piel y con el pelo tieso y pegajoso. La acostumbrada sesión de limpieza con las toallitas húmedas no parecía surtir efecto y sentí una imperiosa necesidad de lavarme con agua normal. Recordé que Annie me había dicho el día anterior que ella y los niños habían bajado al río para bañarse, así que le pregunté por el camino. Se ofreció inmediatamente a acompañarme, pero le dije que no; a juzgar por su despreocupada manera de exponer los pechos, sospechaba que tal vez esperase que nos desnudáramos juntas.

Las instrucciones que me dio me parecieron innecesariamente complicadas. Después de todo, pensé, siempre y cuando descendiera de la montaña, no podía equivocarme demasiado. Eché a andar por un pedregoso caminito bordeado de matorrales en el extremo sur del campamento y poco después los ruidos de la comuna, los bongós y los ladridos se desvanecieron. El sol estaba alto en el cielo y quemaba. Me había olvidado de ponerme el sombrero y el calor no tardó en debilitarme. Matorrales puntiagudos me pinchaban los tobillos. Comencé caminando en línea recta hacia abajo, pero el suelo era irregular y una y otra vez me vi obligada a ascender de nuevo. El sol me estaba martilleando la cabeza implacablemente, el pelo me pesaba como un casco y mis extremidades se convirtieron en unos trozos de carne hinchados y unidos a mi cuerpo. Empecé a sentirme desorientada, así que me encaminé a la sombra de unos árboles. Eso me proporcionó algo de alivio del sol; el problema era que los árboles me impedían ver hacia dónde iba. A estas alturas, el ruido del campamento había desaparecido por completo y había sido sustituido por un feroz chirrido de insectos y, de fondo, lo que yo imaginaba que era el rumor en la distancia de una corriente de agua. Fue entonces, allí en el bosque, cuando tuve una sensación muy extraña. De repente me sentí increíblemente sola; mucho más de lo que me había sentido en toda mi vida, incluso después de que mi madre muriera. De hecho, fue una sensación totalmente diferente, más de miedo que de vacío.

Me resulta difícil describirlo.

Recuerdo que Tess dijo una vez que a veces, cuando estaba deprimida, tenía la impresión de que no era más que la suma de sus partes, su educación y las influencias, que no había nada que fuera intrínseca y únicamente «ella». Cuando lo dijo no comprendí a qué se refería. Pero en ese momento sí lo entendí. Luego, de repente, me di cuenta de que un día yo dejaría de existir. Sobrecogida, me entraron ganas de gritar, pero, aunque gritara tan alto como fuera capaz de gritar un ser humano, no sería suficiente para expresar lo que sentía. Después de ese pensamiento, que era demasiado enorme, amorfo y terrible para abarcarlo, empecé a imaginar cosas minúsculas y específicas: que después de mi muerte otra persona entraría a vivir en mi piso y colocaría su ordenador junto a la ventana, que seguirían vendiendo tiendas de campaña en Tesco Extra, que otro grupo de viejos comerían huevos cocidos en escabeche en el pub Queen Bee. Las personas y las cosas seguirían existiendo en un mundo en el que yo faltaría y nadie pensaría en mí nunca.

Y, si esto fuera así, para empezar, ¿qué sentido tenía vivir? Podría expirar justo allí, bajo aquel árbol. Imaginé mi cuerpo afectado por el paso del tiempo, descomponiéndose y hundiéndose en el suelo hasta que, en cuestión de segundos, ya no quedaba rastro de mí.

Tal vez, pensé, este fue el lugar exacto donde Tess murió; no sería imposible. Podría estar ya en el suelo; yo podría unirme a ella, nuestras moléculas se mezclarían en el humus. Esa idea no me resultaba repugnante.

Quiero resaltar que no tenía ganas de morir exactamente; más bien, lo que sentía era que estar muerta no sería tan terrible. Después de todo, Tess no estaba viva; mi madre no estaba viva.

No sé cuánto tiempo pasé en el bosque. En cierto momento se activó algo, supongo que fue el instinto de supervivencia, y comencé a caminar hacia la luz del sol. Salí del bosque, subí por la cuesta y poco a poco los ruidos de la comuna se oyeron con más claridad, y después estaba de vuelta en la tienda. Annie estaba preparando la cena y me preguntó alegremente por el baño.

—¿Has encontrado algo de agua? Ya no queda más que una pequeña corriente. Es triste, ¿verdad? No sé cómo aguantan los pobres animales. Si no llueve pronto, se secará por completo. ¿Quieres cenar un poco?

Lo único que pude hacer fue negar con la cabeza.

Domingo, 21 de agosto de 2011

La comuna estaba casi desierta cuando me desperté esta mañana. Annie me dijo que los domingos hay un mercado en un pueblo cercano al que va todo el mundo a intentar vender las cosas cutres que han estado elaborando durante toda la semana para los turistas. Lo único que no usó esa expresión; dijo: «Productos artesanales». Ella no había ido porque el bebé no estaba bien. El silencio del campamento resultaba inquietante y tuve la sensación de que éramos los únicos que se habían quedado atrás; era la misma sensación que solía tener cuando me quedaba en casa con mi madre en lugar de ir a clase.

Probablemente debería haber ido al mercado; habría sido un buen lugar para enseñar la foto de Tess. Pero no lo hice. En parte debido al esfuerzo que suponía ir con

tanto calor, pero también porque empiezo a pensar que
todo este proyecto carece de sentido. Incluso si consigo
encontrar a alguien que identifique a Tess con toda seguridad, que diga que sí estuvo aquí el verano pasado y sea
capaz de justificar su afirmación con pruebas suficientes,
¿entonces qué? Para completar mi misión totalmente, todavía necesitaría encontrar el cuerpo ¿y cómo puedo conseguir eso? No puedo andar buscando por el monte, y
menos con estas temperaturas. Incluso si es verdad que
pasara sus últimos días en la comuna, ¿quién dice que no
podía haber viajado a otro lugar para llevar a cabo el acto
y que el cuerpo no pueda estar en otro bosque o en otra
montaña o en un lago, a treinta o a trescientos kilómetros
de aquí?

En lugar de ir al mercado, me quedé tumbada viendo
cómo Annie fabricaba sus taburetes. A la sombra del toldo
de la furgoneta, estaba lijando las láminas de madera y
Milo la estaba ayudando. El repetitivo movimiento de su
mano sobre la superficie de la madera resultaba bastante
hipnótico y el trabajo parecía provechoso y no demasiado
exigente, así que, después de un rato, le pregunté si podía
intentarlo. Mientras trabajábamos, le conté a Annie que a
veces ayudaba a mi madre a pintar sus miniaturas, lo cual
en realidad era lo opuesto a lo que estábamos haciendo
—había que realizar movimientos pequeños en lugar de
gestos amplios—, pero resultaba igualmente relajante.

En cierto momento, Milo empezó a hablar de su colegio y explicó que tenía ganas de volver, pero que las mates le parecían difíciles; lo único que dijo «mate», sin la «s»

final. A mí las mates se me daban muy bien, así que le pregunté qué era lo que le parecía difícil, y estuvimos hablando del tema durante un rato.

—Eso está bien, le estás hablando como si fuera un adulto —comentó Annie—. La mayoría de la gente no actúa así.

Poco después, cuando las dos habíamos terminado de lijar las láminas de madera, le dijo a Milo:

—Creo que ha llegado el momento de cortarte el pelo, mi pequeño terremoto.

Sacó unas tijeras minúsculas y se abalanzó sobre sus rizos. Observé al niño y la idea de sentir el viento en el cogote me resultó tan sugerente que le pregunté si podía cortármelo a mí también.

—Por supuesto —afirmó.

Cuando terminó con Milo, se sentó detrás de mí con las tijeras en la mano.

—¿Solo las puntas, madame?

—No —respondí y, señalando con un gesto justo debajo de las orejas, añadí—: Hasta aquí arriba.

—¿Estás segura? —preguntó—. Parece que llevas muchos años con el pelo largo.

Tenía razón. Asentí con la cabeza. Annie me cortó el pelo lenta y cuidadosamente y solo después de media hora se puso delante para inspeccionarme, ladeando la cabeza en actitud crítica.

—Vale, creo que ya no puedo mejorarlo más. Te pareces bastante a... ¿cómo se llamaba esa estrella de cine de antaño? ¿La que tenía el pelo oscuro y lo llevaba corto?

Me preguntó si quería mirarme en el espejo para ver cómo había quedado, pero le dije que no, que no hacía falta. Tenía la sensación de haber perdido cinco kilos y no paraba de pasarme la mano por el cogote recién expuesto al aire; era una parte de mi cuerpo que no había visto la luz del sol desde hacía décadas.

El problema de tener tanto tiempo y carecer de Internet es que se me pasen por la cabeza ideas nada provechosas. No me refiero solo a lo que pasó ayer en el bosque, sino también a cosas más pequeñas.

Esta tarde, después de cortarme el pelo, estaba en mi postura habitual debajo del toldo de Annie cuando, de repente, por ninguna razón en especial, me he acordado de algo que me dijo una vez Tess sobre Adrian. Fue después de soltarme que yo era triste y patética. Estaba tratando de arreglarlo con palabras amables sobre la suerte que tenía de que yo estuviera con ella y lo perfecta que era para el trabajo.

—Adrian no es tonto —afirmó—. Investigó bien antes de elegir una persona.

No presté mucha atención a sus palabras en aquella ocasión, pero hoy, cuando estaba tumbada sobre la colchoneta, asocié ese recuerdo con otro, como cuando las burbujas suben y se funden en mi lámpara de lava. Fue a propósito de mi encuentro con Adrian en la puerta del hospital. Estaba pensando otra vez que era una coincidencia que, de todos los lugares posibles de Londres, quisiera quedar conmigo en un lugar que me resultaba tan familiar, y luego la revelación de que su mujer también padecía EM.

Entonces se me ocurrió que tal vez no fuera una coincidencia, después de todo.

Veréis, hace dos años, cuando mi madre todavía podía usar las manos, le sugerí que debía meterse en el foro de una página web de apoyo a enfermos de EM. Esto pasó después de que yo hubiera empezado a participar en la sección de Cuidadores y pensé que podía ser bueno para ella estar en contacto con otra gente que estuviera en la misma situación. Estuvo bastante activa en el foro durante unos seis meses, hasta que le empezó a ser incómodo teclear. En el foro había mencionado que acudía al Royal Free Hospital. Cuando se murió, publiqué la noticia en el tablón de *In Memoriam;* nada extravagante, solo el dato de su fallecimiento y un comentario que decía que era la mejor madre que había existido jamás.

La página era accesible a todo el mundo, así que, en teoría, Adrian habría podido encontrarla si había buscado mi nombre en Google. Se me ocurrió que la razón por la que quiso quedar en el Royal Free Hospital podía ser la conexión con mi madre. Para recordarme la enfermedad y la tristeza que supuso la artificial prolongación de su vida, con el fin de aumentar la probabilidad de que yo fuera receptiva ante la idea de una persona que quería decidir sobre su propia muerte.

Naturalmente, también podía deberse simplemente a una coincidencia, tal y como había supuesto hasta ese momento. Pero incluso si no lo fuera —si hubiera sido fruto de una investigación previa—, ¿eso cambiaba algo? Se podría decir que no suponía nada negativo en Adrian, quien, de hecho, demostraba su compromiso con Tess, ya que querría hacer todo lo que estuviera en sus manos para asegurarse de que yo la ayudara. Y estaba casi segura de que no había afectado al resultado del encuentro. Había analizado la propuesta al margen de esa circunstancia. Incluso si hubiera llegado a proponérmelo, por ejemplo, en un bar de vinos, creo que habría aceptado encargarme del trabajo. Así que el hecho de que hubiera podido ser más calculador de lo que aparentaba no alteraba el curso de los acontecimientos, ¿verdad?

Hoy también he estado pensando en cuando ocurrió con Connor lo del horóscopo. En cómo cambió las cosas y en si habría llegado a pasar si yo no hubiera encontrado los e-mails que se habían intercambiado Tess y él.

A partir de lo que me contó Connor, yo me formé una imagen de lo que había pasado entre los dos. Habían tenido una relación breve en algún momento entre 2001 y 2002, ella había roto y él se había quedado destrozado. Pero todavía me molestaba no poder encontrar pruebas de esa relación en los documentos de Tess. Me parecía que necesitaba tenerlas delante de mis ojos. Cada vez que Connor me daba una nueva pista en un e-mail, yo hacía un seguimiento y buscaba en mis notas.

La revelación llegó dos semanas después del primer e-mail de Connor. Soltó un comentario chistoso diciendo que había sido un Renegade Master en el pasado y ese extraño nombre me resultó familiar. Efectué una búsqueda en las fichas de Tess y lo encontré en una carpeta llamada *Hombres sin importancia;* breves correspondencias por e-mail, sobre todo con su vieja cuenta Hotmail, con hombres que Tess o bien no recordaba, o bien no tenían ninguna importancia según ella. «Solo un pavo que encontré por ahí. Nada que merezca la pena recordar, de verdad».

La dirección era *renegademaster72@yahoo.com.* No había muchos e-mails entre ellos, dieciocho en total, lo cual se explicaba por el hecho de que su relación había tenido lugar sobre todo durante el verano. En aquella época, Tess no tenía un trabajo de oficina y estaba pintando decorados para festivales, así que se habrían estado intercambiando mensajes de celular en lugar de e-mails. Y esto fue antes de Facebook, claro.

Así que ahora disponía de más datos sobre su relación. Se conocieron en una fiesta en Brixton —«¿Te entró un ataque de pánico al pasar a la orilla sur?», dijo en su primer e-mail— y él había estado loco por ella, eso estaba claro. Aunque sus e-mails no eran estrictamente «cartas de amor» e intentaba hablar de forma relajada, se notaba que había pensado todo con esmero, hasta los mensajes más breves, que había seleccionado cuidadosamente los chistes y enlaces que le enviaba y contestaba a sus e-mails rápidamente.

Los e-mails que Tess le enviaba a él, en cambio, eran mucho más espontáneos, tal y como era ella, pero al principio le contestaba de una manera parecida al tono relajado de Connor. Le respondía con un chiste o un enlace y hacía un esfuerzo por parecer atrevida.

Sin embargo, conforme pasaban las semanas, era posible notar la creciente indiferencia; esto sucedió con muchas de sus relaciones. Empezó a no esforzarse, a tardar varios días en contestar, a no hacer caso a sus chistes. Le hacía parecer un poco tonto.

Esto quedó ilustrado por un intercambio un tanto estrafalario. El lunes 17 de junio de 2002, a las 10.13 de la mañana, Connor escribió un e-mail de una sola línea a Tess: «Quiero lamerte los sobacos».

Tess contestó: «Llevo cinco días sin afeitármelos».

Connor respondió: «Mejor. Quiero todas las partes de ti que pueda conseguir. ¿No te sobrarán algunas uñas cortadas por ahí? XXXX».

Tess no contestó hasta quince horas más tarde y, cuando lo hizo, fue con una sola palabra: «Uf». Nada de besos.

Otra diferencia era que al principio, en sus días de flirteo, Tess tenía la costumbre de no contestar de manera directa a las preguntas —todo debía estar relacionado con el asunto de forma «oblicua», tenía que ser ingenioso o absurdo—. Sin embargo, a medida que Tess iba perdiendo interés, se volvía cada vez más directa. Y en mi opinión fue bastante injusta con él.

Por ejemplo, al principio Connor había intentado organizar cosas para hacer juntos cuando se veían, hasta que Tess le dijo que no le gustaban los planes y que prefería ser «espontánea» —lo cual resulta bastante irónico si tenemos en cuenta nuestro proyecto—. Pero luego Connor escribió un e-mail expresando su excitación por ir a verla aquella noche y, con un toque imaginativo y entusiasta, añadió: «El mundo es nuestra ostra, Heddy. ¿Te apetece una borrachera en el Claridges? ¿Subirnos a un tren rumbo a Brighton?».

En otras palabras, estaba haciendo justo lo que ella quería: actuar de manera aventurera y espontánea. Pero Tess no estaba dispuesta a entrar en el juego. En su breve respuesta dijo que no sabía cómo iba a sentirse esa noche.

Hacia el final, a últimos de julio de 2002, ni siquiera se molestaba en contestar a sus e-mails y estaba claro que Connor intuía que algo iba mal. «¿Te pasaba algo anoche? Estabas un poco callada».

A modo de respuesta, Tess escribió: «Tenemos que hablar».

Ese fue el último mensaje que se intercambiaron.

Al leer los e-mails, tuve la sensación de que Tess no se había portado muy bien con Connor y me daba un poco de pena. Puede que lo que pasó con el horóscopo se debiera a eso.

Tal y como he mencionado antes, seguía una regla estricta en mi trabajo con Tess. Hiciera lo que hiciera o dijera lo que dijera como Tess, tenía que ser algo que ella pudiera hacer o decir, teniendo en cuenta lo que yo sabía de su personalidad. También he mencionado antes que su personalidad incluía la creencia en todo tipo de bobadas esotéricas. A veces no era más que una fase por la que tenía que pasar, como la homeopatía o el reiki; incluso, durante siete meses, el cristianismo, después de acudir a algo que se llamaba Curso Alfa en una iglesia en el oeste de Londres. Pero perduraba su fe constante y exasperante en el horóscopo. No tanto las predicciones diarias de los periódicos —aunque también las leía— como la idea de que nuestros rasgos de personalidad están de alguna manera predestinados por las estrellas.

A menudo, mientras hablábamos, yo le pedía que describiera a alguien y ella decía algo como: «Ah, ya sabes, no era más que el típico leo». Como si *a)* yo supiera cómo es «un típico leo» y *b)* eso significara algo en realidad. Una vez intenté confrontarla con este asunto y explicarle por qué era absurdo y por qué, en mi opinión, esa asignación de rasgos de personalidad era lo mismo que evadir la responsabilidad individual de las acciones de uno mismo. No se lo tomó a bien. Estaba baja ese día y directamente me dijo que me fuera a la mierda.

Total, que un día, tres semanas después del inicio de nuestra correspondencia, Connor me refirió una conversación que había tenido la noche anterior en la fiesta de despedida de un colega que dejaba el bufete. Había estado hablando con la mujer de otro compañero que estaba, y cito textualmente, como una cuba —lo cual quiere decir borracha— y esta le contó una larga historia. Su hija mayor se quería casar con el novio y, como ella era aficionada a la astrología, había decidido hacer la carta astral de la pareja de su hija. Al parecer, el signo del hombre no era compatible con el de su hija, por lo que le aconsejó que no se casara. La hija le había dicho que se dejara de tonterías y había seguido con sus planes. Total, que mira lo que pasó: en menos de seis meses la pareja ya se había divorciado.

Respondí: «¡Qué tontería!».

Connor contestó: «¿El leopardo ha cambiado de manchas? Pensaba que te chiflaban esas cosas. Si no recuerdo mal, siempre me decías que era "predecible y aburrido" por ser tauro».

En ese momento todavía podía haberme salido con la mía. Podría haber esquivado el tema diciendo que a lo que me refería con ese comentario era a que la mujer no tenía ni idea de lo que estaba haciendo y que los dos signos en realidad eran perfectamente compatibles o algo parecido. Pero no lo hice.

«Bueno, he visto la luz», contesté.

Después de un momento hice clic en el botón de «Enviar», sintiendo una mezcla de inquietud y excitación. Al obligar a Tess a hacer algo que probablemente no habría hecho en la vida real, había roto la única regla fundamental que me había impuesto en mi trabajo. Era como regresar al pasado con una máquina del tiempo para cambiarlo, aunque en realidad era el presente, claro.

Sin embargo, cuando llegó la respuesta de Connor, siete minutos más tarde, mis preocupaciones se evaporaron. «Vaya, Heddy —escribió; ese era el mote que le había puesto a Tess, pero nunca averigüé de dónde lo había sacado—, eso me hace feliz. No te enfades, pero era algo de ti que me costaba aceptar. Siempre he pensado que esas cosas son una pendejada. ¡Bienvenida al mundo racional!».

Me estremecí al leer la palabra «racional»; parecía una confirmación de que mi decisión había sido la acertada.

Contesté de la misma forma que lo habría hecho Tess: «Bueno, ¡no te pases!».

Pero fue como si me hubiera liberado de una celda. Desde aquel momento, comencé a poner más de mí en nuestra correspondencia.

No quiero exagerar esto. No es que de repente abandonara a Tess y comenzara a contestar como si fuera yo misma. No hice nada que pudiera parecer sospechoso. En esa fase, solo en momentos ocasionales, cuando resultaba adecuado, le contestaba más como yo que como Tess. No eran más que detalles insignificantes y sobre todo se manifestaba en lo que dejaba fuera: su irracionalidad, su «misticismo». Contestaba rápidamente a sus e-mails en vez de dejar la respuesta pendiente durante horas o días, como hacía ella. Contestaba a sus preguntas. No daba lata con el tema de los sentimientos y los sueños.

A veces tenía que improvisar cuando Connor me preguntaba algo cuya respuesta no conocía. Por ejemplo, al principio le gustaba recordar momentos del pasado, de cuando él y Tess salían juntos. «¿Te acuerdas del hombre con el gatito en Dean Street?». Yo contestaba: «Por supuesto», a pesar de que era bastante probable que Tess no se hubiera acordado.

En algunas ocasiones me hacía preguntas más difíciles, como: «¿Era verdad lo que dijiste sobre aquellas fotos de Hampton Court?». En esos casos no tenía ni idea de sobre qué me estaba hablando ni sabía si el comentario al que se refería había sido positivo o negativo. En esos momentos esquivaba la pregunta.

También tendía a contar historias o hacer comentarios sobre sus hijos y los usaba como pretexto para preguntarme cosas sobre mi infancia. Por ejemplo, me contó que su hija Maya le había preguntado si a él le había gustado tener cinco años y, como no podía recordar nada de aquella época de su vida, me preguntó a mí qué recuerdos conservaba de cuando tenía cinco años.

Si no sabía la respuesta de Tess con total seguridad, le contestaba partiendo de mis propias experiencias y adaptando los detalles cuando era necesario. Por ejemplo, cambié la calle mayor de Kentish Town por Dulwich, donde Tess había vivido con su familia desde los tres hasta los once años. Resultaba bastante interesante pensar en mi pasado de esa manera. No lo había hecho antes. Ni siquiera hablaba de esos temas con mi madre. Ella y yo hablábamos mucho, pero sobre todo de cosas pequeñas, de asuntos cotidianos o sobre el cole y la programación de la tele. No hablábamos de acontecimientos del pasado; supongo que era porque las dos lo habíamos compartido y no hacía falta.

La diferencia horaria me ayudaba mucho en mi empeño. Para cuando Tess se despertaba en Sointula eran las cuatro y media de la tarde en Londres y Connor ya había enviado por lo menos tres o cuatro e-mails ese día. Ella contestaba inmediatamente. Pero, claro, como yo podía ver los e-mails de Connor en cuanto me los enviaba, tenía tiempo para investigar y elaborar mis respuestas antes de que «Tess» se despertara y diera al botón de «Enviar». Empecé a dormir cada vez menos durante el día, porque no podía evitar estar comprobando todo el rato la bandeja de entrada de Tess.

Al principio me preocupaba decir algo que contradijera lo que Connor sabía de Tess. Sin embargo, enseguida quedó claro que sabía muy poco sobre su pasado. O bien nunca habían hablado del tema, o bien se había olvidado. Por ejemplo, él pensaba que tenía una hermana en lugar de un hermano y que había crecido en Greenwich y no en Dulwich. Después de esto, me pareció que tenía licencia para desenvolverme con más libertad, puesto que a) estaba claro que él no conocía tan bien a Tess; b) incluso si él le hubiera preguntado lo mismo ocho años antes, era improbable que recordara sus respuestas, y c) Tess era conocida por ser cambiante y modificar sus versiones, además de que tenía poca memoria.

A fin de cuentas, habían pasado nueve años desde que se vieran por última vez. Naturalmente, ella habría cambiado después de tanto tiempo. Pienso que, en esencia, no somos la misma persona cuando pasan nueve años: todas nuestras células se han renovado, por no hablar de nuestras actitudes y experiencias del mundo. Es lo mismo que ocurre con el calcetín de Locke. Lo he debatido con gente de Red Pill; de hecho, saqué el tema con Connor una tarde, cuando estábamos hablando de la edad en la que los primeros recuerdos comienzan a tomar forma en los niños. Parecía que tenía mucho interés en conocer mis opiniones al respecto, y contestó de una manera inteligente y ponderada.

Porque el asunto era ese: Connor y yo teníamos mucho más en común de lo que habían tenido Tess y él jamás. Nuestras mentes eran parecidas. Como abogado, debía mantener la cabeza fría y examinar todo minuciosamente, identificar debilidades, seguir el hilo de la argumentación hacia su conclusión lógica. No podía permitir que las emociones le afectaran. Cuando yo me volví un poco menos parecida a Tess y un poco más parecida a mí misma, descubrí que el tono de sus e-mails cambió. Fue como si se relajara y ya no tuviera la sensación de que debía esforzarse tanto. Como si se hubiera quitado un traje demasiado ajustado y se hubiera puesto unos pants. Su tono se volvió más directo y personal.

Solo en algunas ocasiones era consciente de la diferencia de edad entre nosotros. Connor hacía referencias puntuales a programas de televisión y canciones de los ochenta —*Bagpuss,* por ejemplo, o Spandau Ballet— que yo tenía que buscar en Google. Sin embargo, como también tenía que buscar las referencias de mi propia generación en Google, ya estaba acostumbrada a eso.

A diferencia de los otros e-mails que Tess enviaba y recibía, que más que nada eran un intercambio de información, lo nuestro casi nunca contenía asuntos prácticos y aburridos. En vez de eso, escribíamos sobre nuestras ideas y observaciones. A menudo, los e-mails eran solo unas pocas líneas, como si estuviéramos manteniendo una conversación frente a frente. Los textos podían ser tontos o profundos. En uno, explicó que esa misma mañana, cuando iba al trabajo, había visto a un vagabundo llorar en la calle cerca de London Bridge y lo mal que se había sentido por ello. O me mandaba un poema que se había inventado cuando se aburría en el tribunal por la mañana. «Había un hombre de Hull / que tenía una mente banal...».

A veces, cuando sabía que estaba conectada, se pasaba al chat y me enviaba una rápida serie de preguntas breves acerca de temas sin conexión aparente: «¿Twix o Snickers?», «¿Está bien no tener ningún interés por la danza contemporánea?». Como no tenía tiempo para procesar sus mensajes y preparar mis respuestas, esas sesiones resultaban muy exigentes, pero la rapidez que requerían también era emocionante. Nunca había tenido una relación de ese tipo con nadie y disfruté usando mis nuevas habilidades.

Lo que más me llamaba la atención de todo aquello era que no hubiera respuestas erróneas. A Connor parecía que le divertía o le impresionaba todo lo que le decía, como si estuviera haciendo clic en el «Me gusta» al lado de cada respuesta.

Debo señalar que no estaba descuidando los otros aspectos de la vida de Tess como consecuencia de este contacto tan frecuente con Connor. Contestaba a todos los e-mails que llegaban y actualizaba su estado en Facebook. Enviaba mensajes ya grabados al contestador automático de su madre cada cierto tiempo y a su amiga Susie en su cumpleaños. Me pasé tres horas investigando sobre la escultura contemporánea para adquirir una opinión informada, pero sarcástica, sobre un nuevo artista cuyas obras estaba pensando adquirir Isobel. Continuaba dedicando un buen rato cada día a planificar el argumento de su vida y repasando aquellas partes de su existencia que no dominaba tanto.

Después de Connor, la persona a cuya correspondencia le dedicaba más tiempo era a Shona, la amiga de Tess.

Shona era una vieja compañera de clase de Tess. Estaba casada y tenía un niño de quince meses que se llamaba Rufus. Tenía el pelo fino y rubio y una nariz afilada. En la foto de su perfil parecía que estaba adorando a Rufus, como si fuera un viejo cuadro religioso. A juzgar por su foto de perfil, uno creería que le encantaba ser madre, pero en los mensajes que enviaba a Tess mostraba otra cara. Escribía que estaba «de duelo por haber perdido mi antiguo yo». Decía que esa idea de que era gratificante ser madre era fruto de una conspiración y que, si pudiera volver a su vida de soltera, en la que podía salir de casa cuando le daba la gana, lo haría sin pensárselo dos veces. La marcha de Tess a Sointula había empezado a obsesionarla — «estás viviendo mi sueño» — y durante las primeras semanas le escribía casi a diario quejándose de tener que estar encerrada en casa con el bebé y preguntando a Tess por los detalles de su vida. Me parecía que se estaba torturando a sí misma, como alguien que pasa hambre y pide que le hagan una descripción de una comida. Así que para Shona no solo debía inventarme cosas nuevas e interesantes sobre Sointula, sino que también debía consolarla por la angustia de ser madre, lo cual, como podréis entender, no era mi fuerte. Descubrí un foro en Internet para padres y estudié las respuestas. «Los primeros años siempre son un infierno —fue lo que le dije—. En breve se convertirá en una personita autónoma con la que podrás hablar y entonces te parecerá que todo ha merecido la pena».

Mandaba puntualmente informes de mis progresos a Adrian —o «Ava»— a través de Facebook. A partir de aquel primer «¿qué pasa?», habíamos establecido una rutina casi regular de intercambios de mensajes. Bueno, por mi parte era regular, no tanto por la suya. Dos veces por semana le enviaba un resumen de lo que estaba haciendo Tess, una lista de las comunicaciones que había mantenido con amigos y parientes y cualquier plan nuevo que hubiera ideado para su futuro. Sus respuestas eran mucho más esporádicas. A veces ni contestaba a los informes o me llegaba su respuesta unos días más tarde: «¡Buen trabajo! Parece que tienes todo bajo control. Sabía que eras la mujer idónea para este trabajo». Sus mensajes a menudo transmitían una sensación de apresuramiento, porque a veces descuidaba la ortografía y la puntuación. Sabía que era un hombre muy ocupado y no me sentaban mal esas respuestas irregulares y vagas, pero me alegraba en las raras ocasiones en las que era evidente que había tenido más tiempo para reflexionar sobre su respuesta. En estos últimos mensajes comentaba algo que yo había puesto y formulaba más preguntas, como si de verdad le interesaran. Por ejemplo, si yo había mencionado que Tess había ido a montar a caballo el fin de semana, podía preguntar de qué color era su caballo y si había hecho algún salto durante la excursión.

Había otras veces que no parecía interesarse por Tess y, en cambio, me preguntaba cómo estaba yo, qué tal «lo llevaba»; parecía mostrar un interés y una preocupación auténticos. En estas ocasiones recordaba nuestro encuentro en persona en Hampstead Heath; eran el equivalente electrónico de aquellos momentos de contacto visual en los que me observó de una manera como nunca me habían mirado, ni siquiera mi madre. «Estoy bien —contestaba—. Más que bien. Estoy feliz. Sí, estoy disfrutando mucho con el trabajo».

En fin, como iba diciendo, después de todo, aquellas primeras seis semanas del proyecto Tess no fueron especialmente exigentes. Es sorprendente lo poco que la gente necesita de las personas con las que no queda. Incluso los mensajes de Shona comenzaron a escasear después de unas pocas semanas y los que al principio tenían ganas de hablar por Skype, como por ejemplo Simon, dejaron de tenerlas después de que me hubiera inventado un par de excusas. Nadie se molestó en preguntar tres veces. Probablemente hubiera sido suficiente tan solo con un par de actualizaciones del estado de Facebook cada semana.

Aun así, reconozco que me preocupaba la cantidad de tiempo que dedicaba a Connor. Cuanto más le escribía, sabía que era menos probable que estuviera actuando como lo habría hecho Tess. A fin de cuentas, era Tess la que había puesto fin a su relación y a ella todo ese asunto le había parecido tan insignificante que ni siquiera se había molestado en mencionarlo. Además, aparte de con Michael «el Botas» Collingwood, el primer novio que había tenido, no creía en mantener la amistad con los «viejos amores», que era como los llamaba ella. «Nunca hay que mirar atrás» era su lema. De modo que lo más probable era que no se hubiera mostrado receptiva con el intento de Connor de ponerse en contacto con ella de nuevo. Podría haber intercambiado un par de mensajes corteses, pero era dudoso que hubiera dedicado tanto tiempo como yo a escribir e-mails.

Esta era la razón por la que no mencionaba a Connor en mis mensajes a Adrian; aunque oficialmente ejercía de corresponsal de Tess, era como si fuera más una parte de mi vida en Londres que de la suya en Sointula. Y fue por esa misma razón por la que decidí que había llegado el momento de proporcionarle un novio a Tess.

El caso es que, en lugar de quedarse en casa escribiendo a Connor, estaría con toda probabilidad fuera, explorando la isla y conociendo a gente nueva. Y me pareció que existía la posibilidad de que durante ese tiempo hubiera podido conocer a un nuevo hombre. Parecía que Tess encontraba hombres por todas partes; a menudo se le acercaban pretendientes potenciales en público. Una vez, uno se la acercó cuando salía de un vagón del metro y le regaló un libro que estaba leyendo —titulado *El alquimista*— con su número de teléfono apuntado en el interior. Y cuando trabajaba en la tienda de ropa y en la galería de arte, casi todos los días había un cliente que quería salir con ella. Ser el foco de atención era para ella una rutina habitual que no merecía la pena reseñar.

De modo que eso de encontrar a un novio siempre era una prioridad para Tess y yo lo había planificado para el cuarto mes desde su llegada a la isla. Sin embargo, teniendo en cuenta las circunstancias, decidí adelantar el acontecimiento un mes. Le informé a Adrian acerca de esta evolución en mi siguiente mensaje. «Buena idea, ¡ya era hora! —escribió—. ¿Quién es el afortunado?».

Ya había hecho un esbozo de un personaje: Wes Provost. Canadiense, de treinta y tres años —a Tess le gustaban los hombres más jóvenes—. Su aspecto estaba inspirado en un albañil llamado Mike que trabajó un verano en la obra de la casa que estaba al lado de la nuestra, en Leverton. Tenía los brazos gruesos y cortos y los labios de un rojo que llamaba la atención, como los de una chica. Cuando se enteró de mi nombre, cada vez que me veía solía cantar: *You knock me off my feet,* lo cual, según mi madre, era de una canción llamada *Layla.* Le hice saber a Mike que mi nombre no se escribía igual que el título de esa canción, pero aun así siguió cantándola.

A Mike siempre le ponían multas por la furgoneta y le oía cómo se enfadaba cuando se daba cuenta. Así que, si él estaba subido en los andamios, yo miraba desde la ventana y, cuando la policía de tráfico ponía una bajo su limpiaparabrisas, salía corriendo a quitarla y la tiraba a la alcantarilla de la calle antes de que la descubriera. También le saqué algunas fotos con mi celular sin que se diera cuenta y luego las metí en el ordenador para hacer un montaje con las imágenes, poniendo aquella canción de fondo, como un vídeo musical. Era solo para mí, no lo subí a YouTube ni nada parecido.

Al final del verano, cuando Mike estaba desmontando los andamios, le dije lo que había hecho con las multas: me había deshecho de cinco. Supongo que era mi manera de decirle que sentía por él lo mismo que él por mí. Esperaba que se alegrara, pero su rostro se volvió pálido y, solo por un momento, se arrugó. Luego esbozó una leve sonrisa y dijo:

—Gracias, eres muy amable.

No cantó la canción la siguiente vez que me vio y terminó la obra sin despedirse.

En cualquier caso, para Wes solo usé el aspecto de Mike; el resto me lo inventé. Estaba mejorando mis habilidades imaginativas. Wes trabajaba en un barco desde el que se avistaban ballenas con Roger, el novio de Leonora. Así fue cómo se conocieron Tess y él. Había vivido en tierra firme, en un lugar llamado Edmonton, antes de trasladarse a Sointula con su novia cuatro años antes, ya que quería vivir más cerca de la naturaleza. La relación no había funcionado y ella se había vuelto a Edmonton, pero a Wes le gustaba la isla y se había quedado, como socio en el negocio de Roger. En su tiempo libre le gustaba escuchar bandas sonoras de musicales y cocinar, sobre todo pasteles. Tomaba solo vino blanco, porque el tinto le provocaba migraña. La primera vez que quedaron, Tess y él fueron a tomar cerveza de jengibre al Waterside Cafe y desde entonces se habían visto tres veces. Al principio a Tess le había preocupado que fuera «demasiado» positivo —«¡todo lo que hago o digo es «maravilloso»!»—, pero cuanto más le conocía más le gustaba.

Eso sí, tenía que colgar una foto. En concreto Simon, el amigo de Tess, insistía en ver una. «Necesito foto» era su respuesta tipo cada vez que Tess le había enviado en el pasado un e-mail mencionando a un hombre. Busqué por si acaso había guardado alguna de esas fotos de Mike, pero luego me acordé de que las había eliminado el día que se marchó sin despedirse. De todas formas, en ellas salía vestido de albañil en un andamio de Londres, mientras que

Wes trabajaba en un barco en Canadá, así que no habrían servido.

Me di cuenta de que tendría que usar una foto de un hombre diferente. Pensé que encontraría una adecuada en Flickr y dediqué una tarde a hacer un listado de candidatos, pero no me dejaba de preocupar el hecho de que alguno de los amigos de Tess pudiera encontrarla por casualidad, ya que eran de dominio público. El riesgo era pequeño, eso es verdad, pero aun así existía. Sería preferible que la sacara yo misma, porque así podría controlar todo.

Fue entonces cuando pensé en Jonty. La posibilidad de que algún conocido de Tess se lo encontrase por la calle y lo reconociera era muy pequeña (miré sus amigos en Facebook, pero no había ninguna conexión con ningún amigo de Tess). Tenía quince años menos que ellos y acababa de llegar a Londres. Se movía en círculos totalmente diferentes y muchos de los amigos de Tess estaban casados o mantenían relaciones estables con niños y vivían en urbanizaciones pudientes de Londres. La mayoría de los amigos de Tess salían raras veces y cuando lo hacían era para ir al cine o a clase de pilates, o a comidas de grupo en algún pub, en las que, según los e-mails que enviaban después, alguien siempre se olvidaba de alguna prenda de bebé o de pagar su parte de la cuenta. Cuando Jonty salía con sus amigos de la academia, iban a restaurantes de kebab en Dalston o alternaban entre bares deportivos del centro de Londres en función de a qué hora rebajaban el precio de la bebida, la *happy hour.*

Aparte de eso, incluso si alguien se lo encontraba por casualidad en Londres y le sonaba su cara, la navaja de

Ockham decía que no pensaría que era Wes, quien, a fin de cuentas, estaba en Sointula. Y si, a pesar de todo, se acercaban a Jonty para preguntarle si era Wes, él, lógicamente, no tendría ni idea de sobre qué le estaban hablando. Así que lo peor que podía suceder era un mensaje a Tess de uno de sus amigos diciendo que había visto a alguien que se parecía bastante a su nuevo novio.

Con Jonty tendría más libertad para componer la foto como yo quisiera. Después la montaría sobre un fondo de Sointula con la ayuda de Photoshop. Además, tendría la posibilidad de fotografiarlo otra vez si hiciera falta. Tenía veintiséis años y era un poco demasiado joven para hacer de Wes, por lo que decidí que saldría en la foto con las gafas de sol puestas, igual que Connor, lo cual ayudaría a ensombrecer su cara. No era tan guapo como los hombres con los que Tess salía normalmente, pero, en mi opinión, resultaba adecuado. A fin de cuentas, la cantidad de hombres disponibles en Sointula era mucho más limitada y el hecho de que fuera normalito era consecuencia de la nueva actitud, menos superficial, de Tess ante la vida, que la impelía a apreciar el interior más que el aspecto físico.

En cuanto decidí usar a Jonty, quise sacar las fotos lo antes posible. Sin embargo, irónicamente, para una vez que quería que estuviera en casa, se encontraba fuera y tuve que esperar día y medio antes de que volviera al piso. Era un domingo por la tarde y me dijo que el viernes había ido a una fiesta para celebrar el día de San Jorge, que, le cito, «se había descarrilado un poco». Él y sus amigos parecían aprovechar incluso las ocasiones más rebuscadas como excusa para emborracharse. Esperé a que volviera a su habitación y pusiera música antes de llamar a la puerta. Era la primera vez que iba a buscarle desde que vivía allí, así que parecía sorprendido cuando abrió la puerta.

—¡Ah, hola!

Yo, por mi parte, también me quedé un poco cortada, porque él no llevaba más que la ropa interior. Tenía el pecho poblado de pelo rubio. Aparté los ojos y eché un vistazo a su habitación. No la había visto desde que la había ocupado y descubrí que había transformado lo que antes era una caja sin rasgos distintivos en algo que solo puedo describir como un vertedero asqueroso. No era como el caos de la habitación de Tess, donde se podía ver que, a pesar del desorden, sus pertenencias eran de buena calidad; esto era un caos de cosas normales y baratas. Las paredes estaban empapeladas con fotografías suyas y de sus amigos, y con imágenes sacadas de revistas. Había un póster grande con un gato que llevaba gafas de sol y otro de un grupo de música llamado The Stone Roses. El edredón de la cama no tenía colcha encima y había un par de grandes agujeros en la pared.

Jonty vio que estaba mirando la pared y explicó que había intentado colocar un estante, pero que se había caído porque el yeso de las paredes era muy blando.

—Lo arreglaré —dijo—. Perdón, perdón, perdón.

Le dije que me daba igual, lo cual era verdad, y después me aclaré la garganta y añadí que, debido a que hacía un día agradable, tenía intención de salir a dar un paseo y me preguntaba si le apetecía acompañarme. Esto pareció sorprenderlo aún más y se mostró mucho más encantado de lo que razonablemente debería estar teniendo en cuenta la pregunta.

—Sí, sí —contestó—. ¡Vámonos a la playa!

—¿Qué playa?

—La que te dije del Támesis. Está a solo cinco minutos de aquí.

No recordaba que me hubiera hablado de esa playa y pensé que se habría equivocado, pero asentí con la cabeza.

—Hace sol fuera —dije—. Deberías llevarte las gafas de sol.

—Claro —dijo—. Nunca salgo sin ellas.

Hasta aquí, todo bien.

Siguiendo sus instrucciones, paramos en Londis para comprar algo para hacer un «picnic». Cogí una bolsa de papas fritas y un refresco Ribena, pero él llenó la cesta con todo tipo de artículos: pequeños botes de aceitunas y patés, una baguette y algunas latas de cerveza. Saludó al hombre de la caja como si lo conociera. Cuando salimos de la tienda, susurró:

—¿Has visto que Manu pone el vinagre de vino blanco en el frigo, al lado del Chardonnay?

Luego me llevó por una calle perpendicular en sentido contrario al Tesco, que yo no conocía. Pasamos un pub con un cartel en el que ponía: «Esta noche concierto en vivo con el cantante Clive Stevens». Poco después el entorno se volvió más bonito, el asfalto de la calle se convirtió en empedrado y las casas de ladrillo rojo pasaron a ser edificios blancos más antiguos e inclinados. Jonty no paraba de hablar de la historia de Rotherhithe, que al parecer había investigado.

Llegamos al río en cuestión de minutos. No tenía ni idea de que estuviera tan cerca del piso; como ya he dicho, lo que conocía de Rotherhithe se limitaba al metro, el Tesco Extra y Albion. Había un caminito que bordeaba el río y se podía ver el Tower Bridge y los edificios altos del centro a lo lejos. Era una zona bastante agradable.

Jonty tenía razón: bajo el sendero había una playa a la que se accedía mediante una escalera de aspecto desvencijado. La playa era pequeña, estaba llena de guijarros y había bastantes desechos en la orilla, como botellas de plástico y cosas parecidas, pero no dejaba de ser una playa.

Mi idea era sacar la foto de Jonty con el cielo como fondo, pero luego se me ocurrió que la playa podía pasar por ser la de Sointula. También era pedregosa. Si sacaba una foto con un primer plano de Jonty y recortaba el fondo, apenas iba a tener que usar el Photoshop para nada.

Estaba contenta por este hallazgo inesperado y fortuito, pero guardé mi excitación para mí. Primero bajamos por la escalera y nos sentamos en las piedras a tomar el picnic. Me di cuenta de que esta era mi primera comida a solas con un hombre y estaba ligeramente preocupada por si nos quedábamos sin tema de conversación. Sin embargo, no debería haberme preocupado. Jonty charlaba alegremente y contaba cosas sobre la historia del barrio, piratas y barcos balleneros.

—Imagínate todo lo que ha tenido lugar justo aquí, en esta misma playa —dijo—. Es alucinante.

Contesté que no solía pensar mucho en esos temas y que no era capaz de ver el interés que pudiera tener la historia.

Su reacción ante eso fue de una sorpresa exagerada.

—¿No te interesa conocer cómo encajas en el contexto? —preguntó.

—Nunca me he parado a pensar en ello —le expliqué, pero me distrajo el recuerdo de algo que me había contado Tess una vez. Había ido a una fiesta en un piso con vistas al Támesis, se había emborrachado y había bajado al fango de la orilla, estropeando su vestido. Miré hacia las viviendas que bordeaban el agua, a las filas de balcones vacíos, y me pregunté si sería una de ellas. Me la imaginé de pie sobre una de las barandillas con los brazos extendidos, como en aquella escena de *Titanic,* ignorando las súplicas de sus amigos para que volviera a entrar.

Jonty había empezado a hablar de sus clases de interpretación y me estaba contando un ejercicio que habían hecho. Todos habían ido al zoo de Londres para elegir un animal, estudiarlo y pasar toda la tarde actuando como él delante de todo el mundo. Jonty había elegido hacer de mono.

—Ya sé que es un cliché, pero ¿qué otro animal podía ser? —concluyó.

Luego me contó que había una chica en su clase «increíblemente bien entrenada» de la que se rumoreaba que había elegido ser una gacela. El día de la actuación, no menos de cuatro chicos del grupo eligieron ser leones y se pasaron el día cazándola.

Era una anécdota bastante entretenida y me la guardé para contársela a Connor por la tarde. Se la atribuiría a Leonora, que había sido aspirante de actriz en su juventud.

—¿Se te da bien la interpretación? —le pregunté.

Se rio.

—No demasiado. Parece que solo soy capaz de hacer de mí mismo, lo cual no es muy bueno. Pero me han llamado para hacer un anuncio de una compañía de seguros. Están buscando, literalmente, «un tío lerdo». Sé cómo hacerlo. Así que es emocionante.

Señalé que resultaba irónico que hubiera dejado el negocio de los seguros para convertirse en actor y resultaba que iba a hacer un anuncio para promocionar eso mismo que había dejado.

—No había pensado en ello —comentó—. Pero sí, puede que sea un pendejo hipócrita. —No parecía que la idea le molestara demasiado—. ¿Y tú qué? ¿Qué haces metida en tu habitación todo el día?

Me había preparado para esa pregunta y le conté que estaba escribiendo un guion de cine.

—¡Caramba! —exclamó con los ojos abiertos de par en par—. ¿De qué va?

—Es una historia de amor —contesté.

Suspiró hondo y se tumbó sobre los guijarros. Debieron de hacerle daño en la espalda.

—No me hables de amor. Soy totalmente inútil para eso. Me obsesiono y luego piensan que soy un friki. No dejo de enamorarme de chicas que solo quieren pasárselo bien.

Para entonces ya me había terminado las papas fritas, pero Jonty todavía estaba zampándose el pan francés; tenía la manía de montar cada bocado de tal manera que contuviera un poco de cada cosa que había traído y se apoyaba en los codos mientras construía una pequeña torre de queso, jamón y paté. Intenté ocultar mi impaciencia, pero, en el momento en que dejó de masticar, saqué el celular y le pregunté si le podía sacar una foto.

Estaba más que dispuesto —«siempre y cuando luego me la envíes»— y adoptó una postura relajada. Sin embargo, se había quitado las gafas de sol mientras comíamos, así que le sugerí que se las pusiera otra vez.

—Sí, más vale disimular la resaca un poco.

Mientras se las ponía, aparté discretamente el picnic para que los envoltorios de artículos ingleses no fueran visibles y tomé la foto desde arriba para que solo se viera la playa de fondo. Luego, insistió en sacarme una foto a mí, a lo que accedí para que no pensara que pasaba algo raro.

Después volvimos al piso. Jonty parecía sinceramente encantado con nuestra pequeña excursión.

—¡Qué bueno ha sido pasar un rato juntos! —exclamó.

Dejé que me abrazara, intentando no mostrar lo poco que me gustaba.

De vuelta en mi habitación, preparé la imagen —estaba en lo cierto, no hacía falta más que unos pocos retoques de Photoshop— y redacté unos borradores de e-mails para Justine, Shona y Simon. «OK, he conocido a un tipo...». También se lo contaría a Marion, pero más tarde y en un lenguaje más formal.

Justine me contestó enseguida: «No me lo puedo creer, joder. O más bien, sí que me lo puedo creer, pero ¡es tan injusto! Llevo dos años sin mojar y ahora vas y lo consigues incluso antes de sacar la bolsa de la ropa sucia de la maleta».

Simon, por su parte, contestó con su habitual rudeza: «Es bastante guapo, pero necesito verlo sin gafas. Ojos = ventanas al alma y todo eso».

No le hice mucho caso en aquel momento. Simon era el amigo de Tess que menos me gustaba. Todos aparentaban aceptar lo que decía Tess tal cual, menos Simon, que parecía pensar que su obligación era cuestionarlo todo, como si conociera a Tess mejor que ella misma. Evidentemente, me gusta la gente que reflexiona sobre las cosas y cuestiona la estupidez, pero él no lo hacía de una manera inteligente; más bien, era su reacción por defecto ante cualquier cosa. También era muy superficial, solo le interesaba estar con la gente «cool» y juzgaba a la gente basándose exclusivamente en la ropa que llevaban. Lo hacía incluso cuando se trataba de supuestos amigos suyos y de Tess, como Joy, a quien criticaba porque seguía llevando vaqueros de campana. Una vez describió una noche a Tess y le explicó que el club no era tan glamuroso como se había esperado porque estaba lleno de suburbanitas y gente de la talla cuarenta. Tenía novecientos treinta amigos en Facebook y sus actualizaciones de estado eran absurdas e irritantes: enlaces a canciones que exigía que todo el mundo escuchara en ese preciso instante o simplemente actualizaciones de dónde se encontraba —«Vauxhall». «En casa». «Berlín»—, como si el mundo dependiera de su localización actual.

Pero su comentario se me quedó grabado en la cabeza, porque me recordaba que algo me había estado molestando respecto a Connor: en realidad no sabía qué aspecto tenía. En la única imagen que tenía de él, la del parque, también llevaba gafas de sol. No creía que fuera capaz de reconocerlo en un grupo de gente.

Sentí un deseo repentino e intenso de ver su cara.

Entonces se me ocurrió que ver a Connor en persona sería algo muy fácil de llevar a cabo y para nada arriesgado. Sabía dónde trabajaba, en un bufete de abogados llamado Asquith y Asociados, en Temple. Tenía una noción vaga de cómo era él físicamente. Y gracias a los e-mails, tenía una idea bastante aproximada de su rutina diaria.

Mi plan consistía en pasar por delante de su oficina a la hora de comer, un día que yo supiera que iba a estar allí y no en el tribunal, y esperar a que saliera a comer. Así tendría la oportunidad de echarle un buen vistazo. Me convencí a mí misma de que ese plan tenía sentido; después de todo, adquirir un conocimiento profundo de uno de los interlocutores de Tess solo podía ayudarme en mi trabajo con ella. Toda la información que pudiera reunir era pertinente de cara a mi tarea.

Aquella tarde, en nuestro intercambio de e-mails le pregunté qué iba a hacer al día siguiente, si iba a estar en el tribunal. Me contestó que lo pasaría metido en la oficina, trabajando en un caso especialmente aburrido. Me preguntó qué estaba haciendo y le dije que tenía una sesión doble con Natalie, la chica a la que daba clases particulares, porque estaba preparándose para solicitar una beca de una academia de arte en Vancouver.

Al día siguiente me desperté al mediodía, ya que la alarma, que estaba puesta a las once, no me había despertado y no me dio tiempo de ir a buscar mi ropa limpia a la lavandería, así que me puse el mismo pants y la camiseta que había llevado el día anterior. Pensaba que mi ropa no importaba demasiado, porque, a fin de cuentas, Connor no iba a saber quién era; quizá ni siquiera se fijara en mí. Me bajé del metro en la estación de Temple y mi mapa de Google me guió por un viejo pasadizo perpendicular a la calle principal que no era mucho más ancho que yo misma, del que salí a un espacio que fácilmente podría haberme dejado con la boca abierta si yo hubiera sido una persona propensa a ello. Tenía el aspecto de una ciudad mágica y secreta. Las calles estaban empedradas y los edificios eran antiguos: había una bonita iglesia construida en piedra con el mismo color que los caramelos Werther's Originals. No había apenas coches ni señales de vida contemporánea; habría encajado perfectamente en una película de Harry Potter. Era un lugar silencioso y tranquilo y toda la gente que vi parecía llevar trajes oscuros, como si obedecieran a una señal de código de vestimenta que me hubiera perdido al entrar. Costaba creer que ese lugar estuviera dentro de Londres y recuerdo que sentí cierta decepción al pensar que mi madre nunca me había llevado a lugares como ese y que nos habíamos pasado toda la vida en casa.

Me costó un rato encontrar las oficinas de Asquith y Asociados, que estaban situadas en un edificio inclinado y estrecho. Junto a la puerta negra había una placa con media docena de nombres. El de Connor no figuraba en ella, pero sabía que todavía no era socio de la empresa, así que esa podía ser la razón. Había un pequeño parque enfrente y me senté sobre un banco a esperar.

Era la una menos diez del mediodía cuando llegué. Suponía que Connor saldría a comer en algún momento entre la una y las dos, pero no podía estar segura, lógicamente. Había traído un periódico gratuito que me había encontrado en el metro, así que fingí leer mientras vigilaba la puerta.

Por desgracia, el banco estaba orientado de tal manera que daba la espalda a la oficina de Connor, así que tenía que estar girándome todo el tiempo. Naturalmente, había estudiado su fotografía con minuciosidad, pero, aun así, me preocupaba no distinguirlo, porque los hombres trajeados parecen todos iguales. Aparte de eso, no sabía de cuándo era la foto que me había enviado, por lo que podía haberse cortado el pelo o no tener el mismo peso.

Sin embargo, sí que lo reconocí y además al instante. Era la una y diecisiete minutos y estaba leyendo por encima un artículo en el periódico sobre un adolescente que había sido asesinado a cuchilladas, cuando la puerta se abrió y allí estaba él.

No estaba preparada para el efecto que me produjo ver a Connor en persona. Me sentí casi mareada y el corazón me latía violentamente; cuando me puse en pie, parecía que mis piernas carecían de huesos. Creo que tenía que ver sobre todo con hacer algo a escondidas; recuerdo que había sentido algo parecido al mirar a Mike desde detrás de la cortina en Leverton Street.

Estaba con un hombre mayor que él y ambos llevaban traje. Parecía que estaban en medio de una conversación y se encaminaron juntos calle arriba. Connor tenía las manos metidas en los bolsillos del pantalón; el hombre mayor sacó un cigarrillo y lo encendió mientras caminaban.

Me temblaron las piernas cuando comencé a seguirlos; aumenté el ritmo poco a poco hasta acercarme a unos diez metros detrás de ellos. Me recordé a mí misma que no había manera de que Connor pudiera saber quién era. Evidentemente, solo podía ver la parte posterior de su cabeza. Su pelo parecía diferente comparado con la foto; ahora tenía pinta de estar mojado y lo llevaba repeinado. En ocasiones se giraba para decir algo al hombre que caminaba a su lado y yo captaba un atisbo de su perfil, pero desde aquella posición resultaba imposible ver sus ojos con claridad.

Me preguntaba si el otro hombre sería su colega Colin, a quien mencionaba a menudo en sus e-mails. Colin era, según Connor, un «buen tipo», pero podía resultar pedante y aburrido, y a Connor le gustaba ponerle nervioso. Sin embargo, nunca había mencionado que Colin fumaba y no parecía que le resultara aburrido. De hecho,

Connor estaba riéndose con ganas de algo que decía Colin. Cuando giró la cara, pude ver que sus ojos quedaban envueltos en arrugas al sonreír.

Ya sé que suena raro, pero cuando les vi reírse juntos me entró una repentina sensación de malestar al comprobar que otra persona podía parecerle divertida e interesante. Me había dicho que escribirme era para él «el mejor momento del día», así que supongo que esperaba verlo más abatido de lo que parecía. Sin embargo, casi en el mismo momento en que esa idea entró en mi cabeza, me reprendí a mí misma por ser tan irracional. Debería estar contenta de ver que se encontraba cómodo en su entorno laboral y en compañía de un colega.

Los dos hombres continuaron caminando a lo largo de la calle durante unos cien metros, más o menos, antes de doblar por una calle más pequeña que estaba empedrada. Se pararon en una cafetería. Debía de vender bocadillos muy suculentos, porque la cola atravesaba la puerta y llegaba hasta la calle. Connor y el otro hombre se colocaron al final. Vacilé y durante ese momento de duda una mujer se puso detrás de ellos. Rápidamente, di unos pasos para colocarme tras ella.

En realidad era mejor no estar justo detrás de Connor. Mi corazón todavía latía con tanta fuerza que me parecía que todo el mundo de la cola lo oiría. Tenía una extraña sensación de vacío en el estómago; no era exactamente como tener hambre, pero casi.

Incluso con la mujer en medio, estaba lo suficientemente cerca como para captar partes de la conversación entre Connor y su colega. Al parecer estaban hablando de un jugador de fútbol que había hecho un mal partido la noche anterior.

—¡Menudo listo! —exclamó Connor—. No sé cómo pudo fallar ese penalti.

—Un error de principiante —asintió su amigo.

A esa distancia podía sentir una fragancia de limón que parecía emanar de Connor y me di cuenta de que tenía una incipiente calva del tamaño de una galleta Wagon Wheel. La parte posterior de su cuello estaba recién rasurada y sentí un impulso extraño y pasajero de tocarle esa parte de la piel. Le miré las orejas, que sobresalían igual que en la foto, y pensé que, si daba un paso hacia delante, podía susurrar cosas en ellas que le resultarían tan chocantes que nunca lo olvidaría. Cosas privadas que me había contado en sus e-mails. Había confesado que cuando era adolescente había estado enamorado de la cantante de un grupo de pop y que, incluso en la actualidad, la palabra «T'Pau» le hacía temblar. Podía haber susurrado eso. Podía haberle contado lo que él había pensado en el tribunal el día anterior, durante la vista de un polaco que había robado en un supermercado, o lo que había leído en un artículo de la revista *GQ* sobre un explorador de la Antártida que tuvo que comer pingüinos emperador para sobrevivir.

Lógicamente, no dije nada de eso en alto. La cola se adentraba lentamente en la tienda, donde había un mostrador con diferentes ingredientes para los bocadillos metidos en una cámara refrigerada de cristal. Me preguntaba

cuál elegiría Connor y pensé que sería algo de pescado; me
había dicho que le daba envidia todo el marisco fresco que
se podía conseguir en Sointula. No pude reprimir una
leve sonrisa cuando le tocó el turno a él y pidió una baguette con cangrejo y mayonesa. Sabía de sobra que lo
acompañaría con papas fritas con sabor a queso y cebolla,
ya que durante una de las sesiones de charla «irónicamente trivial» me había revelado que le preocupaba la posibilidad de ser adicto a ese tipo de papas y que se sentía mal
si no se tomaba una bolsa al día.

Sin embargo, lo que no se me había ocurrido era que
en breve me tocaría a mí pedirle algo al diligente hombre
que estaba detrás del mostrador. Me agarró desprevenida
y dije lo primero que se me ocurrió: una bolsa de papas
fritas con sabor a queso y cebolla.

Solo cuando el camarero me pidió cincuenta peniques
me di cuenta de que no había traído dinero. Sin embargo,
recordé que a menudo había algunas monedas en el forro
de mi chaqueta, que se colaban por los agujeros de los
bolsillos; así que palpé con los dedos el tejido para ver si
había algo escondido. Encontré unos pequeños discos du-
ros prometedores, pero todavía tenía que pasarlos a través
del forro para sacarlos y acabé ampliando el agujero para
facilitar el acceso.

Estaba tan absorta en mi tarea que solo percibí el
profundo suspiro del hombre del mostrador y su «¿Qué
va a ser?» cuando preguntó a la persona que estaba detrás
de mí por su pedido. Después de un minuto, más o menos,
había rescatado cinco monedas del forro de la chaqueta.

Al colocarlas sobre el cristal del mostrador, me di cuenta de que no sumaban más que treinta y ocho peniques.

A esas alturas, el camarero ya había empezado a servir a la gente que iba detrás de mí en la cola, dejando la bolsa de papas fritas a un lado del mostrador, junto a las monedas. Estaba contando el dinero una vez más, cuando ocurrió algo increíble: Connor se acercó. Su colega y él se habían quedado un poco apartados, esperando a que se terminara de tostar una torta, y tenía que haber observado mis torpes intentos de sacar las monedas. Puso una moneda de diez peniques y otra de dos al lado de las mías.

—Aquí tienes —dijo, regalándome una maravillosa sonrisa.

Lo miré con los ojos abiertos de par en par. Sus ojos eran de color azul claro y casi desaparecían cuando sonreía. Luego el hombre del mostrador entregó el bocadillo, metido en una bolsa de papel blanco a su colega y Connor se dio media vuelta para salir de la tienda junto a él.

Me daban ganas de seguirles de vuelta hasta la oficina, pero estaba tan revuelta por dentro que me fui en sentido opuesto y bajé por la calle empedrada intentando relajarme. Ni siquiera fui capaz de comérme las papas fritas. Estuve deambulando por ahí unos veinte minutos. Luego me senté en una banqueta y entré en la cuenta de Gmail de Tess con mi celular.

Sentí una gran necesidad de ver un e-mail de Connor. Quería ver si mencionaba su encuentro conmigo en la cafetería. La primera vez que me metí no había ningún e-mail nuevo de él, pero luego, veinte minutos más tarde, apareció uno. Sin embargo, lo único que contenía era un enlace a un vídeo de YouTube y este mensaje: «En mi opinión, se parece bastante a ti». No mencionaba el incidente en la cafetería. Me llevé una pequeña decepción, pero saqué la conclusión de que estaría practicando pequeños actos de caridad como ese todo el tiempo; para él, sería algo que ni siquiera merecía la pena mencionar.

Cuando llegué a casa, piqué en el enlace de YouTube. Era un vídeo musical de una cantante que estaba bailando de manera complicada e hipnótica junto a un montón de gente que llevaban leotardos de colores vivos. «Uno, dos, tres, cuatro, dime que me amas mucho», cantó. La mujer guardaba cierta similitud con Tess —era delgada, tenía los ojos oscuros y llevaba flequillo—, pero no era tan atractiva como ella.

«Pienso que soy más guapa», contesté.

«Eso se da por supuesto», escribió Connor.

Son las cinco y veinte de la mañana y el indicador de la batería está parpadeando en rojo. Todavía tengo la puerta de la tienda cerrada, pero puedo ver que se está haciendo de día; la lona se está aclarando y los pájaros están iniciando su gorjeo maniaco. Acabo de ver una sombra pasar por delante, lo cual me ha hecho pegar un bote, pero supongo que no ha sido más que un perro o Milo yendo al baño. Eso espero. Buenas noches.

Lunes, 22 de agosto de 2011

Hoy por la noche le he hablado a Annie de mi madre. No era mi intención hacerlo y lo que me preocupa no son tanto las posibles consecuencias —porque no creo que se lo vaya a contar a nadie— como el hecho de que se me escapara. Creo que ha podido ser debido a la influencia de las drogas. Yo no he consumido ninguna, naturalmente, pero todo el mundo a mi alrededor sí y el aire estaba tan lleno del humo dulce que era imposible no respirarlo, lo cual puede haber provocado un debilitamiento de mis facultades.

Lo que pasó fue lo siguiente. Alrededor de las tres y media de la tarde, Annie me despertó para informarme de que había llegado la hora de iniciar los preparativos para la «fiesta de la luna llena». Averigüé que cada vez que había luna llena, los residentes cocinaban y cenaban juntos, y se esperaba que todo el mundo «echara la mano». Le expliqué que desconocía esa costumbre y que no participaría. Ella solo dijo:

—Anda ya, vamos.

Al final terminé levantándome de mi esterilla y los seguí a ella y los niños al claro que estaba en el centro.

Delante del gran tipi habían montado una cocina provisional, con una serie de utensilios rudimentarios y oxidados y cubos con verduras sobre unas mesas de caballetes. Algunos de los residentes andaban de aquí para allá cortando y llevando cosas y, en general, gastando más energía de la que habían consumido en toda la semana. Reconocí a la mayoría, de haberlos entrevistado: Davide, con sus minúsculos pantalones cortos; Johanna, la alemana con piercings de plata en las cejas; Maria, que llevaba unos nudos gruesos multicolor en el pelo con anillos alrededor, como si fueran dedos; el francés con el terrible acné. Deirdre, que era una de las pocas personas de la comuna que no estaban delgadas —era más bien alta y corpulenta, como un frigorífico—, parecía estar al mando de la operación y anunció que estábamos preparando un guiso de verduras. Me mostraron un cubo y me asignaron la tarea de cortar las zanahorias con Annie, Milo y Bandit, un hombre español menudo.

Una vez que empecé, me di cuenta de que disfrutaba con el trabajo. Me concentré en cortar las zanahorias en discos idénticos, cada uno de un grosor de un centímetro, aproximadamente. Los coloqué como las fichas en los casinos, en montones de diez. El carácter metódico y repetitivo del trabajo hizo que mi cabeza comenzara a flotar y empecé a recordar las comidas en casa de la abuela Margaret. Mi madre y yo la visitábamos tres veces al año, el Boxing Day —que es el día siguiente al de Navidad—, el Domingo de Pascua y su cumpleaños, y siempre nos ponía zanahorias de lata. Eran las únicas ocasiones en las que tomaba verdura. Mi madre decía que yo debía estar contenta, porque, después de todo, la mayoría de los padres obligaban a sus hijos a tomar verduras todos los días.

No sé por qué la llamábamos la abuela Margaret; no es que hubiera más abuelas de las que tuviéramos que distinguirla. Vivía en un apartamento tutelado en Kent y siempre tenía la calefacción puesta a tope, incluso en Semana Santa. Cuando mi madre comenzó a mostrar signos de intolerancia a las altas temperaturas, se negó a bajarla.

—Todos tenemos nuestras dolencias —sentenció, como si su reumatismo se pudiera equiparar a la EM de mi madre.

Vivía en Elm Tree Court desde que yo era pequeña, desde que mi abuelo Geoffrey muriera en 1994, pero parecía que todavía la irritaba tener que vivir allí. Siempre andaba quejándose del personal, de que no hacía bien su trabajo, o de los otros residentes, porque eran demasiado viejos. También estaba convencida de que todo el mundo trataba de aprovecharse de ella y engañarla; incluso su propia hija. Mi madre le llevaba latas de galletas y una botella de Bailey's Irish Cream y la abuela Margaret las observaba recelosa, olfateaba la botella y se ponía las gafas para examinar qué contenía, como si esperase encontrar veneno en la lista de ingredientes de la etiqueta. Después nos ponía una comida horrible, como pechuga de pollo seca, siempre acompañada de esas ruedas de zanahoria pequeñas, asquerosas y blandengues.

Nunca se me ocurría nada que decirle y ella tampoco mostraba mucho interés por mí, ni siquiera cuando en su cumpleaños, aconsejada por mi madre, le regalé un DVD con los mejores momentos del programa de televisión *Feria de antigüedades,* recopilados por mí. La única vez que se abrió un poco fue en 2007 cuando pensábamos que yo iba a ir a la universidad; cuando mi madre lo mencionó, la abuela Margaret preguntó cuándo me iba a marchar e interrogó a mi madre sobre las dimensiones de mi habitación para ver si cabría el armario que tenía, un armatoste grande y feo. Cuando volvíamos en el tren, mi madre me explicó que la abuela Margaret opinaba que, tras el ataque de corazón del abuelo, tenía que haberla invitado a vivir en nuestra casa en Leverton, aunque ya había estado en una ocasión y sabía que solo teníamos dos habitaciones. Pensaba que mi madre había cometido un error al no casarse, porque habría tenido una casa más grande. Era un poco «conservadora» en lo que opinaba respecto a que mi padre no estuviera con nosotras.

La siguiente vez que la visitamos, cuando se enteró de que habíamos decidido que no iba a ir a la universidad, se mostró incluso más gruñona que de costumbre. Cuando alargué la mano para coger mi tercera galleta, retiró el bote y dijo que estaba demasiado gorda.

—Está muy consentida —le dijo a mi madre como si yo no estuviera presente—. Una niña grande y extraña. Nunca vas a encontrar a nadie que te permita librarte de ella.

Normalmente, mi madre solía contestarle con educación, pero esta vez se enfadó y le dijo que no quería «librarse de mí» nunca y que, si con «consentida» se refería a que me dejaba que fuera yo misma y me mostraba amor, entonces seguiría haciéndolo, para que lo supiera.

Cuando mi madre ya no podía desplazarse hasta Kent para visitarla, quedó claro que la abuela Margaret no tenía ninguna intención de venir a Londres. Ni siquiera acudió al funeral. Lo único que hizo fue enviarme una nota para que la leyera en misa.

Mi hija Susan fue una niña buena que tenía una serie de aficiones e intereses. A pesar de que su vida adulta no llegó a cumplir del todo las expectativas, supo adaptarse a las adversidades e hizo frente de la mejor manera posible a las circunstancias.

Evidentemente, no lo leí en misa.

Estaba tan sumergida en mis pensamientos que los movimientos del cuchillo se habían ralentizado hasta tal punto que solo lo apoyaba sobre la zanahoria, sin llegar a cortarla. Mis ensoñaciones fueron interrumpidas por Deirdre, que me puso una mano sobre el hombro.

—¿Qué tal si arreamos un poco?

Miré a mi alrededor y descubrí que todo el mundo había terminado con sus tareas y sobre el fuego ya había varios recipientes de metal que despedían vapor. Aumenté el ritmo y terminé con la reserva de zanahorias. Mientras el guiso se terminaba de hacer, todo el mundo estaba sentado en el suelo fumando unos cigarrillos minúsculos que tenían que volver a encender cada pocos minutos. Annie había regresado a la furgoneta para cambiar al bebé, así que me senté al lado del viejo con el pelo blanco en el pecho y el sombrero que le quedaba grande con el que había hablado el segundo día. Al otro lado de él se sentaba una pareja que en ese momento, bajo la titilante luz del fuego, no pude identificar.

—¿Qué tal? ¿Cómo te va? —me preguntó aquel hombre. Luego se volvió hacia la pareja—: ¿Sabéis? Esta chica vino en taxi desde el aeropuerto.

Al parecer, es por eso por lo que me conocen en este lugar. El hombre de la pareja preguntó:

—¿Cuánto te costó?

Se lo dije y, cuando terminó con la ya habitual reacción de inhalar aire ruidosamente y hacer un gesto con la mano después de oír la información sobre la cantidad, el hombre le dijo a su amiga:

—El año pasado había una mujer que cogió un taxi para ir a Granada, ¿te acuerdas?

No había prestado mucha atención a sus comentarios, pero al oír eso me puse en guardia, porque recordé el e-mail que Tess había recibido, poco después de marcharse, de su amiga Jennifer, que afirmaba —por error, había pensado yo— que la había visto en la Alhambra, en Granada.

—¿Cuándo fue eso? —pregunté.

Dijeron que en agosto.

Les enseñé la foto de Tess, debatieron un rato y dijeron que sí, que podía ser ella.

Era la confirmación más clara que había obtenido en mis pesquisas hasta ese momento. Cuando seguí con mis preguntas, la pareja dijo que habían pasado dos meses en la comuna el año anterior y que estaban seguros de que ella ya estaba aquí cuando llegaron. Unos pocos días después de su llegada, ella había ido a Granada y después volvió a la comuna, donde se quedó otra semana más antes de partir. No sabían adónde se fue. Había acampado sola, tal y como yo había sospechado. También pensaba que habría preferido estar sola, pero parecía que no: se había mostrado bastante sociable, según dijeron, y a menudo estaba con los demás en los espacios comunes.

Quise saber de qué cosas había hablado aquella mujer.

—No era muy habladora —explicó el hombre—. Era reservada.

—Me dijo que le gustaba mi collar —comentó la mujer.

—¿Qué aspecto tenía? —pregunté.

La mujer se encogió de hombros.

—Estaba *shanti* —contestó. Luego me enteraría de que eso significa que estaba «tranquila y feliz» en al argot de los hippies. De pronto, la mujer añadió—: Ahora me acuerdo: se llamaba Joan.

Debido a su acento, pensé que había dicho «John».

—Pero si eso es un nombre de chico.

—No, no —me rectificó—: J-o-a-n.

Joan, como recordaréis, era el nombre de la gata de Tess, la que desapareció. Podría tratarse de una coincidencia e intenté no emocionarme demasiado. Además, aunque esa tal Joan fuera Tess, no había avanzado nada en mis intentos de averiguar qué le había pasado. Aun así, era con mucho la identificación más clara hasta la fecha y me complacía que pudiera ser acertada la intuición de que hubiera venido a la comuna.

Los dos comenzaron a hablar entre ellos y yo me puse a mirar el fuego. Siempre me han gustado las hogueras; solía hacerlas en el jardín de la casa en Leverton cuando volvía del cole. En esta había papas asándose en los bordes y observé cómo se arrugaba la piel y se ennegrecía. Había mucha gente esperando la comida y se oía un murmullo alto de conversaciones en diferentes lenguas, que se elevaba por encima del omnipresente sonido de los bongós y las guitarras. Un hombre había traído un palo largo que producía un ruido tosco cuando soplaba dentro.

Cuando el guiso por fin estuvo listo, la gente se agrupó en ávidas bandadas alrededor de las cazuelas; cada uno tenía un plato de latón, que al parecer habían traído por su cuenta. Nadie había mencionado que había que venir con plato y yo, lógicamente, no tenía ninguno, pero Annie me había traído uno de los suyos de repuesto de la furgoneta. Esperé hasta que no hubo cola antes de acercarme y pedir una pequeña ración del guiso al hombre que servía y además me llevé tres trozos de un consistente pan blanco. Me senté junto a Annie y Milo y estaba a punto de empezar a comer cuando Deirdre hizo un ruido, una especie de «Ommmm». Todo el mundo contestó:

—Ommmm.

Entonces alguien exclamó:

—¡Gracias por la comida!

Mi intención era comer rápido y volver a la tienda, pero al final me quedé sentada después de terminar. Para mi sorpresa, me di cuenta de que estaba a gusto. Cuando empezó a anochecer mucha gente se puso una sudadera con capucha, igual que yo, y me sentía más parecida a los demás que durante el día, cuando llevaban al aire sus cuerpos morenos. Recuerdo que miré a mi alrededor a toda la gente que estaba sentada —con las capuchas puestas y las caras iluminadas por la luz del fuego, hablando unos con otros— y pensé que parecían buena gente. Más aún, en aquel momento tuve la sensación de que no eran simplemente una panda de extraños que se habían reunido al azar, sino que todos formábamos parte de un grupo, como una tribu que estaba descansando por la noche antes de una larga marcha o una batalla. Los niños correteaban por todas partes y daban trozos de verdura guisada a los perros, que —me fijé— los escupían parsimoniosamente una y otra vez. La luna estaba radiante, muy cerca del horizonte, y las estrellas centelleaban como si estuvieran enviando mensajes en código morse. Alguien estaba tirando piel de naranja al fuego continuamente, lo cual generaba una fragancia maravillosa, y también había otro olor dulce y acre. En cuanto empecé a fijarme, me di cuenta de que parecía que todo el mundo a mi alrededor estaba fumando, excepto yo

—incluso Annie aceptó una calada de un cigarrillo—. Vi que Bandit le mostraba a su impresionado vecino un palo de algo que desprendía un olor fuerte y parecía un caramelo verde.

A mi lado estaba sentada una mujer tirando a mayor llamada Esme. Llevaba el pelo canoso con unas finas trenzas y su pecho era completamente plano. Conversaba animadamente con el hombre que estaba a su lado acerca de las ventajas y desventajas del uso de aceite vegetal como carburante para coches. Al otro lado, Annie estaba hablando con Synth, una mujer de más o menos su misma edad que también había venido con sus hijos a la comuna. Escuché la conversación. Annie le estaba hablando de sus muebles, le explicaba que quería empezar a trabajar con bambú. Synth le preguntó de dónde tenía pensado traerlo.

—De China —contestó Annie.

—¿Te parece que eso es una buena idea? —volvió a preguntar Synth.

—Bueno —dijo Annie—, es un material muy sostenible.

Synth negó con la cabeza y se embarcó en un discurso que apenas pude oír, porque el hombre del palo que producía un sonido tosco había empezado a soplar otra vez. Cuando paró para tomar aire, oí que Synth decía:

—¿Y los pandas qué?

Annie se rio.

—Oh, creo que habrá bambú suficiente para todos. De todas formas, solo quedan unos ocho pandas en todo el mundo, ¿no?

Al escuchar esto, Synth se alteró todavía más y sus huesudas manos cortaban el aire mientras hablaba.

—No les ayuda mucho que China exporte tanto bambú. Necesitan comer varias toneladas al día.

La cara de Annie estaba lo más cercana al enfado que le había visto. Tenía las mejillas coloradas. Me eché hacia delante y elevé el tono de voz para que Synth pudiera oírme:

—No pasa nada por dejar que se extingan los osos panda.

Tanto Synth como Annie se giraron para mirarme.

—¿A qué te refieres? —inquirió Synth.

—La extinción forma parte de la vida en la Tierra. Si los osos panda son ineficientes y están mal preparados para la vida, entonces deberíamos dejar que se extingan. Especialmente si suponen un obstáculo para otras especies más importantes. No hay que ser sentimental. Solo deberíamos salvar lo que merezca la pena salvar.

Ahora le tocaba a Synth mostrar su irritación:

—Lo que acabas de decir es ridículo y...

Fue interrumpida por la llegada de Bianca, la pequeña mujer con la cabeza rapada que me había abordado el segundo día. Se puso en cuclillas delante de mí y empezó a hablar en voz baja. No podía oírla por el crepitar del fuego y fui acercando la cabeza cada vez más, hasta que nuestras mejillas estuvieron a punto de tocarse, y entonces me di cuenta de que todavía me estaba hablando sobre la letrina e insistía en la necesidad de que yo usara el lugar designado a ese fin.

—¡No me puedo creer que todavía sigas con ese tema! —exclamé—. Ya he tenido que ocuparme de suficiente mierda en mi vida, ¿vale? Y no quiero ver la tuya. —Luego, para aclararlo, añadí en voz más alta aún—: Tenía que limpiar el culo a mi madre.

Creo que mi arrebato me sorprendió tanto a mí como a Bianca. Como ya he dicho, pienso que el humo de las drogas me había colocado. Sin embargo, en ese momento me sentí bien hablando de esa manera. Bianca me miró con curiosidad y se apartó para hablar con Esme. Yo volví a fijar mi atención en Annie y Synth. Esta seguía parloteando y capté la palabra «karma». No sé en qué contexto había salido, pero desencadenó algo en mí y sentí la necesidad de intervenir de nuevo.

—El karma no existe —aseguré.

Una vez más, Annie y Synth me miraron. Synth dijo, esta vez con un tono de voz más templado:

—No quiero ofenderte y por supuesto tienes derecho a opinar, pero, francamente, ¿qué puedes saber tú? ¿Cuántos años tienes?

—El karma es... —intenté pensar en qué palabra habría usado Tess— una pendejada. Una pendejada. La vida no es justa. No existe una fuerza benigna que premie tus buenas acciones. Mi madre era una buena persona que nunca hizo nada malo y tuvo EM.

Annie me echó un brazo alrededor de los hombros. No intenté apartarme de ella.

—¡Pobrecita mía! Eso sí que es duro.

Luego Synth empezó a hablar de nuevo, dando golpecitos con un dedo en la espalda de Annie para captar su atención. Annie se giró hacia ella otra vez, todavía con el brazo alrededor de mis hombros, y las oí reanudar la conversación, pero no presté atención a sus palabras. Miré al resto de la gente sentada alrededor del fuego, todo el mundo charloteando, pero ya no tenía la sensación de que formábamos un grupo unido; al contrario, me parecía que a nadie le importaba lo que estuvieran diciendo los demás. Fingían que les importaba, pero en realidad lo único que querían hacer era transmitir y no recibir. Me pregunté qué haría falta para conseguir que se interesaran por lo que yo tenía que decir.

Apreté la rodilla de Annie con fuerza para que se girase hacia mí. Los rasgos faciales de Synth mostraron una mueca de irritación al verse interrumpida.

—Maté a mi madre —dije en voz baja.

De repente, el brazo de Annie pareció pesar más sobre mis hombros.

—¿A qué te refieres? —preguntó con voz suave.

—La maté. Con morfina.

Se quedó callada. El siseo del fuego era ensordecedor y las otras voces parecían venir de varios kilómetros de distancia. Luego me quité su brazo de mi hombro, me puse en pie y regresé a la tienda de campaña.

Annie volvió diez minutos más tarde. Oí cómo acostaba a Milo y al bebé en la furgoneta y luego escuché el ruido de sus pasos acercándose a la tienda. Se arrodilló y abrió la cremallera de la puerta.

—¿Quieres hablar? —preguntó.

—Vale —contesté.

Entonces le conté todo, empezando por la primera vez que mi madre se había caído, aquel sábado de 2002 por la noche, cuando estaba llevando el baño para pies, lleno de agua caliente, desde la cocina. La cara que ponía la gente en la calle principal de Kentish Town, cómo se apartaban de nuestro camino cuando pasábamos porque creían que estaba borracha, y cómo yo me apresuraba a ir tras ellos para explicar lo que pasaba. Los pañales. El elevador. Sus manos inservibles descansando en su regazo, como alas de un pájaro muerto.

Annie me preguntó por aquella última noche. Le expliqué lo difícil que era guardar la morfina, porque las enfermeras la vigilaban estrictamente, de modo que tuve que idear un plan. Las enfermeras nos habían dado una lámina con emoticonos, desde la sonrisa hasta una cara sumamente triste, que denominaban escala de dolor. Todas las mañanas llegaban y me preguntaban qué tal había pasado la noche mi madre. Les contestaba que ella me había indicado que había sufrido el máximo grado de malestar en la escala de dolor, incluso cuando no era ese el caso. Entonces administraban la dosis correspondiente de morfina, que entraba directamente por la sonda intravenosa que estaba clavada en su brazo. Luego, cuando se marchaban, yo desconectaba la sonda, sustraía una pequeña cantidad de morfina de la bolsa y la almacenaba en un frasco en el frigo. El frasco era de un tratamiento antipiojos que había comprado en la farmacia y que había vaciado y lavado. Le conté a Penny que tenía un problema persistente de piojos para que no se acercase al frasco; un plus añadido era que así mantenía las distancias conmigo.

Seguí guardando morfina hasta que conseguí una cantidad decente. Entonces, un sábado por la noche —eso era importante, porque las enfermeras no iban los domingos— administré la dosis extra de morfina lentamente —a lo largo de un periodo de veinticuatro horas—. Mi madre entró en coma y murió. El lunes por la mañana esperé a que llegaran las enfermeras y ellas llamaron al médico. El certificado de defunción explicaba que la muerte se debía a complicaciones derivadas de la EM.

Lo cual, expliqué a Annie, no era estrictamente falso.

Annie me preguntó si mi madre me había pedido explícitamente que le diera la morfina.

—No —contesté—. A esas alturas ya no podía hablar.

—¿Había mencionado antes la eutanasia?

—No —respondí—. Nunca hablábamos de esas cosas.

—Entonces, ¿cómo sabes que era eso lo que quería?

Le contesté que lo sabía, sin más. Lo veía en sus ojos.

Annie asintió lentamente con la cabeza. La expresión de su cara era seria y tranquila. Luego me puso una mano sobre el brazo y apretó.

—Será mejor que vuelva con los niños.

Volvió a subir la cremallera de la puerta y se puso en pie. Escuché sus pasos y el ruido metálico de la puerta de la furgoneta cuando la deslizó para cerrarla.

No quiero dar la impresión de que descuidaba a Tess debido a mi frecuente correspondencia con Connor. No era para nada ese el caso. Sin embargo, es verdad que no me costaba mucho esfuerzo mantener su vida funcionando con normalidad. Tras el ajetreo inicial de su llegada a

Sointula, se había ido a vivir al apartamento y había empezado la rutina de impartir las clases particulares a Natalie. Se relacionaba con un pequeño grupo de amigos. Después de un tiempo, me resultaba mucho más fácil escribir y actuar como Tess y ya casi no necesitaba reflexionar antes de hacer clic en el botón de «Enviar». La mayor parte de mi trabajo consistía en contestar a las actualizaciones de las vidas de sus amigos en Facebook.

Según parecía, la mayoría de la gente era egocéntrica; incluso alguien tan popular como Tess corroboraba eso de «ojos que no ven, corazón que no siente». Después de unas pocas semanas, incluso sus amigos más cercanos habían dejado de interesarse por su vida —me refiero a mostrar un interés genuino, no a una mera pregunta de «¿cómo te va?» adherida a una larga lista de información sobre ellos mismos—. Cuando subí la primera foto de Tess en Sointula a su página de Facebook, hubo sesenta y siete «Me gusta», mientras que, un mes después, otra foto recién subida recibió un raquítico dos.

Me entristeció ligeramente comprobar que gran parte de mis meticulosos preparativos era innecesaria: estaba claro que nadie iba a preguntarme por qué los finlandeses se habían establecido en Sointula ni qué había dibujado Natalie ese día ni qué nota había sacado Tess en la asignatura de Historia del certificado general de educación secundaria (una B). Sin embargo, sí que facilitaba mi trabajo y me permitía dedicarle más tiempo a Connor.

Para mí, algo había cambiado desde el incidente en la tienda de bocadillos. Empecé a pensar en él de manera diferente. Y no fue mucho tiempo después —cinco o seis días— cuando escribió algo que me hizo pensar que la temperatura de sus sentimientos también había subido.

Primero debo explicar que nos habíamos enviado e-mails sobre *La princesa prometida*. Connor me había preguntado qué libros me habían gustado de niña, porque su hija Maya estaba aprendiendo a leer y se preguntaba qué podía comprarle. Mencioné *La princesa prometida*, obviando el dato de que seguía siendo mi libro favorito. Al día siguiente, al final de un e-mail que por lo demás era inocente sobre un concierto al que había ido la noche anterior, escribió: «Eh, no lo olvides: bésame primero».

Bésame primero. Esa frase no me decía nada y no la encontraba en ningún e-mail ni documento sobre Tess. Google me informó de que era el título de una película italiana *(Prima dammi un bacio)*. Versaba sobre unos amantes que estaban separados y se pasaban la vida anhelando la presencia del otro. La película fue estrenada en 2003, más o menos en la misma época en la que Tess y él salían juntos, lo cual la convertía en un origen plausible para la frase.

Pero Connor no había escrito el título con mayúscula, algo que estaba segura de que hubiera hecho de haber sido una referencia a una película. Igual que yo, era muy puntilloso con esas cosas.

Por lo tanto, la explicación más probable era que se tratara de un chiste privado, una referencia a algo que uno de ellos le había dicho al otro cuando salían juntos. Pensé que, además, no podía ser una coincidencia que lo hubiera escrito tan poco tiempo después de nuestra conversación sobre *La princesa prometida* y que tenía el mismo número de palabras que la frase «Como desees».

Si no conocéis *La princesa prometida*, «Como desees» son las palabras que Westley, el protagonista, le dice a la princesa Buttercup como un código para decir «Te quiero».

Como desees. Bésame primero. Te quiero*.

Normalmente no suelo sacar conclusiones prematuras, pero, en este caso, la referencia me parecía clara.

El siguiente paso fue analizar cómo me afectaba este desarrollo de los acontecimientos. Eso no me llevó mucho tiempo: el hecho de que Connor me quisiera me hizo muy feliz y mi primer instinto fue el de responder de la misma manera.

Sin embargo, sospechaba que era irracional, incluso imposible, que pudiera estar «enamorada» de alguien a quien realmente no conocía. Investigué el tema un poco, comparando varias definiciones de la emoción con lo que sentía por Connor, y me alegró descubrir una especie de estado de «preamor» llamado limerencia:

Limerencia es un estado mental involuntario, el cual es resultado de una atracción romántica por parte de una

---

* En castellano solo coincide el número de palabras pero en inglés también el número de sílabas:
Como desees. Bésame primero. Te quiero.
As you wish. Kiss me first. I love you. *[N. del T.]*

persona hacia otra, combinada con una necesidad impe-
rante y obsesiva de ser respondido de la misma forma.

Esta descripción coincidía con mis emociones y saqué la conclusión de que sentía limerencia por Connor.

Pensé que la mejor reacción posible —pues sería lo
que Tess habría hecho— era no hacer caso a la declaración
inmediatamente. Por lo tanto, Connor y yo continuamos
enviándonos e-mails como de costumbre y no fue hasta
cuatro días más tarde, al final de un e-mail en el que describía la sesión de pintura con Natalie, que me despedí con
las mismas palabras: «bésame primero XXX».

Su respuesta fue: «! XXX».

En su siguiente mensaje, abrevió la frase: b. p. Yo
seguí su ejemplo y desde aquel momento nos despedíamos
siempre de esa manera, en nuestro propio código privado:
b. p.

Así que ya era oficial. Empecé a dedicarme a sentir
limerencia. Uno de los síntomas que descubrí fue el deseo
de relacionarme con aquellas cosas que le gustaban, para
sentir que lo tenía cerca aunque no estuviera físicamente
presente. A través de sus e-mails ya había obtenido bastante información sobre sus gustos e intereses —a esas alturas
estaba tomando tres bolsas de papas fritas con sabor a queso y cebolla al día y había leído sobre la práctica del snow-
board y la fotografía, sus dos principales aficiones—, pero,
aun así, estaba sedienta de más. Me inventé un juego tonto por e-mail en el que teníamos que comparar nuestros
gustos y manías de hacía diez años, que era la última vez

que nos habíamos visto, con el presente, para mostrar de qué manera habíamos cambiado. Estaba bastante orgullosa de esta idea, ya que no solo me proporcionaría información sobre él, sino que me daría una oportunidad de manifestar cómo Tess había cambiado desde la última vez que Connor la había visto. Cómo, de hecho, se había convertido en otra persona.

Connor me envió sus listas primero, junto con unas notas explicativas.

2002
Película: *Scarface*
Libro: *Mr. Nice* (Ya lo sé. Estoy siendo sincero, ¿vale?)
Música: Eminem
2011
Película: *Lost in Translation*
Libro: *El maestro y Margarita* (Me costó ocho años ponerme a leerlo, pero tienes razón, es una novela increíble).
Música: The XX

Me tocaba. La selección para la «vieja» Tess de 2002 fue fácil: había recopilado listas con información relevante a partir de nuestras conversaciones y los recibos de sus compras.

Película: *Tres colores: azul*
Libro: *Tokio blues,* de Haruki Murakami
Música: Las *Seis suites para violonchelo solo,* de Bach

Para la «nueva» Tess de 2011, decidí, después de cierta reflexión, combinar sus gustos —los míos— con los de Connor.

Película: *El Señor de los Anillos: la Comunidad del Anillo.*
Libro: *Ana Karenina*
Música: The XX (¡Hay que joderse!)

Aquella noche descargué el álbum de nuestro nuevo grupo favorito, The XX, y lo escuché tres veces seguidas. Como música, era bastante agradable. También encontré *Scarface* y *Lost in Translation* y vi las dos. *Scarface* era horrible, terriblemente violenta, y me alegraba saber que ya no era la película preferida de Connor. *Lost in Translation* era mejor, aunque en realidad no pasaba nada y no entendía del todo cuál era el mensaje. Pero hasta donde yo llegaba, iba sobre dos personas que se sentían atraídas la una por la otra, lo cual resultaba satisfactorio. También con el fin de comprender mejor a Connor, al día siguiente por la tarde me pasé un rato en el pasillo de la droguería de Tesco olfateando las diferentes lociones para después del afeitado en un intento de identificar el olor cítrico que emanaba de él en la tienda de bocadillos. Al final un hombre me echó la bronca por andar abriendo los envases, pero encontré uno que olía similar al suyo, lo compré y me echaba un poco en la muñeca todos los días.

Seguíamos escribiéndonos. Algo que me sorprendió fue lo fácil que resultaba todo. En el instituto, las chicas siempre hablaban de «las reglas»: qué decir y cómo actuar para lograr que un chico se interese por ti. «No le vuelvas a llamar. No muestres demasiado interés». Pero, con Connor, parecía que todo lo que yo decía era lo correcto y parecía que contribuía a que le gustara cada vez más.

Luego, dos semanas después de aquel primer «bésame primero» de Connor, ocurrió algo que desvió mi atención temporalmente de él.

A esas alturas había dejado tres mensajes en el contestador automático de Marion —las mismas variaciones de «Siento no dar contigo, estoy bien» que Tess y yo habíamos grabado—. Después del último, me había enviado un e-mail: «Cariño, ya sabes que tengo el grupo de lectura los miércoles por la tarde, intenta llamarme en otro momento, por favor. No hago más que llamarte al celular, pero siempre está apagado. ¿Ya te han instalado el fijo? Tenemos que hablar».

Me sentí tan molesta como justificada. Después de todo, había expresado mis temores tanto a Tess como a Adrian de que Marion no se contentaría solo con mensajes en el contestador y que exigiría más comunicación. Sin embargo, no me dejé llevar por el pánico, tal y como habría podido pasar si hubiera ocurrido en los primeros compases del proyecto. Parecía un problema menor más que un desastre y, además, podía solucionarse con un poco de ingenio.

Volví a escuchar las conversaciones que había grabado con Tess para ver si resultaba posible alterar mi voz para que se pareciera a la suya. No era el caso. Mi voz era más aguda, mi acento no era tan «fresa» y además descubrí que no tenía un talento natural para la imitación. De hecho, mis intentos resultaron risibles. Ni siquiera cuando hablaba en voz baja, para aprovechar la sordera de Marion, y añadía los crepitantes efectos de sonido de una llamada de larga distancia, creía que fuera a resultar convincente.

Escuchar las grabaciones de nuestras conversaciones de madrugada me puso de un humor triste y pensativo inesperado y me costó un buen rato volver a concentrarme en el asunto que tenía entre manos. Entonces se me ocurrió que podía haber una manera de usar las grabaciones. A fin de cuentas, tenía varias horas de grabaciones de Tess, toda la materia prima que podía necesitar, y posiblemente había programas capaces de formar nuevas frases a partir de palabras y sonidos aislados.

Después de buscar un poco en Google, descubrí que sí que existía: un programa de modificación de voz con una aplicación de audio virtual. El proceso consistía en importar la voz de Tess al programa, grabar mi propia voz y después comparar ambas haciendo los ajustes mediante el ecualizador y la reducción de ruido. Cuando las dos quedaran equiparadas, mis palabras se convertirían en las de Tess cuando hablara a través del micrófono del ordenador.

Esto me pareció excitante y decidí dedicar la tarde exclusivamente a ese tema. Tras descargar una versión pirateada del programa, importé varias horas de voz de Tess, lo cual fue un trabajo bastante engorroso. Luego lo probé leyendo despacio el primer texto que encontré —un menú de servicio a domicilio del restaurante de abajo — y grabé el resultado a través del dictáfono. No fue un éxito. Alguna que otra palabra suelta, como «arroz», *naan* o «gambas», eran pasables, pero la gran mayoría no sonaba como si fuera la voz de Tess y todo tenía un deje metálico y electrónico que no se podía explicar por los efectos de una llamada de larga distancia.

A lo largo de las siguientes horas repetí el proceso una y otra vez, ajustando los ecualizadores hasta encontrar la combinación idónea de tono, entonación y timbre. En cada nueva grabación añadía algunas frases que pensaba que podrían salir en una conversación telefónica con Marion: «Cordero suculento con una salsa densa, cremosa y picante». «Sí, mamá, ha sido la mejor decisión que he tomado en mi vida». «Pollo guisado con mantequilla y almendras por encima». «¿Qué tal papá con la nueva enfermera?». «No me lo puedo creer, he visto tu collar en *Harper's and Queen*».

Poco a poco me hice con un repertorio que podría parecerse vagamente a como sonaba la voz de Tess, pero para entonces me estaba costando ser objetiva y me pareció mejor probar la imitación con otra persona antes de usarla con Marion. Primero, para asegurarme de que no sonaba como mi propia voz, llamé a Rashida. Llevábamos tiempo sin hablar, pero seguía siendo la persona que mejor me conocía, después de mi madre. La llamé al celular tras tomar la precaución de ocultar mi número; esperaba que no hubiera cambiado el suyo desde la última vez que habíamos hablado. Efectivamente, contestó.

—Hola, soy yo —dije a través del programa.

—¿Quién?

—¡Yo! Ya sabes, ¡soy yo!

—Lo siento, pero...

—¿De verdad no me reconoces? —pregunté.

—¿Eres Kerry? —dijo.

—Creo que me he equivocado de número —contesté y colgué satisfecha.

Luego tocaba realizar la auténtica prueba: alguien que conociera a Tess. Tras un análisis meticuloso, elegí a una de sus amigas, Shell, quien acababa de anunciar en Facebook que había tenido su primer hijo. Aparte de que Tess tenía una razón de peso para llamarla, todas las actualizaciones de Shell insistían en lo ocupada que estaba, así que suponía que se contentaría con una breve conversación.

Contestó una mujer con la voz cansada.

—¿Sí?, ¿dígame?

—Shell, ¡soy yo!

—¿Quién?

—¡Soy yo! Felicidades por Ludo.

—Sí, gracias. Perdona, pero ¿quién eres?

No quería estropear la prueba diciendo que era Tess, pero decidí que podía permitirme dar una pista.

—Ya siento no haberte llamado antes —dije—. He estado muy liada con el traslado y todo eso. —Como no me contestó, añadí—: Y luego está el tema de la diferencia horaria y eso.

—¡Por Dios! —exclamó Shell al final—. ¿Eres Tess?

Esbocé una sonrisa para mí misma. Shell y yo intercambiamos algunas palabras más, luego fingí que me quedaba sin batería y colgué.

Por fin me sentía preparada para llamar a Marion. En comparación con aquella primera vez que dejé un mensaje grabado en su contestador automático, me sentía tranquila y confiada, a pesar de que esta era una empresa mucho más arriesgada. La llamé a las seis y veinte de la tarde, hora de Greenwich. Mi mano no temblaba cuando marqué el número de su casa. Contestó después de cinco tonos. Su voz sonaba alta y clara, como la de Tess, pero con un leve atisbo de acento.

—¿Diga?

—Mamá, soy yo.

—¿Tess? ¿Eres tú?

—Lo siento, esta línea está fatal.

—Tess, han pasado dos meses. ¿Qué está pasando por ahí?

—Oh, mamá, estoy muy contenta. Esta ha sido la mejor decisión de mi vida.

—Sí. Bueno. Me alegro, claro que sí. Recibí tus fotos. Parece que tienes un apartamento bastante agradable. ¿Al final compraste aquella *chaise longue?*

—Sí. ¿Cómo está papá?

Hubo una pausa.

—No muy bien. Se está volviendo muy nervioso. Tess, no creo que pueda aguantar esto sola.

—Vaya por Dios.

—¿Estás bien? Tu voz suena muy rara.

—No, nada, estoy muy contenta.

Otra pausa.

—Preguntó por ti un par de veces. Quería saber adónde habías ido. Hace tiempo que no te menciona, pero al principio sí, cuando te marchaste. ¿Quieres hablar con él?

Antes de que pudiera decir nada, oí el sonido de los pasos de Marion, presumiblemente caminando hacia Jonathan. Esto no formaba parte del plan y estaba a punto de colgar cuando me di cuenta: Jonathan tenía un alzhéimer avanzado. Ni siquiera era capaz de recordar los nombres de sus hijos y menos cómo eran sus voces. Mantuve la comunicación.

Oí cómo Marion decía algo en voz baja a Jonathan y luego un carraspeo cuando se aclaró la garganta antes de coger el auricular.

—¿Papá?

Durante unos segundos no hubo respuesta, solo se oía su respiración. Luego:

—¿Sí?

Su voz era recelosa y temblaba, como si fuera la primera vez que usaba un teléfono.

—Papá, soy yo. Tess. Tu hija.

Otra pausa larga. Y luego:

—No paran de moverme la silla.

—Soy Tess.

—Me da igual quién seas. ¿Podrías decirle a esta hija de puta que deje de mover mi silla?

Al principio el tono de voz había sido suave, pero había escalado en volumen y furia; la palabra que empezaba por «p» la había espetado con énfasis. Estaba claro que Jonathan no iba a darse cuenta de que yo no era su hija. Se quedó callado otra vez y oí, al fondo, que alguien sollozaba.

Justo cuando estaba a punto de colgar, Marion volvió a coger el auricular. Si era ella quien había llorado, lo cual era muy probable, ahora ya no quedaba ni rastro del llanto en su voz.

—¿Quién eres tú? —me dijo con una voz alta y clara.

Colgué enseguida. Mi corazón latía con tanta fuerza que parecía que iba a dejar un moretón en mi pecho.

Me costó un rato —en realidad, varias horas— recomponerme lo suficiente como para procesar lo que acababa de ocurrir. Estaba reproduciendo las palabras de Marion, «¿Quién eres tú?», una y otra vez en mi cabeza. Su tono había sido llano, normal, pero estaba bailando en mi cabeza con todo tipo de ritmos y énfasis. ¿Quién eres tú? ¿Quién eres tú? ¿Quién eres tú?

Evidentemente, la explicación más lógica era que el comentario estaba dirigido a otra persona que se encontraba en la habitación. Puede que hubiera entrado una enfermera nueva sin anunciar su llegada. O tal vez se dirigiera a Jonathan en un sentido no literal, una pregunta retórica sobre dónde estaba el marido que en otro tiempo había conocido. Pero si se hubiera tratado de uno de esos dos casos, su tono de voz, seguramente, habría sido distante.

Después de dedicar unas horas a reflexionar, decidí que había llegado el momento de pedirle consejo a Adrian.

Como ya he mencionado, estaba orgullosa de no haberle pedido nada a Adrian relacionado con el proyecto Tess. Quería que me viera como una persona fuerte y capaz y que pensara que había tomado la decisión correcta al elegirme para el trabajo —además, hasta entonces la verdad es que había sido bastante sencillo—. Sin embargo, ahora ya había llegado el momento. Quería que me dijera que este giro de los acontecimientos no iba a descarrilar el proyecto, y que me indicara qué medidas tomar. Escribí un mensaje a Ava Root en Facebook resumiendo la conversación y solicitando una cita para hablar del incidente.

Pasaron dos, luego cinco y después doce horas difíciles sin que me contestara. Mi conclusión fue que no había otra opción que tratar de dar con él en su dirección de e-mail de Red Pill. Respetando su prohibición de hablar del proyecto Tess explícitamente, en el mensaje simplemente puse que necesitaba verlo urgentemente.

Recibí una respuesta tres horas más tarde: «¿Es realmente urgente?».

Eso me resultó extraño, ya que la urgencia de la cita era casi lo único que decía el mensaje.

Le repetí que sí que lo era. Contestó diciéndome que estaría en un centro comercial llamado Westfield al día siguiente y que podía verlo allí a la una del mediodía.

Pensaba que conocía la mayoría de los centros comerciales, pero este, Westfield, no se parecía a ninguno de los que yo había visitado. Al bajarme del autobús en Shepherd's Bush al día siguiente, me uní a un flujo de personas que se movían en masa hacia un complejo tan grande que Brent Cross parecía una tienda cutre de ultramarinos en comparación. La escala era difícil de asimilar: el techo parecía estar a un kilómetro de distancia y las tiendas se sucedían una tras otra, con paredes de hectáreas de cristal reluciente. Y no era solo el tamaño del lugar lo que resultaba sobrecogedor, también la cantidad de gente en sí. Además, todos parecían jóvenes. En Brent Cross había muchas mujeres como mi madre: señoras mayores con gabardinas impermeables de color púrpura que caminaban despacio. Aquí, todo el mundo parecía tener mi edad o menos, las chicas con un montón de maquillaje en la cara y —supongo— vestidas a la última, como si fueran a ir a una fiesta antes que a una tienda en busca de unas nuevas mallas o lo que hubieran venido a comprar. Una chica que se paró a mi lado para contestar al teléfono tenía unas pestañas tan extrañamente gruesas y largas que parecía que le costaba trabajo mantener los ojos abiertos.

Naturalmente, yo no me había maquillado ni me había vestido a la moda. Había pensado ponerme la misma ropa que el día de aquel primer encuentro en Hampstead Heath, pero había visto una mancha de queso fundido en la blusa y, además, ahora que Adrian y yo éramos amigos íntimos, no hacía falta que me pusiera nada extravagante. Así que llevaba mi uniforme habitual: sudadera con capucha y pants.

Mientras atravesaba el centro comercial buscando la tienda Boots (donde Adrian había dicho que quedáramos), con todas aquellas chicas flacas correteando a mi alrededor, poco a poco comenzó a apoderarse de mí una vieja sensación que no había experimentado desde hacía mucho tiempo: la de ser consciente de que yo era diferente. No es que me molestara, pero era consciente de ello. Era como si volviera a ser Leila, cuando en los últimos meses, sobre todo en mis conversaciones con Connor, no había tenido esa sensación; no es que fuera otra persona exactamente, pero sí alguien diferente de mi antiguo yo.

Estaba decidida a no dejar que estos sentimientos me distrajeran de la tarea que tenía entre manos. Después de diez minutos dando vueltas, pregunté a varias personas dónde estaba Boots, pero mi consulta solo era recibida con un encogimiento de hombros, así que lo único que pude hacer fue seguir caminando a lo largo del brillante recinto y esperar a toparme con la tienda tarde o temprano.

Luego, unos veinte metros delante de mí, vi a un hombre salir por una puerta. Primero reconocí la camisa: era la misma camisa de pana azul que llevaba en sus podcasts y que había llevado también en nuestro encuentro en Hampstead Heath. Llevaba una bolsa de plástico roja en la que estaban escritas las palabras «Tie Rack».

Adrian caminaba rápido y, como me preocupaba que pudiera ser engullido por las masas, me apresuré a seguirlo con pasos torpes, llamándolo por su nombre. Al principio no me oyó y continuó caminando, y solo cuando llegué a su altura y puse una mano sobre su hombro se dio la vuelta con una expresión de sorpresa e irritación en la cara. Cuando vio que era yo, cambió su cara y sacó una sonrisa retorcida.

—¿Qué pasa? —dijo.

—No he podido encontrar Boots —repliqué.

—No tengo mucho tiempo —dijo—. Vamos a sentarnos en algún sitio, ¿te parece?

Echó a andar y yo me quedé rezagada. Noté, por primera vez, que su cuerpo era raro: tenía los hombros estrechos y caídos bajo la camisa y sus caderas eran anchas, casi femeninas. Parecía tan fuera de lugar como yo entre toda esa gente joven y elegante que iba de un lado a otro sin parar. El vestíbulo era ruidoso y todos los bancos estaban ocupados, así que nos quedamos de pie a unos metros de un puesto en el que un hombre joven estaba reclinado en una silla sometiendo su cara a algún tipo de tratamiento efectuado por una mujer que blandía un hilo. No sabía qué estaba pasando, pero, fuera lo que fuese, parecía algo muy extraño para exhibirlo en un sitio público.

Adrian no pareció darse cuenta.

—Bien. Tess, me decías. ¿Hay algún problema?

—Sí, ya te lo conté —dije—. El problema es Marion, su madre.

Expliqué el incidente con la llamada de teléfono una vez más, pero mientras hablaba me di cuenta de que Adrian no fijaba su mirada en mí, como había hecho aquel día en Hampstead Heath, sino que erraba inquieta por el vestíbulo y, en una ocasión, echó un vistazo al reloj que llevaba en la muñeca izquierda. Su cara también parecía diferente; aquel primer día, recuerdo que sus mejillas estaban sonrosadas y relucientes, pero entonces su cutis tenía un aspecto gris y tosco. Hasta los pantalones de algodón que llevaba parecían arrugados y sucios.

Su aspecto había cambiado tanto que me quedé un poco descolocada y cuando miró en el interior de su bolsa de plástico, como si quisiera comprobar que el contenido seguía en su sitio, interrumpí mi relato y le pregunté si estaba bien.

—¿Cómo? —preguntó, como si no creyera que había oído bien.

Vacilé.

—Hum... ¿Te encuentras bien?

—Sí, cómo no —respondió—. Perfectamente. Ahora solo tengo unos pocos minutos, así que...

Terminé rápidamente mi descripción de la llamada, un poco perturbada por su forma de actuar. Por esa razón, tal vez, terminé mi relato con un comentario dirigido a él:

—Ya te lo había dicho.

Los ojos de Adrian finalmente se posaron en los míos y dijo, bastante despacio:

—¿Qué has dicho?

—Al principio del proyecto te dije que eso iba a suceder —le expliqué—. Dije que estaba segura de que Marion querría hablar con Tess por teléfono tarde o temprano y que eso supondría un problema.

Adrian asintió con la cabeza, mirando por encima de mi hombro hacia la mujer con el hilo del puesto.

—Si tantas dudas tenías con este proyecto, entonces ¿por qué te embarcaste en él?

Abrí la boca para contestar, pero no salió ni una palabra.

—¿Acaso no te enseñé a razonar de manera autónoma? —continuó.

—Sí, pero... —objeté con voz débil— me aseguraste que todo saldría bien. Y Tess también lo hizo.

Entonces Adrian soltó una risita.

—¿También le has sacado el tema a ella?

—No, no puedo porque... —empecé a decir antes de darme cuenta de que Adrian lo había dicho en broma.

Miró su reloj otra vez.

—Voy a tener que marcharme. Escucha, Leila, confío en que adoptes las medidas que estimes oportunas. Conoces la situación y a la gente mejor que nadie y eres una chica lista.

Alargó la mano para despedirse.

—Confío en ti —dijo otra vez—. Por cierto, tu contribución de la semana pasada al debate de si existe la suerte fue muy buena.

No había participado en aquel hilo del foro y abrí la boca para decírselo, pero la volví a cerrar.

—Adiós entonces —dijo y comenzó a abrirse paso entre la multitud.

Tras un momento, lo llamé. Se dio la vuelta con impaciencia.

—¿Sí?

—¿Cómo conociste a Tess?

Frunció el ceño.

—¿Por qué lo preguntas?

—Solo por curiosidad —respondí.

—Vino a una de mis ponencias en Nueva York —contestó después de un momento—. En el verano de... ¿Cuándo sería? En 2004, creo. El título era *Descuida tu planeta*.

Creo que la inspiró bastante. Hizo un montón de preguntas durante la charla y luego se acercó a hablar en el vestíbulo. Después seguimos en contacto.

A continuación levantó la mano y desapareció entre la gente.

Sin embargo, yo sabía perfectamente que Tess nunca había estado en Nueva York.

—Me da vergüenza reconocerlo —me había dicho por el Skype una noche—. Siempre he querido ir, pero por alguna razón nunca lo he hecho.

Me contó que una vez había jugado con sus amigos a que todos tenían que decir algo que no hubieran hecho y que pensaban que los demás sí, y que ella había ganado diciendo que no había estado en Nueva York.

—Se me habría dado bien ese juego —dije.

—Ah, ¿sí? —repuso.

—Sí —contesté—. Nunca me han besado.

Se rio, pensando que era una broma.

Total, que solo podía suponer que Adrian se había equivocado y que había confundido a Tess con otra persona. Sin embargo, incluso eliminando ese elemento de la ecuación, nuestra cita no había sido un éxito. En el largo viaje de vuelta en el metro repasé todo lo que había ocurrido desde aquel primer encuentro en Hampstead Heath, pero era incapaz de explicar su cambio de actitud hacia mí. Antes parecía que estaba contento con los informes sobre mis progresos; todo había ido bien hasta ese momento y esta era la primera vez que le había pedido ayuda.

La única explicación posible era que hubiera otra cosa que le preocupara, algo que no guardaba relación alguna ni con el proyecto ni conmigo y que le absorbía tanto la atención que le impedía concentrarse en mí. Naturalmente, esto era una fuente de preocupación, pero sentí que mi prioridad era ocuparme del asunto de Marion.

De hecho, no me costó mucho decidir qué hacer, porque, a fin de cuentas, mis opciones eran limitadas. No era recomendable cortar el contacto por completo —eso no haría más que aumentar sus sospechas—, pero al mismo tiempo estaba claro que quedaba descartado llamar otra vez. Tendría que ser un e-mail. Decidí que la única forma posible de encarar lo de «¿Quién eres tú?» era ignorarlo y en cambio realizar un atrevido «gesto noble» que con toda seguridad dejaría contenta a Marion, con la esperanza de que su sorpresa y regocijo sustituyeran todas las sospechas residuales que pudiera tener.

Este es el borrador que redacté al volver a casa ese día:

Querida mamá:

Todavía estoy un poco aturdida tras la llamada del martes. Siento haber colgado, pero oír a papá hablar de esa manera me dejó muy tocada. Tras el incidente con el queso en Francia el verano pasado, sabía que estaba mal, pero no tenía ni idea de que podía empeorar tanto. Es difícil estar tan lejos y no poder hacer nada para ayudarte.

Admiro de verdad tu manera de llevar todo esto. Sé que nunca te lo había dicho antes y me da vergüenza no haberlo hecho. He tenido que venir aquí para ver las cosas con claridad y siento que hayamos pasado tantos años enfrentadas. Era casi siempre por mi culpa —¡aparte de aquella vez en Harrod's!— y creo que ya lo sabía por aquel entonces, lo cual era la razón por la que actuaba tan a la defensiva, enfadándome contigo. De todas formas, solo quiero decir que pienso que has sido una madre increíble para mí y también te admiro mucho como persona. Solo puedo esperar ser tan fuerte como tú cuando tenga tu edad, y tan guapa también.

No sé si te lo había dicho, pero aquí estoy yendo a terapia con una psicóloga realmente buena; se llama Trish. Está ayudándome mucho a llegar al fondo de mí misma. Es un proceso fascinante, aunque a veces da miedo. Ayer le conté todo sobre papá y tú y le hablé de la llamada de teléfono y de lo mal que me sentía. Ella me sugirió que lo escribiera todo —¡aquí lo tienes!— y que luego me tomara un tiempo para mí, para reflexionar e iniciar el proceso de sanarme las heridas. Así que espero que no te importe si no hablamos por un tiempo. Sé que seré mejor persona al final de todo, una hija de la que puedas estar orgullosa.

Tess X

Apenas me dio tiempo a hacer clic en «Enviar», cuando surgió una complicación totalmente nueva; esta vez en relación con Connor.

En un e-mail repleto de detalles divertidos pero superficiales sobre el día que había pasado, me preguntó en la posdata engañosamente inocente qué planes tenía para el fin de semana siguiente.

Contesté que hasta la fecha no tenía ninguno en especial. «Una combinación de caminar por la playa, intentar terminar *Un buen partido* y tomar litros de té rooibos con Leonora, supongo».

Él: «¿Qué tal una combinación de dar vueltas por una ciudad nueva y excitante, disfrutar de almuerzos de cuatro horas y tomar unos espresso martinis conmigo?».

Yo: «¿Qué tienes en mente, hombre?».

Él: «Me mandan a la oficina de Toronto unos días. ¿Casualidad o qué?».

Al principio pensé que tenía una excusa perfecta: «Ah, es una idea maravillosa, pero estoy sin un centavo. Sí que te das cuenta de que Toronto está a unos tres mil kilómetros y pico de Vancouver, ¿verdad? No creo que pueda dar la cantidad de clases particulares que me van a hacer falta para poder comprar el billete de avión antes del próximo viernes».

Su respuesta: «Lo pago yo».

Pensé rápido: «Joder, ¿sabes qué? Acabo de acordarme de que he prometido ir a ver a Sheila. Esa señora mayor que conocí en el ferry. Es minusválida y le dije que pasaría el domingo con ella».

Él: «¿Y no puedes cambiar el plan?».

Yo: «¡Es una discapacitada! Metida en casa sin ver a nadie, es una señora tan dulce y triste...».

Él: «Bueno, si tiene una discapacidad seguirá en el mismo sitio el próximo fin de semana, ¿no? Lo entenderá. Ven conmigo a dar vueltas por Toronto. Un par de días de bacanal con clase».

Yo: «He dejado la bebida».

Él: «Pues entonces tomaremos bebidas energéticas Lucozade. O batidos de avena. ¡Me da igual! Vamos, Heddy, no podemos dejar pasar esta oportunidad. Esta es la nuestra. Normalmente Richard es el que va, pero está de baja por paternidad. No habrá más oportunidades. Es el destino, ¿no lo ves?».

En mi respuesta decidí aplicar una variación de la actitud que había adoptado con Marion solo unas pocas horas antes. «OK, hablaré claro. No puedo quedar contigo. Trata de comprenderlo, por favor. Ya te conté un poco lo que me pasa y por qué tuve que largarme de Londres. Tengo la sensación de estar mejorando, pero todavía no he llegado al final del proceso. Sí, te asocio con tiempos felices, pero también fue un periodo difícil en mi vida. Me metía en demasiados líos, alardeaba mucho y hacía demasiadas locuras... Todo lo que ahora tengo que evitar para no perderme. Creo que, si quedo contigo, todo eso volverá en plan masivo y entonces me hundiría, todo este trabajo de rehabilitación se echaría a perder. Cada dos por tres me subiría al ferry para ir a Vancouver y tratar de ligar pasando el tiempo en bares horribles y promiscuos, metiéndome en problemas. Me encantaría verte pero, por favor, créeme cuando te digo que no es buena idea. Podemos vernos cuando vuelva a Londres, si es que algún día vuelvo de visita. ¿Te parece bien?».

La respuesta de Connor llegó treinta y cinco angustiosos minutos más tarde. «Vale, me parece bien. Pero, si no vuelves pronto, iré allí a buscarte».

«Gracias —contesté—. Pero podemos seguir escribiéndonos, ¿no?».

«Por supuesto —contestó él—. Si no fuera por eso, no aguantaría».

De nuevo, mi primera reacción ante este intercambio fue cierta satisfacción por mi habilidosa manera de llevar una situación potencialmente difícil y orgullo por mi fluido uso del tono y vocabulario de Tess. Sin embargo, también plantó la semilla de una idea que creció rápidamente a lo largo de las siguientes horas, hasta ocupar toda mi mente.

Podía volver a ver a Connor. No solo mirarlo, como en la tienda de bocadillos, sino quedar con él y hablar. Tal vez incluso podríamos iniciar una relación. Una relación real.

Veréis, sentía que la situación entre nosotros había llegado a un punto en el que Tess no hacía falta para satisfacer las necesidades y que incluso podía ser eliminada del todo de la ecuación. El hecho de que Tess fuera ostensiblemente el objeto de amor de Connor —y de que yo, Leila, no lo fuera— resultaba difícil de racionalizar. A estas alturas del juego —a excepción del último intercambio—, los contenidos de mis e-mails a Connor eran en su mayor parte míos; es decir, eran mis ideas y sentimientos, no los de «Tess».

También hay que recordar los hechos. Hacía nueve años que Connor no veía a Tess y en aquella época tanto él como ella eran personas muy diferentes («no te culpo por haberme dejado tirado —escribió una noche—, yo era un cabrón. La inseguridad de la juventud y todo eso»).

Cuando Connor se puso en contacto la primera vez, no estaba enamorado; según dijo, solo quería tener noticias de una vieja amiga. Solo a través de los e-mails que intercambiamos, *de mis palabras,* fue como volvió a enamorarse de ella. Fui yo la que creó aquel amor. *Yo.*

Sin embargo, estaba también el tema físico. A juzgar por los viejos e-mails, estaba claro que Tess le había parecido muy atractiva a Connor. Había muchos comentarios que lo indicaban. «Cosa caliente», «bestia salvaje», «mujer de mis sueños». Y es verdad que ella poseía atributos que al parecer se consideran deseables en una mujer: unos ojos grandes, una barbilla pequeña y una cara con forma de corazón.

Al mismo tiempo, sus rasgos también tenían defectos evidentes. Como ya he mencionado, sus ojos estaban demasiado separados y uno era ligeramente más pequeño que el otro. Los míos no eran tan grandes como los de ella, pero eran más simétricos. Además, sus ojos eran oscuros y los míos azules, y los hombres los prefieren azules porque les recuerdan a los bebés. Ella también tenía el pelo corto, mientras que los hombres lo prefieren largo. Y era delgada, sin curvas discernibles, las cuales son una señal de fertilidad y por ello algo que el sexo opuesto considera atractivo.

Sin embargo, mi principal ventaja con respecto a Tess era mi edad. Tenía quince años menos que ella. En sus e-mails, Tess y sus amigos hablaban a menudo de que a los hombres les gustan las mujeres jóvenes. Por lo que decían, parecía que era el factor decisivo, el que anulaba a todos los demás. «Apuesto lo que quieras a que es más joven», afirmaban en referencia a la nueva novia de un amigo común. «Zorras de veinticinco años. Me siento anciana». Yo tenía lo que parecían desear por encima de todo lo demás: la juventud. Además, en mi opinión, incluso parecía que tenía menos de veintitrés. No tengo líneas en la cara, aparte de una arruga muy leve entre las cejas por el tiempo que me paso con el ceño fruncido delante del ordenador.

Así que, en resumidas cuentas, pensaba que había una considerable posibilidad de que mi sola apariencia le pareciera a Connor tan atractiva o más que la de Tess.

Sin embargo, había un obstáculo importante. Si Connor estaba enamorado de Tess, no tendría un interés activo por otras mujeres. Si nos encontráramos, era probable que no se embarcara en una conversación lo suficientemente profunda como para dejar constancia de nuestras similitudes y lo que nos «unía». Varias veces había mencionado en sus e-mails que había dejado de ir a eventos sociales porque no encontraba lo que buscaba en la gente, «porque no son tú».

Llegué a la conclusión de que la medida más sensata era que Tess pusiera fin a la relación antes de mi encuentro con Connor en la vida real. De esta manera, se sentiría libre para conversar con una mujer «nueva». Al día siguiente, Tess envió un e-mail a Connor. «Cariño: lo he estado pensando. Esto es una locura. Yo estoy aquí, tú allí. No dejo de pensar en ti y esto no es sano. ¡Liberémonos de esto! Tiene que haber un millón de mujeres en Londres que se mueran de ganas de conocerte y yo te estoy privando de ellas. Solteros de treinta y tantos años son como unicornios. ¿Te parece?».

Luego, en un momento de inspiración, añadí: «De hecho, se me ocurre una chica que te encantaría conocer. Sois realmente parecidos, creo que os llevaríais, como se suele decir, súper padre».

Su respuesta llegó enseguida. «¿Qué chingados me cuentas, Heddy? No seas ridícula. Puede que haya un millón de mujeres ahí fuera, pero no son como tú. No me interesa nadie más. No me insultes».

Como os podéis imaginar, cuando leí esto tuve sentimientos cruzados. Una parte de mí estaba satisfecha por la intensidad de sus emociones; otra sentía consternación. Decidí intentarlo de nuevo, esta vez con una postura más firme. «OK, te lo diré tal cual. ¿Te acuerdas de cuando me preguntaste si había otro y te dije que no? No era estrictamente cierto. Hay uno. Es solo el principio de algo, pero es verdad que me gusta. No es tan bueno como tú, pero es tranquilo y bondadoso y creo que puede ser bueno para mí. También tiene la ventaja de no vivir a seis mil kilómetros de distancia. ¿Qué te parece?».

De nuevo, su respuesta llegó al instante: «¿Que qué pienso? Pienso que quiero llorar y pienso que debería meterme en un avión e ir a tu casa a sacudirte. Vamos, ¿quién es este tipo?».

Llegó otro e-mail casi enseguida. Solo tenía una línea: «Si vas en serio con esto, no puedo escribirte más. Lo siento».

Se me quedó paralizado el pecho, como si de repente se hubiera llenado de cemento, y mis manos cayeron inertes sobre el teclado. Me costó un rato recomponerme lo suficiente como para contestar y todavía tenía los dedos débiles mientras tecleaba. «No, no, no digas eso. No podemos dejar de escribirnos. Lo de este tipo no va muy en serio, mi corazón te pertenece a ti, eso lo sabes. Por favor, no dejes de escribir».

Su respuesta llegó un largo y agónico minuto después: «No lo haré».

Cerré los ojos y suspiré aliviada. Después, al abrirlos de nuevo, otro e-mail ya estaba esperando. «P. D. Bésame primero».

A pesar de este susto, no podía quitarme de encima la necesidad de volver a ver a Connor. Después de pasar un día sin poder pensar en otra cosa, llegué a la conclusión de que no perdía nada por orquestar otro encuentro. Aunque no causara el efecto deseado, al menos un encuentro cara a cara renovaría las imágenes mentales que tenía de él.

Sin embargo, reconozco que todavía albergaba la esperanza de que pudiera llevar a algo más; confiaba en que la «conexión» entre nosotros sería lo suficientemente fuerte como para superar su lealtad hacia Tess. Una de mis principales armas era que tenía un conocimiento profundo de sus preferencias y manías, por lo que rápidamente podía sacar esos temas en nuestra conversación.

La parte fácil era toparme con él como por casualidad. Sabía que solía salir con algunos compañeros abogados del bufete los viernes por la noche, a menudo para tomar «unas copas de despedida» cuando se marchaba alguien. Así que cuando llegó el viernes le pregunté nada más conectarme qué planes tenía para esa noche.

«Oh, lo de siempre: enjuagar pintas de cinco libras con los caballeros del bar».

«¿Quién se marcha hoy?».

«Justin».

«¿Quién de ellos es?».

Me había contado anécdotas divertidas de muchos de sus colegas.

«El culturista que estaba de media jornada y guarda topers con pechugas de pollo en el refri».

«Ajá, ya recuerdo. Jumbo Justin. ¿Y adónde iréis para celebrar ese emocionante evento?».

«A un lúgubre antro de Shoreditch».

«Ah, los viejos territorios. —Hice una búsqueda rápida en el documento de Tess de aquella época—. ¿Sigue por ahí el Electricity Showrooms?».

«¿No has ido por allí desde entonces? Joder. Pues no, cerró hace años».

«¿Entonces adónde van los jovencitos enrollados hoy en día?».

«Bueno, no sabría decirte. Pero nosotros, los extremadamente poco enrollados hombres de mediana edad, vamos al Dragon Bar. ¿Lo conoces?».

Tras una rápida búsqueda en Google para comprobar que el Dragon Bar llevaba varios años abierto, escribí: «Por supuesto, he pasado un montón de noches jodidas allí. ¡Pásatelo bien!».

Fue así de sencillo.

Eso fue a las seis y cuarto de la tarde, hora de Greenwich, así que tuve que irme a Shoreditch casi enseguida. Ya había preparado la ropa que me iba a poner —mi falda larga con borlas negras y mi sudadera con capucha más nueva— y además me había lavado el pelo antes. También había buscado un poco de maquillaje de mi madre: un bote de colorete y polvos para la cara que se habían agrietado en la cajita, pero que todavía se podían usar. Sabía que Connor no era superficial y que pensaba que lo importante era el interior, pero tampoco era ingenua: no sería una desventaja que saliera con mi mejor aspecto. Antes de abandonar el piso, actualicé el estado de Tess con el mensaje de que iba a pasar todo el día en tierra firme y metí mi ejemplar de *La princesa prometida* en el bolso.

Antes nunca había estado en Shoreditch, aunque las chicas del instituto iban cada dos por tres. De hecho, después de ver las fotos en Facebook de las noches que habían pasado allí, había jurado que no pisaría esa zona nunca; me parecía un destino vil, abarrotado de personas sudorosas que llevaban ropa ridícula, sobándose los unos a los otros y sonriendo como bobos. A veces los hombres a los que se agarraban llevaban maquillaje y, a juzgar por la expresión de su cara, parecía que era algo de lo que se sentían inmensamente orgullosos.

Salí del metro en Old Street justo antes de las siete de la tarde y, en cinco minutos andando, el GPS del teléfono me llevó a una mugrienta calle perpendicular. El bar no parecía gran cosa desde fuera, pero en el interior ya había bastantes bebedores que estaban hablando en voz alta para imponerse a la música. En contra de lo que me había temido, muchos de ellos parecían bastante normales —un montón con traje—, aunque sí que vi una mujer que parecía que se había puesto el top del revés y un hombre con el pelo en puntas teñido de rubio. Las pocas mesas que había ya estaban ocupadas, pero encontré un taburete junto a la barra. Pedí un jugo de naranja y abrí el libro para dar la impresión de que estaba leyendo, pero en realidad estaba pendiente de la puerta de entrada.

A las ocho menos veinte llegó Connor. Cuando le vi abrir la puerta, me sacudió la misma inyección de adrenalina que sientes cuando no vas mirando el suelo y pisas mal. Llevaba un traje azul oscuro que era casi idéntico al otro, solo que las rayas eran un poco más gruesas, y me pareció que tenía muy buen aspecto, radiante y feliz. Estaba con otros dos hombres —uno de ellos el que le había acompañado en la tienda— y una mujer con el pelo castaño muy cuidado y un ajustado traje negro. Observé a Connor mientras repasaba el bar con la mirada. Cuando localizó a un grupo de gente, exclamó «¡Ajá!» y se abrió paso hacia ellos entre la multitud. Había siete personas en el grupo al que se había acercado, todas trajeadas; los hombres con pintas de cerveza en la mano y las mujeres con copas de vino blanco. Connor le dio a uno de ellos una palmada en la espalda y le dijo algo que le hizo reír. Su colega, el de la tienda de bocadillos, pasó por todo el grupo con las cejas levantadas hacia sus copas y después se encaminó al bar.

No había previsto que Connor fuera a estar en un grupo tan grande y me pregunté cómo podría acercarme lo suficiente para hablar con él. Abandoné el taburete y avancé entre la multitud hasta colocarme a unos metros de distancia, lo suficiente para oír lo que estaban diciendo. Todavía sujetaba el libro en la mano, aunque me sentí un poco extraña leyendo en medio de aquel caos de gente. Connor todavía estaba hablando con el hombre al que le había dado la palmada en la espalda y escuché las palabras «puta casualidad», aunque no pude oír a qué se refería con eso. Deduje que el otro hombre era Jumbo Justin. Tenía los brazos tan anchos que parecía que iban a reventar la camisa rosa y su cuello solo era un poco menos ancho que la cabeza.

Justin empezó a decir algo sobre alguien cuyo nombre no llegué a captar, estaba contando una anécdota sobre cómo a él, a Justin, le había agarrado una vez en el comedor de la oficina haciendo algo que no debía. Los otros parecían conocer la historia y no paraban de reír, tambaleándose hacia atrás y hacia delante sobre sus pies. Luego se entrometió otro hombre que empezó a hablar sobre un viaje a Letonia. No pude oír todos los detalles de la historia, así que me resultaba difícil seguir el hilo, pero sí que noté que la dinámica del grupo parecía ser que todos estaban esperando a que les tocara el turno de contar una historia o un chiste. A continuación un hombre que llevaba unas gafas parecidas a las que tenía William, el hermano de Tess, contó un chiste que terminó con las palabras «bueno, eso fue lo que dijo». Obtuvo una sonora carcajada del resto del grupo.

Connor se reía y asentía con la cabeza mientras los otros contaban sus anécdotas, pero noté que no tenía la mirada puesta en la persona que hablaba, sino que la dejaba vagar entre la gente, como si estuviera buscando a alguien. También miraba su reloj con regularidad. Uno de los hombres se acercó a él y le preguntó si quería acompañarlo al baño, como si fueran colegialas.

—No, amigo, estoy bien —dijo Connor.

Recordé lo que había dicho de que los eventos sociales le parecían absurdos si no estaba Tess. Quería acercarme a él, tocarle un brazo y decirle: «Estoy aquí».

Cuando todos habían terminado sus copas, otro hombre hizo el mismo gesto al resto del grupo que había hecho el colega de Connor. Si estaban invitando a rondas, en breve le tocaría a Connor. Esa sería mi oportunidad de hablar con él a solas. Para anticiparme, me metí entre la gente que estaba junto a la barra para estar bien situada de cara a poder hablar con él cuando llegara el momento. No había sitio para leer en una postura normal, así que tuve que alzar mi libro cerca de la cara y mirar por encima del borde de las páginas para seguir al tanto de lo que sucedía.

Al final resultó que les tocó a otros tres invitar a una ronda antes que a Connor, por lo que tuve mucho tiempo para observarlo. Unos pequeños mechones le cubrían las orejas y tenía tres claros a lo largo del nacimiento del pelo. Ladeaba la cabeza mientras escuchaba. Tenía una mano en el bolsillo y con la otra sujetaba su copa; del hombro le colgaba un voluminoso bolso de cuero. Sentí un intenso deseo de saber qué había en el bolso. Me fijé en las líneas alrededor de sus ojos y sentí envidia de la gente que le había hecho reír en el pasado. Absurdo, ¿verdad?

Al final le tocó a Connor el turno de pedir.

—Bueno, chicos. ¿Lo mismo? —preguntó y empezó a moverse en dirección a la barra.

Era mi oportunidad. Asegurándome de que el libro estuviera en una posición en la que la portada quedara claramente visible, me abrí paso entre la multitud y le empujé con mi cuerpo con demasiada fuerza, como por accidente.

—Perdona —me excusé, y añadí—: Hola.

—Hola —respondió mirándome desde arriba.

Mis ojos estaban a la altura de su boca y su barbilla recién afeitada y noté el olor a cerveza de su aliento. Su cadera derecha me aplastaba el brazo. Por un momento pensé horrorizada que no iba a poder hablar, porque mi corazón estaba sumamente acelerado. Después tragué saliva, cogí aire y me concentré en la frase que había elegido la noche anterior para romper el hielo.

—¿Vienes mucho por aquí?

Por alguna razón, eso pareció divertirle mucho a Connor. Miró hacia el techo y se rio. En realidad, sonó más bien como un ladrido.

—Creo que es la primera vez que oigo a alguien decir eso en la vida real —comentó, pero enseguida añadió—: Lo siento, soy un maleducado. La respuesta a tu pregunta, perfectamente justificada, es que sí, vengo aquí bastante a menudo. ¿Y tú?

—Es la primera vez que vengo —dije.

Me miró más de cerca.

—¿Nos conocemos de algo? ¿Trabajas en Clifford Chance?

Negué con la cabeza.

Se encogió de hombros, pero de una manera agradable. Luego vio que el camarero se acercaba y, tras decirme «disculpa», le hizo un gesto con la mano y se asomó sobre la barra para pedir.

—Cinco Stellas, una pinta de Guinness, una copa grande de vino blanco y una Coca-Cola Light. —Se volvió hacia mí y preguntó—: ¿Estás bien?

Me pareció una pregunta extraña, ya que, a pesar de que estaba nerviosísima por dentro, estaba haciendo un esfuerzo para no mostrarlo.

—Sí, estoy bien.

Solo cuando se giró de nuevo hacia el camarero, que estaba esperando, con las palabras «Sí, eso es todo» se me ocurrió que lo que me había preguntado era si quería tomar algo. El camarero comenzó a llenar las pintas y Connor me miró otra vez.

—¿Sabes? Estoy seguro de que te he visto antes.

Cuando abrí la boca para decirle que no, su mano se movió hacia mi cara y me quedé petrificada pensando por un momento que estaba a punto de acariciarme la mejilla. Pero, en lugar de eso, sus dedos tocaron la memoria USB que llevaba colgada alrededor del cuello. Desde que Jonty vivía conmigo, me había acostumbrado a guardar todos mis documentos en la USB y llevarla encima cada vez que salía, por si se olvidaba de apagar alguno de sus estofados y quemaba la casa durante mi ausencia. Llevaba la memoria por encima de la sudadera, así que los dedos de Connor no llegaron a tocar mi piel, pero temblé ante su proximidad. Sus uñas estaban limpias y bien recortadas, así que mi madre habría dado su aprobación. Cuando retiró la mano, mis dedos volaron inconscientemente hacia el lugar que acababa de tocar. Después se me escapó una pequeña exhalación al darme cuenta de qué datos estaban guardados precisamente en la pequeña memoria de plástico: Tess y él. Él y yo.

—¿Has venido alguna vez a arreglar mi computadora? —preguntó soltando una risita—. El friki de la informática de la chamba tiene una de esas, pero la lleva aquí... —Imitó el gesto de tirar de un muelle de goma colgado de su cinturón e hizo un ruido exagerado, «boooiiing», para acompañar el movimiento.

—Roger —dije, sin pensar.

Ese era el nombre del «friki de la informática» que trabajaba en Asquith y Asociados. Connor ya me había hablado de él antes: que dejaba caer el labio inferior cuando estaba concentrado y que había que recordarle que no debía mirar tan fijamente a las empleadas femeninas.

Connor me miró confuso y después reaccionó:

—Sí, eso. Roger, cambio y corto.

Hizo una especie de saludo extrañamente parecido al que Tess solía usar para despedirse de mí al final de nuestras conversaciones por Skype cuando estaba de buen humor.

—¿Sabías que «cambio y corto» en realidad es una frase incorrecta? —comenté—. En las comunicaciones por radio, «cambio» significa «cambio a ti» y «corto» señala el final de la conversación, así que no tiene sentido usar ambas. Es un error muy frecuente.

Antes de que pudiera contestar, el camarero quiso cobrar a Connor las bebidas, que ya estaban alineadas en la barra del bar. Me di cuenta de que tenía que actuar con rapidez y levanté mi ejemplar de *La princesa prometida*.

—En realidad venía a buscar un lugar tranquilo para leer mi libro —dije—. Pero ¡creo que me he equivocado de sitio!

Observé su cara cuidadosamente mientras miraba la portada. Su reacción no fue exactamente la que me esperaba. Levantó las cejas y sonrió, pero no dijo nada, así que me vi obligada a preguntar:

—¿Lo has leído?

Tras un momento, dijo:

—No, la verdad es que no.

Me quedé desconcertada, porque había contado con usar el libro como tema de conversación.

Entregó dos billetes de veinte libras al camarero y trató de coger todos los vasos.

—¿Puedo ayudarte? —me ofrecí y antes de que contestara cogí dos pintas de la barra. Intenté coger la tercera, pero mis manos eran demasiado pequeñas. Connor me miró con una expresión de perplejidad.

—Vale, si insistes...

Lo acompañé de vuelta al grupo sujetando las bebidas con cuidado para que no se cayera nada. Cuando Justin me vio detrás de Connor, dijo:

—Hoy sí que has sido rápido, amigo.

Los otros se rieron mientras Connor y yo les entregábamos las pintas. Connor me dio una palmadita en el hombro.

—Muchas gracias —dijo—. Eres muy amable. Espero que encuentres un lugar tranquilo para leer.

La chica del pelo oscuro estaba retorciéndose de risa.

—De acuerdo —dije—. Bueno, adiós.

Me di la vuelta lentamente y me dirigí a una esquina, donde retomé la «lectura». Me quedé en la misma postura durante media hora, con el libro ocultándome la cara mientras trataba de procesar lo que acababa de ocurrir. No habíamos hablado mucho, pero había intentado invitarme a tomar algo. ¿Qué hubiera pasado si hubiese aceptado? Había dicho que era amable. Sí, lo que había pasado con *La princesa prometida* había sido decepcionante, pero tal vez hubiera comprado el libro para Maya y no lo había leído aún.

Para cuando salí del bar —el grupo seguía allí, pero hice un esfuerzo para no girar la cabeza ni mirar a Connor—, había llegado a la conclusión de que, teniendo en cuenta todos los factores, el encuentro no había sido un fracaso. Nada más volver al piso me metí en la cuenta de e-mail de Tess, curiosa por saber qué diría Connor, si es que decía algo, sobre su noche en el Dragon Bar. Tuve que esperar hasta la mañana siguiente antes de tener noticias de él.

«¿Qué tal la fondue? ¿Se te cayó el pan? Espero que eso no se castigue con besos en Canadá».

El día antes le había dicho que esa noche iba a cenar en casa de Leonora, quien había prometido preparar su famosa fondue.

«Te sentirás orgulloso de saber que no se me cayó ni una sola miga del tenedor —escribí—. ¿Qué tal la juerga de Jumbo Justin?».

«Cansino», contestó y después me contó que la costumbre del grupo era que los que se marchaban debían acudir a tomar la copa de despedida ataviados con ropa de mujer y que Justin había cumplido con las expectativas apareciendo en el bar con un vestido. «Resultaba profundamente perturbador. Imagínate a John Travolta en *Hairspray* pero vestido como Audrey Hepburn». Me pareció extraño, porque no había presenciado nada parecido: Justin llevaba camisa y corbata como todos los demás.

No mencionaba su encuentro conmigo, pero supongo que eso no era muy sorprendente. No le iba a contar a Tess nada sobre otra mujer.

Concluí que había embellecido su relato de la noche anterior añadiendo la anécdota del vestido de Justin porque no podía mencionar lo que en realidad había sido el acontecimiento más importante de la noche: nuestro encuentro. Era una mentira piadosa y comprensible.

Nuestra correspondencia por e-mail continuaba, pero ahora el intercambio se veía acompañado de vívidas imágenes mentales de él. Veía aquellas uñas limpias y relucientes repiqueteando sobre el teclado, el bolso de cuero negro bajo la mesa, junto a sus pies. El «ja, ja» con el que a veces respondía a mis chistes ahora venía con el recuerdo de que sus ojos desaparecían cuando sonreía. Me lo imaginaba cuando salía a tomar algo después del trabajo, pidiendo una Stella, sacando la cartera del bolsillo derecho de su pantalón de raya diplomática y llamando «jefe» al barman.

Parecía que Connor también estaba deseando tener el mismo tipo de información visual de mí. Una noche, bastante tarde, me envió un e-mail desde su BlackBerry: «¿Qué llevas puesto?».

Para mi sorpresa, no se despidió con «bésame primero», pero supongo que lo había olvidado porque era tarde y estaría cansado.

En esa época ya tenía la suficiente confianza para contestar como yo misma en vez de como Tess, así que le di una descripción sincera de mi ropa.

«Pants azul marino. Pantunflas. Una sudadera de la serie televisiva *Red Dwarf* con el eslogan "Prepárame un arenque ahumado"».

«Muy divertido. Eres una aguafiestas» fue su desconcertante respuesta.

Desde el principio de nuestra relación había intervalos de varias horas, que a veces podían durar hasta medio día, en los que no me escribía porque, según me decía, estaba con sus hijos. Al principio no me había molestado; además, tenía mucho trabajo con Tess. Sin embargo, ahora estos intervalos sin ningún correo me parecían cada vez más difíciles de llevar; los minutos parecían horas y me salía un tic en la mano derecha por estar continuamente actualizando la cuenta de correo de Tess. No podía entretenerme con nada durante ese tiempo; a pesar de que una vez me había dicho que me iba a enviar fotos de los niños, nunca lo había hecho. Trataba de imaginármelo en su piso de Kensal Green, pero, como nunca había estado en un piso en Kensal Green, la mente se me quedaba en blanco. No podía ver nada más que su bolso de cuero negro en la entrada y su bufanda a rayas colgada sobre una barandilla. Aparte de eso no había nada.

Fue durante uno de esos intervalos sin contacto electrónico —recuerdo que era sábado— cuando comencé a preguntarme si, ahora que había hablado con Connor en persona, se podía considerar que había pasado de «estar en limerencia» a «enamorada». Además, me había empezado a interesar el concepto de «alma gemela». Pensé en lo que Tess había dicho sobre Tivo, el DJ, quien según ella era la suya.

«Quería contárselo todo. Caí rendida a sus pies. Me sentía perdida sin él. El mundo era insulso cuando no estábamos juntos».

Entonces me pareció que era una expresión típica de su difusa y melodramática personalidad. Sin embargo, en tiempos más recientes me había acordado de sus palabras porque describían exactamente lo que yo sentía por Connor. Pero ¿no sería irracional la idea de que cada persona tiene un alma gemela?

Decidí hacer lo mismo que en el pasado cuando estaba luchando con alguna idea: probarla en el foro de Red Pill.

En retrospectiva, puedo ver que no fue una acción inteligente por mi parte, sobre todo porque iniciar un nuevo hilo iba en contra del estilo de mis comunicaciones más recientes. Desde que me había embarcado en el proyecto Tess, mis contribuciones al foro habían disminuido drásticamente. Todavía entraba todos los días, tal y como me había pedido Adrian, pero normalmente solo era para dejar algún comentario banal o para mostrar mi conformidad con algo que otra persona había escrito, en vez de respaldarlo con pensamientos propios realizando un esfuerzo real.

Naturalmente, no había olvidado el extraño comportamiento que había tenido Adrian cuando estuve con él en Westfield, pero, como ya he dicho, había llegado a la conclusión que me parecía más racional: se encontraría distraído por alguna circunstancia personal que no estaba relacionada con Tess. Aparte de eso, parecía que la situación entre nosotros dos había vuelto a su cauce normal. Después de enviar el e-mail a Marion, se lo mencioné a «Ava» en mi siguiente informe y me había contestado con su habitual «¡Buen trabajo!». Ninguno de los dos había vuelto a mencionar el incómodo encuentro en el centro comercial y desde entonces habíamos intercambiado un par de mensajes más en tono amistoso.

Desde luego, no se me había ocurrido que pudiera oponerse a la idea de iniciar un hilo sobre almas gemelas. Pensaba que, de suscitar alguna reacción, se pondría contento al ver que me involucraba más de lo que lo había hecho en las últimas semanas.

Cuando entré en el foro, la mayoría de los pensadores de élite ya estaban conectados, inmersos en un debate sobre el último podcast de Adrian, que yo no había visto. Para guardar las apariencias, debería haber participado en la discusión un rato antes de iniciar otra, pero no tenía ni tiempo ni paciencia. Así que empecé un nuevo hilo que llevaba por título una sola línea con la pregunta *¿Existen las almas gemelas?*

La primera respuesta llegó dos minutos más tarde, de Lordandmaster.

«Sombragris, ¿te estás volviendo blando con los años? No existe nada parecido al destino. Solo existe el libre albedrío».

Contesté: «Pero ¿acaso no es posible, por no decir probable, que en un planeta de siete mil millones de personas una de ellas sea capaz de satisfacer todas tus necesidades y deseos? ¿Que puedas caer rendido a los pies de una de esas personas?».

Ya cuando hice clic en «Enviar» sabía que aquel «caer rendido» era un error. Jonas3 intervino:

«"¿Caer rendido?". Sí, recuerdo que Sócrates usó esa misma frase... en tu imaginación. No, no existe nada parecido a almas gemelas, simplemente somos humanos y necesitamos una serie de elementos de otros para crear un nuevo juego de genes. "El amor" no es más que un concepto que sirve para sostener la vida».

«Puedo responder de dos formas a eso —escribí—. En primer lugar, en *El simposio,* Platón aboga por la noción de almas gemelas, así que dar a entender que ningún «gran pensador» cree en ellas es erróneo. En segundo lugar, ¿qué ocurre si no deseas en absoluto tener descendencia?».

La respuesta: «Platón usó la analogía de una persona con cuatro piernas y cuatro brazos partida en dos por Zeus y repartida por el mundo que a continuación vaga en busca de su otra mitad. ¿También crees en Zeus? Incluso los "grandes pensadores" pueden cometer errores, Sombragris».

Antes de que pudiera contestar, otra persona se unió al debate: Adrian.

«Jonas3 tiene razón, Sombragris —afirmó—. Incluso pensadores de élite pueden cometer errores. Sugiero que recuerdes tus obligaciones morales como racionalista y que no te dejes llevar por pensamientos difusos como este».

Decir que me llevé un disgusto por esta intervención no haría justicia a la realidad. Naturalmente, sabía que era posible que Adrian estuviera supervisando nuestros comentarios; a fin de cuentas, era su foro. Pero era raro que se entrometiera de esa manera. Contestaba una pregunta si alguien se lo planteaba directamente, pero por lo general adoptaba la postura de una presencia silenciosa, supervisando la conversación e interviniendo a favor o en contra de alguien solo cuando era necesario.

Mi primera reacción ante esta reprimenda pública fue sentir vergüenza. Me habían llamado la atención. Sin embargo, cuando la vergüenza se fue desvaneciendo, comencé a preguntarme si era posible que Adrian se hubiera enterado de lo de Connor. En tal caso, ¿cómo lo habría hecho?

Llegué a la conclusión de que la explicación más probable para la reprimenda era la siguiente: él pensaba que mi consulta sobre almas gemelas no tenía nada que ver con el proyecto Tess, sino que se refería a algo que había sucedido en mi vida privada; un chico al que había conocido. Por eso, Adrian temía que este nuevo interés fuera a distraerme de mi trabajo.

Una vez que hube plantado la semilla de esta idea, sentí una creciente irritación. ¿Cómo se atrevía a sugerir que no estaba actuando con profesionalidad? Había cumplido con mis deberes; había dedicado meses de mi vida a un proyecto que, hasta cierto punto, suponía un riesgo para mí. La idea —aunque no demostrada, ni siquiera en la teoría— de que alguien quisiera privarme de hablar con Connor provocó que surgiera un sentimiento tan novedoso como poderoso en mi interior: el deseo de evitar a toda costa que eso sucediera y de atacar la amenaza.

La acusación de Adrian de «pensamientos difusos» también me dolía, especialmente cuando venía de alguien que no era capaz de recordar dónde había conocido a Tess, pues afirmó todo convencido que había sido en Nueva York, cuando yo sabía que eso no era verdad.

No intento justificar lo que hice a continuación, solo explicarlo. Reconozco que fue una reacción infantil e impulsiva.

Todavía estaba conectada al foro. Nadie había puesto nada tras la reprimenda de Adrian; era como si todo el mundo estuviera conteniendo la respiración a la espera de lo que pudiera pasar. Comencé a teclear:

«Por cierto, Adrian, no la conociste en Nueva York. Nunca estuvo allí».

A pesar de mi enfado, todavía tuve la precaución de no decir nada que pudiera tener sentido para cualquier otra persona. Solo quería darle una pequeña puñalada para hacerle saber que en lo referente a Connor, al menos, él no podía mandar sobre mí.

La respuesta de los otros miembros a mi comentario fue más silencio —esta vez debido a la confusión o eso sospechaba—. Cargada de adrenalina, me quedé esperando para ver cómo reaccionaba Adrian ante mi comentario.

El foro se quedó paralizado durante un minuto. Pasaron dos y luego tres minutos. Después de tres minutos y medio, la ausencia de actividad empezó a parecerme rara, poco natural. Pensé que tal vez se hubiera quedado congelada la imagen en mi pantalla, así que pulsé la tecla de «actualizar». La siguiente imagen que apareció fue un pantallazo de la web de Red Pill con un círculo rojo atravesado por una barra diagonal y la frase: «No tienes permiso para acceder a esta página».

Mi enfado, de golpe, quedó sustituido por la incredulidad. ¿Me había expulsado? Mientras miraba fijamente la pantalla tratando de digerir lo que acababa de ocurrir, se oyó un repentino ruido de cristal rompiéndose en la calle, al otro lado de la ventana —un vaso que se había caído al suelo, probablemente— y me sobresalté violentamente, como si se hubiera roto a un par de centímetros de mi cara.

Sin embargo, conforme se me iba pasando el susto, comencé a pensar con más racionalidad y poco después ya había llegado a la conclusión de que este giro de los acontecimientos no había sido tan terrible; de hecho, era una bendición inesperada. Hacía tiempo que había perdido las ganas de participar en el foro; no lo echaría de menos. Y si Adrian iba a criticarme y mostrarse desagradable, tampoco lo echaría en falta. Siempre y cuando pudiera seguir con Connor —y con Tess—, todo saldría bien.

Martes, 23 de agosto de 2011

Tras el aguijonazo inicial que había supuesto mi expulsión de Red Pill, me pareció fácil apartar a Adrian de mi mente, porque había muchas otras cosas que seguían adelante. El e-mail que había enviado a Marion había sido un éxito, en el sentido de que había hecho caso a mi petición de no hablar por teléfono y no había vuelto a mencionar lo de «¿Quién eres tú?».

Sin embargo, el carácter reconciliatorio de mi e-mail también había provocado un inesperado flujo de emociones y recuerdos por su parte. Llegó una riada de palabras en los siguientes e-mails que envió, miles en cada uno, con las que Marion explicaba su punto de vista sobre la relación, y estaba claro que esperaba que Tess le respondiera. Hurgaba en el pasado y sacaba incidentes, muchos de los cuales no estaban detallados en mis apuntes, e hizo muchas preguntas comprometedoras: «¿A qué te refieres, exactamente, cuando dices que era narcisista?». «¿Qué más podía haber hecho por ti cuando eras una niña?». «¿Tenías celos de William?». Decidí que la solución más segura era ignorar sus preguntas por completo y contestar con anécdotas de la vida de Sointula, con un tono trivial y parlanchín, esperando que dejara de preguntar.

También estaba pensando en el sexo. Había decidido volver a quedar con Connor para realizar otro intento de promover nuestra relación. Quiero dejar claro que no tenía intención de acostarme con él la siguiente vez que le viera. Simplemente era consciente de que, en el caso de que mi plan se saldara con éxito, habría que ocuparse de ese asunto tarde o temprano. Empezó a pasárseme por la imaginación.

Ya antes había pensado en el sexo; de hecho, había pensado bastante en el tema. Cuando tenía diecisiete años, vi ciertas cosas en Internet y entendí cómo funcionaba. Incluso llegué a intentarlo por mi cuenta, en el verano de 2006. Con el fin de conocer a un compañero apropiado, me apunté en una web de encuentros y dediqué mucho tiempo a crear un perfil, lo cual era ridículo. Tenías que contestar a la pregunta «¿De qué seis cosas no podrías prescindir?», a lo que contesté: «Oxígeno, agua, comida, corazón, pulmones», y luego, porque me parecía que ya había dejado clara cuál era mi postura, añadí: «Internet». Solo recibí una respuesta, de un hombre de cuarenta y seis años que llevaba la cabeza rapada y afirmaba que era un activista que defendía los derechos de los animales, y «un radical en todos los aspectos de la vida». Me dijo que podía ir a visitarle a su piso en New Cross, pero no me dio una fecha ni una dirección, y luego dejó de contestar a mis e-mails.

Por lo tanto, abandoné aquella vía y, a cambio, empecé a hablar con un compañero de juego, Necromancer3000, en el videojuego en el que solía entrar antes de empezar con World of Warcraft. Su nombre real era Marcus. Me dijo que podíamos quedar en un pub de Edgware, donde él vivía, así que le conté a mi madre que iba a ir a una fiesta con gente de clase y cogí la Northern Line para quedar con él. En el metro me di cuenta de que no sabía cómo era, pero eso daba lo mismo, porque fue fácil identificarlo entre la gente de la terraza del pub: era verano y él era la única persona que llevaba un abrigo negro largo. Tenía mi edad y era tan alto que, incluso cuando estiraba el cuello, mis ojos solo llegaban a su nuez de Adán y era tan flaco que no se veía ni rastro de su cuerpo debajo de la camiseta y los pantalones negros. Tenía el pelo largo y oscuro, bastante parecido al mío, y una serie de tiras de cuero en su delgada y peluda muñeca.

Nos sentamos junto a una mesa, rodeados de gente joven y borracha que se reía en alto y vomitaba humo de tabaco. Marcus me habló de su trabajo en el puesto de información de Virgin Media y de su página web, Cui Bono, que estaba dedicada a divulgar información sobre el grupo Bilderberg. Parecía nervioso y enfadado al mismo tiempo y no paraba de mirar a las ruidosas chicas tontonas y ligeritas de ropa llamándolas «borregas». Yo no quería hablar, solo quería ir con él a su casa y hacerlo. Pero luego comenzamos a discutir sobre la carne —le dije que era una postura moralmente insostenible comerla— y después de cuarenta minutos decidió irse a casa sin invitarme a acompañarle. Y así acabó aquello.

De modo que esa posibilidad no era desconocida para mí. La diferencia era que en el pasado había contemplado tener sexo con un extraño, pero no con alguien por quien sentía algo.

También estaba la cuestión de qué era lo que se hacía en realidad. Ya he comentado que había visto algo en Internet y que tenía algunas nociones básicas claras, las embestidas y las sacudidas. Pero supongo que también he mencionado que Tess era una persona sexualmente muy activa y, según lo que decía, parecía que había más de lo que yo había visto. Había muchas referencias al acto en sus e-mails y trataba el tema sin tapujos, de la misma manera en que se emocionaba hablando de libros o de cualquier nueva moda *new age* que le interesara en un mes dado. La verdad es que algunos de los e-mails que habían intercambiado sus novios —Connor incluido— y ella eran bastante explícitos. No entraré en detalles, pero parecía claro que lo suyo iba más allá de lo que yo sospechaba que eran prácticas «normales».

Por ejemplo, en 2002 escribió a su amiga que, la noche anterior, se había vestido como una prostituta rumana y había ido al bar de un hotel. Su amigo de por aquel entonces, Raj, había acudido al bar y «le había puesto caliente» actuando como si no se conocieran. Fingió ser una prostituta y actuó como tal a lo largo de toda la noche.

En los e-mails entre Tess y Connor de la época en la que salían, las referencias no eran tan transgresoras, pero sí daban que pensar. Por ejemplo, él le pedía que la siguiente vez que se vieran le hiciera lo mismo que la última vez. Naturalmente, yo no tenía ni idea de a qué se refería y eso podría ser un problema si Connor esperaba que se lo hiciera yo.

También parecía que practicaban el *sexting* —es decir, que mantenían relaciones eróticas a través del celular o el ordenador— y que habían usado una webcam al menos en una ocasión. «Anoche tenías pinta de calentorra», escribió Connor un día en el que, según mis datos, Tess estaba visitando a una amiga en Copenhague. No podía evitar pensar en la imagen de Tess tal y como la había visto por Skype, tumbada en la cama con su camiseta blanca, con esas piernas finas que no paraba de mover, sin importarle que yo pudiera verle las bragas. Apoyaba la cabeza sobre la pared del fondo y miraba a la cámara como si yo estuviera en la cama con ella; me la imaginaba haciendo lo mismo con Connor. Me preguntaba si yo tenía que practicar para tratar de adquirir la misma naturalidad que tenía ella con su cuerpo. Pensé que ojalá hubiera estado cerca para ayudarme.

Esto puede sonar extraño teniendo en cuenta las circunstancias, pero a veces sentía verdadera lástima de que Tess ya no estuviera. No era solo en momentos como este, cuando quería saber algo que solo ella podía contarme, sino también en momentos inesperados, como cuando estaba en Tesco y me daba cuenta de cuánta gente normal y aburrida había en el mundo. Era como si se hubiera matado a un pájaro en peligro de extinción, en vez de a una paloma cualquiera de un montón inagotable.

En todo caso, en ausencia de los consejos sobre sexo de Tess, mi única solución consistía en acudir a Google, algo de lo que me arrepentí casi enseguida. Había una vasta cantidad de información ahí, pero nada parecía responder a mis preguntas, que eran muy sencillas. Me recordaba a un cliente que entró una vez en Caffè Nero y, cuando Lucy le leyó la lista de opciones de bebidas, le gritó:

—¡Solo quiero un café normal! ¿Es mucho pedir?

Así que ya había algo más en lo que pensar. También decidí cambiar mi aspecto un poco, en el sentido de adquirir ropa nueva. Como os podéis imaginar, la posibilidad de un tercer encuentro con Connor me planteaba un dilema. Teniendo en cuenta que ya pensaba que me había visto en algún sitio después de darme doce peniques en una tienda de bocadillos, era casi seguro que se acordaría de que me había ofrecido una copa en el Dragon Bar, de que había tocado mi memoria USB, etcétera. La cuestión era si debía disfrazarme para que no me reconociera o llevar el mismo aspecto y arriesgarme a que se sintiera desconcertado por toparse conmigo «por casualidad» una vez más.

Opté por algo intermedio. No tenía mucho sentido disfrazarme de una persona totalmente diferente, ya que, si el encuentro tenía éxito y nuestra relación prosperaba, sería imposible mantener el engaño. Sin embargo, decidí que sería una buena idea cambiar de *look* y llevar ropa más parecida a la que habría usado Tess; pensaba que cuanto más me pareciera a ella, más fácil sería que Connor pudiera imaginarme como su sustituta.

Esa era la teoría, pero ponerla en práctica resultaba más complejo. En el pasado solo había comprado ropa en Internet —como la sudadera de la serie *Red Dwarf*— o en el Evans de Brent Cross o —cuando mi madre aún estaba viva— en Bluston's, ya que podía aprovechar los descuentos que le hacían por ser empleada. Bluston's se dirigía al mercado de la mujer madura y en su escaparate curvo exponían prendas como impermeables de color beis y conjuntos que mi madre decía que eran anticuados incluso para su generación; pero cuando entrábamos, las dependientas comenzaban a apelotonarse como gallinas alrededor de mí y decían que iban a sacar la ropa que estaba más «de moda». Cuando sacaban esas prendas de unos profundos cajones de madera, me daba cuenta de que no eran notablemente diferentes de la ropa que estaba en el escaparate, pero me daba lo mismo; a fin de cuentas, no era más que ropa y a mí me gustaba ir a la tienda, que estaba oscura y fresca y olía a algodón nuevo.

Sin embargo, nada de eso serviría para «Tess»: su ropa era ligera, ajustada y moderna. Recordé que las chicas de mi clase hablaban de Topshop, en Oxford Street —parecía que iban todos los fines de semana—, así que una tarde me encaminé a esa tienda.

No fue una experiencia positiva. La tienda era enorme y me confundía —me sentí igual que en Westfield— y la música era igual de ensordecedora que la de un bar. Las puertas automáticas no hacían más que abrirse para dejar pasar oleada tras oleada de jóvenes mujeres idénticas, que entraban como un ejército de orcos rumbo a la batalla. A continuación, fuimos tragadas por una escalera mecánica bordeada de espejos —las chicas se giraron con un solo movimiento coordinado para inspeccionarse en ellos— y escupidas a una enorme caverna subterránea. Allí, todas se dispersaron inmediatamente y comenzaron a toquetear las prendas, descartándolas según sus criterios personales. Estaban tan concentradas y eran tan implacables como Terminator, despejando su camino de obstáculos —yo— mediante empujones mientras avanzaban hacia los mostradores. La enérgica música impedía quedarse parada, insistiendo en mantener una velocidad constante hacia delante. La tienda no parecía tener límites y había ropa por todas partes, pero sin una estructura discernible. Paré a una mujer que llevaba un auricular y le pregunté dónde estaban las faldas. Hizo un gesto con la mano que englobó toda la tienda, dando a entender que «por todas partes».

Al final encontré unas faldas, pero eran horribles: cortas, de cuero naranja agujereado, y costaban ochenta libras. Además, no tenían la talla cuarenta y dos. Así que me escapé por las escaleras mecánicas y salí a la libertad. Nunca antes me había sentido tan contenta de estar en Oxford Street.

Al final acabé comprando mi ropa nueva en Tesco Extra. La sección de ropa tenía muchas prendas de mi talla y elegí una falda corta ajustada de color azul y un suéter de tela rosa fina. Cuando volví a casa, me lo probé todo. Antes nunca me había puesto ropa ajustada y el tacto me resultaba bastante extraño. No me parecía mucho a Tess. Aun así, pensé que me parecía más a ella que antes.

Mi plan para quedar con Connor seguía el mismo patrón que las veces anteriores. Al día siguiente por la tarde, el miércoles a las cinco, hora de Greenwich, intercambiamos nuestros saludos de «buenos días», «buenas tardes». Le dije que el ruido de las focas apareándose en la playa me había despertado pronto por la mañana; contestó con un «Arf, arf». Le pregunté qué iba a hacer por la tarde y dijo que iba a ir a la fiesta de cumpleaños de su amigo Toby. Le saqué la información de que iban a un lugar llamado The French House, en el barrio de West End.

Todo marchaba según el plan. Me vestí y me preparé para dejar el departamento. Casi había alcanzado la puerta sin incidentes, cuando Jonty salió de su habitación. Me miró con una expresión confundida y después silbó.

—¿Tienes una cita caliente? —preguntó de una forma que parecía un intento de hablar con acento americano.

Asentí rápidamente y después negué con la cabeza.

—Sí. Quiero decir, no. No es una cita. —Intenté pensar con rapidez—. Tengo una reunión con alguien.

—Oh, muy extravagante. ¿Sobre qué?

—Sobre mi guion.

—¿Lo has terminado? —preguntó Jonty abriendo los ojos con una expresión que parecía de sincera alegría—. Has guardado el secreto mejor que nadie. Buena suerte. Luego lo celebramos.

Volví a asentir con la cabeza y me encaminé al metro apresuradamente.

Y fue allí, sentada en el vagón del metro rumbo a Green Park, justo antes de las seis de la tarde, cuando vi el periódico. Era uno de esos gratuitos y estaba metido detrás de uno de los asientos que tenía al lado. Al abrirlo, descubrí una foto borrosa de la cara de Adrian, que identifiqué como el retrato que usaba en Red Pill. Encima de la foto había un titular: «Descubierta una secta suicida de Internet».

Mis manos soltaron el periódico automáticamente; recuerdo que provocó un ruido sorprendentemente alto cuando golpeó el suelo. Oí que alguien respiraba profundamente y me di cuenta de que era yo. Parecía que mi caja torácica doblaba su tamaño cada vez que inhalaba. El hombre que estaba enfrente de mí levantó la mirada de su teléfono y cerré los ojos durante un tiempo que pudo haber sido segundos o minutos. Cuando los volví a abrir, el hombre había sido sustituido por una mujer que estaba leyendo el periódico. Lo sujetaba con las manos de forma que pude ver la primera plana por completo: Adrian sonriéndome amablemente. Eché un vistazo al resto del vagón y me pareció que todos estaban leyendo el mismo periódico, que el vagón estaba poblado con un centenar de Adrians.

Al final conseguí doblar el cuerpo y recoger el periódico del suelo, confiando en que mi movimiento no resultase sospechoso. El artículo de la primera plana continuaba en la tercera página, aunque no decía gran cosa; había muy pocos datos. En realidad, lo único que ponía era que un miembro de Red Pill —no mencionaba quién era— había avisado a la policía de que Adrian le había pedido que «se hiciera cargo», de manera virtual, de la vida de alguien que quería suicidarse. «El siniestro gurú de Internet Adrian Dervish animaba a personas vulnerables a suicidarse y después practicaba lavados de cerebro a sus seguidores para que suplantaran su personalidad en Internet», creo que decía literalmente. Este miembro, al que no se identificaba, se había apuntado al plan durante un tiempo, pero luego se había arrepentido y se lo había contado a sus padres, quienes habían avisado a la prensa. En ese momento la policía estaba buscando a Adrian.

Me encontraba sentada en el metro con el periódico sobre las piernas mientras la gente entraba y salía del vagón. Los asientos que estaban a mi lado eran ocupados, después se quedaban vacíos y luego volvían a ser ocupados. Apenas me percataba de las piernas que tocaban las mías ni de los codos que descansaban sobre el reposabrazos compartido. El tren pasó la estación de Green Park, mi parada, y continuó hasta Stanmore, donde terminaba la línea. Las puertas se abrieron, pero me quedé sentada en el vagón. Al final me bajé al andén y me senté en un banco.

Lo primero que me llamó la atención cuando leí el artículo no fueron las implicaciones que tenía para Tess y para mí, sino el hecho de que yo no fuera la única persona que Adrian había contratado. El periódico no hablaba de números, pero daba a entender, en términos ominosos, que podía haber «un pelotón entero de genios informáticos detrás».

Es verdad que Adrian nunca había dicho que no hubiera más gente haciéndolo. Aun así, recordé aquel día en Hampstead Heath y lo especial que me había hecho sentirme. Había sido —o pensaba que había sido— nuestro propio proyecto secreto. Dijo que me había elegido porque era una persona extraordinaria y única, capaz de comprender tanto las dimensiones éticas como las prácticas de la empresa. Puede que suene irracional, pero me sentí traicionada.

Mi cabeza se llenó de emociones y de pensamientos poco provechosos. Solo después de unos momentos, comencé a procesarlo adecuadamente. Si la policía estaba a la caza de Adrian, era de suponer que ya habrían registrado su casa. ¿Quién podía saber qué información habían encontrado? Tal vez estuvieran camino de mi casa en ese mismo momento. Puede que ya estuvieran allí, esperándome. Me imaginaba a los camareros del restaurante de abajo mirando por la ventana a los agentes apostados delante del portal. Jonty les abriría la puerta pensando que alguien había muerto. Me dijo en una ocasión que, cuando estudiaba en Cardiff, su compañero de habitación había fallecido en un accidente de tráfico y que el momento en el que un policía llamó a su puerta para comunicárselo había sido el peor de su vida.

Cuando saliera toda la verdad, al principio se sentiría aliviado, luego consternado y al final herido por mi engaño. Después, cuando fuera interrogado, todo comenzaría a encajar en su cabeza. «Sí —diría—, era muy reservada. Apenas salía de su habitación. Decía que estaba escribiendo un guion de cine».

En mi cabeza imaginaba cómo la policía registraba el piso. Había cerrado la puerta con llave, como siempre, pero el candado era pequeño y se podía abrir con una cizalla. Una vez dentro, no sería difícil encontrar pruebas. Había escondido las cosas de Tess —tanto los documentos en papel como los archivos digitales, lo cual hacía automáticamente—, pero no tardarían nada en descubrirlas. El gráfico de la pared estaba allí mismo, apenas tapado por mis pósteres.

Me di cuenta de que tenía que volver a casa, aunque solo fuera para evitar que Jonty tuviera que ocuparse de la policía. Me fui al andén de enfrente y me subí al siguiente tren rumbo a Rotherhithe.

Cuando bajaba por Albion no parecía haber alboroto en el piso; las cortinas estaban corridas, tal y como las había dejado. Me paré delante del portal e imaginé que la policía estaba esperándome dentro, apretujados e incómodos en el sofá, graves y callados, con todas las pruebas desplegadas en el suelo delante de ellos. Mientras estaba allí, en la acera, recuerdo que pensé que podría ser mi último momento en libertad. Reconozco que incluso llegué a inhalar ese último aire y me llené los pulmones con aquel aroma a pollo frito y gases de los tubos de escape y el gustillo metálico de la peluquería. Un adolescente montado en bici zigzagueaba por la acera, perseguido por otro que le gritaba:

—¡Eh, idiota!

Una ráfaga de música salió de un coche que pasaba. Alcé los ojos hacia el cartel del restaurante, encima del cual se veía una parte de mi ventana, y me di cuenta de que nunca me había fijado en el nombre del restaurante: «Maharaj. El mejor restaurante de curry en Rotherhithe». Luego introduje la llave en la cerradura y abrí.

El piso estaba vacío. Ni siquiera estaba Jonty: la pila de cacharros sucios en el fregadero era la prueba de que había terminado su estofado y había salido. Entré en mi habitación y me puse manos a la obra. Primero, me aseguré de que todos los documentos de Tess estuvieran guardados en mi memoria USB, después los eliminé y borré el historial de búsquedas en Internet del ordenador. Sabía que un experto informático podía encontrar documentos que creías que habías eliminado y que la única manera segura de destruir información era destrozar el propio ordenador, pero todavía no estaba del todo preparada para eso. Decidí que, si veía que la policía se acercaba a la puerta, dejaría caer el portátil al patio interior del restaurante como medida provisional. Esperaba que las bolsas de basura amortiguasen el golpe y lo ocultasen de la vista.

Traté de ensayar mi reacción para el momento en que se presentaran en el piso. ¿Debería negarlo todo? No; si llegaban hasta mí, en primer lugar, ya tendrían pruebas para demostrar que estaba implicada. Y si mi nombre estaba asociado al de Tess, no había nada que hacer. Sería cuestión de tiempo que llegaran a la conclusión de que ella no vivía en Sointula. Luego comprobarían la dirección IP de los e-mails y la rastrearían hasta mí. Después se lo contarían a Marion. Se enteraría todo el mundo. Connor se enteraría.

Mientras estaba allí esperando a que llamaran a la puerta, repasé la web. Creé una alerta de Google con el nombre de Adrian y cada poco rato se oía un pitido que señalaba que mi portátil encontraba una nueva noticia. El primer día, se repetía solo la misma historia en todo el mundo. Incluso había páginas web en Japón que la publicaban. Estuve inmóvil delante de mi portátil durante muchas horas, moviendo solo los dedos para hacer clic con el mouse. Oí cómo entraba y salía Jonty. Luego, a las seis de la mañana del jueves, hubo una novedad. Uno de los periódicos digitales publicó una entrevista con el miembro de Red Pill que había desertado.

Randall Howard era su nombre. No lo reconocí, pero eso no era una sorpresa, ya que la mayoría de los miembros no usaban fotos reales, así que era muy posible que hubiera mantenido muchas conversaciones con él. Tenía un año más que yo, su cara era gorda y plana, sin rasgos definidos, y tenía el pelo corto y de pincho. En la fotografía aparecía sentado en un sofá junto a su madre. Ella tenía un brazo alrededor de sus hombros y en su cara se reflejaba una expresión enfadada.

La historia que Randall contaba en la entrevista era parecida a la mía. Había entrado en Red Pill por recomendación de un amigo. «Al principio pensé que Adrian era un tío alucinante —decía—. Era muy listo, divertido y parecía que se interesaba de verdad». Describió que, después de llevar un año como miembro, Adrian se había puesto en contacto con él para un cara a cara. Habían quedado en un parque londinense.

No había muchos detalles en el periódico sobre el «cliente» de Randall. Ahora sé que era porque la policía estaba investigando y no podía divulgar esa información. Lo único que ponía era que se trataba de un hombre de veintitantos años al que el periódico llamaba Mark. Randall dijo que al principio se sentía comprometido con la idea. Creía firmemente en esa causa: era un derecho personal quitarse la vida si alguien lo deseaba y el deber de cualquiera era ayudarle si así se lo pedía. Dijo que había preguntado a Adrian si Mark estaba mentalmente sano y que Adrian le había asegurado que sí. Le había puesto en contacto con Mark y Randall había empezado a reunir información a través del e-mail. Sin embargo, a diferencia de lo que ocurrió conmigo y con Tess, ellos quedaron en persona. Fue después de aquel encuentro, en un café en el oeste de Londres, cuando Randall comenzó a tener dudas.

«Hubo un momento en que lo miré mientras hablaba y el chocolate de su capuccino le había manchado los labios. De repente me di cuenta de lo que estaba en juego. Me di cuenta de que era una persona real». También dijo que, aunque Mark le «aseguraba» que sabía lo que estaba haciendo y que tenía la mente despejada, Randall creía que había detectado ciertas dudas en él. «No dejaba de mirar hacia otro lado mientras yo hablaba, tenía los ojos perdidos y una expresión triste en la cara». Describió cómo las manos de Mark temblaban tanto que esparció el azúcar por toda la mesa.

Randall había seguido con el proyecto durante un par de semanas después de aquello. Había recogido información, igual que había hecho yo. Sin embargo luego, una noche, cuando Mark se puso en contacto con él para sugerirle la fecha de su marcha, Randall tuvo «una revelación». Se dio cuenta de que había que poner fin a todo y, además, cito literalmente, se convenció de que «había que parar los pies a Adrian Dervish». Bajó a la planta de abajo, donde su madre estaba viendo la televisión, y se lo contó todo. Ella acudió a la prensa inmediatamente. Luego se enteró la policía.

«No sé cuántos jóvenes vulnerables han podido ser engañados por este despreciable hombre», declaró la madre. Al parecer, Mark había cambiado de idea con respecto a su deseo de morir y estaba muy agradecido a Randall por haber parado el proceso. «Solo puedo confiar en que Randall, al haberlo hecho público, pueda salvar más vidas», decía la madre de Randall. La entrevista terminaba con una cita de Randall en la que decía: «Durante un tiempo pensaba que Adrian era un dios; ahora sé que es un demonio».

El artículo me pareció poco satisfactorio. Incluso si Mark «mostraba signos de que en realidad no quería quitarse la vida», tal y como estimaba Randall. Incluso si había comentado que «hacía un día maravilloso», lo cual, según Randall, significaba que todavía era capaz de apreciar el mundo. Incluso si era verdad que Mark en realidad no quería morir —aunque, como digo, no creía que Randall fuera lo suficientemente competente como para hacer ese diagnóstico—. Incluso teniendo en cuenta todo eso, no se podía deducir que los otros a los que Adrian había ayudado, como Tess, estuvieran en el mismo caso. No era lógico.

También me molestaba la imagen que el periódico había presentado de Adrian, aunque de forma más indirecta. Puedo afirmar que me sentí dividida, que era algo a lo que no estaba acostumbrada. Por un lado, me recreaba un poco en el retrato condenatorio dibujado por Randall: todavía estaba fresca en mi memoria la abrupta expulsión de la web y no podía estar en desacuerdo con la descripción que hacía de Adrian como una persona «intransigente y amedrentadora». También reconozco que, de forma menos racional, me sentí triste —incluso traicionada— cuando descubrí que no era yo la única persona a la que Adrian había contratado. Pero al mismo tiempo me irritaba el lenguaje exagerado y absurdo de Randall, como cuando decía que Adrian era «un demonio», porque, más allá de eso, todavía sentía una profunda lealtad hacia Adrian que me puso en guardia ante aquel ataque de histeria unilateral.

Junto al artículo había una columna dedicada al mismo tema, encabezada por la imagen de una mujer con cara solemne que expresaba su consternación y enfado ante el caso. Tildaba a Adrian de «retorcido depredador de Internet», una frase que fue usada en muchos de los artículos que se publicaron después.

Se inició un debate en la prensa sobre el caso. Como era de esperar, la mayoría de los articulistas mostraban su disconformidad alzando la voz contra los peligros de Internet y esta generación perdida de jóvenes, pequeñas almas vulnerables que eran manipuladas fácilmente. Se presuponía que las personas fallecidas —en aquellos primeros días todavía no habían aparecido cifras, eso llegaría después— habían sido coaccionadas a tomar parte en este asunto.

Todas esas suposiciones me parecían frustrantes. Ninguno de los periodistas conocía la realidad de cada situación, pero a pesar de ello pensaban que tenían la autoridad suficiente como para ofrecer sus opiniones, presentadas como hechos. Antes no había leído muchos periódicos y me asombraba que se les permitiera hacer eso.

A lo largo de las siguientes veinticuatro horas, el tono de algunas de las nuevas colaboraciones en la prensa se volvió más reflexivo y razonable. Un periodista publicó un largo artículo en el que argumentaba que —aunque todavía faltaba por conocer todos los datos y, evidentemente, era indefendible si alguien había sido coaccionado a suicidarse— el principio que había detrás de aquella estrategia no era necesariamente condenable. Él, este periodista, defendía el derecho a morir y afirmaba que estaba de acuerdo con el principio básico de autonomía personal y que las personas tenían derecho a hacer lo que quisieran con sus cuerpos. Otro artículo sostenía que no era correcto suponer automáticamente que los suicidas están equivocados. ¿Por qué resultaba impensable que hubieran sufrido tanto que quisieran terminar con su vida?

A menudo, al final de estos artículos había un espacio donde los lectores podían dejar sus propios comentarios. Tengo que reconocer que yo misma, que permanecí sentada durante todas esas interminables horas pensando que la policía estaría a punto de llegar, no pude resistirme a dejar algunos. Envié un mensaje de apoyo a la mujer que había afirmado que el suicidio no siempre era una mala idea y argumenté de manera racional en contra de los comentarios más negativos.

Al mismo tiempo, me mantenía al día con mi trabajo de Tess. Esto puede parecer raro, pero habría sido más peligroso suspender todas las comunicaciones de manera abrupta. Marion se habría preocupado y habría empezado a llamar; los amigos de Tess también. Pero, más allá de eso, también me sentía obligada a no abandonarla solo porque la situación se hubiese vuelto complicada. Pensé en una pegatina que tenía nuestro vecino en el coche: «Un perro es para toda la vida, no solo para la Navidad». Naturalmente, Tess no era una mascota, pero el sentimiento era el mismo.

También, por supuesto, estaba el tema de Connor. Él y Tess tenían la costumbre de enviarse e-mails varias veces al día y si no contestaba a alguno de sus mensajes, aunque solo fuera durante unas pocas horas —lo cual ocurrió aquel miércoles por la tarde, tras descubrir el periódico—, me escribiría para preguntarme si estaba bien.

No parecía justo que los amigos y la familia de Tess pensaran que había desaparecido y hacerles pasar ese mal rato solo para que después descubrieran que en realidad estaba muerta. Era mucho mejor continuar como antes, hasta que la policía llamara a la puerta de Marion para notificarle que su hija no estaba viviendo en Sointula, sino que había desaparecido y posiblemente habría fallecido, víctima del «retorcido depredador de Internet» Adrian

Dervish y la pobre y vulnerable chica a la que había escla-vizado para que cumpliera sus órdenes.

Así que continué como siempre, actualizando el es-tado de Tess con datos de su maravillosa vida en Sointula —«razones para amar este lugar: 358», «te puedes dar una sesión de masaje por treinta pavos»— y participando en un estúpido juego de e-mail con Connor, en el que nos alternábamos inventando un nuevo verso para una canción en la que describíamos nuestras respectivas jornadas. «He acompañado a un joven bellaco al tribunal», escribió. «He traído de la playa un auténtico cargamento de arena», contesté yo.

Mientras tanto, seguía supervisando las webs de no-ticias. El viernes por la tarde hubo una novedad en relación con la búsqueda de Adrian que, por un momento, me dejó sin respiración: la policía había descubierto dónde vivía y habían registrado su domicilio.

Se supo que Adrian Dervish era un nombre falso y que Red Pill había sido registrada en Brasil, así que no habían podido encontrarlo por esa vía. Sin embargo, la incesante publicación de su fotografía en la prensa había dado sus frutos y una mujer había dicho a la policía que un hombre que se le parecía mucho había sido su vecino la última semana. Había una imagen del bloque de vivien-das, un sombrío y destartalado edificio cerca del aeropuer-to de Gatwick. Cuando llegó la policía, Adrian ya había huido; sin embargo, la policía informaba de que habían requisado algunos ordenadores y que los estaban exami-nando. Ya habían encontrado información relevante.

Era imposible predecir cuánto tiempo tardarían en llegar hasta mí, ya que eso dependía de la información que hubiera guardado Adrian y de lo bien encriptada que estuviera. En el caso de que estuviera encriptada. Recordé que en nuestra conversación en Hampstead Heath me había dicho que era un inútil para la tecnología. Había escondido sus huellas usando una dirección IP extranjera, lo cual era básico, pero ¿se habría molestado en protegerme a mí? Me imaginaba a un experto informático de la policía que se remangaba preparándose para un duro trabajo y se echaba a reír al ver todas las pruebas desplegadas delante de él.

No tenía ni idea de lo que había ocurrido entre Adrian y Tess, pero, a juzgar por mi experiencia, sospechaba que ella no había sido demasiado discreta en su correspondencia. «¿De verdad que has encontrado a alguien que puede ayudarme a morir? Eres un puto crack». Para encontrarme, podrían elegir el método que quisieran. No había escondido mi dirección IP y en Facebook se podría ver que había accedido a la cuenta de Tess desde mi ordenador. Y con el Gmail también. Los datos de mi tarjeta de crédito estaban guardados en Red Pill. ¿Por qué no había pensado en tomar precauciones?

Por mucha angustia que sintiera pensando en la inminente llamada a la puerta y las desagradables formalidades que seguirían, mi cabeza no paraba de anticipar el momento en el que la familia y los amigos de Tess fueran informados de lo que había sucedido. O, más concretamente, en el que Connor descubriera la verdad.

Repasaba diferentes escenarios posibles en mi mente. Connor en el trabajo recibiendo una llamada de Marion, la expresión de su cara cambiando gradualmente desde la consternación educada hasta el terror boquiabierto. Connor en casa por la noche, relajado en el sofá viendo un viejo episodio de *Miss Marple* (su vicio inconfesable). Suena el timbre y Connor frunce el ceño por la interrupción y, después, presa del pánico, descubre la silueta de un policía a través del vidrio esmerilado de la puerta de la calle. (Naturalmente, no sabía si tenía una puerta de vidrio esmerilado, solo me lo imaginaba así).

Independientemente de la manera en que fuera a enterarse, estaba segura de que me odiaría, porque no escucharía mi versión de los hechos. Daría por sentado que había actuado como si fuera una especie de broma perversa o por motivos de lucro. La posibilidad de que pensara mal de mí me provocó una reacción de malestar físico; tuve que bajarme de la silla y ponerme en cuclillas. Estaba allí agachada, contemplando las migas de la alfombra, cuando me di cuenta de que tenía que decírselo en ese mismo momento. Se lo tenía que explicar en persona. Si lograba que entendiera mis motivos, me perdonaría.

Normalmente siempre considero las ventajas y las desventajas de todas mis decisiones importantes, pero desde el momento en que esta idea me vino a la cabeza supe que era la única medida que tenía sentido. Y reconozco que me esperaba algo más que únicamente comprensión por parte de Connor. Después de todo, si Tess estaba muerta, no había nada que impidiera que pudiéramos estar juntos.

Una vez superado el impacto de la noticia, él también lo vería así. Sería libre para amar a otra persona y la persona que quería estaba justo allí, en Londres, lista y disponible.

Mi ansiedad se convirtió en impaciente excitación; quería ver a Connor ya. Como ya os he dicho, era un viernes por la tarde, así que decidí ir a Temple y pillarlo cuando salía del trabajo. Me puse el top y la falda ajustada de Tesco que había comprado para nuestro encuentro previo abortado y me peiné el pelo cuarenta veces. Afortunadamente, Jonty estaba fuera, por lo que no tenía que inventarme otra excusa para salir tan arreglada; eso también significaba que podía usar el espejo de su habitación, el único que había en el piso cuyo tamaño reflejaba el cuerpo entero. Tenía el bolso de maquillaje de mi madre, pero no lo necesitaba: se me habían puesto los ojos brillantes y las mejillas sonrosadas por su cuenta. Sonriendo ante mi propia imagen, pensé que no había tenido mejor aspecto en toda mi vida.

Eran las seis y cinco cuando llegué a su oficina. Mi banco habitual estaba ocupado por tres turistas de mediana edad que estaban descansando, pero de todas maneras no podría haberme quedado inmóvil, porque estaba demasiado emocionada. Iba y venía por el pequeño parque, recitando para mis adentros la primera frase que había preparado —«tengo una noticia mala y otra buena»—. Mientras tanto, no dejaba de mirar la puerta negra de Asquith y Asociados. Connor salió justo después de las seis y media.

Estaba solo y subió por la calle a paso ligero con su bolso de cuero negro cruzado sobre el pecho y hablando por el celular. Al igual que otras veces, su aparición produjo una sacudida en mi pecho y mis piernas comenzaron a temblar, pero con el ritmo al que caminaba Connor no podía perder el tiempo. Me recompuse y eché a andar tras él, esforzándome por no perderlo de vista cuando dejó atrás las callejuelas empedradas de Temple y entró en la calle de arriba, que era más ancha y estaba llena de coches y de gente. Se paró en la acera, hablando todavía por teléfono. Al final pude alcanzarlo y ya casi estaba al alcance de mi mano cuando le oí decir: «Sí, te veo».

Me detuve y vi cómo hacía un gesto con la mano hacia un pequeño coche rojo que estaba aparcado al otro lado de la calle. En el asiento del conductor había una mujer rubia sonriendo y detrás, saludándole enérgicamente con la mano, había dos niños pequeños. Vi cómo Connor aprovechaba un momento en el que no pasaban coches, cruzaba la calle y se sentaba en el asiento del copiloto. Se acercó a la mujer y la besó en los labios; después se giró para saludar a Maya y Ben. Y vi cómo Chrissie arrancaba, salía a la calzada y el coche rojo se fundió con el tráfico, desapareciendo de la vista.

No sé cuánto tiempo, exactamente, me quedé de pie en aquella concurrida acera. Era consciente de que la gente que pasaba a mi lado parecía irritarse por el hecho de que yo hubiera echado raíces en aquel lugar; me rozaban de manera ostentosa al pasar o chasqueaban la lengua. Si me hubieran preguntado, les habría explicado que de hecho no podía moverme; mis piernas no me dejaban. Mi cerebro estaba igual de entumecido dentro de mi cráneo, como si se hubiera apagado para no tener que procesar lo que acababa de ocurrir. Solo daba paso a pensamientos estúpidos y superficiales, como, por ejemplo, que era una ventaja no haberme pintado los ojos, ya que, a esas alturas, se me habría corrido todo el rímel por la cara.

Después de un rato, mis piernas volvieron a funcionar y me transportaron hasta la estación de metro. El vagón estaba lleno a rebosar, pero una mujer se levantó y me ofreció su asiento. No sé muy bien por qué lo hizo, pero le estaba agradecida. Al sentarme, me di cuenta de lo corta que era mi falda: en mi regazo no había más que unos muslos desnudos con la piel pálida y llena de manchas rojas. Junto a mí había un hombre con un traje arrugado que parecía de la misma edad que Connor. Estaba medio echado en el asiento, con las piernas muy separadas, tecleando en su iPhone. Podía ver la pantalla perfectamente y observé, como si fuera a través de un cristal, cómo redactaba un texto para alguien llamado Mila: «Haré que merezca la pena, ya lo sabes. No he olvidado lo que te prometí en Ascot... XXX». Me imaginé a mí misma inclinándome hacia él y tecleando: «P. D. ¿A que no sabes una cosa? ¡Estoy casado!».

De vuelta en el piso, fue un alivio descubrir que Jonty todavía no había llegado a casa. Le escribí una nota diciendo que estaba enferma y no quería que me molestara nadie, entré en mi habitación y cerré la puerta con llave. Entonces me percaté de que estaba completamente agota-

da y, sin quitarme los zapatos, me acosté en el sofá y me
quedé dormida.

Cuando me desperté todo estaba muy oscuro y tanto la calle como el piso se encontraban sumidos en el silencio. Al abrir mi laptop para ver qué hora era, descubrí
que tenía cuarenta y ocho nuevos e-mails y me sentí muy
confusa hasta que me acordé de que había activado una
alerta de Google para los nombres de Adrian y Red Pill.
Los periódicos del sábado acababan de salir, llenos de actualizaciones, análisis y debates sobre el tema.

Leí los artículos con indiferencia, como si aquello no
tuviera nada que ver conmigo personalmente. Otro miembro de Red Pill, un chico llamado Stephen, había revelado
que Adrian también se había puesto en contacto con él
para que se hiciera cargo de la vida de otra persona, pero
no había aceptado. Se informaba de que Adrian había sido
visto en Inglaterra y allende el mar, en Praga y en Nueva
York. El titular de uno de los periódicos decía: «¿Será tu
hijo miembro de una secta suicida?».

En una de las entrevistas habían preguntado a Randall cuántas personas más podían haber sido contratadas
y había contestado: «Ni idea. Solo Dios lo sabe. Cientos,
tal vez». El periódico lo usó como justificación para pedir
a un «prestigioso psicólogo» que redactara una lista de
señales de alarma para padres que sospecharan que su hijo
podría ser uno de los secuaces de Adrian. La primera pregunta era: «¿Tu hijo pasa demasiado tiempo delante de la
computadora?». La segunda: «¿Tiene horarios extraños y
antisociales?».

Leía los artículos, pero no podía concentrarme en lo que decían. Solo podía pensar en Connor o, más concretamente, en las razones que le habían llevado a hacer eso. ¿Por qué mintió diciendo que estaba separado de Chrissie? A lo largo del fin de semana envió varios e-mails a Tess, todos con un tono tan coqueto como siempre. Cuando le pregunté qué había hecho el viernes por la noche, dijo que había salido a tomar unas copas con gente del trabajo y al final había acabado en una fiesta en Whitechapel. «Fue aburrido, porque no estabas tú».

Volví a leer nuestros e-mails anteriores. «Criatura maravillosa». «Es algo muy raro lo que ocurre aquí, ¿lo sabías? Tengo la sensación de que puedo contarte todo». «Bésame primero». Una vez me había preguntado sobre los recuerdos que tenía de mi infancia. Le conté que en cierta ocasión, cuando tenía siete años, bajaba con mi madre por la calle principal de Kentish Town —aunque situé la acción en Dulwich, donde se crio Tess— y vi algo en la alcantarilla que creí que era un osito de peluche rosa. Pensé que se le había caído a algún otro niño y me dio pena porque estaba sucio y olvidado. Me agaché para recogerlo y cuando lo alcé a la altura de los ojos me di cuenta de que no era un osito de peluche, después de todo, sino una pata de cerdo, cortada con una sierra. «Vaya, pobre Heddy —había contestado—. Qué historia más triste. Me gustaría abrazarte». Ahora que mi madre estaba muerta, él era la única persona que conocía esa anécdota.

Me pregunté si el hecho de que estuviera casado cambiaba algo en realidad. Chrissie y él tal vez estuvieran manteniendo las apariencias de cara a los niños. Carmen, una amiga de Tess que no era feliz en su matrimonio, una vez le envió un e-mail en el que decía: «Estamos practicando el consabido "seguimos por los niños"». Puede que Connor estuviera realizando un acto desinteresado al seguir casado con Chrissie. No le habría dicho nada a Tess porque sospecharía que no iba a querer tener nada que ver con él. En 2009, una de sus promesas para el nuevo año había sido la de «evitar a los hombres casados».

Además, la gente se divorciaba, ¿no? ¿Si se enamoraban de otra persona y esa otra persona estaba libre?

Estas no eran el tipo de preguntas cuyas respuestas se podían encontrar en Google y, no por primera vez, deseaba que Tess estuviera conmigo para aconsejarme. Aunque, claro, sabía lo que me diría. Para empezar, me diría que no debería haber esperado nada de Connor. Opinaba que todos los hombres no eran más que, y cito textualmente, «unos pequeños sapos cachondos» que se limitaban a hacer todo lo que hiciera falta para conseguir su objetivo. No lo dijo con amargura ni enfadada, sino resignada, como si no le diera mucha importancia y no fuera más que un dato inscrito en su código biológico.

Durante una de nuestras conversaciones, me opuse a ese punto de vista señalando que era una generalización demasiado amplia que no siempre era aplicable. Por esa regla de tres, todas las mujeres también compartirían determinadas características, y Tess y yo éramos un ejemplo de cómo dos personas podían ser del mismo sexo sin apenas tener ningún rasgo de personalidad en común. También señalé que la característica de «sapo» no era muy evidente en sus relaciones con los hombres, la mayoría de los cuales parecían exigir un mayor grado de compromiso que el que ella estaba dispuesta a darles. A juzgar por sus experiencias vitales y por lo que yo había leído sobre las supuestas diferencias entre los sexos, le dije, parecía que era ella la que asumía el «papel» supuestamente reservado a los hombres, saltando de pareja en pareja.

Recuerdo que estaba tumbada boca arriba en su cama mientras hablábamos, así que apenas podía verle la cara durante la mayor parte de la conversación, pero en aquel momento se incorporó y miró directamente a la cámara con la cabeza ladeada y una expresión divertida en el rostro.

—No quiero ofenderte, nena, pero no sé si eres la persona más indicada para dar consejos sobre política sexual —me soltó.

Sin embargo, a lo largo de los últimos meses había aprendido una cosa: solo porque Tess dijera algo con una convicción total y absoluta, eso no significaba que tuviera razón. Es cierto que en aquellos tiempos ella sabía mucho más sobre relaciones y yo no podía cuestionar sus afirmaciones con fundamento. Pero ahora yo había tenido alguna que otra experiencia y sí que me sentía cualificada para juzgar la situación por mi cuenta; simplemente, no estaba de acuerdo con la idea de que todos los hombres fueran iguales y que una no se podía fiar de ellos. Cada persona y cada relación eran complejas y únicas. Y yo conocía a Connor mucho mejor de lo que Tess jamás lo había conocido.

Me di cuenta de que tenía que hablar con él cuanto antes.

La siguiente ocasión para hacerlo era el lunes. Pensé en la posibilidad de acudir temprano a su oficina para pillarlo antes de que entrase, pero decidí no hacerlo; sabía que a menudo llegaba tarde y podía estar estresado y llevar prisa. Sería mejor hacerlo cuando saliera de la oficina para comer.

El lunes por la mañana me desperté pronto, a las diez, turbada y nerviosa por igual. No era capaz de quedarme quieta y la perspectiva de esperar en el piso durante dos horas hasta el momento de salir no era muy atractiva, así que tomé la decisión de ir caminando a Temple. Antes no había andado tanto nunca, pero este era un día importante que podía cambiar mi vida y parecía apropiado actuar con arrojo.

Una vez más me puse la falda nueva y me peiné el pelo hasta que se levantó de mi cuero cabelludo por la electricidad estática. Afortunadamente, Jonty estaba fuera unos días visitando a sus padres, así que no tuve que inventarme ninguna excusa para ponerme guapa. Dejé el piso y me dirigí al camino que bordeaba el Támesis. Era un día agradable para ser octubre; la ciudad centelleaba al sol y el aire era fresco y tonificante, aunque tampoco es que me faltase energía. La marea estaba baja y justo antes de llegar al Tower Bridge me fijé en un grupo de personas que estaba en la orilla usando las manos y herramientas para excavar en el lecho del río. Recordé que un día Jonty había vuelto a casa todo sucio hablando con entusiasmo sobre un nuevo hobby suyo consistente en buscar artefactos entre los sedimentos del Támesis; tal vez fuera eso lo que esa gente estaba haciendo.

La excitación me hacía andar rápido y me costó menos tiempo recorrer el camino hasta Temple de lo que mi calculador de rutas había indicado. Cuando llegué a mi banco eran solo las doce y cuarto del mediodía, por lo menos cuarenta y cinco minutos antes de la hora a la que Connor solía salir para ir a comprar su sándwich. Me sentía frustrada por tener que esperar, hasta que se me ocurrió que ya no era necesario hacerlo. A fin de cuentas, si iba a revelar la verdad, ya no era necesario fingir que era un encuentro casual; podía entrar en su oficina y preguntar por él.

Me dirigí a la puerta negra y pulsé el botón del telefonillo. Contestó una voz femenina y la informé en voz alta y clara de que había venido a ver a Connor Devine. Se oyó un zumbido que me invitó a entrar en una recepción pequeña y sorprendentemente vieja. La mujer al otro lado del mostrador me miró con curiosidad y me preguntó si tenía cita. Le dije que no, que había venido por un asunto personal urgente. Me preguntó por mi nombre, levantó el auricular del teléfono y marcó un número de tres dígitos.

—Connor, ha venido a verte una persona que se llama Leila —dijo.

Al oírlo así, dicho de una manera tan clara y sin rodeos, mi confianza comenzó a flaquear. Di un paso hacia atrás y abrí la boca para decir que me marchaba, pero, antes de que pudiera hablar, Connor ya estaba saliendo por una puerta lateral, como si estuviera esperando al otro lado.

Me miró, frunció el ceño y después lanzó una mirada a la recepcionista como para preguntar: «¿Es ella?». La secretaria asintió con la cabeza y Connor volvió a mirarme.

—Perdona, ¿nos conocemos? —preguntó.

—Sí —dije, y sentí cómo volvía mi determinación de golpe—. Ven fuera.

Frunció el ceño otra vez, pero me acompañó a la calle. Me alejé unos pasos de la oficina y después me di la vuelta para mirarlo. Connor me devolvió la mirada y, por muy absurdo que suene, fue como si nos atravesara una corriente eléctrica. En solo unos segundos, absorbí cada detalle de él: el tono rosado alrededor de sus ojos; la barba poblada, pero bien recortada; aquellos mechones de pelo que cubrían el piercing en la parte superior de su oreja izquierda que se había puesto en Tailandia en su año sabático, una noche de juerga.

—Perdona —repitió—, ¿nos conocemos?

—Sí —dije asintiendo con firmeza.

Sus ojos repasaron mi cara.

—¿Eres la hermana de Tobias?

—No —dije—. No conozco a Tobias. Soy Leila. —Me di cuenta de que apenas había pensado en cómo afrontar el asunto—. Soy amiga de Tess.

Su expresión se suavizó un momento y después pareció más alerta. Cambió el peso de pie y miró a su alrededor.

—¿Quién eres tú? —Me escrutó—. ¿No nos hemos visto en algún sitio?

Pensé que sería mejor no recordarle todavía nuestros encuentros previos.

—Ya te lo he dicho: soy amiga de Tess —insistí.

—¿Está bien? —preguntó—. ¿Le ha pasado algo?

—No —le dije—. Bueno, sí. Necesito contarte algo. ¿Podemos sentarnos?

Hice un gesto señalando el banco y nos sentamos. Saqué el periódico del día anterior de mi bolso y lo puse sobre sus rodillas. Me echó una mirada inquisitiva antes de cogerlo y mirar la primera plana. Solo entonces me fijé en el anillo que llevaba en su mano izquierda. ¿Siempre había estado ahí o se lo había quitado en las otras ocasiones en las que le había visto?

Después de unos pocos segundos, volvió a dejar el periódico sobre sus piernas.

—Perdona, pero no tengo ni la más remota idea de sobre qué va todo esto y tengo muchas cosas que hacer. ¿Le ha pasado algo a Tess?

—Sí. Pero primero necesitas saber más sobre Adrian Dervish —le dije, señalando el periódico—. Al parecer, anima a la gente a suicidarse.

—Ya —dijo con tono impaciente—. ¿Y?

Había presumido que la conversación iba a fluir con naturalidad, como nuestros e-mails, pero no fue así. Ya no parecía que Connor y yo tuviéramos ninguna conexión especial; de hecho, en aquel momento podría haber sido un extraño. Me agobiaba profundamente que las cosas no salieran según el plan y cambié de táctica, tal vez de manera demasiado radical.

—Tess está muerta —sentencié.

Escruté su rostro cuando lo decía. Se vio un pequeño espasmo junto a sus cejas, pero los rasgos de su cara permanecieron impasibles.

—¿Cómo?

—Se suicidó —le expliqué.

—¿Cuándo? —preguntó en voz baja.

Me quedé callada durante un rato, sabiendo que después de contestar a esa pregunta ya nada volvería a ser lo mismo. Connor había apartado la cara y estaba con la mirada perdida y la boca ligeramente abierta. Pensé que todavía no era tarde. Podía decirle que Tess había fallecido esa misma mañana en Sointula, y después podía levantarme y marcharme. Pero si hacía eso, él nunca sabría que había estado escribiéndome a mí. Nuestra relación terminaría y sería prácticamente seguro que no volvería a verlo ni a saber de él nunca más.

—¿Cuándo? —preguntó otra vez girándose hacia mí de nuevo.

Puse la mano sobre su hombro con un gesto consolador e inspiré.

—Hace cuatro meses —dije.

Levantó la mirada bruscamente. Sus ojos casi desaparecieron, al igual que sucedía cuando algo le divertía, solo que ahora no estaba sonriendo.

—Eso es imposible. Ayer nos escribimos.

—No estabas escribiéndole a ella —dije—. Bueno, eso no es verdad. Me refiero a que estabas escribiéndole, pero no era ella la que leía tus e-mails. Ni los contestaba. Era yo.

Me miró. Cuando por fin habló, su voz había bajado de tono hasta convertirse en algo más parecido a un gruñido.

—¿Qué hostias me estás contando? ¿Quién eres tú?

Su tono agresivo hizo que me sobresaltara. La imagen de él caminando hacia el coche donde estaban Chrissie y los niños volvió y me sentí indignada.

—Ya te lo he dicho: soy una amiga de Tess; una amiga mucho más cercana que tú. La conozco mil veces mejor que tú.

—¿Qué me estás contando?

—Ya te lo he dicho —repetí exasperada—. Tess está muerta y yo...

—¿La mataste tú?

Se puso en pie de repente y dio unos pasos para alejarse del banco mirándome fijamente, como si fuera un perro peligroso.

—¡No! —protesté—. ¡La ayudé! —Mi indignación se desvaneció de repente y, muy a mi pesar, estuve a punto de llorar—. Siéntate, por favor.

Lo hizo tras un momento, pero apartó la mirada otra vez, de modo que lo único que se le veía de la cara era un espasmo muscular junto a la línea de la mandíbula.

—Hice solo lo que ella me pidió que hiciera —expliqué—. Quería morir, pero no quería perturbar a su familia ni a sus amigos, así que me pidió que me hiciera cargo de su vida, para poder marcharse sin que nadie se diera cuenta y...

—¿Y suicidarse? —preguntó Connor.

—Sí —contesté.

De nuevo, Connor se levantó del banco, pero esta vez no se alejó. Me estaba dando la espalda y vi desde atrás cómo sacaba una cajetilla de tabaco y un mechero del bolsillo de su pantalón. Oí un chasquido y observé que sus delgados hombros subían y bajaban bajo la americana mientras inhalaba.

—Creía que lo habías dejado —dije sin pensar en lo que decía.

La mano que sostenía el cigarrillo se quedó suspendida en el aire por un momento, antes de continuar su trayectoria. Después de varias inhalaciones más, Connor volvió a hablar sin darse la vuelta.

—Aclárame una cosa —dijo. Se notaba que se estaba esforzando para controlar la voz—. ¿Estás afirmando que Tess conocía a ese tarado, que se suicidó y que tú, quienquiera que seas, la animaste a hacerlo?

—No la «animé» a hacer nada. Fue su propia decisión —dije.

Entonces le expliqué brevemente cómo había conocido a Adrian y el origen del proyecto Tess. Estaba hablando con su espalda, mirando fijamente los pliegues de su americana, tratando de obligarle a darse la vuelta.

—Tenía la mente despejada —añadí—. Sabía lo que quería hacer.

Connor se quedó callado durante unos segundos, después dejó caer el cigarrillo. No lo apagó con el zapato y el humo fue flotando hacia mí. No me importaba, esta vez no; por alguna razón, el olor no era tan desagradable como el de los cigarrillos de otras personas. Luego, por fin, se dio la vuelta para mirarme y, como si se le acabara de ocurrir, preguntó:

—¿Quieres decir que he estado escribiéndote a ti todo este tiempo?

Asentí con la cabeza y sonreí. No resultaba sorprendente que le hubiera llevado un rato digerir la verdad: había mucho que procesar. Ahora, esperaba yo, las implicaciones quedaban más claras. Él había pensado que la persona de la que se había enamorado estaba en Canadá, fuera de su alcance, pero en realidad estaba delante de él.

Connor me estaba mirando fijamente, pero yo no fui capaz de interpretar su expresión. Intenté imaginarme qué estaba pasando por su cabeza y se me ocurrió que no sabía cuál era mi opinión, la de Leila, en todo esto. Podría pensar que solo estaba haciendo mi trabajo cuando le escribía; que él, como persona, me importaba un bledo.

—Todo lo que te escribí iba en serio, ¿sabes? —dije—. Todo lo que escribí.

Él no dijo nada, solo seguía clavando su mirada en mí. Comencé a sentirme un poco incómoda y de repente salieron más palabras de mi boca:

—Yo no..., no estoy saliendo con nadie. Estoy soltera. Y estoy disponible.

Al final, al oír esto, se formó algo parecido a una sonrisa en su boca y dijo lentamente con un tono de voz claro:

—¿Tú estás mal de la puta cabeza?

Ahora me tocó a mí quedarme sin palabras. Connor me miró de arriba abajo de una manera exagerada, todavía con aquella extraña sonrisa en la cara.

—¿De verdad piensas que yo saldría contigo? —preguntó.

Fue como si un globo se hinchara dentro de mi pecho. Mi respiración se volvió entrecortada y por unos momentos no pude hacer nada más que mirar a Connor. No apartaba los ojos de mí; ahora era feo; su cara, la de un extraño. Entonces, de manera igualmente repentina, la furia me endureció.

—Bueno, supongo que para ti sería difícil salir con cualquiera, ¿verdad? —dije—. ¡Porque estás casado!

Connor se sobresaltó.

—¡Te vi! Tú con Chrissie y los niños, todos metiditos en el coche. ¡Dijiste que os habíais separado hace años! Dijiste que estabas enamorado de mí y que querías estar conmigo. ¿Por qué lo dijiste? Yo...

—¡Qué carajos! —exclamó Connor—. ¿Cuándo nos viste? ¿Me has estado persiguiendo?

Negué con la cabeza, furiosa por que estuviera tratando de esquivar el tema.

—Me dijiste que estabas enamorado de mí —repetí despacio y en voz alta, como si estuviera hablando con un niño.

—Chist —siseó Connor antes de suavizar la expresión de su cara mirando a alguien que estaba a mi espalda. Me di la vuelta y vi que un par de sus colegas que habían salido de la oficina para ir a comer nos estaban mirando con curiosidad. Connor sonrió y les saludó con un gesto de la cabeza. La sonrisa se borró de su cara en el momento en que desaparecieron de su vista.

—Me dijiste que estabas enamorado de mí... —volví a empezar.

—Deja de decir eso —contestó—. Ni siquiera te conozco.

—¡Soy Tess! —dije casi gritando. ¿Cómo era posible que todavía no lo entendiera?—. ¿No lo entiendes? Soy Tess.

Connor soltó una risa seca y horrible.

—No sé qué chingados está pasando aquí, pero sí que tengo algo muy claro y es que tú, desde luego, no eres Tess.

—Por supuesto que no soy Tess en el sentido real. —A esas alturas estaba haciendo aspavientos con los brazos y, debido a la rabia y la frustración, mis pensamientos salían atropelladamente de la boca, sin ningún tipo de orden—. ¿Todo eso que escribiste era mentira? ¡Te conté lo de la pata del cerdo! ¡Dijiste que te reíste de felicidad en el tribunal solo por pensar en mí! ¿Eso era verdad?

A cada pregunta que le hacía, mi voz se volvía más alta y me di cuenta de que algunos transeúntes nos estaban mirando. Connor había dado unos pasos hacia atrás y me miraba fijamente.

—Aléjate de mí —dijo.

La forma en que me miraba expresaba una mezcla de asco y miedo y eso fue demasiado para mí.

—Además eres un... —Hice una pausa porque no me salía la palabra que estaba buscando, pero al final la encontré; era una de las favoritas de Tess, que nunca había dicho antes en voz alta—. Un hijo de puta.

Tal y como me esperaba, Connor pareció consternado; pero esa palabra también me desinfló la rabia. De

repente me sentí agotada y cuando volví a hablar mi voz
había recuperado el volumen normal.

—¿Chrissie lo sabe?

—Por supuesto que no —dijo.

—¿Te dejaría si se enterase?

Me lanzó una mirada dura.

—¿Me estás amenazando?

—No —contesté.

—Bueno, para contestar a tu pregunta, no lo sé. No
sé lo que haría Chrissie si se enterase. Supongo que me
dejaría. —Parecía estar lejos, como si hablara para sí—. No
puedo creer que Tess esté muerta. No puedo creerte...
No puedo creer nada de todo esto.

—No estoy mintiendo —dije—. El único mentiroso
aquí eres tú.

Connor soltó aquella risa fría, que era como un
ladrido.

—¿Me estás llamando embustero?

Pero yo ya no tenía fuerzas para contestar y comenzar otra discusión y, al parecer, él tampoco. Tenía los hombros caídos.

—¿Quién eres tú? —dijo en voz baja, pero no era una
pregunta. Luego, sin despedirse, se dio la vuelta y se marchó, sin entrar en su oficina, dirigiéndose hacia la calle
principal. Me quedé mirándolo hasta que desapareció de
mi vista.

Me quedé allí varios minutos, hasta que me di cuenta de que Connor podía volver al trabajo en cualquier
momento. Eché a andar apresuradamente y enseguida

comencé a correr, tropezando con mis zapatos resbaladizos mientras intentaba escapar de Temple. Perdí el sentido de la orientación y lo que una vez me había parecido un enclave mágico pasó a parecerme una fortaleza con calles empedradas todas iguales que me confundían y estaban pobladas de hombres trajeados, idénticos a Connor.

Al final encontré una salida y entré con alivio en el Victoria Embankment. Tenía que atravesar varios carriles con tráfico para llegar al río, pero crucé la calle sin esperar a que se abriera un hueco razonable, solo vagamente consciente de las bocinas y los gritos detrás de mí. Me apoyé en el muro encima del agua. Ahora que estaba agarrada a algo, mi cuerpo se volvió blando. Tuve que luchar para mantener la cabeza erguida.

No estaba enfadada, ni siquiera decepcionada conmigo misma. Era como si me hubieran vaciado de todo tipo de sentimientos. La palabra «destripada» entró en mi cabeza; en clase la habían usado para referirse a acontecimientos triviales y yo la había desechado porque era una expresión vulgar, pero ahora era la única palabra adecuada. Tuve la sensación de haber sido completamente destripada y mi cuerpo en ese momento era tan inútil como la piel de un plátano.

Las aguas marrones del río centelleaban bajo el sol, la marea todavía estaba baja y en la brisa había un matiz oscuro. En la orilla de enfrente podía ver a gente apoyada en el muro, igual que yo; sin embargo, a diferencia de mí, todos parecían andar en parejas, abrazándose mientras miraban el agua. Giré la cabeza hacia el este, en dirección al

Tower Bridge, y vi que las personas que estaban buscando artefactos en el fango del lecho del río seguían allí. Aquellas figuras minúsculas, agachadas, con sus sacos luminosos, podían perfectamente haber estado en otro planeta. Tess solía decir que la vida adulta no era más que un ejercicio para llenar el tiempo. Pensé que, si eso era así, entonces esa gente bien podía haber tenido una buena idea. Andar hurgando en el fango era algo absurdo, pero por lo menos era una actividad inocua.

Cerré los ojos, pero mis intentos de procesar lo que acababa de ocurrir con Connor me provocaron un dolor de cabeza físico. ¿Cómo podía haber malinterpretado la situación hasta tal extremo? ¿Cómo podía ser que algo que me había parecido tan real en realidad no hubiera significado nada?

Pensé que debía regresar al departamento y me imaginé la computadora esperándome en la mesa, con el pequeño led del cargador brillando incandescente a la sombra del cartel del restaurante. Sin embargo, esa imagen ya no me ofrecía consuelo. ¿Qué sentido tenía, cuando ya no iba a haber más e-mails de Connor? De hecho, de repente aborrecía la idea de volver al trabajo y seguir haciendo de Tess sin él.

Lo que hice después no se debió ni a la rabia ni a otro tipo de emoción intensa. Más bien fue una decisión racional o eso me pareció en aquel momento. En el sentido práctico, no había sitio para mí en la sociedad y no soportaba la idea de volver al piso, con todas sus connotaciones. Necesitaba ir a otro sitio. Además, ya no podía fiarme de mi propio juicio y sin eso no era nadie. Tenía que rendirme y dejar que otra persona se hiciera cargo de la situación.

Saqué el celular y busqué la comisaría más cercana.

Estaba cerca de Fleet Street y cinco minutos después ya estaba allí. Antes nunca había estado en una comisaría, pero no parecía que me hubiera perdido gran cosa. La fachada era bastante antigua y grandiosa, pero el interior no era más interesante que el vestíbulo de un banco, con sillas de plástico atornilladas al suelo y soportes para folletos informativos en las paredes. Había una pequeña cola junto a la recepción y esperé impaciente detrás de una pareja de extranjeros que trataban de explicar que necesitaban denunciar la pérdida de su teléfono por razones del seguro; luego debatieron, largo y tendido, incluso las preguntas más simples que les hicieron.

Después de quince minutos, me sentí obligada a tomar medidas.

—Perdone —dije en voz alta al hombre que estaba detrás del cristal—, tengo algo importante que decir.

El policía me lanzó una mirada inexpresiva. Tenía una cara cansada y carnosa.

—Sí, usted y el resto del universo —contestó—. Haga el favor de esperar su turno.

Al final la pareja se marchó, cogiendo firmemente el impreso relleno, y me acerqué a la ventanilla. El policía levantó las cejas con un gesto inquisitivo agotado.

—Quiero confesar algo —dije.

—¿Acerca de qué, si se puede saber?

—Acerca de mi relación con Adrian Dervish.

—¿Y quién es ese señor...?

Suspiré impaciente y, por segunda vez aquella mañana, saqué mi periódico del día anterior y lo acerqué al cristal. El hombre lo miró.

—¿Dice que conoce usted a este hombre?

—Sí, así es —contesté—. Bueno, se podría decir que sí. A lo que me refiero es a que no sé dónde está.

Miró de nuevo al periódico.

—Bien, señorita, si puede esperar un momento, enseguida vendrá alguien a tomarle declaración.

Reconozco que estaba sorprendida y un poco decepcionada por la falta de rapidez y excitación que mostraba el policía. La misma actitud continuó cuando, después de otros veinte minutos de espera, me llamaron para tomarme declaración. Una policía joven y rubia me llevó por una puerta a una pequeña habitación con una mesa y cuatro sillas. Nos sentamos una frente a la otra y pulsó el botón de grabación de una anticuada grabadora con dos cintas. Mientras yo hablaba, ella también tomaba apuntes, sujetando el lapicero de la misma manera en que solía hacerlo Rashida, con la mano cubriendo el extremo posterior.

La mujer era más simpática que el hombre de la recepción y parecía conocer algunos detalles del caso, aunque no mucho más que lo que se podía desprender del artículo del periódico. Comenzó haciendo algunas preguntas —cómo había conocido a Adrian, etcétera—, pero cuando se dio cuenta de que yo iba a realizar un testimonio detallado y ordenado cronológicamente de mi relación con él, me dejó hablar sin interrumpirme apenas.

Al principio estaba nerviosa, pero mientras hablaba me di cuenta de que desembarazarme de todo resultaba bastante placentero. También era agradable contar con la atención total de alguien. Pero luego, transcurridos unos treinta minutos de la entrevista, la situación cambió de manera abrupta.

Había llegado al punto en el que Tess y yo definimos sus planes para después de su marcha y estaba describiendo el plan de Sointula cuando la mujer me interrumpió:

—¿En algún momento Adrian Dervish ejerció algún tipo de presión sobre usted para que llevara a cabo ese plan?

Estaba confusa y le pregunté qué quería decir.

—¿Cuando quedó claro que no iba a proseguir con el plan, Adrian Dervish intentó persuadirla de hacerlo?

Pensaba que no lo había hecho. Que no era más que otro Randall Howard.

Fue como el momento anterior con Connor, cuando me preguntó cuándo había fallecido Tess: una oportunidad de evitar que saliera toda la verdad, con todas sus complicaciones adyacentes. Sin embargo, esta vez no dudé.

—No, no lo entiende —dije—. Sí que lo hice. Tess se suicidó y yo suplanté su identidad.

Siguieron unos segundos durante los cuales pareció que el ruido de la cinta dando vueltas había aumentado considerablemente. Luego la policía se inclinó sobre el aparato y dijo que la entrevista quedaba suspendida. Se levantó y dejó la habitación. Volvió unos minutos más tarde. Entonces se sentó, volvió a encender la grabadora y, con un tono de voz más claro y ceremonioso que antes, dijo:

—Queda arrestada como sospechosa de haber ayudado o animado a Tess Williams a suicidarse.

Dije que no necesitaba un abogado, pero no parecían creerme. Cada media hora, el inspector Winder paraba el interrogatorio para recordarme que tenía derecho a un representante jurídico y preguntarme si quería ejercerlo. Después de la tercera vez, le dije que por qué seguía preguntando si siempre le daba la misma respuesta.

—Tenemos que asegurarnos de que esté segura y de que comprenda las implicaciones de su decisión —explicó—. Además —añadió—, las cintas solo graban cuarenta y cinco minutos seguidos del interrogatorio y de esta manera queda constancia de que la hemos avisado en cada cara de la cinta.

Eso me hizo preguntarle algo que me había rondado la cabeza desde que había comenzado la declaración: ¿por qué usaban esas cintas anticuadas en vez de grabaciones digitales?

—Es más fácil manipular el material digital —explicó.

Eso, naturalmente, me hizo pensar en el software que había usado para imitar la voz de Tess por teléfono; sin embargo, me resistía a mencionarlo, ya que estaba repasando todo por orden cronológico y todavía no había llegado a esa parte de la historia.

El inspector Winder era el jefe de la investigación del caso de Adrian Dervish y había llegado a la comisaría de

Fleet Street apenas una hora después de mi arresto. Mientras esperaba, había entregado las llaves de mi piso para que pudieran registrarlo, después de aprovechar la llamada de teléfono que me ofrecieron para hablar con Jonty y asegurarme de que seguía donde sus padres. No quería que se asustara cuando la policía entrara en el piso.

Jonty confirmó que seguía en Cardiff y que no volvería hasta el día siguiente.

—¿Todo bien? —preguntó.

—Sí —dije improvisando—. Es solo que voy a estar todo el día en casa de un amigo y me iban a llevar un paquete de Amazon al piso.

Mientras hablaba, me quedé desconcertada al ver que la joven policía apuntaba todo lo que yo estaba diciendo.

—¿Qué amigo? —preguntó Jonty en tono burlón.

—Tengo que irme —dije.

Desde ese momento hasta que llegó el inspector Winder, estuve sola la mayor parte del tiempo. Al principio me ofrecieron una taza de té y acepté, aunque no me gusta el té. Ahora la taza de poliestireno estaba sobre la mesa; no había tomado ni un sorbo y el té estaba frío. Lo miré y pensé en la cárcel. Había visto imágenes de celdas en la televisión; no tenían tan mala pinta. Pensé que en realidad sería parecido a estar en el piso.

Cuando entró el inspector Winder, el ambiente en la habitación pareció cambiar; tuve la impresión de que la policía adoptaba una postura más erguida en su silla. Era bastante mayor y tenía la piel roja con manchas, una nariz llena de bultos y mucho pelo negro en el dorso de las ma-

nos. Se presentó —hablaba con un acento que no identifiqué—. Después se sentó y la grabación se reanudó.

A diferencia de la policía que me había interrogado
antes, el inspector Winder sabía mucho sobre el caso y
formuló preguntas detalladas sobre cómo funcionaba Red
Pill, qué me había dicho Adrian en Hampstead Heath y
sobre los términos exactos de mi acuerdo con Tess.

—¿Tess pagó a Adrian? —preguntó.

Contesté que no lo sabía y reconocí que no se me
había ocurrido esa posibilidad.

—Tenemos razones para pensar que Tess podría haber dado una cantidad importante de dinero a Adrian para
facilitar la suplantación de identidad —dijo.

Entonces me explicó que el cliente de Randall Howard,
«Mark», había dicho a la policía que había pagado quince
mil libras a Adrian.

—Si es verdad —añadió—, quiere decir que Adrian
estaba beneficiándose de la muerte de otras personas. Eso
convertiría todo esto en un asunto muy grave. ¿Lo com-
prendes, Leila?

Asentí con la cabeza.

—¿Adrian te pagó? —preguntó.

Vacilé.

—No exactamente.

—¿Qué quieres decir?

—Creo que era él quien me enviaba el dinero por
correo, pero venía de Tess.

—¿Cuánto era?

—Ochenta y ocho libras.

—¿Al día?

—A la semana.

Frunció el ceño.

—Es una cantidad rara.

—Es lo que necesitaba para vivir —le aclaré—. Era un trabajo de jornada completa, ¿sabe?

El inspector Winder me miró fijamente sin pestañear durante unos segundos.

—¿Por qué lo hiciste, Leila?

—Tess quería morir y yo creía que tenía derecho a hacerlo, así que la ayudé.

—¿Y crees que lo habría hecho sin tu ayuda? ¿O estaría viva en estos momentos?

—No lo sé —dije al final.

Más tarde, me preguntó sobre mi propio estado de ánimo. ¿Sufría una depresión? ¿Alguna vez había pensado en suicidarme?

Negué con firmeza.

—Aun así, ¿simpatizaste tanto con alguien que quería terminar con su vida que estabas dispuesta a arriesgarte a que te arrestaran por ayudarla?

Nunca me lo había planteado en esos términos, pero asentí con la cabeza.

—Supongo que sí.

Las dos preguntas que me hizo una y otra vez eran las que no podía contestar. ¿Dónde estaba Adrian en ese momento? ¿Dónde estaba el cuerpo de Tess?

Después de tres horas de interrogatorio, el inspector Winder dijo que de momento era suficiente. Eran las ocho de la tarde. En el momento en que apagó la grabadora, me di cuenta de que estaba más cansada de lo que lo había estado en toda mi vida, que yo recordara. Si hubiera apoyado la cabeza en la mesa, me habría quedado dormida allí mismo. Entonces me llevaron a una celda y me acurruqué en una cama dura y estrecha.

Luego, después de lo que me parecieron tan solo unos pocos minutos, me sacudieron para despertarme y me dijeron que me concedían la libertad provisional. Ya era la mañana del día siguiente; el inspector Winder se había marchado y me había quedado otra vez a cargo de la joven policía. Me dijo que no podía salir de Londres sin informarles y que tenía que ir a fichar a la comisaría una vez al mes.

—¿Cuánto tiempo va a durar todo esto? —le pregunté mientras firmaba el impreso de la libertad provisional.

—No sabría decírselo —me contestó—. Puede que no le sorprenda saber que nunca nos hemos enfrentado a algo parecido antes. Es un territorio desconocido para nosotros.

Eso es todo por hoy. El sol está saliendo y puedo oír los insectos, que vuelven a lo suyo. Se suponía que me marchaba a casa mañana —tengo billete reservado para el vuelo de las tres y treinta y cinco de la tarde—, pero estoy pensando en cambiarlo. Annie dice que se va a quedar una semana más y creo que voy a seguir su ejemplo; lo único que tendría que hacer es ir al cibercafé de la ciudad, modificar la fecha del billete y enviar un e-mail a Jonty para decirle que llegaré una semana más tarde. Annie dice que puedo ayudarla a lijar más taburetes. He pensado que podría coger un taxi para ir a la Alhambra.

Jueves, 25 de agosto de 2011

Voy rumbo a Luton a bordo del avión de color naranja Doritos. Más bien no, porque el avión sigue sobre el asfalto del aeropuerto de Málaga desde hace cuarenta minutos y nos quedaremos sentados en nuestros asientos durante un tiempo no especificado. Al parecer, tiene algo que ver con «medidas de seguridad relacionadas con el mantenimiento del aeropuerto», lo cual creo que significa que no ha llegado toda la tripulación. Los otros pasajeros parece que se han resignado a esperar, aunque el hombre del asiento de al lado me ha dejado claro que le molesta que use mi laptop. Sobresale de la mesita de plástico y en ocasiones mis codos invaden «su» espacio. Está sentado con sus gruesos brazos cruzados firmemente sobre el pecho y mira fijamente hacia delante. Es posible que sea el mismo hombre que estaba a mi lado en el viaje de ida. Este podría ser el mismo avión que hace una semana; desde luego, tiene el mismo ambiente apestoso.

Este no era el plan. Y no me refiero al retraso del vuelo, sino al hecho de que esté volviendo a casa. Hace dos días estaba a punto de cambiar mi reserva y alargar mi estancia en la comuna.

Todavía no me siento del todo preparada para relatar lo que pasó ayer y las razones por las que tuve que marcharme tan de repente. En cualquier caso, antes quiero terminar de escribir mi relato de las razones que me trajeron a España. Ya falta poco para acabar.

Habíamos llegado al punto en el que había contado a la policía todo sobre mi implicación en el asunto de Tess y Adrian. En realidad, lo que pasó después se puede resumir de manera bastante sencilla: nada.

Con esto quiero decir que, después de meses y meses de investigación, no emprendieron acciones legales contra mí. En cuanto a la suplantación de personalidad en Internet, no había nada de qué acusarme. Al parecer, la suplantación de personalidad solo es perseguible judicialmente si busca acosar o cometer un fraude en perjuicio de alguien concreto y yo no había hecho ninguna de las dos cosas.

En cuanto al suicidio de Tess, el hecho de que no hayan encontrado el cuerpo implica que estaba —está— oficialmente considerada como una «persona desaparecida», no fallecida. Según la ley, si alguien te dice que tiene intención de suicidarse, no estás obligado a avisar a las autoridades; pero si dices o haces algo para animar a la persona a hacerlo, te pueden denunciar por inducción o complicidad. La policía me preguntó una y otra vez si había dicho o hecho algo para animarla a hacerlo.

—En absoluto —contestaba.

Repasaron nuestros e-mails, pero no encontraron nada que indicara que Tess desistiera de su intención de quitarse la vida en ningún momento ni que yo hubiera hecho algo para animarla.

No les conté lo de aquella vez en Skype, cuando lloró.

El hecho de recibir dinero de Tess complicó algo mi situación, pero les enseñé mis recibos y mis cálculos y concluyeron que no se podía decir que me hubiera beneficiado cobrando solo ochenta y ocho libras a la semana. Al final, llegaron a la conclusión de que no había razones legales para acusarme de nada. A quien de verdad querían encontrar era a Adrian.

Después de aquella temprana aparición en Gatwick había desaparecido y, aparentemente, había borrado sus huellas con bastante esmero. Ya he mencionado que la página web de Red Pill estaba hospedada en un servicio de hosting de Brasil, en el que Adrian se había registrado con datos falsos, así que no servía de nada buscarlo por la dirección IP. También su pasaporte era falso. Y a pesar de que su foto está publicada por todas partes, no han podido localizarlo. Tal y como la prensa señala incansablemente, no hay nada de su aspecto que le distinga de los millones de hombres blancos y fornidos de mediana edad que hay en el mundo. «El diablo disfrazado de ayudante del gerente de una tienda de electrónica Dixons».

Teniendo en cuenta esta reacción histérica, puedo comprender por qué Adrian quiso desaparecer. Sin embargo, me sorprendía que no saliera en algún sitio dando su versión de lo que había ocurrido y explicando los principios éticos que había detrás. Usando una aplicación que bloqueara la IP, podría haber subido fácilmente un vídeo en YouTube o algún tipo de declaración en Internet sin dar datos a la policía sobre su localización. Puede ser que pensara que no tenía sentido hacerlo, que aquellos que le condenaban no cambiarían de idea.

Aun así, me ha decepcionado. Su silencio tiene como consecuencia que solo haya una versión de los hechos y el consenso, que nadie cuestiona, es que era un hombre malvado que se aprovechaba de personas «vulnerables», como yo, para sus propios fines. Tratar de decir lo contrario es darse cabezazos contra la pared. Todo el mundo da por hecho que todavía permanezco bajo su influencia —víctima de un lavado de cerebro—, cuando en realidad solo estoy señalando algo que pensaba que cualquier persona razonable entendería. Que Adrian cometiera errores y manejara algunas cosas mal no implica que todo lo que hacía o representaba estuviera mal.

Con «todo el mundo» me refiero a la policía y a Jonty. Le conté lo que había sucedido cuando volví de la comisaría, después de que me concedieran la libertad provisional. No tenía muchas opciones, puesto que él ya había vuelto de la casa de sus padres y cuando llegué lo encontré en mi habitación, que había sido registrada por la policía. Jonty estaba mirando fijamente mi mesa, donde la computadora había sido sustituida por una nota de la policía que detallaba qué objetos se habían llevado como resultado del registro. No fui capaz de inventarme una buena explicación.

Jonty se tomó la noticia sorprendentemente bien, aunque con una actitud algo melodramática: con los ojos abiertos de par en par y la mano tapándose la boca mientras yo le explicaba la situación de la manera más resumida posible. Afortunadamente, había leído la noticia en el periódico, así que ya conocía lo más básico; aunque eso, claro está, implicaba que ya tenía catalogado a Adrian como un depredador malvado.

—Pobre Leila —repetía una y otra vez agarrándome del brazo—. ¡Dios mío! ¡Qué hijo de puta! Pobre Leila, pobrecilla.

Aquel día no tenía energía para contradecirle; además, tras mi experiencia en la comisaría, agradecía su amabilidad y su compasión. Pero al día siguiente volvió a sacar el tema y tuve la oportunidad de aclararle las cosas. Le expliqué que Adrian no era el monstruo que pintaban los periódicos y que yo había actuado por voluntad propia. Esta vez su respuesta fue más comedida.

—Mira, estoy desconcertado por todo esto y no voy a fingir lo contrario —dijo cuando hube terminado—. Todavía no he acabado de comprenderlo todo. Pero sé que eres una buena persona y estoy convencido de que te embarcaste en esta historia con buenas intenciones.

Sin embargo, el asunto no se acabó ahí. De hecho, Jonty se interesó tanto por el caso que daba la impresión de que él mismo también estaba involucrado. Devoró todas las noticias y, como mi laptop seguía en manos de la policía, se encargó de ponerme al día de todas las novedades.

—¡Una persona cree que ha visto a Adrian en Bruselas! —gritó desde el otro lado de la puerta del baño cuando estaba lavándome el pelo.

Una mañana entró en la cocina cuando me estaba preparando una tostada con queso y me aconsejó que me pensara ir a un terapeuta.

—¿Por qué iba a hacer eso? —pregunté.

—He estado leyendo en Internet sobre el síndrome de Estocolmo —explicó—, cuando alguien defiende a quien le ha tratado mal. Creo que posiblemente sea lo que te pasa a ti.

—No seas tonto.

—Sigues asegurando que era un hombre increíble y que no te arrepientes de lo que pasó...

—Nunca he usado la palabra «increíble» —puntualicé irritada—. Acabo de explicarte de manera perfectamente racional que la situación no es tan simple como tú y todo el mundo la estáis pintando.

Sin embargo, había una faceta del caso que no estaba dispuesta a debatir con nadie: Tess. En varias ocasiones, Jonty comenzó a preguntar por los detalles de mi relación con ella y en todas tuve que pararle los pies; al final, agarró el mensaje. Vale que Adrian era un asunto público sujeto a especulaciones y cotilleos, pero lo que concernía a Tess quería guardármelo para mí.

Pasaron las semanas. Las declaraciones de gente que supuestamente había visto a Adrian no llevaron a nada y, sin nada nuevo que ofrecer, la prensa comenzó a despotricar contra otras personas. Sin embargo, entre bambalinas, el caso seguía su curso, aunque muy despacio, tal y como me recordaba constantemente mi mesa vacía. Al final la policía tardó nueve semanas en devolverme la computadora; cuando me quejé a un policía de que habían tardado mucho, admitió que la mayor parte del tiempo el ordenador había estado en el almacén. Añadió que no debía tener demasiada prisa con los resultados de la investigación, porque era muy posible que no me comunicaran nada hasta bien entrado el año siguiente.

—Es un caso complejo —aseguró—. En realidad, no existe ningún precedente.

A decir verdad, no había echado demasiado en falta la computadora, debido a sus connotaciones con Connor. En realidad había sido un alivio no tenerlo, por lo menos al principio. Pasé muchos días durmiendo, pero también abrí una caja de libros que llevaba cerrada desde mi traslado y volví a leer mis novelas preferidas de la infancia. No *La princesa prometida,* evidentemente. Sin embargo, después de unas semanas, perdió interés la novedad de no tener Internet y le pedí a Jonty que me dejara su iPad.

Ya había llegado la primavera cuando Jonty decidió que era el momento de tirar todo el correo publicitario que se había amontonado en la entrada. Llevaba tiempo hablando de ello, pero no se había puesto manos a la obra —incluso se había convertido en una broma habitual entre nosotros dos—. Sin embargo, aquel sábado anunció: «Hoy es el día» y bajó unas bolsas de basura negras por las escaleras. Después de unos minutos, volvió a aparecer en la puerta de mi dormitorio con un sobre en la mano.

—He encontrado esto entre la publicidad de pizzerías. Es para ti. Tiene un aspecto sofisticado.

No solía recibir cartas casi nunca y en ningún caso cartas escritas a mano con una caligrafía anticuada y la dirección del remitente en la esquina superior izquierda. Al abrirla, lo primero que vi fue que se trataba de una carta muy corta. Lo segundo era que la había enviado la madre de Tess.

> Estimada Leila:
>
> Me gustaría conocerte. ¿Podríamos quedar en mi casa algún día? Llámame, por favor. Creo que ya sabes el número.
>
> Marion Williams

La miré fijamente. Jonty seguía cerca de la puerta.

—Vamos, dímelo ya —me apremió—. ¿De quién es?

Recordé algo que solían decir las chicas de clase cuando los chicos las estaban acosando y querían hablar a solas.

—Oh, cosas de mujeres. No lo comprenderías.

Jonty pareció perplejo, pero volvió a bajar por las escaleras. Seguí escrutando la carta. Sabía muchas cosas de Marion, pero, claro, antes nunca había visto su letra. Las palabras, escritas con tinta azul, estaban ligeramente inclinadas hacia la derecha, con algún que otro ringorrango ocasional, como por ejemplo una «P» o una «L» mayúscula exageradamente grande. Después de unos momentos, me obligué a concentrarme en el contenido de la carta, en lugar de en el aspecto gráfico del texto.

Estaba fechada hacía dos semanas. Pensé que, si Jonty no hubiera decidido recoger la propaganda, habría seguido en la entrada otro mes más; posiblemente otro año. Fácilmente podría no haberla visto. Podría, simplemente, haberla tirado a la basura. Pero no me recreé mucho tiempo en estas posibilidades. Por muy amedrentadora que fuera la idea de un encuentro con ella, sabía que era lo correcto.

Me sentí repentinamente satisfecha cuando tomé esta valiente decisión, hasta que me di cuenta de que el siguiente paso era llamar a Marion. Es cierto que ya había hablado con ella como Tess, pero no había sido una llamada fácil de realizar y la idea de volver a hacerlo, como yo misma, me aterrorizaba. En lugar de telefonear inmediatamente, esperé hasta el miércoles, cuando sabía que se reunía con su grupo de lectura, y le dejé un mensaje sugiriendo un día y una hora de la semana siguiente. Le dejé mi número de celular. Cuando aquella misma noche me devolvió la llamada, dejé que saltara el contestador automático y escuché su mensaje inmediatamente después. Al igual que su carta, era breve y conciso. Sí, la hora le venía bien y si iba a ir en tren a Cheltenham, debería coger un taxi y dar instrucciones precisas al conductor, ya que, si no, no encontraría la dirección. Apunté las instrucciones y ya estaba buscando el horario del tren en Google cuando se me ocurrió una cosa y los dedos se me quedaron tiesos sobre el teclado: ¿cómo se había enterado Marion de mi nombre y mi dirección?

Sabía cómo era la casa por las fotos: un edificio grande adosado, con paredes blancas y hiedra trepando por la fachada como una barba bien recortada; el camino de entrada describía un círculo bordeado de arbustos redondos. Una de las esculturas de Marion, un cacharro de metal puntiagudo parecido a un rastrillo, estaba expuesto sobre un soporte junto a la puerta de entrada.

Mientras el taxi avanzaba por el camino de grava, vi que ella ya estaba esperando fuera. Llevaba un pantalón rojo ajustado y recordé uno de los últimos e-mails que Marion había enviado a Tess, antes de que todo terminara. En él, mencionaba que estaba pensando en operarse las varices de las piernas, pero la consecuencia era tener que llevar pantalones hasta que las cicatrices desaparecieran. Me pregunté si esos pantalones significaban que al final se había operado o si no tenían nada que ver. Esta especulación vana fue seguida justo después de un ataque de inquietud, como si la realidad de la situación de repente se cristalizara, y tuve que resistir la tentación de pedirle al taxista que diera la vuelta entera al camino circular y volviera a la estación.

El taxi paró al lado de Marion, me bajé y me quedé de pie delante de ella. No dijo nada, se limitó a repasarme de arriba abajo con cara inexpresiva. Podía ver a Tess en la estructura de sus huesos y la nariz chata. Tenía sesenta y siete años, mucho más mayor que mi madre, aunque parecía..., no más joven exactamente, pero sí como si la hubieran hecho con mejores ingredientes. Su pelo era largo y oscuro y su piel morena estaba tersa y pulida. Tess me había dicho que le habían hecho un lifting facial. Llevaba una turquesa en una cadena alrededor del cuello. Era incluso más pequeña de lo que me había esperado, con unos brazos finos como reglas.

Dijo al taxista que esperase —«volveré en unos veinte minutos»—, después se dio la vuelta y entró en la casa, sin mirar hacia atrás para comprobar si la seguía. El recibidor tenía el suelo de madera, las paredes estaban llenas de cuadros y había muebles antiguos y oscuros que olían a cera. «Nunca nos dejas tocar tus antigüedades», había escrito Tess en una de sus cartas recriminatorias. Al pasar por delante de una puerta abierta, Marion se acercó a cerrarla, pero me dio tiempo a ver un elevador beis, parecido al que había tenido mi madre. La casa estaba sumida en el silencio y me preguntaba dónde estaría Jonathan y si iba a verlo.

Marion me llevó al salón y me hizo un gesto para que me sentase. El sofá era de color rosa palo y parecía tan delicado que temía que las pequeñas patas fueran a romperse cuando me senté en él. Marion se acomodó en una silla dorada ornamentada a un metro y medio de distancia. Me esperaba ver más indicios de la presencia del padre de Tess, porque en sus e-mails Marion a menudo mencionaba que veía la tele junto a ella. Había pensado que habría una cama de hospital colocada delante del televisor, como la que tenía mi madre, pero resultaba difícil imaginarse cualquier mueble chabacano de plástico en aquella habitación, que era como un museo.

Al final, Marion habló.

—Así que tú eres la chica que fingió ser mi hija.

—Sí —dije.

—Hablé contigo por teléfono.

—Sí.

—Pero no te pareces nada a Tess.

Me pareció que sería extraño replicar: «¿Por qué iba a parecerme a ella?».

—No —dije.

—Estás gorda.

—¡No estoy tan gorda! —protesté—. Tengo la talla cuarenta y dos.

Hubo un rato de silencio. Hasta aquel momento, pensaba que la cara de Marion era casi inexpresiva, pero entonces pude ver espasmos junto a las cejas, como si su rostro quisiera arrugarse y no pudiera.

Pensé que había llegado el momento de soltar el discurso que había preparado.

—Marion...

—¡No me llames Marion! —me interrumpió.

—Señora Williams, Tess me pidió ayuda porque no quería perturbarla. Se tomó todas esas molestias para ahorrarle el dolor. Sé que ella y usted tuvieron algunos desacuerdos, pero llegué a conocerla muy bien y sé que en el fondo de su ser la quería...

—Hablé contigo por teléfono —me interrumpió.

—Sí —dije y me pregunté por qué se repetía.

—¿Te pidió que escribieras aquel e-mail? ¿Aquel que decía que había que volver a empezar, como amigas?

—No —admití.

—La policía me dijo que nunca la viste en persona —dijo Marion.

—Así es.

—Aun así, afirmas que la conocías.

Comencé a decir que habíamos hablado mucho, que había leído todos sus e-mails, pero Marion continuó hablando como si no quisiera escuchar.

—¿De verdad pensaste que no me importaría no volver a ver a mi hija nunca más?

—Me dijo que estaría demasiado ocupada con Jonathan —le expliqué—. Que no podía abandonarle y que no había ningún peligro de que pudiera volar hasta Canadá.

—Tal vez los primeros meses —dijo—. Pero ¿para siempre? ¿Cómo pudiste pensar que eso iba a funcionar?

—Solo iba a durar seis meses —dije.

—¿Y luego qué?

Me acordé de lo que Adrian había dicho en Hampstead Heath.

—La correspondencia disminuiría poco a poco... Como si usara un regulador para bajar la intensidad de la luz de su vida.

Marion me miró como si estuviera loca.

—Tess era enormemente querida —dijo articulando las palabras como si estuviera hablando con un niño—. No solo por nosotros. Tenía un gran grupo de amigos. ¿No se te ocurrió que en algún momento alguien iría a visitarla o se ofrecería para pagarle el billete de vuelta? Y cuando se muriera su padre, ¿qué? ¿De verdad creías que no iba a volver para asistir al funeral?

—No —dije. Contesté tan bajo que apenas podía oírme a mí misma.

—Creo que subestimaste lo adorada que era —dijo Marion—. Es posible que no puedas comprenderlo. Me han contado que eres una criatura trágica. No tienes familia. No tienes amigos.

Me sobresalté. ¿Cómo podía saber esas cosas de mí? Abrí la boca para preguntar, pero no salió ni una palabra. En cambio, los ojos se me empezaron a llenar de lágrimas. Miré la alfombra. Era de color azul oscuro y se veían algunas manchas blancas, como caspa. Pensé en lo que Tess me había dicho sobre Isobel, la mujer de William, que ponía fundas de plástico sobre las sillas cuando Jonathan iba de visita para protegerlas contra su pelo grasiento.

—¿Y cómo conoció Tess a ese hombre? —preguntó.

—¿A Adrian? No lo sé.

—Deja de protegerlo.

—De verdad que no lo sé —reiteré—. Supuse que se habían conocido en Red Pill.

—¿En ese foro de Internet? A Tess no le interesaba ese tipo de cosas. No era... como tú. —Hizo una pausa—. ¿Eran amantes?

La idea resultaba bastante chocante, pero intenté no mostrar mi sorpresa.

—No lo sé.

—Pues creía que sabías todo sobre mi hija —dijo con malevolencia.

Hubo otra pausa. De nuevo, miré hacia otro lado. En la mesa de centro había una pila bien colocada de libros y revistas con portadas brillantes y un pequeño montón de correo publicitario, presumiblemente destinado a la basura.

Me recordó la entrada de mi casa y el momento en el que había encontrado su carta.

—¿Cómo averiguó mi nombre y mi dirección? —pregunté.

Marion suspiró, como si fuera una pregunta aburrida.

—Un amigo de mi marido tiene algunos contactos en la policía e hizo algunas pesquisas.

—¡Ah, entonces se refiere al tío Frank! —exclamé y la satisfacción por adivinar la conexión superó temporalmente el malestar que sentía por haber sido investigada—. Frank, que en realidad no era tío de Tess y que fue inspector jefe hasta que tuvo que retirarse antes de tiempo porque le acusaron de robar dinero...

—Sí —dijo Marion con un tono de voz frío.

Justo entonces se oyó un ruido que venía de alguna parte de la casa, una especie de bramido bajo, y pensé que sería Jonathan.

—Discúlpame un momento —dijo Marion, como si hubiéramos estado tomando el té educadamente, y se escabulló de la habitación.

La oí gritar en el recibidor:

—¡Helen!

Miré los cuadros de la pared y reconocí uno de Tess: unos círculos concéntricos verdes atravesados por rayas rojas. Había fotografías de Marion de cuando era más joven; tenía un aspecto glamuroso en algún lugar exótico que podía ser Chile. Había otras fotos de Tess y William, de cuando eran niños. Ya había visto la mayoría de ellas, pero encontré una de Tess que no conocía: un retrato del instituto, de cuando era adolescente, con los ojos pintados y el pelo recogido en lo alto de la cabeza. Su sonrisa era parecida a la que mostraba en la primera foto que había visto de ella, aquella de la fiesta en la que intercambiaba una mirada de complicidad con el fotógrafo.

Marion regresó y volvió a sentarse en la silla dorada. Cruzó las piernas a la altura del tobillo.

—¿Helen es la nueva cuidadora? —pregunté—. ¿Qué pasó con Kirsty?

Marion entornó los ojos.

—No es asunto tuyo lo que pasó con Kirsty. Nada de lo que ocurra en esta casa es asunto tuyo. —Noté que cerraba los puños, aunque no del todo, porque tenía las uñas demasiado largas para eso, y su tono de voz se volvió más estridente—: ¡Cómo te atreves! ¡Cómo te atreves! Tess era mi hija. Puedes pensar que la conoces, pero no es así. No la conoces para nada. Soy su madre. Yo la conozco.

Estuve a punto de corregir el tiempo verbal —«la conocía»—, pero me aguanté las ganas.

—¿Sabes? No has manifestado ningún tipo de arrepentimiento por lo que has hecho —continuó diciendo—. Arrepentimiento por lo que me has hecho a mí, a todos nosotros. Por su vida que se ha perdido. ¿No tienes corazón?

Tragué saliva y comencé a hablar.

—Pienso que tenemos derecho a decidir sobre nuestros propios cuerpos y...

—¡Cállate! —gritó Marion con la cara roja—. ¡Cállate!, ¡cállate!, ¡cállate!

Hubo un momento de silencio. En realidad fue más que un momento. Creo que el arrebato le resultó tan chocante a ella como a mí. Marion se pasó un dedo por debajo de cada ojo, una uña de color rojo brillante moviéndose bajo sus pestañas. Cuando volvió a hablar, su tono de voz era firme de nuevo.

—¿Por qué se marchó a España?

Fruncí el ceño, desconcertada.

—¿Cuándo? —pregunté.

—Aquel... día. El verano pasado. La policía dice que cogió un ferry a España, a Bilbao. Ahí es donde se pierde su rastro. ¿Adónde tenía que ir?

Intenté digerir esa nueva información.

—No lo sabía —reconocí al final.

—¿De verdad?

Su tono reflejaba cierta incredulidad.

—Se lo prometo —dije, y sentí de nuevo la amenaza de las lágrimas—. No hablamos sobre eso. Es lo único de lo que no hablamos.

—¿Dónde está su cuerpo?

—No lo sé.

—¿Cómo lo hizo? ¿Qué pasó?

—¡No lo sé! —exclamé—. De verdad que no lo sé.

—Necesito saberlo —dijo, pero en voz baja, casi como si estuviera hablando consigo misma antes que conmigo.

Nos quedamos allí sentadas en silencio durante un largo rato, pero fue un silencio diferente a los anteriores, no tan incómodo, solo pesado.

Luego Marion dijo en tono firme:

—¿Puedes marcharte ya?

Me levanté cuidadosamente del sofá. Marion tenía las manos cruzadas sobre el regazo y la cabeza apartada de mí, mirando a la pared.

—Lo siento —dije.

Lo que quería decir era que sentía que estuviera tan alterada, no que sentía lo que había hecho y por un momento pensé en aclarárselo, pero al final decidí no hacerlo. Regresé por el pasillo pulido y comencé a caminar más deprisa cuando empecé a sentir arcadas. Me dio el tiempo justo a salir por la puerta y acercarme a los arriates de flores antes de vomitar, precisamente detrás de la escultura de Marion.

—¡Vaya! —exclamó el taxista cuando me metí en el asiento trasero—. ¿Seguro que has terminado?

Asentí con la cabeza y me pasó un pañuelo.

La idea de averiguar lo que había sucedido con Tess me vino en el tren de vuelta a casa. Tenía un asiento al lado de la ventanilla y, mientras el tren avanzaba lentamente sobre la aburrida campiña, pensaba en la cara de Marion: aquellos tics de las cejas, ella diciendo «Necesito saberlo». Entonces decidí que usaría mis conocimientos sobre Tess para averiguar el curso más probable de los acontecimientos después de su marcha y tratar de encontrar la respuesta a las preguntas de Marion.

La noticia de que Tess se había ido a España me había descolocado, aunque creo que cualquier descubrimiento de lo que había hecho después de marcharse habría tenido el mismo efecto. A fin de cuentas, yo había supuesto que se había suicidado muy poco tiempo después o incluso ese mismo día. También tuve otro tipo de reacción al enterarme de esa noticia y me avergüenza decir que no fue para nada racional: me sentí irritada al saber que Tess se había largado sin contármelo. Después de marcharse, se suponía que yo tenía que estar al mando. Pensaba que su vida estaba en mis manos.

Ya no podía trabajar a partir de los e-mails de Tess, porque sus cuentas habían sido dadas de baja cuando todo salió a la luz. Pero todavía tenía mi memoria y Google. También me di cuenta de que tenía otra pista que delimitaría aún más la posible zona de búsqueda: el e-mail que Tess había recibido a los diez días de marcharse de su amiga Jennifer, que dijo que la había visto en la Alhambra de Granada. En aquel momento pensé que se había equivocado de persona y no le di mucha importancia, pero luego, cuando me enteré de su travesía en ferry, ese incidente se volvió altamente significativo.

Cuanto más pensaba en las discrepancias temporales, más plausible parecía que pudiera haber transcurrido un intervalo de tiempo entre la fecha en la que se marchó y el acto en sí.

Tenía sentido que Tess viajara a otro país para hacerlo, a algún sitio donde tuviera más margen para disponer de sí misma de alguna manera que asegurase que no podrían identificarla. Y una vez en España, habría estado en un limbo, liberada de su antigua identidad: una persona inexistente, sin responsabilidades ante nadie. En semejante situación, tendría sentido para ella pasar unos días sola, pensando y acostumbrándose a la idea de lo que estaba a punto de hacer.

Naturalmente, el hecho de que pudieran haberla visto en Granada no significaba que hubiera estado alojada en esa zona. Esa ciudad estaba en el extremo opuesto de España respecto a Bilbao, que era por donde había entrado en el país; si había viajado hasta allí, también podía haberse desplazado más lejos. Así que, por muy tentador que pudiera resultar concentrarme solo en aquella ciudad y la zona colindante, tenía que mantener todas las posibilidades abiertas.

A continuación pensé qué lugares podría haber querido visitar Tess. Los criterios básicos eran sencillos, ya que eran los mismos que yo había usado para elegir Sointula: algún sitio sencillo en plan hippy, lo opuesto a Londres. Sin embargo, en este caso pensé que era probable que a Tess la hubiera atraído algún lugar que tuviera un significado especial para ella o que contara con el tipo de ambiente que deseaba. En resumidas cuentas, pensé que era probable que hubiera pasado aquellos días perdidos posteriores a su marcha en alguna localidad que le resultase familiar.

Que yo supiera, Tess no había estado en Granada antes, pero se había ido de «minivacaciones» tanto a Barcelona como a Madrid; las primeras con un novio llamado Boris que no duró mucho, con quien había tenido una discusión comiendo el primer día; le llamó marica cuando se mostró reticente a chupar la cabeza de un camarón. Las segundas con un grupo de amigas, un fin de semana solo para mujeres que fue «una tortura». Sin embargo, tras bus-

car información sobre ambas ciudades en Google, pensé
que era poco probable que hubiera ido a cualquiera de
ellas. Eran ajetreadas y urbanizadas, no destinos obvios
para alguien que necesitaba paz. Pero estaba claro que tampoco iba a llegar muy lejos buscando en Google «tranquilo + solitario + España».

Sin pistas claras, rápidamente perdí el interés por el
tema, aunque seguí dedicándole algo de tiempo todos los
días. La revelación no llegó hasta varios meses más tarde;
irónicamente, cuando mi mente no estaba puesta en la tarea que tenía entre manos. Estaba pensando en Connor.

Incluso después de todo ese tiempo, seguía invadien-
do mis pensamientos, a pesar de que ya no estuviéramos
en contacto. Desde nuestra confrontación, había tenido
un e-mail final de él, enviado dos horas después de que se
marchara aquel día en Temple. Estaba allí, en la bandeja de
entrada de Tess, cuando encendí el celular tras abandonar
la comisaría, había llegado en el breve periodo que transcurrió entre mi confesión y la cancelación de sus cuentas
de e-mail y de Facebook.

Era breve y conciso. «Este es el acuerdo: tú no se lo
cuentas a Chrissie y yo no le diré nada a la policía. ¿OK?».

Contesté: «Ya se lo he contado a la policía y no voy
a decirle nada a Chrissie».

Hice una pausa. Tenía tantas preguntas... Pero decidí
hacer solo una. «¿De dónde viene "bésame primero"?
¿Qué significa?».

Su respuesta llegó treinta segundos después: «No lo
sé».

«¿Qué quieres decir?», pregunté.

«No lo sé —escribió—. Tess lo dijo una vez, no recuerdo el contexto. Se convirtió, sin más, en una tontería que solíamos decir, una broma privada».

Y eso fue todo. Nuestra última comunicación. Pero, como digo, durante aquellas semanas nunca estuvo lejos de mi pensamiento. De hecho, fue como si hubiera una película en mi cabeza que lo mostraba en su rutina diaria, en su mayoría compuesta de detalles pequeños e insignificantes que había visto en persona o que podía imaginarme de manera vívida. Su mano moviendo el ratón mientras trabajaba delante de la computadora; su gesto con la cabeza saludando al hombre tras el mostrador en la tienda de bocadillos; la manera de ponerse el abrigo con una sacudida de hombros al salir de la oficina. Sin embargo, en lo referente a su vida doméstica con Chrissie y los niños, mi mente se quedaba en blanco.

Reviví nuestra correspondencia repasando los e-mails mentalmente una y otra vez para ver si había alguna pista que me había perdido, recordando cómo me había sentido al recibir un mensaje determinado o al enviar lo que me había parecido una respuesta especialmente ingeniosa. Esta actividad me llenó de tristeza, me sentía pesada como una toalla empapada; pero también, de vez en cuando, experimentaba intensos arrebatos de rabia que no encontraban su cauce de salida.

Aquella mañana estaba delante de mi laptop con los pensamientos habituales dándome vueltas en la cabeza mientras aparentemente continuaba con mi misión de localizar a Tess... Llevaba ya algunas semanas reduciendo mi labor a buscar en Google diferentes combinaciones de palabras relacionadas con viajes, España y Granada, y repasando los resultados escrupulosamente con la esperanza de toparme con alguna pista o un desencadenante para la memoria. Salió una página web que anunciaba vuelos de EasyJet a Granada, una web que había visto muchas veces antes. Sin embargo, aquel día, el nombre de la aerolínea combinado con los pensamientos sobre Connor del momento produjeron justo eso: el atisbo de una asociación de ideas, en el que me concentré hasta que se convirtió en un recuerdo completo.

Los primeros días de nuestra correspondencia, yo —Tess— había enviado a Connor el e-mail estándar con la descripción de Sointula, que aquel lugar estaba lleno de «gente alternativa», etcétera. «El ambiente es realmente alucinante, tiene que estar encima de una línea ley o algo así. Me siento muy feliz aquí, me parece que puedo pensar y respirar normal por primera vez en mi vida».

Y la respuesta de Connor había sido algo parecido a: «Pero ¿por qué Canadá? Antes, por lo menos, te recreabas en tus tendencias hippies en sitios a los que se podía llegar con EasyJet».

Cuando lo leí no me había parado a pensarlo, pero en ese momento me llamó la atención de repente. Comencé buscando la lista de destinos de la aerolínea, pero eso no me ayudó demasiado: Granada solo era uno entre varias docenas en Europa. Tras otra hora de búsquedas infructuosas en Google, concluí que mi única oportunidad residía en enviar un e-mail a Connor para preguntarle qué sabía sobre ese lugar de hippies al que se refería.

La idea de ponerme de nuevo en contacto con él me produjo una inyección de adrenalina, similar en intensidad al que había sentido al verlo en carne y hueso. No pude evitar recordar los viejos tiempos, cuando, a pesar de escribirnos decenas de veces al día, todavía sentía un arrebato de placer cada vez que llegaba un e-mail suyo; tenía la sensación de que éramos miembros de un reducido club al que otros no tenían acceso, cuyas reglas solo conocíamos nosotros dos. Por un momento tuve tantas ganas de estar inocentemente de vuelta en aquellos tiempos que los ojos se me inundaron de lágrimas. Luego, el recuerdo de su traición y la falta de sentimientos que había mostrado en nuestro encuentro en Temple volvieron a acosarme. Intenté concentrarme en eso para que la rabia y el dolor me endurecieran.

Antes, claro está, me había comunicado con Connor a través de la cuenta de e-mail de Tess, pero esta ya no estaba operativa. Por otra parte, mi propia dirección de e-mail estaba registrada con mi nombre completo y no quería revelarlo. Así que lo primero que hice fue abrir una nueva cuenta anónima. Dediqué algún tiempo a pensar en un nombre adecuado: tenía que llamar la atención, ya que existía la posibilidad de que enviara a la papelera un remitente desconocido pensando que era correo basura. Se me ocurrió *besameprimero@gmail.com,* pero pensé que podría no abrirlo si sabía que era mío, así que decidí usar el nombre de una cantante que me había dicho que le gustaba cuando era adolescente: Carol Decker.

El asunto era «Hola de nuevo» y mi tono era formal, desprovisto de cualquier referencia a lo que había sucedido entre nosotros.

«No, no soy Carol Decker. Soy Leila, la amiga de Tess. Nos conocimos hace algún tiempo cerca de tu oficina. Ahora necesito tu ayuda. Estoy investigando la posible localización de Tess, por el bien de su madre, Marion, y me gustaría que me contaras algo más sobre una referencia que hiciste en un e-mail a Tess el verano pasado. En el e-mail, la referencia era a un lugar «hippy» que había visitado una vez, al que había llegado con EasyJet. ¿Qué lugar era aquel?».

Su respuesta llegó cuarenta minutos más tarde.

«No tengo ninguna intención de embarcarme en una prolongada correspondencia contigo, así que no comentaré la inmensa ironía de tu noble misión de ayudar a la madre de Tess a encontrar a su hija. Pero, por si sirviera de algo, hace años, cuando estábamos juntos, Tess mencionó que había pasado el verano anterior en una comuna hippy en las Alpujarras. Bañándose desnuda en el río, drogándose alrededor de una hoguera, entrando en comunión con Gaia y franceses sinceros, ese tipo de cosas. No sé cómo se llama. ¿Vale? No vuelvas a escribirme».

Esta información era tan excitante que no me sentí demasiado dolida por el tono hostil de Connor. Gracias a mis investigaciones, sabía que las Alpujarras estaban cerca de Granada y una búsqueda en Google reveló solamente una comuna establecida desde hacía tiempo en aquella zona. Media hora más tarde, ya había reservado el billete de avión.

Después, todo encajaba. Estaba segura de que había ido allí, de que la comuna proporcionaría la pista final de su muerte. Pero no he sacado nada en claro. Es verdad que un par de personas han dicho que creían haber visto allí a Tess el verano anterior, pero no estaban seguras. Eso no es suficiente. E incluso si hubiera confirmado a ciencia cierta que había estado allí, todavía existiría el misterio de dónde había ido cuando se marchó; dónde había muerto. No estoy más cerca de encontrar su cuerpo.

Ahora me avergüenzo de haberme embarcado en esta misión; por no haber anticipado los obstáculos. Lo único que me satisface es no haber contado a Marion que iba a venir, porque así al menos no habrá alimentado esperanzas que luego se verían frustradas.

Por fin estamos en el aire. Tenía que guardar mi laptop mientras ascendíamos y, cuando he mirado por la ventanilla, durante un momento todo lo que veía abajo estaba blanco, como si las nubes se hubieran caído del cielo. Luego me he dado cuenta de que eran los invernaderos, un mosaico de plástico blanco que tapa la tierra desde las montañas hasta el mar.

Sábado, 29 de octubre de 2011

Estoy escribiendo esto en mi mesa de trabajo en Albion. Son las dos y diez de la madrugada de un sábado y acabo de oír a Jonty entrar por la puerta. Ha ido a una fiesta de Halloween disfrazado de presentador del noticiero, con la cabeza metida en una caja de cartón pintada para que pareciera un televisor y abierta para que se le viera la cara. Afirmó que solo iba a abrir la boca para dar noticias toda la noche, pero, conociéndolo, no me puedo imaginar que eso haya durado demasiado tiempo.

Cuando volví de España estaba convencida de que se habría marchado. No era un miedo racional; a fin de cuentas, no se había ido cuando se enteró de lo que yo había estado haciendo, por lo que no había motivos para pensar que lo fuera a hacer después. Aun así, me imaginé que abriría la puerta de la calle y notaría las ruedas de mi maleta saltando por encima de las llaves de Jonty, porque las habría dejado bajo el felpudo. Su habitación estaría vacía: solo una cama solitaria, marcas en la pared donde estaban sus pósteres, los dos agujeros en el enlucido donde había intentado colocar aquella estantería y ningún otro rastro de él. Mis sospechas parecieron confirmarse cuando me encontré las dos cerraduras de la puerta cerradas con llave, pero al entrar en el piso vi su abrigo colgado sobre el pasamanos y un gran alivio me inundó como si alguien hubiera abierto un grifo.

Volvió después de veinte minutos. Estaba sentada junto a la mesa, enchufando otra vez mi laptop a la red, cuando oí el ruido de su llave en la puerta y luego, segundos más tarde, la puerta de mi habitación se abrió de par en par.

—¡Mierda! —exclamó—. Quería estar en casa cuando volvieras.

Me dio un abrazo incómodo —quiero decir que a mí me pareció incómodo— y a continuación me bombardeó a preguntas sobre el viaje. Para mi sorpresa, me di cuenta de que realmente quería hablar sobre el tema, así que nos sentamos fuera.

A Jonty le gustaba usar la terraza «informal» del piso; había encontrado dos sillas en un contenedor y las había colocado en la irregular superficie de asfalto. Al principio, yo me mostré reticente a salir, pero cuando lo hice me resultó más agradable de lo que me había esperado. La vista se extiende más allá del vertedero de abajo; se puede ver el patio trasero del vecino, ocupado casi por completo por una enorme cama elástica, y los balcones de los pisos de enfrente, algunos de los cuales han sido decorados con macetas de flores. Total, que estuvimos sentados allí y le hablé del viaje; de todo menos de lo de Synth, mi madre y la policía.

Han transcurrido dos meses desde entonces. Ahora estoy sentada aquí, mirando la pantalla, tratando de concentrarme. Jonty pulula por el piso —acabo de oír cómo tira de la cadena en el baño— intentando no molestarme, pero sospecho que está borracho. Esta noche he hecho un descubrimiento importante, pero mi mente yerra continuamente hacia temas que resultan totalmente irrelevantes. ¿Qué tal había ido la fiesta? ¿Por qué se emborracha la gente si el alcohol les hace actuar como idiotas y se sienten fatal al día siguiente? ¿Cómo sería ir a una fiesta con Jonty?

Tengo ganas de salir a preguntarle por la fiesta y contarle lo que he descubierto esta noche. Seguro que le interesará, ya que ha seguido la historia hasta ahora. Pero el piso ya está silencioso. Se habrá quedado dormido sobre la cama con la ropa puesta. Espero que se haya acordado de quitarse la caja de la cabeza.

Decía que acabo de encontrar la respuesta a algo que me estaba picando la curiosidad desde hace un tiempo. En realidad son dos cosas: dónde se conocieron Tess y Adrian, y dónde estuvo Tess durante esos tres meses perdidos en la primera mitad de 2008. Pero la respuesta a ambas cosas es la misma. Una residencia psiquiátrica en West London que se llama Clínica Zetland, coloquialmente conocida como «el Zetty».

Si no hubiera oído ese mote, seguramente nunca lo habría averiguado. Desde que había vuelto a casa, no había progresado mucho en mis investigaciones, pero esta noche la alerta de Google con el nombre de Adrian me ha proporcionado una noticia interesante. En una entrevista en un periódico, un hombre ha afirmado que una vez compartió habitación en una clínica con el «malvado depredador de Internet» Adrian Dervish. Lo único que no era el nombre que él, Adrian, tenía por aquel entonces; ese hombre decía que su nombre era Stuart Walls. Al parecer, tampoco tenía acento americano por aquel entonces. Le dijo a este hombre que era de Worcester, que está en el centro de Inglaterra.

Stuart Walls, de Worcester. Podía comprender por qué había usado un seudónimo para montar Red Pill, pero ¿para qué querría asumir una nacionalidad diferente? Parecía un riesgo innecesario, ya que alguien con un conocimiento profundo de los acentos americanos podría haber escuchado sus podcasts y detectado una nota discordante en todos esos «¿qué pasa?» y «jopetas».

Puede que lo hiciera por el riesgo en sí.

En todo caso, en la entrevista, este hombre describía que Adrian le mantenía despierto toda la noche contándole sus planes para dominar el mundo y que nunca se cambiaba de suéter, y daba la casualidad de que se refería a la clínica como «el Zetty».

El nombre me sonó levemente de algo relacionado con Tess. Repasé mis notas y descubrí que en 2008 esa palabra había salido en sus e-mails. No había podido averiguar lo que significaba y Tess había dicho que no se acordaba cuando se lo pregunté en una de nuestras sesiones de Skype, así que, como lo consideraba un asunto de baja prioridad, lo aparqué por el momento. Mi mejor conjetura era que se trataba del mote de algún novio o amigo de poca duración. Veréis, a menudo hacía eso: ponía el artículo delante del nombre de alguien sin ninguna razón aparente. Decía cosas como: «¿Preguntamos al Jack si puede hacer de DJ?» o «Parece el tipo de pendejadas que el Gran Mel podría haber soltado». Usar ese innecesario artículo determinado era una de sus costumbres.

De modo que ahora mi teoría es la siguiente: tras un intento de suicidio a principios de 2008, Tess había sido ingresada, voluntaria o involuntariamente, en la Clínica Zetland, donde había permanecido alrededor de diez semanas. Durante ese tiempo había conocido a Adrian, otro paciente. Habían mantenido el contacto —supongo que por teléfono, ya que nunca encontré ningún intercambio de e-mails entre ellos— y tres años más tarde, cuando ya dirigía el foro de Red Pill, le había pedido ayuda para quitarse la vida. O quizá él se la hubiera ofrecido. Puede que las otras personas, como por ejemplo «Mark», el de Randall Howard, también conocieran a Adrian allí.

Obviamente, puedo comprender por qué Adrian no querría que yo supiera nada sobre el Zetty, pero ¿Tess? No es que fuera una persona cortada y me había contado por su cuenta detalles sobre otros intentos de suicidio, colapsos y encuentros sexuales desagradables. ¿Por qué no había admitido que había estado en esa clínica? No me puedo creer que realmente se hubiera olvidado. O puede que sí. Podría haber sido un periodo particularmente malo, que había reprimido. Supongo que nunca lo sabré.

Todavía no han encontrado a Adrian. Para ser since-ra, tengo cada vez menos interés en saber dónde está. La última vez que pensé en ello fue hace un mes, animada por algo que Jonty me contó. Acababa de cenar con su herma-na y su nuevo novio, quien era, en palabras de Jonty, «un friki de las teorías de la conspiración». «No paraba de ma-chacarme con sus ideas de que Obama estaba detrás de toda la crisis financiera, que todo era un montaje —según dijo—. Yo solo quería esconderme tras el plato de cuscús».

Recordé un comentario que había dejado caer Adrian el día de nuestro encuentro en Hampstead Heath sobre lo sencillo que sería montar una teoría de la conspiración sobre Obama y los bancos. Me pareció lo bastante curio-so como para buscarlo en Google y, en efecto, salió una página web dedicada a defender esa particular postura.

> En 2008 tuvieron lugar dos acontecimientos trascenden-tales. Barack Obama se convirtió en el hombre más po-deroso del mundo y la economía global comenzó a co-lapsarse. ¿Una coincidencia? ¿De verdad?

La página web estaba montada deprisa y corriendo, y, aparte de una dirección de e-mail anónima, no había más detalles sobre la persona que estaba detrás de ella. Esto, naturalmente, no resultaría sorprendente si esa persona fuera Adrian. La única pista posible era una cita al final de la página —«La pregunta no es quién me lo va a permitir, sino quién me va a parar»— de Ayn Rand, la heroína de Adrian. Pero no se puede asegurar que eso demuestre nada definitivamente. E incluso si tuviera pruebas de que Adrian estaba detrás de esa página, no acudiría a la policía. No quiero tener nada más que ver con él, pero tampoco quiero ser la culpable de que lo encuentren.

Desde que se fugó, Adrian ha sido diagnosticado por los medios de comunicación como «psicópata narcisista» y víctima de «un trastorno de personalidad antisocial». En mi opinión, lo último no suena tan mal —de hecho, suena como algo que podría tener yo misma—, pero lo busqué y resulta que es algo bastante serio. «Un comportamiento persuasivo que denota falta de respeto y violación de los derechos de otras personas». «Fraude, reflejado mediante mentiras constantes o engaño a terceros por placer o beneficio personal».

Adrian habría rechazado cualquier etiqueta de este tipo. No creía en las enfermedades mentales. Habló del tema en varios de sus podcasts: los médicos, dijo, convertían en patologías unas reacciones frente a la vida que eran totalmente normales, para ganar dinero y controlar a los miembros más difíciles de la sociedad. Escuché su argumentación con atención y pensé que estaba de acuerdo. A fin de cuentas, esa fue la razón por la que ayudé a Tess: porque estaba convencida de que su deseo de quitarse la vida era un sentimiento legítimo que no debía ser desestimado ni paliado con medicamentos.

Claro que por aquel entonces también pensaba que Adrian era racional. El asunto era ese. Si hubiera sabido, antes de que me dijera que las enfermedades mentales no existían, que le habían diagnosticado una enfermedad mental, ¿le habría escuchado de la misma manera?

Supongo que nunca lo sabré. Lo único que sí sé es que no me arrepiento de lo que hice. Pudo haber sido Adrian el que me incitó a hacerlo en primer lugar, pero después, durante todas esas semanas de preparación antes de que Tess se marchara, solo estuvimos ella y yo. Por mucho que Marion me criticara, de verdad pienso que conocía mejor a Tess que cualquier otra persona en el mundo y que, aparte de aquel único y comprensible momento de miedo en el Skype, solo una noche, nunca flaqueó en su empeño, deseado durante tanto tiempo, de desaparecer del mundo. Yo la ayudé a conseguir eso.

No es que haya llegado a una conclusión con respecto a Tess; o, mejor dicho, no de la manera que deseaba cuando empecé a escribir esto en España. No sé más ahora sobre lo que hizo después de marcharse que cuando me bajé del avión en Málaga, en agosto. Su cadáver no ha sido encontrado. Sin embargo, ahora he elaborado una teoría que considero bastante buena.

Pero estoy adelantando acontecimientos. Primero necesito explicar lo que me sucedió en España y la razón por la que abandoné la comuna de manera tan abrupta.

En la mañana del miércoles, estaba adormilada bajo el árbol cuando escuché voces hablando cerca, primero en español y luego en inglés. Noté que una mano me sacudía el hombro para despertarme. Estaba medio dormida y lo primero que pensé fue que se trataba de Milo, pero la mano era mucho más fuerte y más insistente, y cuando abrí los ojos vi a un hombre que se erguía sobre mí. El sol estaba detrás de él, así que al principio no vi que llevaba uniforme y lo primero que pensé fue que era un hombre de la comuna, tal vez enviado por la irritante mujer que no paraba de quejarse de que no usara la letrina oficial.

Luego, en un inglés con fuerte acento, dijo: «Por favor, levántese».

Me levanté y vi que también había otro hombre, al lado del primero, y que los dos llevaban uniforme de policía. Me sentía tan confusa que por alguna razón pensé que el relato que estaba redactando sobre Tess se había fundido de alguna manera con la vida real. Después de todo, había llegado hasta un punto en la historia en el que me encontraba en la comisaría en Londres; al escribir sobre la policía, podría haber conseguido que cobrasen vida, como por arte de magia. De alguna manera se habían enterado de mis motivos para ir a la comuna y habían ido a decirme que el cadáver de Tess había sido hallado.

Me puse en pie. Los dos hombres eran grandes y fornidos, llevaban gafas de sol y sudaban dentro de sus uniformes. Detrás de ellos había un coche de policía y, al lado, un rectángulo de hierba aplastada donde había estado la furgoneta de Annie. Uno de ellos me pidió que deletrease mi nombre y luego me informaron de que me arrestaban como sospechosa de haber asesinado a mi madre.

Me metí en el asiento trasero del coche, todavía con la sensación de no haberme despertado del todo. Por extraño que parezca, no me puse nerviosa. Bajamos por la pista y continuamos hacia la ciudad. Los dos hombres no hablaron, ni a mí ni entre sí, y el único ruido que se oía era algún crepitar ocasional de la radio en un español rápido. Cuando llegamos a los invernaderos de plástico, pensé en mi tienda y en mis pertenencias y me pregunté qué iba a ser de ellas. Aparte de eso, por raro que suene, no pensé ni sentí nada especial durante el viaje. Fue como si mi cerebro estuviera desconectado. El aire acondicionado estaba puesto a la máxima potencia y la temperatura era deliciosamente fresca. Estar sentada sobre aquel asiento de plástico agrietado era lo más confortable que había tenido en toda mi semana en España.

En la comisaría me llevaron a una habitación decorada con pósteres raídos que avisaban del peligro de robo y fraudes a los turistas. Aparte de eso, el decorado era el mismo que en la comisaría de Fleet Street: una mesa, cuatro sillas y una grabadora de cinta, que era incluso más anticuada que la de Londres.

El policía que me notificó la acusación y leyó mis derechos lo hizo con un tono de voz monótono, como si el asunto no fuera más importante que el robo de un bolso de mano. Tenía derecho a un abogado que hablara inglés, ¿conocía a alguno? Después de repetirme la pregunta, saqué fuerzas para negar con la cabeza. ¿Quería que me buscaran uno? Asentí con la cabeza.

Me dijeron que podía hacer una llamada y me llevaron junto a un teléfono cubierto de plástico en una esquina de la habitación. El problema era que no sabía a quién llamar. La única persona que se me ocurrió fue Jonty, pero no llevaba su número de teléfono encima. Así que marqué el único número que me sabía de memoria, que era el fijo de nuestra antigua casa en Leverton. Un hombre contestó, presumiblemente la persona a quien habíamos vendido la casa.

—¿Sí? ¿Quién es? —preguntó y, como no contesté, soltó una gosería y colgó.

Volví a mi asiento. Un policía había salido de la habitación, posiblemente para ir a buscarme un abogado; el otro estaba sentado junto a la puerta, dando tan pocas señales de vida que podía haber estado dormido detrás de sus gafas de sol. Miré los pósteres de las paredes, con los dibujos que avisaban sobre delitos relacionados con el turismo —uno mostraba un bolso de mano colgado sobre el respaldo de una silla con una raya roja que lo atravesaba— y pensé que para cuando la gente viera el póster, expuesto dentro de la comisaría, seguramente ya sería tarde para hacer caso al aviso.

Miré fijamente las palabras *be careful!* y pensé en el rectángulo de hierba aplastada donde había estado la furgoneta de Annie. No estaba decepcionada con ella por haber avisado a la policía, sino más bien conmigo misma y con mi propio juicio. No la había sabido interpretar adecuadamente. «Lo comprendo», fue lo que dijo cuando se lo conté, pero no había comprendido de verdad. Igual que Connor, que había dicho «te quiero» sin sentirlo de verdad. A esas alturas, debería haber aprendido que la gente no siempre es sincera cuando habla.

Luego pensé en la palabra «asesinato» y la posibilidad de que la atribuyeran a lo que hice con mi madre resultaba tan ridícula que estuve a punto de echarme a reír.

De repente me entró un miedo atroz. No quería que me encerrasen en una celda. Eso sí que lo tenía muy claro. Cuando entré en la comisaría de Londres, la idea de ir a la cárcel me había parecido atractiva, pero ahora las cosas habían cambiado. El mero hecho de pensar en ello me llenó de pánico; eché un vistazo al policía inerte y, por un breve momento loco, pensé en la posibilidad de echarme a correr.

Una parte de mí tenía la sensación de que ellos lo entenderían todo si se lo explicaba —¿cómo no iban a entenderlo?—, pero tampoco era una ingenua. Desde la muerte de mi madre había seguido los juicios por eutanasia y sabía que algunos jueces eran comprensivos y mostraban indulgencia, pero otros no eran así. El hecho de que mi madre no hubiera sido miembro de ninguna organización que abogara por el derecho a una muerte digna y que nunca hubiera dejado constancia oficial de ese deseo no contaría a mi favor, ni tampoco me ayudaría ser la única beneficiaria de sus bienes.

De repente eché tanto de menos a mi madre que me quedé sin aliento. Me imaginé cómo se abría la puerta y ella entraba para salvarme. Me abrazaría y me cuidaría, igual que yo había cuidado de ella. Nos echaríamos unas buenas risas; todo había sido un terrible malentendido y ella estaba otra vez en plena forma, estábamos de vuelta en Leverton, yo estaba sentada junto a la mesa, ella se movía al ritmo de la música del segundo canal de la radio mientras cocinaba. Yo estaba segura y me sentía querida, y, cuando sufriera el acoso escolar en clase, ella me estaría esperando en la salida con una bolsa de donas de Greggs y me apretaría la mano fuerte, igual que yo apreté la suya cuando finalmente dejó de respirar.

El policía me miró. Me agarré a la mesa de plástico e inspiré profundamente, tratando de recuperar el control. Después, la puerta se abrió y volvió a entrar el otro policía. Detrás de él había otra persona, pero no era un abogado que hablara inglés. Era Annie.

Venía con Milo y el bebé, y parecía aún más sonrosada que de costumbre, con el pelo húmedo pegado a la cara.

—¿Estás bien? —me preguntó.

La miré, estupefacta, y asentí con la cabeza.

—Estaba en el supermercado —dijo—. Cuando volví no te encontré y me dijeron que la policía había ido a buscarte.

Dijo que era Synth la que se lo había contado, que había visto en su cara que había sido ella la que había llamado a la policía. Tenía que habernos oído mientras hablábamos junto a la hoguera.

—He explicado a la policía que ha habido un malentendido —dijo—. El inglés de Synth no es muy bueno y no comprendió lo que dijiste. No dijiste «matar», sino «morir». Te referías a que tu madre había fallecido por causas naturales, como resultado de su enfermedad. —Me miró fijamente a los ojos—. He dicho a la policía que estarías dispuesta a hacer una declaración para confirmar esto y que colaborarías completamente con ellos, proporcionando detalles de la muerte de tu madre para que puedan corroborar los datos.

No hice más que asentir con la cabeza. A continuación, Annie se dirigió a los policías hablando en un español rápido y complicado. No sabía que lo hablaba con tanta fluidez.

Annie y yo nos quedamos en la comisaría otras tres horas. Encontraron una abogada que hablaba inglés, una mujer flaca de mediana edad llamada María, y le repetí la versión de Annie. Les hablé de la noche en que mi madre murió, omitiendo mis acciones, y les di el nombre del doctor Wahiri, quien había llegado a la mañana siguiente para firmar el certificado de defunción, en el que afirmaba que había muerto por complicaciones derivadas de EM.

Dijeron que tendrían que llamar a Inglaterra para comprobarlo. Mientras esperábamos, Annie acercó una silla y se sentó a mi lado. No hablamos de lo que estaba pasando, sino que no paró de charlar sobre otras cosas en un tono alegre y despreocupado, mientras Milo caminaba de un lado a otro de la habitación, dando patadas a las patas de las sillas. En un momento me pasó el bebé para que lo cogiera. Fue la primera vez que tenía uno en mis brazos; tenía el mismo peso y temperatura que nuestro viejo gato Thomas.

Después de una hora, Annie salió a comprar algo de beber y mientras estaba fuera oí, a través de la puerta, unos gritos cabreados que venían de la recepción. Me preocupé, pero cuando Annie volvió me explicó que el altercado no tenía nada que ver con nuestro caso.

Mientras ella se esforzaba para sacar unas bebidas de la máquina expendedora que estaba en la recepción, habían traído a dos hombres acusados de agresión. Al parecer, la discusión versaba sobre un tema de agua.

—Por lo que he podido oír, uno de ellos es agricultor —dijo—. Ha estado desviando agua de esos invernaderos, los que se encuentran cerca de donde estamos acampados. Dice que el agua es suya porque atraviesa sus tierras. Todo el mundo está desesperado por la sequía.

No pensé mucho en ello en aquel momento. Todavía estaba demasiado preocupada por la llamada de la policía al doctor Wahiri. El caso es que aquella mañana, cuando llegó para examinar a mi madre y le dije que cuando me había despertado ya estaba muerta, me había mirado raro. Fue una mirada muy breve, una fracción de segundo, y en aquel momento lo interpreté como: Sé lo que hiciste y te comprendo. Pero podía haberlo malinterpretado una vez más y la mirada en realidad podría haber sido de recelo.

Pasó otra media hora y mi preocupación fue en aumento. El bebé comenzó a llorar, así que Annie se subió la camiseta y empezó a darle el pecho. Milo también estaba lloriqueando e intenté entretenerlo jugando a esconderme tras las manos, lo mismo que mi madre solía hacer conmigo. Funcionó durante un rato —incluso se echó a reír—, pero luego se aburrió otra vez y comenzó a tirar de la falda de su madre.

Después oímos unos pasos acercándose. Gracias a Dios, Annie ya había dejado de dar el pecho cuando se abrió la puerta y el mayor de los policías entró. Habló en español a Annie y ella asintió con la cabeza. No pude averiguar lo que estaba diciendo por la expresión de su cara. Mi corazón latía fuerte.

Annie se giró hacia mí y me dijo:

—El doctor Wahiri ha confirmado que la muerte fue natural. Puesto que la acusación contra ti estaba basada en un testimonio de oídas y no hay pruebas que la justifiquen, podemos irnos.

Ya estaba oscuro cuando regresamos a la comuna. Annie me preguntó qué iba a hacer.

—Creo que debería irme a casa —dije.

Recogí la tienda a primera hora de la mañana del día siguiente y Annie me llevó al aeropuerto. No hablamos mucho durante el trayecto. Sin embargo, no era un silencio incómodo. En el aeropuerto, aparcó la furgoneta atravesada en medio de la fila de taxis. Me despedí de Milo y luego de ella:

—Muchas gracias por todo.

Ella le restó importancia con un gesto que daba a entender que no hacía falta decirlo.

—Que te vaya bien todo. —Después, cuando arrancó el motor y yo ya me dirigía a la entrada del aeropuerto, dijo en voz alta—: Estoy en Facebook, búscame.

Hace tres días ha ocurrido algo interesante.

Annie me ha escrito en Facebook varias veces desde mi vuelta a Inglaterra. Me envía saludos cariñosos, informaciones triviales sobre ella y Milo y, una vez, una invitación a una exposición de artesanía de madera que estaba ayudando a organizar en Connecticut. Para contestar a su invitación, reciclé la respuesta de Tess al e-mail de Connor en el que le preguntaba si quería salir a cenar con él: «Suena fantástico, pero no se merece un viaje de ida y vuelta de más de diez mil kilómetros».

Sin embargo, el último mensaje contenía algunas noticias relevantes.

«¿Has oído que no ha llovido en las Alpujarras desde que estuvimos allí? Al parecer, es la sequía más severa que se recuerda. El río se ha secado por completo y ha habido más broncas entre los agricultores y los dueños de los invernaderos. Pero lo que más me preocupa es la pobre fauna salvaje».

Repasé algunas páginas de noticias de España, que confirmaron la sequía en la región. Al hacerlo, me llamó la atención una pequeña noticia. Informaba del hallazgo de un esqueleto humano femenino en el lecho del río seco, a unos seis kilómetros de distancia de la comuna.

Me quedé pensando unos minutos, hasta que mi portátil cerró la sesión.

Una vez, por teléfono, Tess había mencionado la muerte por ahogamiento. Acababa de ver una película sobre una escritora que se llamaba Virginia Woolf, quien se suicidó entrando en un río con piedras en los bolsillos.

—Parece que es la mejor manera de marcharse —dijo—. Al principio luchas y sientes pánico, pero cuando te quedas sin oxígeno te rindes y luego hay un momento de felicidad, que es lo último que sientes.

Naturalmente, puede que no sea ella. El esqueleto podía estar allí desde hacía años. Podía haber sido alguien que hacía senderismo y se perdió desorientada por el calor, podía haber sido la víctima de un asesinato u otro suicidio. Podría ser una inmigrante sin papeles, una de las trabajadoras de los invernaderos, alguien a quien no se echaría en falta nunca.

Pero también podía haber sido ella. Comenzó a tomar forma un posible escenario. El día que se marchó, Tess se embarcó en el ferry a Bilbao y desde allí o bien hizo autoestop, o bien cogió el tren hasta la comuna. Pasó una semana en aquel lugar, interrumpida por su visita a la Alhambra en Granada —en una página web ponía: «¡Visite la Alhambra antes de morir!»—, hasta que comprobó que estaba segura de su decisión y lista para continuar con el plan. Esa noche debió de caminar hasta el río y, después de esconder sus posesiones, entrar en el agua. Tal vez esperase hasta el atardecer.

Pensé que desaparecer de esa manera sería coherente con su carácter romántico. Me la imaginé bajo la luz de la luna; seguramente se habría llevado algo de alcohol, tal vez una botella de tequila. La veía pararse y escuchar, por última vez, el sonido de los grillos entre los árboles.

Después de dos días de deliberaciones, envié un e-mail a Marion. Le hablé de mi viaje a España y le conté lo que había descubierto, explicándole mi teoría sobre el suicidio en el río. Dejé que ella decidiera si quería seguir con la investigación. No me ha contestado, pero tampoco lo esperaba.

De hecho, estoy contenta de que no lo haya hecho. Si encuentran el cuerpo de Tess, no quiero saberlo. Porque eso eliminaría la otra posibilidad: que siga con vida. Tal vez, aquella semana en la comuna decidió no hacerlo. Puede que pensara que, ya que se había librado de su antigua identidad, la vida sería soportable. Podría reinventarse a sí misma, volver a empezar de cero como una nueva persona y esta vez todo saldría bien.

Es posible que abandonara la comuna, que simplemente se fuera haciendo autoestop a otra y que todavía siga allí, sentada alrededor de otra hoguera, fabricando algo con plumas y cuerdas, hablando del precio del pan con algún australiano con pelo de rata. Puede haberse enamorado de un hombre y ahora andar recorriendo el país con él en su furgoneta. O quizá haya abandonado España por completo; cuando estuvo en Granada, podría haber entrado en un bar y preguntar a alguna persona de aspecto dudoso si podía hacerle un pasaporte falso, para después viajar a cualquier parte del mundo.

Quizá su nuevo nombre sea Ava Root y es mi amiga en Facebook.

La idea se me ocurrió hace tan solo unos días. Como ya sabéis, suponía que Ava Root era Adrian, un alias que usaba para que pudiéramos comunicarnos sobre el proyecto Tess sin que nadie se percatase de ello. Cuando se fastidió todo en Red Pill, le envié un mensaje preguntándole dónde estaba y qué estaba pasando, pero no recibí ninguna respuesta y aquello fue el final de nuestras comunicaciones.

Sin embargo, el domingo pasado colgué en Facebook algunas fotos que había sacado el día anterior, cuando salí con Jonty y sus amigos a dar un paseo por el parque Brock-well. El parque estaba lleno de hojas de colores otoñales, era una estampa atractiva, y una de las fotos mostraba a Saskia, la amiga de Jonty, arrojándome un puñado de hojas mientras caminábamos. No me importó —era un gesto amistoso y no otra cosa— y en la foto las dos estamos sonriendo.

A varios de mis amigos de Facebook les «gustó» la foto —a Jonty, a Saskia y a otra chica del instituto dramático de Jonty llamada Betts—. Después, ayer, vi que había otro «me gusta». Era de Ava Root.

Naturalmente, puede que sea un mensaje de Adrian. Pero sospecho que gustarle una foto en la que me arrojan hojas en un parque de South London no estaría en las primeras posiciones de su lista de prioridades.

De modo que «Ava Root» puede haber sido Tess desde el principio. Pudo haber decidido no suicidarse y tal vez, una vez iniciada su nueva vida, no pudo resistir la tentación de ponerse en contacto. Puede que estuviera aburrida y que quisiera jugar con fuego; quizá solo quisiera comprobar si yo estaba bien. Y cuando se dio cuenta de que yo pensaba que era Adrian y le contaba detalles de cómo avanzaba el proyecto —cómo estaban sus amigos y parientes, qué estaba sucediendo en su nueva vida en Sointula—, bueno, no puedo culparla por no haberse dado a conocer. No habría podido resistir tener noticias sobre esas cosas.

Si Ava Root y Adrian no son la misma persona, está claro que la actitud confusa que mostró hacia mí en nuestro encuentro en Westfield, que tuvo lugar varios meses después de iniciarse el proyecto, tendría más sentido. No se debería a que de repente hubiera perdido el interés por mí y por Tess, después de todos aquellos mensajes de ánimo. Más bien habría perdido el interés mucho antes de eso; probablemente en cuanto Tess se marchara. He leído que «la tendencia al aburrimiento» es una característica clave de los psicópatas.

El perfil de Ava Root sigue completamente vacío y yo continúo siendo su única amiga. He pensado en la posibilidad de enviarle un mensaje preguntándole directamente si es Tess, pero mi instinto me dice que sería una mala idea y que nunca volvería a saber nada de ella. Creo que estoy empezando a aceptar que la vida no es un asunto de blanco o negro y que no hay respuestas para todas las preguntas. Algunas cosas permanecerán para siempre en la escala de grises y puede que eso no sea tan malo.

Tengo también algunos otros amigos en Facebook: el número ha ascendido a noventa y siete. La mayoría de ellos son amigos de Jonty, a quienes he conocido cuando han venido al piso. La última es una chica que se llama Tia, de su instituto dramático. Es simpática. Hace dos noches me fui con ella y con Jonty a un pub a orillas del río y pasé una hora agradable tomando jarabe de saúco y escuchando las penurias de una aspirante a actriz en Londres. Me dijo que tiene un empleo temporal en diferentes oficinas a través de una agencia que te permite trabajar el tiempo que quieras y que puedes darte de baja avisando con poca antelación si se presenta otra cosa, como un casting.

—El trabajo no es muy excitante —dijo—, pero te permite dedicarte también a otras cosas. Casi todos los que trabajan allí son actores, pero estoy segura de que te aceptarían a ti también.

—Ah, estoy seguro de que Leila puede hacer de actriz —dijo Jonty guiñándome un ojo.

Tia me envió un SMS con el número de la agencia y he quedado en ir a verles la semana que viene. La mujer al otro lado del teléfono pensó que me había entendido mal cuando le dije que podía escribir noventa palabras por minuto.

Mientras tanto, Jonty ha dejado su carrera de actor.

—Lo último que el mundo necesita es otro actor inútil en paro —fue lo que dijo.

Ha decidido convertirse en guía turístico de Londres y trabajar en un barco que sube y baja por el río. En mi cumpleaños, me regaló una visita guiada. Me alegré de haber decidido seguir con el pelo corto, porque en algunas zonas el barco iba bastante rápido y a los pasajeros con melena el pelo se les volaba por todas partes.

Jonty no era el guía, porque todavía estaba aprendiendo, pero no dejó de añadir sus propios comentarios al discurso oficial:

—Pobre Cannon Street, el puente más aburrido del Támesis. —Y luego, cuando dejamos un teatro a nuestra izquierda—: Acabo de darme cuenta: si no voy a ser actor, no tengo que ir al Globe y estar de pie durante cuatro horas viendo obras de Shakespeare. ¡Mejor! —En la noria London Eye—: Cuando me subí, un niño pequeño vomitó en nuestra cabina. Fueron los cuarenta y cinco minutos más largos de mi vida.

No paró de cotorrear. Parecía que había tenido alguna anécdota en cada punto de interés por el que pasábamos; era su particular visita guiada de Londres.

El barco continuó hasta el mismo Parlamento y pasamos por donde había estado aquel día después de enfrentarme a Connor, justo antes de ir a la policía. Mientras lo veía, pensé: «Podría hacer mi propio comentario». Por un momento pensé en hablarle a Jonty de Connor, pero decidí no hacerlo. Es tan complicado explicarlo... Además, ya tengo otras cosas de las que hablar.

Agradecimientos

No habría terminado este libro sin el apoyo incansable y los sabios consejos de mi madre, Deborah Moggach. La publicación se debe al buen hacer de mi agente, Antony Topping, y los editores Francesca Main, Jennifer Jackson y William Thomas.

También agradezco la ayuda de Chris Atkins, las sugerencias editoriales de Hannah Westland y los comentarios de Tom Moggach, Victoria Hogg, Mark Williams y Nicola Barr. Alex Hough, Alex Walsh-Atkins y Cameron Addicott me proporcionaron valiosa información sobre asuntos médicos, jurídicos y policiales. Mis amigos Sathnam Sanghera, Susannah Price y Alex O'Connell no me abandonaron durante los años de angustia creativa. Significaron mucho los ánimos de Lucy Kellaway y Craig Taylor;

Craig también me habló de Sointula. Por lo demás, quiero expresar mi gratitud al Arts Council, a Kevin Conroy Scott y a toda la gente que me ha ayudado en Greene and Heaton, Picador y Doubleday.

Suma de Letras es un sello editorial del Grupo Santillana

www.sumadeletras.com

Argentina
Avda. Leandro N. Alem, 720
C 1001 AAP Buenos Aires
Tel. (54 114) 119 50 00
Fax (54 114) 912 74 40

Bolivia
Calacoto, calle 13, 8078
La Paz
Tel. (591 2) 279 22 78
Fax (591 2) 277 10 56

Chile
Dr. Aníbal Ariztía, 1444
Providencia
Santiago de Chile
Tel. (56 2) 384 30 00
Fax (56 2) 384 30 60

Colombia
Carrera 11 A, n.º 98-50. Oficina 501
Bogotá. Colombia
Tel. (57 1) 705 77 77
Fax (57 1) 236 93 82

Costa Rica
La Uruca
Del Edificio de Aviación Civil 200 m al Oeste
San José de Costa Rica
Tel. (506) 22 20 42 42 y 25 20 05 05
Fax (506) 22 20 13 20

Ecuador
Avda. Eloy Alfaro, 33-3470 y Avda. 6 de Diciembre
Quito
Tel. (593 2) 244 66 56 y 244 21 54
Fax (593 2) 244 87 91

El Salvador
Siemens, 51
Zona Industrial Santa Elena
Antiguo Cuscatlan - La Libertad
Tel. (503) 2 505 89 y 2 289 89 20
Fax (503) 2 278 60 66

España
Avenida de los Artesanos, 6
28760 Tres Cantos (Madrid)
Tel. (34 91) 744 90 60
Fax (34 91) 744 92 24

Estados Unidos
2023 N.W 84th Avenue
Doral, FL 33122
Tel. (1 305) 591 95 22 y 591 22 32
Fax (1 305) 591 74 73

Guatemala
26 Avda. 2-20
Zona 14
Guatemala C.A.
Tel. (502) 24 29 43 00
Fax (502) 24 29 43 03

Honduras
Colonia Tepeyac Contigua a Banco Cuscatlan
Boulevard Juan Pablo, frente al Templo
Adventista 7º Día, Casa 1626
Tegucigalpa
Tel. (504) 239 98 84

México
Avda. Río Mixcoac, 274
Colonia Acacias
03240 Benito Juárez
México D.F.
Tel. (52 5) 554 20 75 30
Fax (52 5) 556 01 10 67

Panamá
Vía Transísmica, Urb. Industrial Orillac,
Calle Segunda, local 9
Ciudad de Panamá
Tel. (507) 261 29 95

Paraguay
Avda. Venezuela, 276,
entre Mariscal López y España
Asunción
Tel./fax (595 21) 213 294 y 214 983

Perú
Avda. Primavera, 2160
Surco
Lima 33
Tel. (51 1) 313 40 00
Fax. (51 1) 313 40 01

Puerto Rico
Avda. Roosevelt, 1506
Guaynabo 00968
Puerto Rico
Tel. (1 787) 781 98 00
Fax (1 787) 782 61 49

República Dominicana
Juan Sánchez Ramírez, 9
Gazcue
Santo Domingo R.D.
Tel. (1809) 682 13 82 y 221 08 70
Fax (1809) 689 10 22

Uruguay
Juan Manuel Blanes, 1132
11200 Montevideo
Tel. (598 2) 402 73 42 y 402 72 71
Fax (598 2) 401 51 86

Venezuela
Avda. Rómulo Gallegos
Edificio Zulia, 1º – Sector Monte Cristo
Boleita Norte
Caracas
Tel. (58 212) 235 30 33
Fax (58 212) 239 10 51

Este ejemplar se terminó de imprimir en Febrero de 2014,
En COMERCIALIZADORA DE IMPRESOS OM S.A. de C.V.
Insurgentes Sur 1889 Piso 12 Col. Florida
Alvaro Obregon, México, D.F.